有爱的青春陪伴者

东岸沉洋

时玖远 著

花山文艺出版社
河北·石家庄

图书在版编目（CIP）数据

东岸沉浮 / 时玖远著. -- 石家庄：花山文艺出版社，2024.2
ISBN 978-7-5511-6959-2

Ⅰ．①东… Ⅱ．①时… Ⅲ．①长篇小说－中国－当代 Ⅳ．①I247.5

中国国家版本馆CIP数据核字(2023)第236054号

书　　名：	东岸沉浮
	DONG'AN CHENFU
著　　者：	时玖远
责任编辑：	卢水淹　于怀新
特约编辑：	雪　人　听　听
责任校对：	林艳辉
封面设计：	刘　艳
内文设计：	唐卉婷
图片绘制：	遐屿璐
美术编辑：	陈　淼
出版发行：	花山文艺出版社（邮政编码：050061）
	（河北省石家庄市友谊北大街330号）
销售热线：	0311-88643221
印　　刷：	长沙鸿发印务实业有限公司
经　　销：	新华书店
开　　本：	880 mm×1230 mm　1/32
印　　张：	10
字　　数：	297千字
版　　次：	2024年2月第1版
	2024年2月第1次印刷
书　　号：	ISBN 978-7-5511-6959-2
定　　价：	45.00元

（版权所有　翻印必究·印装有误　负责调换）

目录

第一章 幼时初遇 /001
"邻居搬来了！"

第二章 童年种种 /017
"我生气了，哄不好了。"

第三章 流言蜚语 /035
"我一定站在你这边。"

第四章 演出救场 /055
惊鸿一瞥，没齿难忘。

第五章 出面维护 /080
"南禹衡是我朋友。"

第六章 新年雪夜 /101
"我可以陪着你。"

第七章 突发意外 /123
他向她打开了一扇门。

第八章 金色羽毛 /138
改变所有人命运的聚会。

第九章 舞会遭遇 /154
"清看剃头者，人亦剃其头。"

第十章 风波又起 /177
"合作愉快，南少。"

第十一章 有人离去 /198
"东海岸没人再见过她。"

第十二章 他的决定 /216
第二片金羽。

第十三章 传闻四起 /234
所有人都得长大。

第十四章 友情破裂 /252
"你让我怎么办……"

第十五章 破茧成蝶 /270
真正的强者练的是心。

第十六章 离别将至 /286
置之死地而后生。

第十七章 远走他乡 /301
"再见了，南禹衡。"

番外 青葱往事 /312

第一章 幼时初遇

"邻居搬来了!"

1

沉闷的天空一道惊雷划过,像从天而降的怒吼,叫停了后山的蝉鸣和更远处的海浪,大地在某个瞬间归于平静,耀眼的闪电掠过窗边女人安静如玉的脸庞。

豆大的雨滴打在落地玻璃上,模糊了她的视线,她不禁缩了下胳膊。回来两天了,她似乎依然无法从波士顿十几摄氏度的天气一下子过渡到南城的火炉里。

"咚咚"两声,身后的人漫不经心地清了清嗓子:"喀!"

秦嫣回过头,看见抱着胸斜靠在门上的秦智,便问:"什么时候回来的?"

秦智似乎比两年前更壮了一些,大约是太过熟悉的缘故,猛然分开两年光景,秦嫣才恍然,她的哥哥好似已经是成人的样子。

面对她的时候,秦智那双过于凌厉的冰眸溢出点点柔光,含笑朝她张开双臂:"从工作室到学校考了个试就往回赶,卖你面子。"

四年前,秦智以高分被一所国际名校录取,他是东海岸最轻松获得这张通往世界的门票的男孩儿,不费吹灰之力,不靠父辈关系。可是就在所有人都等着庆祝之际,他却做了一个让整个东海岸的人大跌眼镜的决定。

他拒绝了那所学校的邀请，去了南城大学。只有秦嫣知道，他在这里等她，等那个消失在他生命中已经第六个年头的女人。

秦嫣白皙的脸上露出久违的笑意，她朝秦智走去，只不过刚要拥抱她许久未见的老哥，秦智却在最后关头倏地收回手臂，猛地推了一下她的额头，一脸嫌弃地贼笑着。

秦嫣身子踉跄了一下，先是恼得双眼一瞪，随后抬脚飞速朝秦智的侧腰袭去。

秦智反应敏捷地抬手欲抓住秦嫣的脚腕，秦嫣却一收右脚，滑到秦智左内侧，迅速转体托住他的腋下，腰部上弹，忽地将秦智过肩向前摔去，动作既快又狠。

秦智头朝下，快速撑住地面腾空一翻，稳稳立在秦嫣面前，含着狡黠的笑意。

兄妹俩不需要任何言语，只是简单的过招，一个眼神，过去那种熟悉的感觉便又回来了。

秦智瞥了眼角落堆着的礼物盒，摆满了整面墙，像座小山，却没有丝毫被人动过的迹象，不禁挑起眉梢："不看看你的礼物？你这次生日宴，东海岸的人提前都把礼物送来了。"

秦嫣兴味索然地扫了一眼，淡淡道："有必要看吗？我想要的这里面并没有。"

她转向秦智，迎上他的目光。秦智仓促地别开眼，岔开话题："老头子和你提了吗？后天生日宴希望你能表演大提琴，你这两天要不要练一下，到时候别给我丢人。"

秦嫣小巧的嘴唇不屑地勾了勾："这种信手拈来的表演还需要练？还有，我什么时候给你丢过人？"

秦智意味深长地说："你知道他的用意。他想在那天定下你的婚事，而且，他心里八成已经有了人选。"

秦嫣的眼睛不禁朝窗外瞥去，仿佛透过高墙、无数的绿茎植物、朦胧的雨滴，看见隔壁那座守卫森严的黑色房子。

两年了，很多人很多事都变了，就像秦智，她都记不起从什么时候开始他和爸的关系越来越僵，僵到每次提到爸，就直呼"老头子"。

秦嫣很快收回视线，拿起放在一边印制得十分精美的邀请函，随便抽了一张，而后转过身说："我出去一趟。"

她没敢去看秦智的眼神，却在走到门口的时候听见身后传来的声音："他已经不大能站起来了……"

秦嫣背脊一僵，脚步顿住，不可置信地转过身盯着秦智，只见他眼里流露出无奈。

"从去年冬天开始。现在很多时候只能靠轮椅。"

秦嫣再次回过身，在眼里的雾气还未氤氲而生前跑出了屋子。她不会在秦智面前哭，自从学会柔道以后，因为她的哥哥总是告诫她"真正的强者练的是心，收起你没用的眼泪"。

秦智站在落地窗前看着那道匆匆离开院子的身影，眉头越皱越紧，似乎从前那个鸡毛蒜皮的小事也要拿到他面前唠叨一晚上的妹妹已经渐行渐远。

头一次，秦嫣给了他一种看不透的感觉，他心里隐隐有股不安。

她太听话了，老头子的安排，每一个嘱咐，她都乖顺地照做，听话得让他觉得似乎后天会有什么大事发生。

雨小了一些，打在秦嫣的肩膀和衣裙上。她紧紧捏着那张邀请函走出院门，踏上那条曾无数次穿过的石子小径。几步的距离，却仿佛隔着千山万水、群峰万壑，直到那座被大叶植物环绕的黑色房子出现在她眼前，她才浑身颤抖地止住了脚步。

"等你去外面看过这个世界后，如果你依然没有改变主意，回来，到我身边。"

骗子！秦嫣到这一刻才突然明白两年前这句话的含义，他就没想过让她回来。

她望着这条幽深的小径，在闷热的夏日感觉到一股钻心的寒意。

记忆中第一次见到南禹衡也是在这条小径上。

那年，秦嫣还不到三岁，秦智也不过七岁，爸爸秦文毅告诉他们，终于可以搬去城东了。小小的他们并不知道这意味着什么，更看不懂爸爸眼里的兴奋,也不会预料到这次搬迁会让他们所有人的生活天翻地覆。

他们只知道,那晚爸爸很高兴,喝了点儿酒,把秦嫣抱在腿上,不时亲亲她肉嘟嘟的小脸,意气风发的样子;而秦智只是坐在他们对面,盯着他们笑。他习惯了爸爸高兴时总是抱着秦嫣,因为他知道自己是男孩子,所以从不矫情。

他问秦文毅他们的新房子有多大,秦文毅耐心地告诉他们有三层楼加上一个地下室,还有泳池和花园,到时候他们每个人都能有独立的房间和玩具室,以后还可以建琴房、台球室,如果他们喜欢的话。

秦嫣兴奋地欢呼起来,两只短短肉肉的小胳膊举得老高,秦智却低着头,不知道在想什么。

比起秦文毅的兴奋,他们的妈妈林岩对于搬家的事态度平静,看不出高兴或者不高兴。

半个月后的某天夜里,秦文毅应酬到很晚才回家,秦智偷偷从房间溜出去,双手背在身后,有些忐忑地守在房间门口。

秦文毅眼含醉意地走过去摸了摸他的头:"怎么还不睡?"

秦智紧张地把身后卷得很整齐的纸拿出来递给秦文毅,对他说:"爸爸,我希望新家有这个。"

秦文毅摊开那张纸,看见一幅甚至不能算是图纸的图画,画中有一个滑滑梯从天而降。

秦文毅皱着眉抬头盯着他,突然有些严肃地说:"你想让你房间里有个滑滑梯……嗯,通向楼下?"

秦智回头看了眼秦嫣熟睡的肉脸,有些不好意思地挠挠头:"通往妹妹的房间,这样她下雪天也能玩滑滑梯了,不会总吵着往外跑。"

秦文毅恍惚了几秒,而后露出慈爱的目光摸了摸秦智的脑袋:"好孩子,睡觉吧。"

同年,他们全家搬去了红枫东岸,城东隧道口的半山上。车子出了隧道,秦嫣乌黑的眼珠透过车窗好奇地盯着外面。那是一个秋天,漫山的枫叶红如火,映入她小小的瞳孔内,再逐渐放大,就这样,那个火红的世界填满了她整个童年,与之相伴的还有那个藏着秘密的男孩儿。

2

南城的城东是世家的聚集地,其中最令人神往的就是红枫东岸,因为那里象征着世人心向往之的身份和地位。

红枫东岸还有个名字叫"东海岸",人们总是喜欢这样说。那里只有几十栋别墅,是一个隐形富商开发的,并不对外销售,能住在东海岸的都是有根基的世家或者商业巨贾,表面上是住宅,背后则是看不见的商业联盟。

所以,东海岸成了一个富有传奇色彩甚至有些神秘的地方。

那年,因为生意上的一个契机,秦文毅有了入住东海岸的资格。

推开房门的时候,穿着草绿色大衣的小秦嫣兴奋地叫了起来,房子装修得很温馨,整体是淡蓝色的地中海风格,这是秦文毅花了一些心思按林岩的喜好找人设计的。

在孩子们兴奋的眼光中,他瞥了眼林岩的神情,她只是看着蹦蹦跳跳的小秦嫣露出淡笑,除此之外并没有多余的情绪。

秦嫣拉着秦智含混不清地说:"滑滑梯,滑滑梯……哥哥,房子送我们滑滑梯……"

秦智有些惊喜地望了秦文毅一眼,秦文毅朝他眨了眨眼睛,那是他们父子之间的第一个秘密,关于秦嫣。

他们住过来没多久,就发现隔壁那栋房子是空着的,而且似乎一直在装修。

让秦文毅不解的是,这里的别墅几乎都是白色外观,唯独隔壁这家的房屋外墙是与众不同的黑色,就像是在这块地上特别建造的。

几天后,物管领导登门拜访,秦文毅趁机打听隔壁邻居的身份。

物管领导有些为难地说,隔壁的房子断断续续装修了差不多两年,但业主还没有要搬过来的意思,具体情况他们也不清楚。

秦义毅暗自猜测,要么这位邻居背景很深,面前的男人根本接触不到,要么就是物业为了保护业主隐私,不便透露。

不管是哪种,秦文毅没有再深问。

刚搬过来没多久就碰上雨季，整日阴雨连绵，小孩子出行不方便，林岩便给秦嫣买了一双有凯特猫图案的粉红色雨靴，以至于秦嫣每天都在期待下雨。

一天雨后，小秦嫣兴冲冲地套上自己的新雨靴到家门口踩水玩，蜻蜓肆意地盘旋在她头顶，乌云黑压压一片，预示着更大的暴风雨即将来临。

也就是在那个昏暗的午后，一辆黑色轿车驶过街道缓缓而来，停在隔壁那座黑色宅邸的院门前。秦嫣咬着手指，躲往小径上好奇地盯着那辆轿车。

一个穿着体面的中年女人下车拉开后座车门，秦嫣眨了下眼，看见一双黑色的小皮鞋踏了下来，随后是一双笔直的腿，再然后是少年清瘦孤冷的身姿。

少年脸上的线条很精致，鼻梁笔挺，皮肤很白，透着有些病态的冷白。秦嫣睁大了眼睛，忽然就想起了昨天晚上妈妈给她念的"天鹅王子"，当然，那时的她还并不知道可以用"澄澈清冷"这个词来形容眼前的少年，她只知道他很好看，是她看过的人当中最好看的一个。

只是在那个闷热的夏天，少年穿着长袖T恤和黑色长裤，浑身包裹得很严实，却没有出一丝汗，小小年纪举手投足间都蕴含着从容不迫。

他站在车门边抬头朝那座黑色房子望了几秒，神色冰冷，不知道在想什么，就像中世纪穿越而来的王子，孑然独立，不属于这个世界，似乎有着超乎他这个年龄的深沉。

而后少年缓缓绕过车子，踏上深红色的仿砖石台，朝着房子走去。

黑压压的乌云裂开一道细缝，一缕阳光悄悄透过云缝照射下来，打在少年的周身，那一瞬，秦嫣仿佛嗅到了春暖花开的味道，从此永久萦绕在她的心底。

少年只走了几步，忽然低头，右手握成拳头放在唇边一阵短促的咳嗽。中年女人立马跟了上去，将手中的薄针织衫披在他肩头低声道："当心着凉，南少。"

他轻微点了下头，很快消失在秦嫣的视线中。

秦嫣立马跑回家，脱掉雨靴，兴奋地跑上楼喊着："哥哥，哥哥，邻居搬来了！"

秦智坐在地毯上打着游戏机，头也不抬地问："你看见了？"

秦嫣红着小脸凑到秦智面前用力点点头："看见了，是个很好看的小哥哥。"

秦智这才将眼神从游戏机上挪了一下，毫不在意地说："有你哥我好看？"

这个问题让只有三岁的小秦嫣很为难，她不知道怎么回答哥哥的问题，只能拽着裙摆说："都好看。"

秦嫣从小到大没有在秦智面前夸过除了他以外的其他男孩儿好看，这让小秦智生出了一丝较量心理。

傍晚，大雨初歇，两兄妹跑出了家门，偷偷绕过石子小径，来到隔壁那家人的小门前，顽皮地爬上黑色铁门。

秦智动作很灵活，三两下就爬了上去，但是秦嫣只有一点点儿高，四肢肉嘟嘟的还使不上劲儿，可怜兮兮地盯着秦智喊"哥哥"。

秦智只能再跳下来，把秦嫣抱上铁门，让她扶好，然后自己再灵活地跳到她旁边。

秦智并没有看见秦嫣口中那个很好看的小哥哥，倒是有个跛脚的中年男人不停往屋里搬东西，两人挂在门上看了半晌。

忽然，不知道从哪儿走出一个中年女人，含着笑意抬头盯着他们："下午好，你们住隔壁吗？"

秦智莫名有种被抓包的感觉，憋红了脸一骨碌从铁门上跳了下去。小秦嫣一看哥哥跳下去了，自己也急着想往下跳，看了看太高又不敢跳，然后嘴一撇，哭了……

彼时的南禹衡正在半梦半醒之间，忽然被一声嘹亮的啼哭吵醒，他还无法适应新环境，敏感地睁开双眼，从躺椅上站起身，身上的毯子顺势滑落到地上。他走到窗边朝楼下侧门看去，那道黑色的铁门上挂着一个小小的身体，肉嘟嘟的手死死抓着栏杆，圆滚滚的脑袋正在大哭，场面实在有些滑稽，那便是他第一次见到秦嫣的场景。

他身后的门被推开，跛脚男人走了进来，温和地说："南少，吵醒你了吧？"

南禹衡这时看见院门外还有一双小手在抱那个小女孩儿，他看见小女孩儿的粉色裙子钩在了铁门上，不自觉微微蹙起眉问道："是谁？"

荣叔恭敬地说："好像是附近的小孩儿，有些顽皮。"

话音刚落，小女孩儿被人从外面抱了下去，"刺啦"一声，一块粉红色的布料留在了铁门上，随后门外传来了更大的啼哭声。

南禹衡清秀的眉眼微微舒展了一下，转过身对荣叔说："南佳姑妈从国外寄的巧克力还在吧？让芬姨拿给她。"

而后他略微思忖，又补充道："拿两份。"

虽然跛脚男人看上去比少年大很多，但对他的话言听计从。

那个穿着体面的中年女人便是芬姨，她拿了两个系着绸缎蝴蝶结的精致礼盒追到了小径上。

秦嫣还在号啕大哭，因为她最喜欢的新裙子被钩坏了。秦智黑着脸牢牢牵着秦嫣的小肉手把她往家拽，他觉得丢脸至极。

听见有人喊他们，两人停下脚步，看见是刚才门里的女人，秦嫣以为是来找他们算账的，害怕地躲到秦智后面拽着他的衣服，一双大眼睛怯怯的，特别惹人怜爱。

秦智像个小男子汉一样，挺起胸膛看着芬姨，毫不闪躲地说："是我带着妹妹翻你家门的，你要是到我爸爸面前告状，也请告我一个人的状。"

芬姨立马喜笑颜开，拿出两个小礼盒递给他们："我们刚搬到这里，我们家南少比你大不了多少，你们可以跟着他喊我'芬姨'。以后我们就是邻居了，下次要想过来玩直接按门铃，我给你们开门。"

小秦智有些愣愣的，但是好似一时还磨不开面子，傲娇地把头别向旁边，倒是此时小秦嫣盯着那个漂亮的礼盒，眨巴了一下眼睛，脸上还挂着豆大的泪珠，人却悄咪咪从秦智后面走出来接过礼盒很礼貌地说："谢谢芬姨，我叫秦嫣，我哥哥叫秦智，我爸爸叫秦文毅，我妈妈叫……"

"白痴！"

秦智果断拉着小秦嫣回家了。

芬姨回去的时候，手上拿着另一个剩下的礼盒。南禹衡在客厅刚刚把药喝完，淡淡瞥了一眼没说话。

当天晚饭的时候，秦文毅和林岩聊起他们的新邻居。秦文毅说要找机会打听一下隔壁人家是什么来头，日后相处起来也能应对得当。

秦智这时插了一句嘴，说今天看见了隔壁的邻居，是个中年女人，还说她家南少比他们大不了多少。当然，他避开了翻铁门的事。他说那个女人叫芬姨，他这个年纪已经知道"姨"就是妈妈的妹妹，所以他理所当然地认为芬姨是那个南少妈妈的妹妹。

秦文毅和林岩互看了一眼。随后林岩耐心地跟秦智解释，那个芬姨应该是隔壁南家的保姆，因为亲姨不会尊称男孩儿为南少。

看着儿子，秦文毅若有所思。东海岸的住户里，为数众多的就是一些世家，这些家族往往盘根错节，根基颇深，通常每户人家都有几个管家保姆，这些人可能跟了几代主家，背景复杂。

剩下一部分住户是近几十年发展起来的，随着国内形势大好，生意越做越大。最后就是他这种后来加入的。

在秦文毅生意做起来后，最想做的就是改变自己的社会地位，结交权贵成了他生意经里必不可少的环节。

当天晚上，为了请不请保姆的事情，秦文毅和林岩关起房门进行了一番争论。秦文毅觉得请个人帮忙会轻松点儿，林岩却觉得家就应该是家人住在一起，不想被外人打扰。

还有，她不想自己有种被人监视的感觉。但这一点林岩藏在心里并没有说出来。

最后事情不了了之，因为很快秦文毅就把精力投入小秦嫣的三岁生日宴上。

3

那是秦家搬到东海岸举办的第一场宴会，秦文毅请来了很多帮工，在院子里拉满了霓虹灯，屋内装饰着气球和彩带，他还亲自挑选了高档的红酒和香槟，还有精致的美食，想象着晚上觥筹交错的场景，他会把他美丽的妻子和可爱的儿女正式介绍给整个东海岸的人。

然而当天晚上,时间已经过了七点半,却没有一家前来参加秦嫣的生日宴。大家不约而同地找了各种借口推托,只有零星的几家派人象征性地送了礼,礼物多半也是从家里闲置的礼品中随意挑选的。

小秦嫣一大早就听爸爸说今天会来很多人给她过生日,可是等了一天,一个人也没来。

她穿着可爱的白色公主蓬蓬裙坐在滑滑梯上,抱着膝盖可怜兮兮地盯着那个三层大蛋糕,带着哭腔问秦智:"是不是他们都不喜欢我?我昨天睡晚了不听话,他们就不来给我过生日了?"

秦智站在一边挠挠头,对于一个七岁的孩子来说,还不知道什么是地位悬殊,什么是人情冷暖、世态炎凉,他只知道爸爸把一切都搞砸了。他们为什么不能像往年一样,一家人去漂亮的餐厅,请爷爷奶奶一起吃顿饭,而是非得弄成现在这样,让小秦嫣难过。

他不能让小秦嫣哭,否则一时半儿没人能哄得了。

于是他赶紧跟她说,让她上楼乖乖睡一觉,睡醒了客人就来了。

小秦嫣对哥哥的话向来深信不疑,"咚咚咚"跑上楼,很快就睡着了。没睡多长时间,她听见院子里有人在说话,立马从床上跳起来,拉了拉纱裙就打开墙上的粉色小门,坐在旋转滑滑梯上,兴奋地滑了下去。

当她一圈圈滑到一楼时,一道清瘦的身影正站在滑滑梯旁。似乎是听见了一串"咯咯咯"的笑声,少年回过身来,他精致的五官隐在逆光中,依然穿着长袖,只不过今天他穿了一套合身的小西装,头发打理过,小领结端正平整,有种少年老成的感觉。

这是小秦嫣第一次这么近距离看"天鹅王子",她张着嘴,大眼如葡萄一样黑又亮,粉嫩的小脸唇红齿白,像极了电视上母婴用品广告的漂亮宝宝。

南禹衡见她挂在滑滑梯上,短短的小腿还够不到地面,傻傻地盯着他,有些不自然地别开眼,很快又回过头朝她伸出手。

小秦嫣看着他白如瓷的手,和她哥哥一样,宽大好看,她不怯生地将手递给他,跳下滑滑梯,一下踩在他的脚上。南禹衡微微抿了一下唇,弯腰把她抱开。

三岁的小秦嫣总是习惯被大人抱在怀里，一有人抱着她，她就不自觉勾住大人的脖子。所以当她把肉肉的小手放在南禹衡肩膀上，圆滚滚的小肚皮贴着他的时候，南禹衡愣住了。他第一次抱着这么软绵绵的东西，她身上有一股好闻的奶香，扑扇的大眼睛像洋娃娃一样，让他竟然有点儿不知所措地站在原地。

荣叔正在和秦文毅寒暄，回头看见南少抱着个女娃娃，顿时脸色一变，放下手中的酒杯疾步走来接过南禹衡怀中的小人，有些抱歉地回过头："不好意思秦先生，我们家南少的身体……"

秦文毅摆摆手走了过来："没事没事，秦嫣不懂事，总是要人抱，放她下来吧。"

秦嫣却眼巴巴地望着南禹衡，撇了撇嘴一副要哭的样子，那可怜的模样看得南禹衡移开眼咳嗽了两声。

南禹衡是秦家搬到东海岸后的第一个客人，也是唯一一个参加秦嫣三岁生日宴的客人，即便如此，那晚的南禹衡和荣叔依然正装出席。

南禹衡话很少，眼神不会到处打量，更不会像一般男孩儿那样对什么都好奇乱跑闹，他整个人都有些清冷。

大多时候他只是安静地坐在某处，没有不耐烦或不高兴，总之小小年纪便让人有种捉摸不透的感觉。

切蛋糕环节，大家围着小秦嫣给她唱《生日歌》，大人让秦嫣在心里许愿，但小秦嫣还是闭着眼睛奶声奶气地说："我想天天过生日。"说完还很馋地对着蛋糕舔了舔嘴唇。

众人哄堂大笑。

她睁开眼睛，看见烛光在南禹衡白净的脸上跳跃，他依然没有笑意，显得格格不入，但小秦嫣却看见烛光映在他漆黑的瞳孔里泛出些许柔和，若有所思的样子，如果秦嫣那时再大些，或许就能读懂那抹柔光下的苍白。

后来大人让秦智分蛋糕，他把第一块给了小秦嫣，切下第二块后，他看了看坐在餐桌上的南禹衡，眼睛瞥向其他地方，有些别扭地把蛋糕递过去，却听见南禹衡说："谢谢，我吃不了。"

秦智转过头盯着他，荣叔和颜悦色地补充道："医生不让吃。"

秦智没说话，端着蛋糕去了另一边。

说来南禹衡比秦智要大两岁多，并不像一般男孩儿那么调皮，性子也沉静许多，秦文毅和南禹衡交流起来像和个小大人聊天，不一会儿，他便对南禹衡这个孩子心生欢喜。这不禁又让他想到了世家的影响，果真世家出来的孩子，从小言谈举止就颇具教养，得体懂分寸，没有毛头小子的狂妄自大和天真幼稚，这让他更加渴望自己的家族也能融入东海岸，影响后人。

秦智不时抬头看着他们，印象中，爸爸好像从来没有这样和自己聊过天，秦文毅总是告诉他，他是男孩子，要学会独立。所以秦嫣可以肆无忌惮地赖在爸爸怀里，但他不能，就连偶尔问问题，他都怕会打扰到爸爸工作。

秦智有些蔫蔫地拨弄着蛋糕上的奶油，心里有点儿失落。

而在他们闲聊时，小秦嫣坐在南禹衡对面专心致志地吃着蛋糕，吃得满脸满手都是，简直"惨不忍睹"。

南禹衡好几次忍不住瞥向她，后来林岩实在看不下去了，把她抱走给她清洗去了。

再出来的时候，小秦嫣换了一条蓝色的公主裙和白色丝袜，还戴上了亮晶晶的小皇冠，藕节一样的手臂露在外面，白嫩嫩的。

秦文毅眼里噙着满满的父爱，出声说让她跳个舞，于是屋里响起了《小白兔乖乖》的儿歌。

秦嫣从小对音乐就很敏感，且从来不怯场，歌声一响起，她就随着音乐不时扭扭屁股晃晃胳膊，还原地转圈圈把自己转倒在地，跟个小皮球一样，再咯咯笑着爬起来接着扭屁股，看得众人哈哈大笑。

荣叔侧头看向南禹衡，竟在他脸上看见久违的稚气，他似乎总是忘了他还只是个不到十岁的孩子，如果不是两年前那场灾难，他原本也可以和这家人的小孩儿一样，无忧无虑地成长，甚至更幸福。想着想着，荣叔眼眶泛红，抬起手揉了揉眼睛。

那天晚上，林岩刚把小秦嫣房间的灯关上，秦智就偷偷溜到她房间把她摇醒了。小秦嫣迷迷糊糊从床上爬起来，听见秦智对她说："告诉你一个秘密，你不要对别人说。"

小孩子听到"秘密"这两个字总是异常兴奋，秦嫣立马凑到哥哥面前，重重地点点头表示绝对不会告诉别人。

于是秦智低声和她说："我偷偷听见爸爸和荣叔说话了，今天来的那个南禹衡，身体不好，会死的。"

小秦嫣没明白过来哥哥的话："南哥哥生病了吗？"

秦智靠在秦嫣的床尾想了想："好像是吧，你看他连蛋糕都不能吃，爸爸问了他的身体状况，说是医生说了，他只能活到十几岁，最多二十岁。"

小秦嫣扳着手指算了半天没算明白，秦智挥了挥手："反正还有好几年，但也没有多少年，我觉得他真可怜，是不是？"

小秦嫣点点头，然后跳下床，从抽屉里拿出今天南禹衡送她的生日礼物————本精装彩色的绘本，叫《小王子》。

这虽然不是今天的礼物中最值钱的，却是唯一一个为她而准备的生日礼物，小秦嫣喜欢封面的图画，所以就收进了抽屉。

兄妹俩靠在一起翻看这本绘本，不时讨论隔壁那个小哥哥。那时的他们都没有看懂小王子随风流浪的命运，更不会预料到这个随风流浪的小王子日后会让他们兄妹的生活翻天覆地。

小秦嫣经常做梦，总是梦到糖果屋，还有会说话的小猫咪，很多乱七八糟不切实际的东西，那天她第一次梦见隔壁那个小哥哥，他变成了小王子，坐着飞船跟她告别。

第二天早晨，小秦嫣起来大哭了一场，弄得林岩手足无措，好不容易哄好送去了幼儿园。

小秦嫣一放学就偷偷回房间，翻出衣柜里爸爸给她买的新衣服。她一次都没有穿过，因为爸爸买大了，说放着等她以后长大了再穿。她把衣服放进袋子里，想了想又抱起床上每天晚上陪她睡觉的兔子玩偶，这是她最喜欢的毛绒玩偶，因为这只兔子浑身毛茸茸的，特别舒服。

小秦嫣站在床边纠结了半天，最后咬咬牙忍痛割爱，把兔子玩偶也装进了袋子，出了门跑到隔壁。她踮起脚想按门铃，跳了好几次都够不着，荣叔正好在院中修剪植被，看见院门外有个小脑袋跳来跳去的，丢下剪子替小秦妈开了门。

她跳得满头大汗,扑红着小脸软糯糯地说:"送给南哥哥的。"说完把东西举起给荣叔,然后就跑回家去了。

荣叔将袋子拎回去,芬姨问他是什么,他说是隔壁送来的东西,给南少的。

芬姨眼里闪过一丝了然,说:"你昨天在邻居面前提到南少的身份了?"

正好南禹衡披着薄外套从楼梯上下来,荣叔朝南禹衡微微颔首,而后回芬姨:"无意中提了一下,不好细说,不然他们要真想查还是能查到老爷的事。"

芬姨点点头:"这样最好。让隔壁知道他和南家的关系,又摸不清是哪个老爷的孩子,也不会轻视咱们。"

荣叔有些无可奈何地说:"纸包不住火,慢慢来吧。秦文毅虽然没有什么背景,但我们现在的处境也不乐观,多个朋友总是好的,为以后着想。"

当他们收到隔壁的邀请时,荣叔几乎立即就决定应邀,说来也正是南禹衡在刚搬来那天的一个细微的举动——他让芬姨拿巧克力给两个孩子。这让荣叔意识到,东海岸是一个全新的环境,是该忘掉过去的一切,为南少谋划了。

荣叔跟在南禹衡的父亲南振身边二十年,都没有看透南振,南禹衡虽然还是个孩子,但这两年越来越像他的父亲,小小年纪心思缜密。荣叔经常恍惚,以前那个总是爱笑爱捉弄人的顽皮孩子,好似也随着老爷夫人一起去了。

荣叔拎着袋子问南禹衡:"南少要看看吗?"

南禹衡瞥了眼袋子,走到一旁拉开椅子,端起刚熬好的中药说:"是秦叔叔的回礼?"

荣叔往袋子里扫了一眼,神色突然变得有些古怪地抬起头:"恐怕……不是。"

南禹衡这才放下药望向荣叔。

荣叔将袋子递给南禹衡,南禹衡便看见放在最上面的毛绒兔子,

他微微撩起眉梢将兔子拿了出来，一股好闻的奶香扑面而来，让他立马想到了那个软绵绵的小东西。而后他将兔子放在一边，看见袋子里还有一件衣服。

他伸手将衣服拿了出来，标牌还在，是新的，但这不是重点，关键这件衣服是粉红色的，衣摆还有三层蕾丝荷叶边，上面镶着珍珠，把三人都看愣了。

"这，这小姑娘什么意思啊？"芬姨问。

荣叔眼里浮起笑意："她就说是送给南哥哥的，然后就跑回去了。"

芬姨笑着摇摇头："南少，需要我帮你还回去吗？"

南禹衡拿着粉色的小衣服，鼻息间还萦绕着奶香味，要笑不笑地蹙了下鼻子："不用了，找个地方放起来吧。"

小秦嫣自从把自己最珍贵的毛绒兔子和新裙子送给南禹衡后，就觉得自己特别伟大，当然她还不懂"伟大"这个词是什么意思，只知道妈妈从小就教育她要与人分享。所以在接下来的很长一段时间内，她总喜欢拿着自己的小玩意儿和隔壁的漂亮小哥哥分享。例如卡通发夹、彩色橡皮筋、贴画、漂亮小袜子、金色或红色头发的芭比公主、会突然尖叫的玩具，甚至还有奶瓶……

某天傍晚，芬姨拿着一个粉红色奶嘴走到南禹衡面前对他说："这是小秦嫣给你的，说她……"芬姨忍不住笑了起来，"说她小时候睡不着都是含着这个，她现在已经长成大姑娘了，不需要了，所以送给你，让你睡不着的时候可以含着。"

南禹衡从书本中抬起头，那张清俊的脸已经有了少年的明朗。他看着那个粉红色的小奶嘴，渐渐皱起了眉头，沉默几秒后对芬姨说："你还是抽空和林阿姨打声招呼吧。"

于是晚饭过后，芬姨提着小秦嫣送的那些古怪的东西亲自登门，恰好林岩和秦文毅都在家，看到秦嫣送的东西后也很诧异，便把秦嫣喊到面前问她为什么要送给南禹衡这些。

小秦嫣一方面想着答应过哥哥保守秘密，一方面对爸爸妈妈和芬姨的疑问又不知道怎么回答，于是，奶声奶气地哭了……

最后的结果是，南禹衡看见芬姨又提着东西回来了，还是林岩和秦文毅建议的，说也许小秦嫣只是想和南少交朋友，反正都是些小玩意儿，不然秦嫣这个小哭包怕是停不下来了。

　　但是秦嫣送的这些女孩子的东西，实在没有一样对南禹衡有用的，他又不可能把这些粉红色可爱物件堆在自己房间里，于是便让芬姨把隔壁房间收拾出来，专门堆放秦嫣的这些宝贝。

　　虽然那个夏天有些闷热，虽然南禹衡绝大多数时候都待在家里，大门不出二门不迈，但隔壁的女娃娃不时能给他带来一些惊喜或……惊吓，倒也让那个暑假没有那么难熬。

第二章 童年种种

"我生气了,哄不好了。"

1

南禹衡比秦智大两岁多,可秦智开学后才发现南禹衡竟然和他在一个班。那天荣叔送南禹衡去办理入学手续,正好碰到前来送秦智的林岩,两人交谈了几句,林岩才得知南禹衡之前身体不好,休学了两年多,所以得从头开始学了。

林岩不禁对这个新搬来的孩子产生了同情,于是回去时再三嘱咐秦智平时能帮南禹衡就尽量多帮帮他。

秦智没有应声,自顾自地玩魔方,也不知道有没有听进去。

后来秦智发现南禹衡并不经常来学校,似乎是身体的缘故,一个月也见不到他几次。

秦智从小就有一身傲骨,小学在班上就属于灵魂人物,无论打篮球、踢足球,他都是主力队员,那调皮劲儿恨不得上天,从来不愁没朋友。虽然他对南禹衡充满了好奇,虽然他不想承认妹妹说得不错,那小子的确长得跟他有得一拼,但他从来拉不下脸去亲近南禹衡,这大概就是小男生心里的较量。

而南禹衡似乎没什么朋友,即使偶尔来学校,他对每个人也很冷淡,加上他比班上其他同学年龄都大,自然没什么人跟他玩。

秦智偶尔会偷偷观察南禹衡,而当南禹衡回过视线看向他时,他又会匆忙移开眼神看向别处,这种微妙的感觉一直持续到高中。

秦嫣从小就听说自己的妈妈林岩以前是个大明星,在最红的时候选择了结婚,嫁给秦文毅。那时的秦嫣还不懂明星是干什么的,她只知道妈妈很漂亮,比幼儿园其他小朋友的妈妈都要漂亮。不管走到哪里,总有人认得她的妈妈并在背后窃窃私语。

相比小秦嫣的好奇,秦智自从上了小学以后,对这些人的闲言碎语就十分敏感。有一次家门口有个人问秦嫣的妈妈是不是林美人,小秦智直接瞪了那个中年男人一眼,拉着秦嫣走了。

林岩不爱笑,也不会发脾气,把什么都看得很淡,秦文毅偶尔在晚餐时说一些大展宏图的言论,林岩也只是皱皱眉,从来不发表任何意见。大概也只有小秦嫣拼命向她撒娇时,她才会露出些许笑意把秦嫣抱在怀里。

虽然林岩不会像其他妻子一样,要求丈夫早归、顾家,但并不代表她和秦文毅之间没有问题。

很多次,秦文毅都觉得好似拳头打在棉花上,有时候他甚至希望林岩对他有所要求,例如要求他多陪陪家人,会跟他无理取闹发脾气,但他知道林岩不会,也许永远都不会。正是因为这样,秦文毅的脾气越来越暴躁。

林岩自从搬到东海岸后,几乎不愿意出门,也不愿意去结交东海岸的新邻居。以林岩的知名度,如果她肯陪秦文毅出去应酬,他们也许会更容易融入这个环境中。

但秦文毅清楚,林岩不会为了他那样做。她有自己的坚持,秦文毅欣赏这点,也恼火这点。恼火是因为,林岩明明知道他想要的是什么,但不会因为他有任何改变。

那段时间,秦嫣和秦智经常能听见爸爸妈妈房间不寻常的动静,通常是秦文毅在发火咆哮,林岩总是一言不发。

似乎秦文毅不管说什么都影响不了林岩的情绪,他和林岩结婚七年多,始终都猜不透这个女人的心思。

秦嫣那时还小,每次秦文毅发火,小秦嫣都会抱着被子哭,因为他们班上有个同学的爸爸妈妈离婚了,那个同学上课时总会哭闹说想妈妈,放学都是奶奶来接她,她很怕自己也变成那样。

每一次听到父母争吵,她便抱着小枕头赤着小脚跑到秦智的房间,爬上哥哥的床,把眼泪全部擦在他的被子上。

也只有爸爸发火时,秦智不会赶走小秦嫣,任由她霸占着他的床。

秦智三年级的时候,比起秦嫣已经懂事许多,每当他听见爸爸的吼声,都会在黑暗中握紧拳头。有一次他看见林岩疲累的神情,突然对她说:"等我长大,爸爸如果再欺负你,我就带你和妹妹离开这里。"

他不知道该怎么表达,但他知道林岩似乎不喜欢东海岸。林岩很美,有种不染尘埃的美,笑起来的时候,仿佛整个春天的花都在为她绽放,但自从搬来东海岸,秦智就很少见到妈妈温柔的笑容。

林岩很吃惊地看着他,皱了皱眉蹲下身。

记忆中,那似乎是林岩唯一一次对秦智摆出这副严厉的表情。她认真地对他说:"你爸爸没有欺负我,以后不许再说这种话。"

好在这样的日子并没有持续多长时间,因为不久后林岩接了一个剧本,决定去外地拍戏,要很长时间。

家里终于有了保姆,是秦文毅托了关系从老家村里请的一个手脚麻利的。

女人叫孙田凤,二十四岁,有个女儿在农村,丈夫在城里打工,常年不归家,所以她想出来找个事做,便到了秦家。

孙田凤并不像一般在家带孩子的村妇那么不修边幅,她总是把自己收拾得很整洁,对秦智和秦嫣的照顾也十分上心,于是她就这样留在了秦家。

随着林岩的离开,秦文毅回家的次数也越来越少,有时候他们的奶奶会到家里待上一阵子陪着他们。

秦智倒还好,毕竟大一点儿,但这对秦嫣来说打击就比较大了,她经常深更半夜哭着要妈妈,孙田凤和秦智也只能手忙脚乱地哄她。

后来有一次小秦嫣生病发烧,连着闹了几个晚上,秦智再怎么在妹妹面前表现得像小大人，毕竟还是个小孩儿，他也想妈妈，可他不能像妹妹这样任性。终于，在那天夜里秦智爆发了，他把软绵绵的小秦嫣从床上提起来，对她吼道："你别哭了，吵死了！我都几天晚上没睡好了。你要再哭，我把你扔大街上，再也不要你了！"

小孩子的气话让秦嫣哭得更伤心，她死死拽着哥哥，生怕哥哥把她扔了。

那嘹亮的哭声透过敞开的窗户传到了隔壁，南禹衡下楼的时候，芬姨才出房门打开大厅的灯。南禹衡问她："隔壁怎么了？"

芬姨说："好像小秦嫣这几天病了，小孩子闹腾。"

南禹衡想到近来隔壁林阿姨和秦叔叔好像一直不在家，便对芬姨说："你去看看吧。"

没一会儿，芬姨从隔壁回来了，南禹衡还没有上楼，依然坐在客厅看一本叫《野性的呼唤》的书。

他听见声音，抬起头问芬姨："怎么样了？"

"烧倒是退了，就是哭着要妈妈，秦智凶她了，说再哭把她扔掉。好了，这下哭得更凶，谁都哄不了，现在小姑娘就赤着脚站在地砖上，不肯上床睡觉。"

南禹衡皱了皱眉，将书放下站起身："我去看看。"

芬姨拿着薄外套匆匆追到院子里："南少，披件衣服，别着凉。"

南禹衡接过外套穿上，对她说："你先休息吧，我一会儿回来。"

他到了隔壁敲了敲院门，孙田凤替他开了门，她头发乱七八糟的，急得一身汗："南少，吵到你了吧？"

南禹衡也没客气，点了点头，孙田凤有些尴尬。他径直往里走，来到客厅，看见沙发抱枕扔得一地都是，粉红色小水杯打翻在地，秦嫣的白色小睡裙都湿了，光着两只小脚丫站在冰凉的地砖上号啕大哭。

秦智也急了眼，扯着她的小胳膊就要把她往外拽，孙田凤冲上去就说要打电话给秦先生，让他赶紧回来。

拉扯中，秦嫣看见从门口走进来的南禹衡，使劲儿甩开哥哥的手，撒着脚丫子往南禹衡面前冲，哭得都快喘不上气来了，还不忘告状："哥哥要扔掉我，哇……"

南禹衡顺势把她从地上抱了起来。十二岁的南禹衡已经有一米六,抱着小小的秦嫣像抱个娃娃一样。秦嫣一被南禹衡抱起来,就躲在他怀里抽抽搭搭的,但是声音明显小了许多。

南禹衡转头,对孙田凤说:"别打扰秦叔叔了,今天这么晚了,他从外地赶回来也要到明天早上。有没有干的衣服?她这身衣服不能穿了。"

孙田凤忙说:"有,有,我去拿。"

南禹衡低头看了眼怀中满脸泪水的小人儿,从旁边抽了纸巾替她擦了擦。

而小秦嫣并没有像刚才一样乱挥手不让人碰她,反而抽泣着抬起头,任南禹衡帮她弄干净。

秦智站在一旁挠着头,还是一脸气鼓鼓的样子。

南禹衡把秦嫣弄干净后,抱着她上楼,朝秦智丢下一句:"弄点儿热水上来,你妹哭得嗓子哑了。"

把小秦嫣抱回房后,孙田凤也找来了一套干净的短袖衫和小短裤,然后就要从南禹衡怀里接过秦嫣,结果手还没碰到她,小秦嫣又开始哭,在她小小的脑袋瓜里,已经认定孙阿姨和哥哥是一伙儿的,要把她扔掉,于是死死抱着南禹衡的脖子,跟抱着救命稻草一样不肯撒手。

正在孙田凤站在一边束手无策时,南禹衡从她手上接过衣服开口道:"我来吧。"

南禹衡也是第一次给女娃娃换衣服,好在小秦嫣还算配合,让伸胳膊就伸胳膊,让伸腿就伸腿,南禹衡很快给她换上了干净的衣服,秦智也拿着水杯上楼来。

小秦嫣一看见秦智,又开始哭闹:"不要哥哥,哥哥走……"

秦智紧紧抿着唇,被她气得不轻,把水杯往床头重重一放,哼了一声。

孙田凤今晚被折腾得都不敢靠近小秦嫣了,生怕一靠近她又开始失控,只能巴巴地看着南禹衡。

南禹衡倒没说什么,拿过带有吸管的水杯坐在小秦嫣的床沿对着站在床尾的她说:"过来,喝水。"

小秦嫣抽抽搭搭地挪到南禹衡面前，爬坐到他腿上，南禹衡的手臂横在她背后，她小小的手抱着水杯咕噜咕噜吸着吸管，然后长长的睫毛耷拉下来，闭上了眼睛，靠在南禹衡怀里睡着了。

这一番操作把秦智和孙田凤都看呆了，他们顿时感觉整个世界都清静了。

那天南禹衡到凌晨才回去，之后有一个多星期都没有去学校。直到有一天秦智偶然碰到荣叔在门口洗车才听他说起，南少这几天得了感冒，怕引起并发症，所以在家休养。

秦智忽然想到那天秦嫣满身湿漉漉地凑到南禹衡怀里，南禹衡穿着湿衣服哄了她一晚上。

晚些时候，秦智拿着一个本子按响了隔壁的门铃，将他才整理好的课堂笔记递给了芬姨，然后什么话也没说就回家了。

小秦嫣当然不会真记她哥哥的仇，第二天起来就忘光了，不过自那以后，她就特别喜欢往隔壁跑，找南禹衡玩。

2

秦嫣上了幼儿园中班以后，渐渐有了性别意识，知道男生不能穿裙子，粉色适合小女生，所以她不再把自己的小裙子拿去隔壁，而改拿哥哥的新衣服和玩具。

对此，秦智倒没有什么不乐意。虽然他在班上依然不和南禹衡说话，但经历过那个像打仗一样的夜晚，他突然对南禹衡有了种"患难兄弟"的感觉。

南家的院子里种了很多植物，除了房门前留出一块空地放着一组石桌石凳和一把木质长椅供南禹衡偶尔晒晒太阳外，其余空地大多种上了各类植物。

荣叔每天光打理这些植物就要两个小时，他总说多种些植物净化空气，对南少好。

没两年，有些植物便长成大叶，黑色的房子隐入郁郁葱葱的植物丛中，清透幽寂，像童话中被遗忘的神秘世界。

南禹衡不太爱说话，性格孤僻，个子高，人又白，常年住在被大叶植物环绕的黑色房子里,加上身体不好很少出门,多少有些神秘。

很快,孩子中就有了流言蜚语,说那座屋子里住着吸血鬼,大家都对此深信不疑,还经常有调皮的孩子到南家附近玩冒险游戏,如果恰巧碰见南禹衡从医院回来,那群调皮的孩子便会跟见到鬼一样尖叫跑走。

荣叔每次都气得不行,直唠叨:"没有教养。"

南禹衡却面无表情,看不出任何情绪。久而久之,南禹衡对周围邻居礼貌疏离的态度有了微微的变化,对于那些指着他窃窃私语的人,他眉宇间会凝上一股狠意迎上他们议论的目光,就像真要吃人的吸血鬼,让人胆寒。

班上的同学渐渐也听说了那个吸血鬼的传闻,都不愿意坐在南禹衡附近。

有一次,一个大胆调皮的男孩子竟跑到南禹衡面前让他张开嘴,看看有没有獠牙。南禹衡低着头,那个男孩儿直接朝他伸出手,却在下一秒尖叫出声——南禹衡手中尖锐的铅笔直接戳中男孩儿的掌心,那男孩儿掌心当即溢出红点,疼得鬼叫,回身拿起书就要砸南禹衡,最终那本砸向南禹衡的书却被侧面飞来的一个铅笔盒直接撞开。

男孩儿侧头看去,秦智懒散地倚在桌子上对他吐出两个字:"活该。"

男孩儿看是秦智,只能蔫蔫地算了。

从此,便没人敢惹南禹衡,也不会当着他的面议论他。后来不知道是哪里传出的话,传到了这些小孩子的耳中,说不要和死人计较,他活不了多久,不怕死的。

没人知道这些闲言碎语落在南禹衡耳中他会怎么想,只是他对周围所有的人和事都越来越冷。

只有小秦嫣不怕他,经常来找他玩,他既不搭理她,也不赶她走,大多时候当她是空气。

如果小秦嫣很吵闹,他便会有些凶地对她说:"再吵回家去。"但小秦嫣依然会对着他嬉皮笑脸。

她遗传了妈妈精致的五官,可是相比林岩有些忧郁的气质,她则很喜欢笑,她有一双弯弯的眼睛,笑起来和月牙儿一样,特别有感染力。可即便这样,南禹衡仍对她不冷不热,有好几次对她语气重了点儿,还把秦嫣说得哭了鼻子,跑回家去了,可她忘性大,第二天又拿着她新找到的宝贝小玩意儿来找南禹衡。

芬姨很喜欢秦嫣,小娃娃讨喜嘴巴还甜,长得也可爱。有时候见秦嫣凑到南禹衡面前和他说话,南禹衡爱答不理的样子,芬姨便私下问南禹衡是不是不喜欢隔壁的小秦嫣来家里。

南禹衡没有表态,他无法解释心里的感觉。如果秦嫣像其他人那样害怕他,他反而还自在点儿,偏偏她天真无邪,朝气蓬勃,忘性又大,不记仇,就像纯净透明的月光,美好得过于不真实,衬得他越发阴暗。

南禹衡有一个放满书的房间,房间中央有一张木质摇椅,小秦嫣每次去找他,他基本上都在那间书房,他不像一般男孩子那样迷恋遥控赛车、乐高玩具,他最大的爱好就是书和棋。

他两岁多时他妈妈就教他认字,十二岁的南禹衡已经能毫无压力地看完任何一本书。

如果荣叔没事,便会和南禹衡在院子里下军棋。南禹衡的军棋是他爸爸南振手把手教的,他的排兵布阵总是变化莫测,不拘泥于一种阵势,往往打得荣叔措手不及。

但荣叔如果连输几把也总能赢上两把,有时候他甚至怀疑是南少让他的,这种想法也让他产生一种不可思议的震惊,只是他从未开口问过南禹衡,依然得了空便陪他练手。

如果碰巧小秦嫣过来玩,便会自觉搬个小板凳坐在两人中间,抱着芬姨给她榨的果汁边吸溜着边围观。芬姨每次笑着问她:"能看懂吗?"小秦嫣的头就跟拨浪鼓一样直摇。

她每次来,芬姨总会给她吃很好吃的小饼干或者是亲手做的小蛋糕,但都不会给多,馋得小秦嫣第二天又跑过来。

芬姨无法强迫一个从死神手里挣扎回来的孩子故作开朗,但她也无法眼睁睁看着南禹衡终日一个人待在房间,所以她用了点儿小心思,让小秦嫣经常过来陪陪他,只是这些南禹衡并不知道。

有时候南禹衡在看书，小秦嫣就从家里自带娃娃玩具，一个人扮演好几个角色，一玩一个下午，玩累了再乖乖拎着玩具回家。

有一次，她带的是拼图，捣鼓了很长时间。那天下午她一直很安静，不时托着小脑袋思考该拼哪一块。

南禹衡终于放下书看向她。小秦嫣似乎是察觉到南禹衡的目光，抬头望着他忽然问："南哥哥，你为什么有这么多书？"

"我爸留给我的。"

小秦嫣便眨巴着眼问他："你爸爸妈妈呢？为什么都不回家？"

南禹衡将书放在一边，瞥向窗外。大雪初停，窗台上堆满了白色的积雪，一如那年冬天。他轻声说："他们去了很远的地方……"

"他们不喜欢你了吗？为什么不回来看你？"

南禹衡长长的睫毛微微眨了一下，声音有些阴霾："不，他们给了我最好的，曾经。"

小秦嫣不知道很远的地方在哪里，但她感觉出南哥哥似乎很难过，她爬上他的腿坐在他身上歪着小脑袋："你很想他们吗？"

如果是平时，南禹衡肯定把这个黏人的小家伙扯开，但兴许是想到了父母，他感到些许孤独，在这个寒冷的冬日里，他没有把她推开，只是望着秦嫣粉嫩软萌的小脸出了神，而后点点头："嗯，很想。"

小秦嫣便钻进他的怀中低喃着："我也想妈妈。"

安逸的午后，室内淡淡的书卷气息被暖风吹拂四溢，其中夹杂着秦嫣身上的奶香味。

南禹衡再次将视线落向外面，他想到他在秦嫣这么大的时候，也会爬到妈妈膝盖上，缠着她让她唱歌，也会被爸爸放在肩头站在巨型货轮的甲板上，听爸爸跟他说海盗的故事，只是这一切，对十二岁的南禹衡来说，久远得像是上辈子的事。

3

秦智自从搬来东海岸后，就上了东海岸的私立学校，也是城东最好的私立学校，后来秦嫣也上了这所小学。

她放学后就会跑到哥哥的班级门口等他一起回家。那会儿秦智很贪玩，放学后从来不马上回家写作业，总是跑到后山和小伙伴踢足球，他会买一根棒棒糖给小秦嫣，让她自己在旁边玩或者写作业，等他踢完了再带她回家吃饭。

和秦智关系要好的同学端木翊就住在东海岸上山区，那里是只有三户人家的顶峰，每天踢球他的身边都有好几个人守着。

端木翊从一年级起就爱跟着秦智玩，几乎秦智到哪儿他都黏着。两人是整个年级出了名的调皮捣蛋鬼，唯一不同的是，秦智每次考试都名列前茅，端木翊的成绩却惨不忍睹。

自从秦嫣上了小学，秦智不管到哪儿，身后总跟着这个小尾巴。秦嫣不再像小时候那么肉嘟嘟的，稍微瘦了一些，个子也高了一些，长相越来越清秀灵动，眉眼的神韵很像林岩，楚楚动人。

端木翊第一次见到秦智的小尾巴就喜欢得不得了，后来每次见到小秦嫣都要捏捏她的脸，逗弄逗弄她，还和秦智说，等你妹长大后给我做老婆，以后我们成了一家人还可以天天在一起玩。

秦智总是从鼻子里哼哼两声，很贱地说："我妹看不上你。"

"走着瞧！"端木翊总是嘻嘻哈哈地答。

有几次，荣叔的车子路过山道，看见小秦嫣含着棒棒糖跟在一群大男孩儿后面，荣叔总会说一句："秦家兄妹还没回家。"

南禹衡也只是淡淡看一眼，车子便驶过他们。

东海岸的这群孩子有一些共通点，例如他们的父母总是很忙，例如绝大多数家里都有人跟着。秦文毅的司机也经常去接他们放学，不过秦智嫌那个大块头长得吓人，不让他跟着，只让他在远处街道等。

有一次放学，刚下完雨，整个后山泥泞潮湿，一群孩子执意要踢比赛，足球在泥地里翻滚着，这群日后大有作为的孩子在无忧无虑的孩童时代，也和一般的同龄孩子一样，不嫌脏，酣畅淋漓地大笑跑闹。

秦嫣也很兴奋，穿着白色小皮鞋就往泥地里踩，结果小脚陷进泥里，哭丧着小脸。

荣叔的车子正好驶过后山，他又习惯性地往那边看了一眼，不禁说道："这群孩子也不怕脏，一个个弄成这样，回家怕是要挨训的。"

南禹衡抬头望向球场看了几秒，忽然对荣叔说："停一下。"

荣叔刹车后，南禹衡打开车门朝那边走去。

天空像被雨水洗涤过，泛着澄澈的湖蓝色，霞光从天际照射而下，小秦嫣正苦恼地把脚从泥里抽出来，忽然身后有双大手托着她的胳肢窝把她举了起来。她回过头去，暖金色的霞光便透过枝丫落在南禹衡的脸上，斑驳的影子在他面庞晃动，只是一晃神的工夫，南禹衡已经把她放在了身后的水泥地上。

而后他直起身子看向远处踢球的男孩儿们。秦智注意到他，往他这边瞥了几眼，忽然就疯狂地朝足球跑，一个铲球把球盘到脚下朝南禹衡踢来。

当带着泥的足球快速朝南禹衡飞来时，他没有任何犹豫的机会，只能抬起右脚对准飞来的足球猛地一踢。秦智已经脱离了对方的防守，飞快地跑到对方球门附近，足球像离了弦的箭一样飞到他脚下，他顺势一踢，就这样以迅雷不及掩耳之势将球踢入球门内。两人配合得天衣无缝，看傻了一众男孩儿。

小秦嫣在身后跳着欢呼，端木翊却讪讪地说："喂，这也行？明显作弊啊，他又不是你们队的。"

秦智却回过身望向站在场边的南禹衡，张狂一笑："现在是了。"

南禹衡有些怔然。没人知道，在他生病前，最爱的就是足球；没人知道，他的爸爸还欠他一个去巴西看足球的允诺；也没人知道，多少次车子路过后山，他都情不自禁望向这片与他无缘的球场。

他看着秦智，眼里难得透出几许符合他这个年纪该有的光。

秦智昂起下巴对他说："还要我请你吗，南少？"

南禹衡低下头。无法猜测那几秒的纠结中他到底在想什么，而后他拉开了运动外套，挂在身后的树上。

小秦嫣兴奋地喊着："南哥哥加油！"

他将口袋里的手帕取了出来递给她："擦擦鞋子。"然后便大步迈入场中。

端木翊快气疯了，他从来没有看过秦智和南禹衡说话，更别提在一起玩了，但两人一个中锋一个边锋竟然配合得如此默契，上来就连进两球，对面士气大涨，加上场边莫名兴奋的小秦嫣和她不停助威呐喊的尖叫，端木翊人生中第一次有了遇见劲敌的感觉，开始屡屡针对南禹衡。

然而足球到了南禹衡脚下就跟会变戏法一样，南禹衡用几个假动作轻易甩掉端木翊，气得端木翊大喊大叫。

太阳逐渐西落，余晖透着暖暖的红色覆盖着后山，映衬着漫山遍野的红色枫叶，也给了那道清瘦的身影一丝朝气，少年精致立体的五官在酣畅淋漓间泛着耀眼的光泽。

只是没多久，南禹衡明显体力不支，开始剧烈地咳嗽，秦智便叫停了比赛，说肚子饿想回家吃饭。

秦智无论参加什么运动都是核心人物，他这么一说，男孩子们便陆续回了家。

当南禹衡、秦智、秦嫣三个脏兮兮的小孩儿从后山走出来时，荣叔都惊呆了。

回去的路上，荣叔不停唠叨："真是胡来，胡来！怎么就跑去踢球了？你也不管身子了！跟你说了多少次不能剧烈运动不能剧烈运动，还好没事，要是出了什么事，你让我和你芬姨以后怎么跟老爷交代？你看看你们几个身上这泥，哎呀，真脏，回去车子都要仔细洗洗……"

他絮絮叨叨念了一路，后座的秦智打了个盹儿，醒来后发现他还在说，不禁"扑哧"笑出声。荣叔一愣，被后座两人夹在中间的秦嫣也跟着大笑起来，紧接着便是孩子们止不住的笑声。

荣叔从后视镜里瞥了眼南禹衡，发现他虽看向窗外，但嘴角也微微扬着。他好几年没有看过南少的心情像今天这样好，于是将絮叨硬生生吞了下去。

快到家的时候，他还是忍不住对秦智说："秦少，你可不能带着你妹妹一起胡闹，她是女孩子，不能整天跟你们这些男孩子混在一起，不像个样子。"

秦智不以为意地下了车，秦嫣很乖巧地对荣叔说："谢谢荣叔送我们回来。"然后对南禹衡挥了挥小手。

南禹衡若有所思地看着她。

小秦嫣上了二年级，书包越来越重，每天扎着两个小辫子等在秦智教室门口。端木翊心疼她的小肩膀被两根书包带子压着，每每放学便率先冲出教室，手一勾拿下她的书包往后背上一扔。

小秦嫣一开始还抗议来着，不过秦智却无所谓地说："他愿意背给他背着就是，反正他以后要继承家业，趁现在能吃苦就多吃点儿苦。"

那时的秦嫣对此毫无概念，只是既然哥哥说让他背，秦嫣便也心安理得地让他背。

一群孩子走在山道上，聊着动画片里的打架剧情，一辆汽车缓缓驶来，停在他们旁边，他们纷纷侧头看去。

看到南禹衡从后座下来，秦智倒有些诧异，嘴角勾笑："要加入我们？"

南禹衡微微摇了摇头，然后在一群孩子中找到个子最小的秦嫣，对她说："你上次说好多字不认识。"秦嫣眨巴了一下眼不明所以，听见他继续说道，"我教你认字好吗？"

秦嫣看了看臭汗淋漓的哥哥们，又看了看清俊整洁的南禹衡，扬起笑容点点头。

南禹衡便穿过人群找到了端木翊，盯着他背上的粉色书包："给我吧。"

端木翊见又是这个病秧子，一脸不爽写在脸上，偏偏不交出书包，有些痞气地斜睨着他："搞得跟我们不认识字一样！你比我们大还不是跟我们一个年级，你能教秦嫣，我们也能教！秦嫣，走，你端木哥哥教你。"

小秦嫣有些为难地攥着手指头，南禹衡不急不慢地打开车门，从后座拿出一本书递给端木翊："这书名是什么？"

端木翊一看封面，脸都绿了，拍回给他："你认识我跟你姓！"

南禹衡漫不经心地说："《垂髫与耄耋》，垂髫指儿童，耄耋指老年。所以书包能给我了吗，南翊？"

端木翊也没想到这个称呼后来跟了他十多年，直到大学毕业还会有老朋友调侃他为"南翊"。

只是当时端木翊面子磨不开,也气不过,硬是站着不肯撒手,南禹衡便亲自动了手。他比他们大,个子也比他们要高上一些,虽然清瘦,但到底身形挺拔。他轻易从端木翊肩上扯下小秦嫣的书包拉着她上了车,对秦智说:"晚饭过后送她回家。"然后车子便开走了。

秦智站在一边但笑不语,没了拖油瓶,他倒是可以更痛快地玩了。对于年少贪玩的他来说,南禹衡帮他解决了一个大麻烦,他不禁对这个邻居又多了几分好感。

4

南禹衡并不是一个和善的好"老师",他比学校任何一个老师都要凶,每当秦嫣开小差的时候,他都会用非常凌厉的眼神盯着她,或者罚她把当天学的字多写十遍,又或者右手拿着一把很长的钢尺漫不经心地敲打左手,好似秦嫣写不好,钢尺就会落在她手心一样。

那年学校高年级有几个交换生名额,暑假可以去国外的手拉手友谊学校交流学习。南禹衡身体不好,自然去不了,秦智作为年级第一,理所当然被选中了。

秦文毅觉得出去见见世面也挺好,便安排了手下陪着秦智出国。

孙田凤家里出了点儿事,她要回去照料女儿,便和秦文毅请了假,这样一来,小秦嫣便没人照顾了。秦文毅把秦嫣送去外地的奶奶家,结果没待几天,由于气候原因秦嫣生病发烧,秦文毅只能又亲自把她接回来。

后来芬姨提议让秦嫣暑假住在他们家,反正她和荣叔天天在家,能帮着看孩子,小秦嫣也懂事听话,不难带,加上南禹衡也在家,可以顺便教教她功课。

秦文毅很是感激,于是暂时把秦嫣寄放在南家。

秦嫣毕竟还小,总是有些贪玩的,无聊的时候老是跑到南禹衡房间。有一次南禹衡去医院检查身体,小秦嫣玩弹球,把球滚到了他床底下,于是就钻进去捡球,结果在他床底下发现了一个收纳箱,里面全是玩具。

她费了好大的劲儿把玩具箱推出来打开,两只眼睛顿时亮了。箱子里面是那个年代很少见到的高级智能玩具,用小小的遥控器就能控

制机器人走路和跳舞,很是新奇,还有很多3D立体的拼搭赛车和轮船。

小秦嫣心里想,怪不得南禹衡从来不玩那些她送来的玩具,原来他偷偷在床底下藏了更好玩的。

她把箱子里的玩具全部倒了出来,还在箱底看见了一张照片,上面是一个很小的男孩儿,穿着一身鲜红色的贴身摩托车服,手上拿着一个黑色酷炫的小头盔靠在一辆非常大的摩托车上。男孩儿干净的脸上充满朝气,嘴角漾起得意喜悦的笑容。

秦嫣完全没有办法把照片中的男孩儿和南禹衡联系在一起,仿佛他们根本不是一个人。

正在小秦嫣对着照片出神的时候,房间门打开了。南禹衡站在门口,看见那一地尘封在暗处的玩具就这样被秦嫣掀开,仿佛揭开了他永远无法去除的伤疤。他怒气冲冲地走进房间对秦嫣吼道:"谁让你动我的东西!"

他狠狠地将秦嫣从地上拽起来赶出房间:"以后不准靠近我半步,走开!"

关上门的刹那,他听见门外微弱的哭声,烦躁地踢开那些玩具。

这些都是爸爸之前给他买的,南振经常去各个国家,每次都会给他带回最新的玩具。

从前,这些都是他的宝贝,但是自从爸妈离开后,他再也没有碰过。

晚上,芬姨喊南禹衡下楼吃饭,他说不吃。

芬姨站在门口欲言又止半天,叹了一声说:"小秦嫣站在院子里哭了一下午了,两只眼睛都哭肿了,天黑了外面蚊子多,喊她进家她不肯,说要回家,可她家又没人。"

屋内寂静无声,没有任何动静,芬姨只能下了楼,进厨房给秦嫣倒水,转身却看见南禹衡从楼上走了下来,径直开门走到院中。小秦嫣站在月光下,身上镀上一层淡淡的荧光,娇小可怜,小肩膀一抖一抖的,羸弱的身体像随时会跌倒一样摇摇晃晃,手臂被蚊子叮得红红肿肿,热得鼻子上全是汗珠。

南禹衡刚准备吼出的声音稍稍压低,对她说:"进来。"

小秦嫣赌气地侧过身子背对着他。南禹衡皱眉抿了下嘴:"我说话听不见?"

小秦嫣却抽抽搭搭地说:"我生气了,哄不好了。"

南禹衡浓密睫毛下的黑瞳里似荡起一圈波纹,搅动着他的心脏,让他感到一丝闷热难受。

他几步走过去,直接将小秦嫣拦腰抱起来扛回了家,小秦嫣扑腾着,委屈地哭着:"你不是不让我靠近你了吗?"

南禹衡没说话,冷着脸把她放在沙发上。

她的手臂上被蚊子叮得都是包,痒得她直挠,她本就生得白嫩,随便一抓便留下一道血红的印子。

南禹衡让芬姨拿来止痒膏,凶巴巴地对她说:"手臂伸出来。"

小秦嫣不理他,他便扯过她的手腕,冰凉的感觉缓解了痒痒的难受,只是小秦嫣还是一副很委屈的样子。

南禹衡几次抬眸看她,她樱粉的唇瓣微微嘟着,睫毛上还沾着一层水汽,表示她还在生气。

南禹衡垂眸,唇畔溢出一丝浅淡的弧度:"小脾气越来越大了。"

秦嫣不服气地转过头:"跟你学的!"

南禹衡愣了一下,随后眼眸浮起要笑不笑的光:"过来吃饭。"

他这样不知是笑还是发狠的眼神经常让学校的男生躲避,但秦嫣现在还在生气,不知道害怕,便脱口而出:"你喂我!"

"你以为你是小孩子?"

"我本来就是小孩子!"

芬姨站在一边听着两人无厘头的吵架,含着笑意把秦嫣的饭菜盛好递给南禹衡,南禹衡没接。芬姨看着秦嫣手臂上的蚊子包,到底心疼,便对南禹衡说:"她还小。"

南禹衡面无表情地接过碗:"张嘴。"

喂饱了秦嫣,芬姨便带她上楼洗澡了,南禹衡自己吃完饭回了房。

秦嫣洗好澡,穿上浅粉色的小睡裙打开南禹衡的房门,南禹衡没有抬头看她,但也没像先前一样赶她走。

她让南禹衡读书给她听。南禹衡望着她渴望的小眼神,靠在床头读着手上的《海底两万里》,说着海底变幻无穷的奇异景观和各类生物,还有高潮迭起的旅程。

南禹衡还没有经历变声期,声音清浅通透,像夏日的凉风吹在心间,让漫漫长夜变得安逸宁静。

没一会儿,秦嫣就进入了梦乡。

第二天秦嫣在楼下玩,南家门口突然停了好几辆黑色的高档轿车,紧接着一群很高大的男人从车上下来。看到一个岁数比较大的老人被人搀扶下车,南禹衡站起身对秦嫣说:"上楼玩去,别下来。"然后迎了出去。

秦嫣不知道发生了什么事,她从来没有看过南家来这么多人,连荣叔和芬姨都郑重其事地跟着南禹衡迎向那个老人。

小秦嫣跑到楼上偷偷往下看。

那个上午,南禹衡一改往日冰冷的态度,变得十分柔和乖顺,陪着老者说话,老者问他什么,他都礼貌应答。只是那个老者没有待多久便离开了。

南禹衡亲自扶他上车,秦嫣从二楼的窗户看见外面停了足足有五辆车子,占满了门口的街道,随后浩浩荡荡离开了。

后来秦嫣问南禹衡那是他爷爷吗,南禹衡说不是,除此之外,似乎不愿再多谈。

而秦嫣记得,在她长大后离开东海岸之前,那个老者每隔两三年就会来看看南禹衡,每次来都阵仗颇大,搞得东海岸的人都在背后议论老者的身份。

一个暑假下来,小秦嫣又认识了不少字,二年级刚开学,她已经能完完整整读出别人给秦智的情书内容,倒是把秦智吓了一跳,赶紧夺了过来撕碎扔进垃圾桶。

秦智虽然成绩很好,但大多数时间都跟野孩子一样到处玩,天知道他的好成绩是怎么考出来的,特别是数学。但是他似乎有一套自己的计算方法,尤其是心算,再难的算式,秦智都能很快心算出来,但要他说明方法,他却懒得解释。

所以秦嫣再大点儿的时候，遇到难解的算术题去问秦智，秦智从来懒得废话，直接夺过秦嫣的笔三两下写出答案让她自己悟去。

相比之下，南禹衡要耐心很多，他会引导秦嫣一步步计算，直至算出正确答案。

秦嫣的学习能力很强，从小学开始一直是班上的尖子生，学校老师都说多亏她有个成绩好的哥哥。只有秦嫣自己知道，她成绩好其实和她哥哥没有半毛钱关系。

倒是不久后，东海岸发生了一件大事。

第三章 流言蜚语

"我一定站在你这边。"

1

那是在某个寂静无声的夜里,小秦嫣忽然被一阵凄厉的叫喊吵醒,她睡眼惺忪地爬起来把头探到窗外去,看见她的爸爸秦文毅披了件睡衣匆匆打开院门。

她裹着被子趴在窗台上,听见远处的吵闹声越来越大,漆黑的夜里,女人的嘶吼划破夜空,声音惨绝,令人发抖。

大概一会儿后,吵闹声渐渐变小,她看见爸爸回来了,可是身后还跟着一个女人,一个年轻的女人。小秦嫣穿着拖鞋跑到楼下的时候,那个被秦文毅领回来的女人还在哭泣,手腕上有伤口,还在滴血。

秦嫣站在楼梯上吓坏了,孙田凤跑过去把秦嫣拉回房。秦智也在楼下,秦文毅让他去一趟隔壁,问问南家人能不能联系他们的私人医生。

南禹衡的私人医生是个和气的中年男人,每周都会到南家替南禹衡检查身体或是调整药方,偶尔和秦文毅碰上还会聊两句。

今夜事出突然,秦文毅并没有搞清楚事情的来龙去脉,思忖过后觉得麻烦南家的私人医生最为稳妥。

受伤的女人名叫姜寒,住在东海岸的上山区,那里地势独特,只有三幢房子,住在那里的除了端木一家,还有家世显赫的裴家和钟家。

姜寒便是钟家的保姆。

那晚，秦文毅出门的时候看见浑身是血的姜寒沿着山道一路跑下来，后来被钟家的保姆抓到，她拼了命地挣扎扭打，就像疯了一样。

至于原因，姜寒始终闭口不提。

钟家保姆怕深更半夜她继续这样折腾下去，会让整个东海岸的人看了笑话，便绑了她，结果被正好赶到的秦文毅撞上，喝止他们放了姜寒。

钟家大管家礼貌地跟秦文毅颔首，语气强硬地说："这是我们钟家的事情，秦先生不必插手。"

秦文毅看向姜寒，她死死咬着唇，把嘴唇咬出了血，眼里全是乞求，仿佛秦文毅就是她的救命稻草。那时秦文毅甚至相信，只要他掉头走人，面前这个刚烈的女人便会立马咬舌自尽，那一刻，他竟然在这个女人身上看到林岩淡漠而强硬的姿态。

他终究没有撒手不管，而是语带威胁地对钟家大管家说："钟家的用人半夜浑身是血外逃，被钟家人连夜捆绑回去，如果你现在敢带她走，我就有本事让这件丑闻明天一早传遍整个南城。"

秦文毅是做传媒起家的，他这句话并不是吓唬钟家大管家，只要他想，他的确有能力做到。

他身影颀长，立在钟家保姆面前。或许是因为他并不是大门大户出来的，年轻时从农村一路摸爬滚打，什么都干过，三教九流的人都接触过，威怒中总是带着一股匪气。钟家大管家权衡利弊，最终没有坚持，秦文毅便把姜寒带回了家。

姜寒病好后就留在了秦家。秦嫣和秦智并不知道爸爸和钟家是怎么谈的，总之钟家没有再上门要过人。

但很快，一件更匪夷所思的事在东海岸炸开了锅。

有人说姜寒怀孕了，有人说亲眼看见那晚秦文毅为姜寒和钟家"硬刚"，有人说秦文毅早就和姜寒好上了，还有人说姜寒怀的就是秦文毅的孩子。

有人的地方总有是非，而对于东海岸这样聚集着豪门阔太的地方，美容院的包间，悠闲的下午茶聚会，阔太太定期举办的宴会，都是传

播八卦最快的场所，短短几天时间，整个东海岸都在背后议论秦家的"丑事"。

对于东海岸众人的议论，秦文毅并没有多大的反应，每天如常出入，无论遇到谁，神色依旧。

但秦智和秦嫣受到了极大的困扰。

某天，秦嫣等哥哥放学，遇见几个高年级的女生笑着对秦嫣指指点点，秦嫣稚嫩的小脸看向她们，其中一个女生跟另外几个女生说："我听我妈说了，她爸妈都不是什么好人。"

说完这句话，几个高年级的女生走远。

那天南禹衡准备早一点儿离开，正好看见穿着红色小裙子的秦嫣一个人站在那儿，小手紧紧抓着裙摆，肩膀微微发抖。

他走过去拍了下她的肩，她回过头，南禹衡看见她眼圈红红的，那双如黑葡萄般的大眼里好似随时会掉出水珠来。她站在空荡的走廊里，像被人遗弃的可怜虫，带着浓浓的哭腔抬头望着南禹衡："她们说我爸爸妈妈不是好人，她们为什么要这么说？"

夕阳的余晖悄无声息地落进教学楼里，斑驳的光在走廊里拼凑成支离破碎的影子，南禹衡微微皱起眉低头看着她。

她还小，他无法跟她说清楚，在这个世界上，绝大多数人只愿意看见自己想看见的，只认同自己愿意认同的，总有人不惜诋毁别人来娱乐自己或者保全自己，世界太大，也太复杂。

他只是牵起她的小手，声音清淡地说："芬姨做了小蛋糕，和我回去吧。"

在小孩子的世界里，不管妈妈爸爸在不在身边，他们永远都是最好的，小秦嫣无法接受别人说自己的爸妈不是好人，她难过得眼圈红了一路。

下了车，秦嫣跟在南禹衡身后，穿过一片蓝叶玉簪走进南家。

南禹衡的家里不像秦家有那么多东西，到处都能找到兄妹俩的小玩意儿，充满人情味和温暖。相比之下，南家要清冷许多，中性的灰色调调，深木色茶几和桌椅，没有多余的装饰品，家里很多地方空出了放摆设的位置，只是不知道什么原因，并没有被填上，秦嫣每次过来都觉得南禹衡家过于单调空旷，给人感觉很清冷。

不过今天，秦嫣并没有像往常一样叽叽喳喳个不停，芬姨看到她的样子吓了一跳，忙问她怎么了。

小秦嫣在外面尚且克制，一进门眼泪就吧嗒吧嗒掉了下来，她问芬姨自己的爸妈为什么是坏人，他们做了什么坏事。

芬姨联想到最近的流言蜚语，立马意识到发生了什么事。小孩子忘性大，她想岔开话题转移秦嫣的注意力，但这次，因为涉及自己的爸妈，秦嫣似乎并没有那么好糊弄。

最后，南禹衡对芬姨说："蛋糕还有吧？"说完对芬姨使了个眼色，芬姨立马明白过来，赶紧去现做。

芬姨走后，南禹衡倒了杯牛奶给秦嫣，不经意地问她："你爸妈对你好吗？"

秦嫣双手抱着杯子点点头。

南禹衡又问："他们有做过坏事吗？"

秦嫣又摇了摇头。

"那你觉得他们是好人吗？"

这下秦嫣肯定地点点头。

南禹衡拉开椅子坐在她对面，认真地盯着她："这就够了。"

"什么？"秦嫣昂着小脑袋。

南禹衡长臂伸到她的面前，端过她掌心的杯子，把杯子把手对向她，然后声音如潺潺流水般流泻出来："你能看见杯子的把手吗？"

小秦嫣吸着鼻子说："看得见。"

"但是从我这个角度却看不见。所以我觉得这个杯子没有把手，是个破杯子，因为我根本没有看见杯子的另一面。

"同样的，别人没有和你爸妈生活在一起，不了解他们，只看到他们的某一面就对他们指手画脚，但你从小和他们生活在一起，你应该相信你看见的。"

彼时的南禹衡已经经历了变声期，声音不再清透，有些低沉，像琴弓划过大提琴的弦，沉稳而有质感，让秦嫣的情绪渐渐舒缓。

她脸上的眼泪凝结，似懂非懂地盯着面前的杯子，伸手将牛奶杯

拽到自己面前，双手捧着，心里刚才那憋屈的感觉，好像随着南禹衡的几句话忽然烟消云散了。

南禹衡慢慢低下头若有所思。桌角沙漏里的流沙一点点儿流下，那是个很古老很粗糙的木质沙漏，里面装着很细的白沙，南禹衡总是会盯着那个东西发呆，浓密的睫毛像扇子，头顶小灯薄薄的光被他长长的睫毛剪碎，洒在脸上，透出清浅的光来。

半晌，他低声说："要是以后，别人也说我是坏人，你会相信吗？"

小秦嫣擦了擦眼泪，坚定地说："南哥哥不是坏人，说你是坏人的人才是坏人，我肯定不会信的。"

南禹衡微微眨了下眼回过神，转眸看着秦嫣通红的小脸，忽而嘴角勾起浅浅的弧度。

秦嫣怕他不信自己，伸出手义正词严地说："那我跟你拉钩，无论以后发生什么事，我一定站在你这边，一定！"

南禹衡低头看着那只小手，已经不像幼儿园时胖嘟嘟的，但是依然很小很细，轻易能捏碎，就像小孩子的誓言，脆弱易碎。

所以南禹衡并没有把她的话放在心上，只是站起身说："吃完蛋糕我送你回家。"

2

秦智通常放学不会立马回家，如果南禹衡恰巧那天去学校，秦嫣偶尔也会跟着他先回来，在南家吃点儿零食写作业等哥哥，要是芬姨晚上做了好吃的，她干脆蹭顿饭再走。

不过几步路的距离，她向来自己走回家，可是她不明白为什么今天南禹衡非要送她。

到了家门口正好碰上才回来的秦智，他校服甩在背上，骑着一辆亮黄色的山地车，碎碎的短发随风飘扬，到院门口长腿一迈，车子停下，颀长的身影落在路灯下，掠了眼南禹衡。

如今的秦智比南禹衡矮不了多少，两人的气质也越来越迥然，一个淡雅如雾清清冷冷，一个落拓不羁风风火火，两人依然没有什么交集。

南禹衡让秦嫣先回家，说他有些课题要问秦智。秦嫣乖乖进了家门，秦智倒有些诧异，他虽然和南禹衡交情很浅，却也清楚隔壁的南少身体虽弱，脑子却很够用，即使大半个月不来上课，稍稍看一下习题便能自行领悟，还需要问他？

果不其然，南禹衡并没有问他关于学习方面的问题。

南禹衡双手插在藏青色针织衫口袋里，冷白的脸上看不出情绪，淡淡地说："今天学校有人当着秦嫣的面议论你父母。"说完他看了眼秦家的院门，继而说道，"你多注意一下吧。"

他的话说了半句留了半句，不知道是让秦智注意秦嫣还是注意家里发生的事。南禹衡无法过多干涉邻居的私生活，更何况现在这么敏感的时期，但他提醒秦智的分寸又拿捏得刚刚好，虽然秦智心思没有南禹衡细腻，但并不是一个愚钝的人。

秦智的嘴唇紧紧闭着，什么话也没说，点点头便进了家。

那天晚上秦嫣睡着后，秦智等到半夜秦文毅才回来，他坐在客厅里打游戏，见秦文毅进门，把游戏手柄扔在一边说："我们谈谈吧。"

秦文毅一时有些诧异，不是诧异秦智这么晚还没睡，而是诧异儿子什么时候已经像个大小伙子一样，居然摆出一副要和他谈谈的架势。

秦智不像秦嫣可以任性，情绪说来就来，走得也快，他这几年表面上看不出什么，从来没有抱怨过谁，但不代表他当真一点儿都不在乎。

他觉得妈妈之所以会离开家去拍戏，是因为不想见到爸爸。

他觉得秦文毅虚荣、自大、爱面子，他总是想不明白，为什么地位对爸爸来说那么重要。

他甚至觉得，如果不是秦文毅坚持搬到东海岸，妹妹也不会经常半夜哭醒要妈妈，他也不会受了伤自己躲在房间解决，更不会每天晚饭都冷冷清清地和妹妹两个人吃。

他觉得秦文毅虚伪、自私、只顾自己，用和睦的家庭换取了如今的地位。

可他又想不通这么顾及面子的爸爸，为什么会让这种事情发生，让家人蒙羞。

这让他觉得秦文毅这个人很矛盾，就像自己对他的感情一样，也很矛盾。

那晚，秦智说要让姜寒离开，秦文毅很严肃地告诉他，希望他不要再提出这种荒唐的建议。

那是从小到大秦智第一次对爸爸怒吼，他说了很多之前从来没有说过的话，很难听的话，说爸爸不爱妈妈，虚伪自私，不爱这个家，不顾及妹妹，只想到自己，狂妄自大，注定不可能被东海岸的人瞧得起。如果不赶走姜寒，他就带着妹妹去找妈妈，再也不会回来。

秦文毅不可置信地盯着秦智，不知道是愤怒还是震惊，扬起手就要落下去。秦智没有躲闪，迎上他的手掌，声音里透着恨意："你打啊！打死我，让姜寒给你生个儿子！"

青春期的男孩儿总是有些暴躁和叛逆，脾气爆发起来毫无忌惮。

秦文毅盯着秦智如今越发高挑的身材，一下子像苍老了许多，眼里涌动着复杂的光。最终他的手并没有落下，秦智也没有看懂他眼里的复杂。

他只是很疲惫地对秦智说："总有一天你会后悔对我说这些话，但我更希望没有那一天。"

他回了房，没有和秦智纠缠下去。

秦智失眠了一晚上。

那次大吵过后没几天，姜寒就主动提出离开，毕竟那夜的吵闹声太大，她不可能没听见。

生活看似再次恢复了平静，没人再提起姜寒，秦智也不知道她离开后去了哪里，可从此父子之间总像隔着层膜，虽然没人戳破，却难免别扭。

让秦智没有想到的是，那件事后没多久，林岩排开了档期，特地回来待了大半个月。一向不喜欢应酬的林岩，在那半个月里频繁参加东海岸太太们的聚会，和秦文毅出双入对，陪他出席一些商业场合，似乎在用切身行动粉碎萦绕在东海岸上空的流言蜚语。

也是在那段时间，南家传出消息，姜寒出事从钟家外逃那夜，南家的私人医生也在，当时姜寒已经有孕。

这个消息无疑让东海岸的人暗暗猜测，要么姜寒事先和秦文毅就勾搭上了，如果不是，那姜寒的事情就复杂了。

事关钟家，没人再多加议论，毕竟钟家的背景和实力不是东海岸任何一家可以对抗的。

但秦文毅知道南家的私人医生那晚并没有查出姜寒怀孕，只是这个消息从南家传出，无疑维护了他的名誉。秦文毅见到荣叔更加客气了几分，对南家也更亲近了些。

而林岩这次回来后，没有和秦文毅吵过一次架，反而有次一大早让秦智撞破秦文毅在厨房从身后搂着林岩的细腰，吻着她的耳郭。他很少看见刻板严肃的爸爸露出深情迷恋的神情，而林岩低着头，眉眼温柔地含着笑。

秦智不理解妈妈的行为，难道妈妈不生爸爸的气吗？

爸爸带回了一个不相干的女人，让妈妈难堪，可为什么一直忍受不了爸爸的妈妈，却在这个时候回到家，而且似乎像什么事都没发生一样。

他第一次觉得大人的世界太复杂，复杂到他没有意识到，自己的生活也在向着那些他无法参透的复杂狂奔。

南禹衡虽然不经常去学校，但每次考试成绩并不比秦智差。南禹衡的语文更好一些，数学却是秦智要高出一点儿。两人从小学开始成绩就不分伯仲，尽管从来没有在明面上过过招，但暗地里总在默默较劲儿，即使后来上了中学也是如此。

他们上的是景仁中学，初中部和高中部在一起，东海岸的孩子大都就读于这所学校。

上了初中后，秦智的身高蹿得很快，已经差不多和南禹衡一样高了，只不过常年运动的他皮肤更黑，也更加健硕。

然而不久后他便发现，上初中后，女生们变化很大，会开始偷偷化妆、烫头发，甚至涂那种看不大出来的指甲油。也许是生活条件都很优渥，女生群里开始攀比较量，谁的东西是名牌，谁的东西是限量款……这让秦智非常反感。

他生怕秦嫣以后也走上这条肤浅物质的道路，思来想去，觉得必须防患于未然，提早纠正她的三观，于是当天晚上回家就告诉秦嫣一

个可怕的消息。

那就是——他们是穷人家的孩子,至于多穷?反正很穷!

秦嫣那会儿对金钱还没有什么太大的概念,毕竟她从来是家和学校两点一线,不怎么需要用到零花钱,再看看身边被保姆、司机一堆人簇拥的同学,和她的生活反差实在太大,所以她毫不怀疑地信了哥哥的话。

而后她又好奇地问秦智:"那南哥哥家有钱吗?"

秦智想了想上次秦文毅无意中谈到的南家,于是点了点头:"有钱,听说他是船王的儿子。"

"船王是什么意思?他家有很多船吗?"

"我怎么知道,你自己问他去。"

于是晚饭过后,秦嫣还真跑去了隔壁。

南禹衡今天没有在书房或者院中,她去的时候,芬姨告诉她,南少有些不舒服,回房了。

秦嫣听说南禹衡不舒服,火急火燎地跑上楼,一把推开南禹衡的房门。对于南家,她从小待到大,早已熟门熟路。

南禹衡躺在床上,身上盖着被子,靠在床头,脸色苍白,有些虚弱的样子。

看见她冲进来,南禹衡放下手中的书,微微蹙起眉:"不知道敲门?"

秦嫣也顾不得那么多,几步走进房间往他床边一坐,有些担忧地问:"芬姨说你不舒服,怎么样了?"

南禹衡却答非所问地扫了眼床边说道:"那边有椅子。"

南禹衡比同年级的孩子都要大,虽然才初二,但他已经有十六岁了,心智和身体都要成熟一些。秦嫣看上去还是个孩子,不过她的五官已经渐渐长开,饱满的额头,秀挺的鼻子,出落得越来越漂亮。

此时房间里并没有外人,但他总觉得秦嫣每次来找他,大大咧咧地往他床上坐,不太合适。

然而此时的秦嫣还比较稚嫩,只是单纯地担心南禹衡的身体,于是不仅没有搬椅子,反而往前坐了一点儿凑近他,还摸了摸他的额头:"你没发烧吧?"

南禹衡迅速别开了头："没事，医生来过了，换季感冒而已。"

秦嫣倒是清楚，每年换季南禹衡都会不舒服一阵子，便也放下心来。

她也算是南禹衡看着长大的，在他面前从来藏不住心思，随便露出一点儿小表情南禹衡便知道她心里有事，于是问她："来找我什么事？"

秦嫣秀气的眉毛微微揪在一起，有些难过地说："我哥刚才告诉我，我们家很穷，还说以后我的零花钱要减半，说家里没钱了，要省着点儿花，我们是穷人。"

南禹衡挑起眉梢，穷人？家里有泳池、住别墅的穷人？

南禹衡沉默了一瞬。他很清楚秦叔叔这几年生意越做越大，在南城企业家圈子里的名气也越来越大，东海岸那些曾经不愿意与他往来的权贵都偶尔会去秦家走动，何来穷人一说？

他还没摸清秦智的用意，紧接着又听见秦嫣眨着一双大眼好奇地问他："我哥还说你家很有钱，是真的吗？"

南禹衡这下没有再看秦嫣，而是又拿起书，低下头去淡淡地说："南家是南家，我是我。"

秦嫣这下彻底蒙了："什么意思啊？"

南禹衡没有立即回答她，眼神落在书上停了几秒，抬起头看着她："我也是穷人。"

秦嫣越听越不明白："可是，我哥说你是船王的儿子，你家有很多船吗？"

南禹衡的眼神寂静无澜，合上书轻描淡写地"嗯"了一声。

小秦嫣立马又兴奋了："下次放暑假，你能带我去坐船吗？就那种，很大的船——"

她激动起来，不自觉地拽着南禹衡修长白皙的手。南禹衡转头看向她，不动声色地抽出手掌，眼里平静得没有任何波澜。

"海上风大，我不能坐船。"

"唔……这样啊……"

小秦嫣有些同情的同时还是掩饰不了眼中的失望，南禹衡只能假装没看见，瞥向窗外。

但是那一年暑假，秦嫣还是坐上了她心心念念的大船，跟着家人一起。

3

每年放假，如果林岩在外地拍戏，秦智和秦嫣都会去找她，那时林岩会跟组里要几天假期，带着两个小东西到周边度假，有时候秦文毅也会飞过去找他们。只有那时候，一家人才能无忧无虑地躺在某个海边，或者游览一些没去过的景点。

秦智曾跟秦嫣说，妈妈也许真的挺爱拍戏的，自从恢复工作后笑容也多了。关于这点，秦嫣也认同。这几年，林岩的脸上又恢复了神采。

秦嫣从小就清楚，妈妈看着像是没脾气，挺柔和的，骨子里却有自己的坚持和别人无法侵犯的领地，那时的她并没有意识到妈妈的性格早已潜移默化地影响着她。

而南禹衡因为身体不好，秦嫣从小到大没见他出过远门，就连市中心都从来不去逛的——荣叔说人多的地方空气不好，南禹衡的肺受过很严重的伤，不能去。

于是每次秦嫣旅游回来便会特地为南禹衡带回比较有特色的礼物，然后告诉他外面的世界是什么样子。南禹衡也会很耐心地倾听，不时问一些他感兴趣的问题。每每这时候，秦嫣总会有种自豪感，原来她也有解答南禹衡疑问的时候。

这次坐完游轮回来后，她送给南禹衡一个漂亮的游轮模型，还告诉他那艘船有多神奇多豪华，上面的餐厅怎么样，娱乐室怎么样云云。

南禹衡只是安静地听着，一语不发。他并没有告诉小秦嫣，这样的游轮早在他刚会走路的时候就摸遍了，他爸爸在他很小时就带着他四处航海，他三岁那年的生日，他爸爸送给他一艘游轮，正是以他的名字命名——衡海号。

可谁也没料到，正是那艘游轮，几年后淹没了他整个童年，甚至他的一生。

虽然现在秦嫣不会再送给南禹衡稀奇古怪的东西，但依然改不了喜欢送他东西的习惯，每次想到南禹衡离二十岁越来越近，秦嫣就难过得不行。

所以她想送给南禹衡所有她能送的东西,让他在有限的生命里感受到她微不足道的关心,获得一点点儿温暖。

她送出的所有礼物,只有那艘游轮模型被南禹衡放在了自己的卧室,床的正对面,对于这个细节,秦嫣偷偷开心了很久。

她还说等以后南禹衡身体好了,自己一定会带他去坐游轮,虽然她也不知道会不会有那一天。

秦嫣每天依然按部就班,练琴学习,在秦智的不停洗脑和告诫下,秦嫣一直认为家里陷入了严重的财务危机中,所以养成了勤俭节约的好习惯。到了小学高年级后,周围的同学开始追星、"买周边",放学后总是约着去买东西,她倒是不铺张浪费,乖乖回家练琴,在同龄人中显得与众不同。

秦嫣的音乐天赋从小可见,小学的时候钢琴已经很拿手,任何琴谱到她手上都能立马变成优美的旋律。音律相通,后来对于其他乐器她上手也特别快。

秦文毅见她有这方面的才能,便也希望把她往艺术家这条道路培养。秦文毅的父辈是普通农民,家里没出过什么厉害的人,如果秦嫣日后能成为艺术家,对他来说也算是光宗耀祖了。

谁都没料到,个子小小的秦嫣后来选择了大提琴——还在上小学的她就谜之喜欢这个跟她差不多高的大家伙,因为大提琴的琴弦发出的声音低沉温婉,总让她想起某人说话的声音。

至于某人,便是南禹衡。她最近和秦智提到南禹衡,总用"某人"代替,不再叫他"南哥哥",而这都是从某人对她态度疏离开始。

具体是什么时候,秦嫣也记不得了。她从小就很黏南禹衡,南禹衡这人对谁都清清冷冷的,身边也没有什么要好的同龄人,她以为自己会是南禹衡最好的朋友。但不知道为什么,从五年级下半学期开始,南禹衡就告诉她不要随便进他房间。有一次她冒冒失失闯进去,还被南禹衡训了一顿,再之后她拉着南禹衡陪她去超市买东西或者出门转悠,南禹衡也总会甩开她,让她离自己远点儿。秦嫣根本不知道自己哪里得罪他了，为什么这人翻脸比翻书还快。

于是她也很窝火，整个六年级都没有往南家跑。

好几次路过南家门口，芬姨喊她进去喝甜粥，她的脚步本来都不自觉往那边走了，只是转念想到南禹衡冷冰冰的脸，愣是没有踏进南家一步。

芬姨问过南禹衡好几次，他是不是和小秦嫣闹了什么误会，南禹衡都淡淡地说："没有。"

但是他从来不主动找秦嫣，芬姨也不知道两个小孩儿之间到底怎么了。

好在秦嫣那时小升初，功课繁忙，又要练琴，日子过得飞快。

最长一次差不多有两个月秦嫣都没有见到南禹衡，这期间她总是回想自己到底做了什么事，为什么南禹衡突然就讨厌她了。虽然这件事让她情绪时常低落，但到底小孩子心思比较浅，很快就被其他事情盖过去了。

放暑假前，南禹衡住院了，听说是肺部感染，在医院待了半个月。

秦嫣几次想去医院，又不知道去了以后看见南禹衡该说些什么，后来还是秦文毅提出要去医院看看南禹衡，这孩子没父母在身边，生病住院怪可怜的。他让秦智和秦嫣跟他一起去。秦嫣骑着哥哥的山地车跑出去买果篮，每种水果都是她自己挑的，她清楚南禹衡能吃什么不能吃什么。

回来的路上，果篮挂在把手上，车头太重，一个拐弯，秦嫣直接摔了出去，膝盖负伤了。

最后秦嫣没能去成医院，秦文毅带着秦智去了，期间和荣叔了解了一下南禹衡的病情。

南家先后换过三个私人医生，第二个医生是在南禹衡六年级时过来的，是个岁数挺大的中医。当时他说南禹衡因为受伤的时候比较小，内脏恢复的概率不是没有，而且有一次秦文毅停车时碰见那个医生，他还和秦文毅掰起过，现在慢慢调理，几年后南禹衡说不定还有可能痊愈，秦文毅听了也觉得挺振奋人心。

结果没两年，南家又换了个私人医生，是个年纪不大的姑娘，姓庄，人挺机灵的样子,说南禹衡熬不了多长时间,不可能恢复了。

那时秦文毅还觉得这个小姑娘不靠谱,建议荣叔重新找个医生,后来才从荣叔那儿了解到这个庄医生虽然年纪不大,却是业界很权威的女医生。

所以南禹衡住院,听荣叔的话好似不太乐观,秦文毅让他有什么需要帮忙的地方尽管开口。

秦智进了病房后一直坐在角落打手机,秦文毅跟他说"走了",他才收起手机跟着秦文毅走出病房。快要出去时,他转过头对躺在病床上的南禹衡说:"秦嫣本来要过来的,买水果时膝盖摔破了来不了。"

南禹衡侧头望向门口。他虽然打着点滴,脸色苍白,眉眼间却有种清淡的雅致。秦智不喜欢亲近南禹衡,并不是他不喜欢南禹衡这个人,而是他总觉得这样一个绝尘通透的男孩儿不知道会遭遇什么命运,有些过于残忍。他不和南禹衡有太深的交情,以后真有那么一天也不会太难过。

几天后,南禹衡出院了。

秦嫣在房间练琴,看见南家的车子,放下琴走下楼打开院门,就见南禹衡从车上下来。

他披着黑色的开衫毛衣,似乎更瘦了一些,眼眶也更凹陷深邃,像雨滴落进池塘,溅起圈圈涟漪,荡漾在心里,孤冷矜贵。

南禹衡侧眸看见秦嫣膝盖上包着的纱布,嘴唇微动,刚要向她转过身,秦嫣一甩头,一瘸一拐地回了家,还顺带把院门给关上了。

南禹衡脚步微顿,芬姨走到他身边问他:"要我喊秦嫣过来吃晚饭吗?"

南禹衡摇了摇头,往家走。芬姨能感觉出来南禹衡似乎在刻意远离秦嫣,只是他越是这样,芬姨越是心疼。他总是拒绝别人的善意,连身边唯一的朋友也推开了,家里显得越来越清冷。

4

秦嫣六年级的时候面临小升初,虽然上景仁中学并不会有什么问题，但课业依然很繁重，加上额外的奥数学习，总是搞得秦嫣很头大。

那时秦智加入了校篮球队，到处打比赛，课余时间还迷上了柔道，整天泡在柔道馆里——青春期的男孩儿都跟打了鸡血一样，见不到人影。

那年暑假，孙田凤家里出了点儿问题。有一天傍晚，孙田凤的老公不知道怎么找来了红枫东岸，孙田凤让门卫放他进来。两人本来站在家门口说话，男人问她要钱，孙田凤不肯给，然后就吵了起来，那男人一身蛮劲儿就要往家里冲，当时秦智还没有回来，家里只有秦嫣一个人。

她本来在房间练琴，听见争吵声越来越大，便跑下楼到门口张望，正好被那男人瞧见了，一把推开孙田凤，朝着秦嫣大步走来，眼神凶神恶煞，跟要吃人一样。

秦嫣反应迅敏，转身就往楼上跑，却被那男人一把拽住T恤后面的帽子，用劲儿往后一拉，"嘶"的一声，秦嫣脖子被勒出一道印子，领口也被撕了道浅浅的口子。

男人大力擒住秦嫣的膀子。秦嫣吓坏了，快速抬起腿狠狠踩了男人一脚。

男人吃痛松了手，趁着这个空当，秦嫣死命往楼梯上跑。

孙田凤整个人都傻了，从地上爬起来，追着男人上了楼。

秦嫣一口气跑回房间，刚锁上房门，外面就传来踹门的声音。男人边踹边喊道："你给我出来！"

孙田凤冲到房门口，抱住男人的腰，哭求他赶紧离开，她给他钱，只要他立马离开。

男人也是铁了心，骂道："现在求我走？老子就不走了！老子反正已经快被债主逼死了，我毁了这家人的女儿，看你以后还怎么跟着他们混！"说着就一脚蹬开孙田凤，继续猛踹门。

秦嫣大脑一片空白，站在房间里看着不停被冲击的房门瑟瑟发抖。房门在那男人的猛踹下不停晃动，看起来摇摇欲坠。

秦嫣颤抖着拿起电话，连数字都按不稳，终于拨通了隔壁的电话。通常都是荣叔和芬姨接电话，好巧不巧，那天电话响时，南禹衡正好在旁边，他顺手接起，就听见秦嫣颤抖的声音："救我，救我……"

南禹衡扔掉电话，对芬姨吼道："叫保安！"

话音刚落，芬姨冲出厨房，便看见南禹衡已经往隔壁跑去，这时她才听见隔壁似乎传来不太正常的响动。

秦嫣不知道门外到底发生了什么，她挂了电话没几分钟，就听见楼梯传来匆匆的脚步声，然后好似是有人扭打在一起的声音和那个男人不堪入耳的咒骂声，随后她透过窗户，看见大批保安冲了进来。

这时她听见门外有人敲了两下门，一个熟悉的声音响起："是我，出来吧，没事了。"

秦嫣这才冲到门口打开门。当她看见站在门外的南禹衡时，眼泪倏地掉了下来，放声大哭。

委屈，无尽的委屈，不光是今晚的惊吓，还有一年多来南禹衡对她疏离的态度，都在这一刻化为满腔的委屈倾泻而出。

南禹衡低头望见她脖子上被勒的红印子和被撕破的T恤，抬了抬手，又放了下去，声音低浅："不哭了。"

后来秦嫣下了楼，警察也来了，她这才看见那个男人左半边脸肿着，嘴角淤青，一副惨样。她急切地问南禹衡："你有没有受伤？"

他垂下视线："没有。"

秦嫣才放下心。

那晚秦家乱七八糟的，警察把名叫张大勇的男人和孙田凤两人带走后，秦嫣站在一室狼藉中抱着胳膊盯着南禹衡。

南禹衡转身说道："我和秦智说过了，他正在往回赶。关好门，我先回去了。"

秦嫣没动，依然站在客厅的水晶灯下，白嫩的小脸一副受尽委屈的模样。

南禹衡在门口忽而停住脚步，转过身盯着她："还是，你先跟我回家？"

秦嫣想都没想，跟上南禹衡。

两人并排走在两家之间的石子小径上，秦嫣高了一些，但南禹衡这两年更高了，她努力抬头挺胸才到他胸口下面。

两人很久没有这样在寂静无人的夜里并排而行。刚刚才经历了一场惊心动魄的意外,此时的秦嫣待在南禹衡身边,久违的心安竟然让她又有种想哭的冲动,便红着眼圈一直低着头。

一到南家,芬姨就忙着给秦嫣倒热水给她压惊。秦嫣窝在沙发上,大概刚才吓得不轻,整个人异常安静,沉默不语。

秦嫣喝了一杯热水,紧绷的神经放松了不少。她上楼去找南禹衡,在他房门前徘徊半天,迟迟没有敲门,却听见里面传来一声:"进来。"

秦嫣曾无数次赖在南禹衡的房间,对他房间的熟悉程度就跟自己家一样,却没有一次像现在这样忐忑。

她小心翼翼推开门,南禹衡正背对着她收什么东西,她眼尖,一下子看见了他手上缠绕的白布,几步走过去拽住他的手腕捧到眼前一看,南禹衡漂亮白净的手上多了一道口子,还在流血。

她再次抬头凝望着他时,眼里浮上雾气,声音却微微发怒:"不是说没受伤吗?"

南禹衡个子高,低头看她时,不经意瞥见她破掉的领口,不自然地抽回手:"小伤。"

"疼吗?"秦嫣声音发颤。

南禹衡却回身瞥了眼她的膝盖:"那你疼吗?"

两人陷入尴尬的沉默。

这时,楼下传来秦智的吼声:"秦嫣!"而后楼梯处传来急促的脚步声。

这是秦智第一次进南禹衡的房间,他火急火燎地冲进来:"有没有事?"

秦嫣摇了摇头。

秦智跑得满头大汗,咒骂了一声:"那个人渣!"然后重重拍了拍南禹衡的肩,"我欠你个人情兄弟,以后有机会一定还你。"

南禹衡侧头看了眼他的手,不咸不淡地说:"记下了。"

秦智倒是没想到南禹衡这么不客气,心照不宣地勾下唇,也没有多留,带着秦嫣就回家了。

这件事让秦文毅第二天就从外地赶了回来。孙田凤当着两个小孩儿的面跪在秦文毅面前。秦文毅也吃了一惊,把她带进书房问清了来龙去脉。

原来她老公在外地打工,借了外债,被逼得还不上,就找孙田凤要钱。孙田凤一个人承受着巨大的压力,多次想离婚,可男人不肯,甚至拿女儿威胁,一来二去,孙田凤几乎走投无路。

秦文毅听完,走到窗台边点了一根烟。

孙田凤看着他的背影,低着头说:"秦先生,如果这次秦嫣要是因为我出了什么事,就算是我死都赎不了罪。东西已经收好了,我随时可以离开,你不用为难。"

秦文毅回身看着她。他虽然已经年近四十,但依然气质卓群,在商场上打拼久了,举手投足之间都带着成熟男人的沉稳。

他把手中的烟掐灭,拉开椅子坐了下来,目光沉沉地注视着孙田凤:"你来我们家多久了?"

"七年。"

秦文毅骨节分明的手指抚了下整洁的桌台:"嗯,七年,你为这个家默默付出了七年。我和林岩的情况,你很清楚,这些年你照料秦智和秦嫣的生活,让家里井井有条,现在你生活遇到难处,我又怎么会在这个时候赶你走?"

孙田凤微微一怔,猛然抬起头看着秦文毅。

秦文毅从抽屉里拿出一个本子,抬头对她说:"离婚的事情我会帮你解决,以后不要随便放人进来,遇到事不要自己扛。林岩以前说过不请用人是不希望外人住进来,你既然住了这么长时间,自然不是外人。好了,出去吧,我打个电话联系律师。"

他没再抬头去看孙田凤微红的眼睛,后来这件事便这么不了了之。那个男人再没来找过孙田凤,虽然秦智和秦嫣并不知道爸爸是怎么处理的。

从此,孙田凤对这个家越发上心。

之后的某个周末,秦智下午说有事出了门,结果到半夜都没回来。那天秦文毅不在家,秦嫣临上床睡觉前打了电话给秦智,结果他手机关机。

她在床上翻来覆去睡不着，便又起床打了个电话给端木翊。电话那头端木翊声音哑哑的，明显在睡觉，说他们早散了，让秦嫣不要着急，秦智那小子贼精，不会有事。

虽说如此，秦嫣仍隐隐不安。

大约凌晨两点多的时候，外面有了动静。秦嫣一骨碌爬起来跑下楼，院门轻微摇晃，月影婆娑中看到两道模糊的人影，把秦嫣吓了一跳，连忙推开门跑出去，刚踏下台阶就看见南禹衡架着摇摇欲坠的秦智走了进来。

秦智的衣服被撕烂，头发凌乱张扬，牛仔裤上破了一个大洞，似乎在往外冒血，秦智胳膊架在南禹衡的肩膀上，紧抿着唇，阴沉着脸。

秦嫣捂着嘴震惊地看着秦智，惊讶得说不出一句话来。

看到秦嫣出来，秦智稍稍停住脚步，细碎的刘海儿被他甩到一边，他抬头盯着秦嫣，眼里涌动着复杂又陌生的神情。秦嫣第一次见哥哥用这种眼神盯着自己，不禁打了个寒战："你怎么回事？"

她走上前焦急地拉住秦智另一只胳膊，秦智只是缓缓侧过头去看她。她的脸很小，只有巴掌大，月光下清丽明媚，外人都说他们兄妹长得像，都像林岩。

秦智有一瞬看得失了神，声音沙哑中带着一丝满不在意的嘲弄："跟人干架了，看不出来吗？"

秦嫣被他气得不轻，说："你好好地跟人打什么架？要是爸爸知道了……"

"行了！"秦智有些不耐烦地抽回手，大步迈进屋。在漆黑的夜里他像一头凶狠的狼，周身散发着无法靠近的戾气，径直拉开冰箱拿了几罐喝的进了房。

秦嫣冲到他房门口朝他低吼道："秦智！你受伤了还不处理？要我打电话给爸爸吗？"

"出去！"秦智不羁地坐在地上，碎发挡住他的视线。

秦嫣被他吼得红了眼眶，刚准备冲进房，身后一只大手将她拉住。

她回过身，南禹衡高大的身影就立在她面前。他的脸色也不大好看，声音很沉地对她说："你哥今天遇到了点儿事，他身上还好，都是皮外伤,你先去睡觉。"

"到底发生什么事了?"

秦嫣抬起头迫切而焦急地看着南禹衡,南禹衡张了张嘴,似乎有些难以启齿。他弯下腰,双手重重地按在秦嫣的肩膀上,与她平视,语气认真:"让你哥静静。"

秦嫣虽然心中忐忑不安,但到底听了南禹衡的话,没有再硬闯秦智的房间。

她回房后,南禹衡推开秦智的房门。

房间里并没有开灯,一片黑暗,秦智坐在地上,受伤的腿伸直,另一只腿微微弯曲着,窗外的残月有些清冷,像罩上了漫天黄沙,一片朦胧。

南禹衡带上房门,拉过他房间的电脑椅往上一坐,没有出声。两人做了多年邻居,第一次同在一个屋檐下待这么久。南禹衡没有提起晚上发生的事,秦智也没有提,两人只是有一搭没一搭地说着一些无关痛痒的话题。

例如秦智他们搬来东海岸之前住的老城区,例如南禹衡小时候和爸爸航海坐了直升机。

夜更深了,南禹衡还没有离开的意思。

秦智嘴角微勾:"挺有种啊,你也不怕回去荣叔念叨?"

南禹衡毫不在乎:"我今晚没打算回去。"说完侧头抬眉盯着秦智。

秦智愣了一瞬,忽然仰头大笑:"回头别说我带坏你,夜不归宿。"

南禹衡无所谓地撇了下嘴:"反正我这个病秧子在你们眼中跟死人没什么区别,坏不坏又怎样?"

秦智微愣,转头有些意味深长地盯着他。原来那些男孩儿背地里议论调侃他的话他都清楚,只是他不在乎。

秦智无法想象,要不是将死之人,世界上怎么可能有人将这些流言蜚语置之度外?起码经过今晚,他知道自己做不到。

第四章 演出救场

惊鸿一瞥，没齿难忘。

1

那个冗长的暑假似乎比往年都要热上许多，秦文毅特地把家里的冷气系统重新升级了。

端木翊没事就跑来找秦智，每次一来就死乞白赖地待到吃完晚饭，还美其名曰说来吹冷气的。

秦智当然知道端木公子是睁着眼说瞎话，他家那房子一年四季恒温，还需要跑自己家吹冷气？就是闲的，怕在家被他爸盯着不自在。

要说端木翊家，算是东海岸唯一一个没有背景起家还能住在上山区的，这多亏他有个非常有生意头脑的老爸，在七八十年代承包了一片矿山，也就是那片矿山让端木翊他爸的人生走上巅峰。后来端木家又拓展了其他产业，涉足很多领域，钱滚钱滚成了南城首富，因而端木翊在学校也颇有名气。

同样在景仁中学有颇高知名度的还有秦智，但秦智出名是因为他那逆天的成绩。

东海岸的人都知道秦智在学习上从小到大就没掉过链子，端木翊他爸就总是把"多跟秦家那小子学学"挂在嘴边，所以一听说端木翊要去找秦智，他爸便也放心让他去了。

虽说端木翊学习不太行，但击剑、骑术、高尔夫样样精通，很给他老子长脸。而要说起打游戏，和秦智那叫一个趣味相投。整个暑假，两个大男孩儿整天窝在房间，一人对着一台电脑"激情四射"，家里不时响起两人吼叫的声音。

开学前一天的傍晚，秦嫣在房间练琴，孙田凤突然叫她下楼。

秦嫣从楼梯下去时，便看见穿着白色运动装的南禹衡立在她家大厅的蓝色鱼缸边。鱼缸里的热带鱼闪着红蓝色的微光，欢快地游来游去，似在好奇地打量面前修长的人影。淡蓝色光映在南禹衡冷白的脸上，他的轮廓越来越深邃，漆黑的眼瞳里流光溢彩，微眨间将蓝光剪碎，满室生辉。

秦嫣站在楼梯上盯着他，竟然一时忘了下台阶。她见过同班女生喜欢的偶像，有高大帅气的，有酷跩有型的，但她可以肯定，没有一个偶像明星有现在的南禹衡好看。

那是一种由内而外的矜贵和沉淀，不拘于这个轻狂的年纪，雅致脱俗又深邃幽然。他转过头的刹那，细碎的眸光落在秦嫣身上，她突然心头一阵慌乱，不自觉紧紧抓着楼梯把手，声音小得跟蚊子哼哼一样从嘴里发出几个字："你……有什么事吗？"

自从上次那件事后，整个暑假她和南禹衡都没再说过话，加上整个六年级她都没有找过南禹衡，现在面对他，她总有些局促。

南禹衡虽然没有动，但眉宇间微微拢了一下。秦智还没有回来，孙田凤在楼上做事，大厅空无一人，尴尬的空气飘散在他们周围，饶是南禹衡向来从容，也一时有点儿不知道该说什么。

他沉默片刻，从裤子口袋掏出什么东西往旁边的矮柜上一拍，头也不回地走了。

秦嫣愣了老半天才把视线落在矮柜上，伸手拿起小盒子，打开一看，发现居然是一台崭新的手机。

其实班上同学好些都有手机了，特别是上了高年级以后。但秦家一直没有给秦嫣配手机，一来秦嫣不像其他女孩子喜欢逛街出行，她大多时间都在琴房，不会乱跑，家里人随时都能找到她；二来她很乖

巧懂事，从来没有跟秦文毅提过买手机这件事。事实上，自从秦智不停告诫她家里很穷以后，她压根儿没有主动提过要买什么东西，反正平时她也什么都不缺，家里也没人想起这茬儿。

但南禹衡想到了。

晚些时候，秦嫣好奇地捣鼓她的新手机，还把哥哥的号码存到了手机通讯录里。秦智回来看见后问她手机哪里来的，她说是南禹衡送给她的。

秦嫣从小到大送过南禹衡不少东西，每次出远门看见好玩的总会想到南禹衡，南禹衡很少出门，日子过得清淡，这大概是他为数不多送给秦嫣的东西。

秦智倒是有些说不出的情绪，大约是他发觉自己最近确实忽略了秦嫣。

秦智清楚南禹衡不会要他的钱，但后来他还是用自己的零花钱买了一台单反相机让孙田凤拿给南禹衡，还了这个礼。当然，这是后话了。

秦嫣成了一个初中生，而秦智和南禹衡也都升上了高中。

景仁中学的初中部和高中部隔了一扇恢宏的拱门，但基本上形同虚设，因为最大的操场和先进的多媒体大厅，包括大礼堂都是共用的，所以初中部的学生经常能看见高中部的学姐学长，反之亦然。

而这届初一新生中，最受瞩目的就数秦嫣了。开学第一天就有非常多的学姐来到他们班门口围观，送她的小礼物塞满了整个抽屉，这都要托她那个万人迷老哥的福。

秦智开学后理了个寸头，山地自行车换成了黑亮的摩托车，经常骑着摩托车来上学，老师们见了最多皱眉说他几句，毕竟这小子成绩好得逆天，也没有公然违反校规。

高中军训，秦智成天泡在柔道馆，他的搏斗术越发精进，听说有教官找他单挑，他直接把人家给打趴下了。

这直接让秦智在高中部名声大噪，加上他身边常年围绕着一群像端木翊这样的公子哥儿，因此"秦智"两个字更是让人忌惮。

学姐学妹们扎堆地追随仰慕秦智，不过似乎秦智对此不大感兴趣，从来没有见他跟哪个女生走得近过。

因此唯一一个和秦智有关联的女生秦嫣,就变成了所有人瞩目的对象。

但秦嫣和她哥哥的风格实在相差太大。

她每天乖巧地穿着墨绿色格纹百褶校服裙,白色衬衫上的小领结系得端端正正,黑色皮鞋配上白色袜子,半长发绑成高高的马尾,干净清透。和人说话时总是笑盈盈的,亲切可人,声音温甜得像是四月的春风拂过耳畔,让人感到舒服。

那段时间美剧盛行,学校里的女孩儿们总是学着美剧里的打扮,头发上戴着各式各样的彩色发夹和丝带,她们研究化妆美甲和高跟鞋,讨论明星。而秦嫣似乎从来不参与这些话题。她恬静乐观、与世无争,美好中带着小小的神秘感,脱俗得像个小仙女,这也让班上的男孩儿很快对她殷勤起来。

那边本想来讨好她接近秦智的学姐们,自从看到秦嫣本人后,都开始传初一来了个漂亮可爱的小仙女,让秦嫣在学校的关注度又提高了一些。

大概初一新生中像秦嫣一样出名的,就只有和她同班的裴毓霖了。

在景仁中学里,大家对于东海岸的孩子都会有所忌惮,而东海岸中又数上山区最为厉害,那里只住了三户人家,端木家、裴家和钟家。

裴家有两个女儿,裴毓霖就是裴家太太所生的大女儿。

裴毓霖长得很漂亮,但是和秦嫣的漂亮不同。

秦嫣对每个人都笑眯眯的,她的难以接近是因为她身上有股子仙气,容易让人自惭形秽,所以绝大多数女生不太会主动靠近她。

裴毓霖却有种从骨子里透出的高傲。她平时用的东西都是最好的,出手也阔绰,很快班上的女生全都围着她转。

开学以来,裴毓霖从来没有和秦嫣说过话,有一两次秦嫣在走廊碰见她会朝她笑一笑,而她总是面无表情地移开视线,下巴微抬,似乎并不愿意搭理秦嫣。对此,秦嫣也不太在意。

没多久,裴毓霖身边的那些小姐妹就开始吹嘘,说她的芭蕾上过国际舞台,去年还被邀请去国外和一个有名的舞蹈艺术团共同表演。

很快,学校里就传裴毓霖是天才舞蹈少女,以后肯定会成为了不起的舞蹈家。

之后的一个下午,老师宣布放学,秦嫣在低头记录作业,前面的女生们一边哄闹一边收拾书包,说要陪裴毓霖去舞蹈教室练舞,想看看她的舞姿。

裴毓霖漫不经心地把东西往书包里装,淡淡地说:"那你们晚上就到我家吃饭吧。"

都说裴家的房子建得高大,跟古堡似的,众人一听能去裴家做客,都高兴得欢呼起来,一个女生还撞到了秦嫣旁边的桌子。

和秦嫣隔着一条走道坐着的是陆凡,一个留着短发、中性打扮的女孩儿,平时说话很冲,特别反感那些整天围着裴毓霖的女生。本来她在低头画画,被这么一撞,笔在纸上划了一道印子,直接毁了她一下午的心血,她怒气冲冲地将头一抬,恶狠狠地瞪着那个女生:"激动什么,你怎么不认裴毓霖当你妈?"

她这一吼,让原本在收拾东西的裴毓霖回过头来,教室里顿时陷入一瞬间的安静,所有人都朝陆凡看去,除了依然在低头写字、一副事不关己模样的秦嫣。

不过两秒过后,就有站在裴毓霖身旁的女生抱着胸回怼道:"陆凡,你这是嫉妒裴毓霖吗?人家跳舞好招你惹你了?"

陆凡干脆将笔一扔,蹬开桌子:"会跳个舞整天到处炫耀,她是安娜·巴甫洛娃,还是加琳娜·乌兰诺娃?人家秦嫣四年级钢琴就过了十级,还和里克西姆同台表演过,你看人家说过没?"

秦嫣握着笔的手顿住,有些愕然地抬起头。

2

陆凡说的和里克西姆同台表演,还是秦嫣五年级暑假时的事。那时林岩参与的话剧正好到南城巡演,她每天去排练总会带着小秦嫣一起去。后台有架钢琴,是为著名的国际钢琴家里克西姆准备的,话剧中有一段钢琴表演,特地邀请里克西姆演奏,结果有一次小秦嫣等得无聊,偷偷跑去弹了一会儿钢琴。

琴声响起,里克西姆便从化妆间出来了。他默默站在小秦嫣身后看着她弹完整首曲子，然后为她鼓起了掌。

那之后，里克西姆和林岩说，孩子很有天赋，如果好好培养，以后肯定能成为杰出的音乐家。再后来，里克西姆问她想不想和他四手联弹，出演她妈妈的话剧。

换作一般孩子大概早怯场了，但秦嫣从小就落落大方，欣然答应，于是每天林岩排练，小秦嫣就在一边练琴。秦嫣在音乐方面的天赋，让里克西姆刮目相看。

那次演出，当小秦嫣穿着白色纱裙坐在身着黑色西装的里克西姆身边时，所有人都惊呆了。更让人大跌眼镜的是，这个仅有十一岁的小女孩儿将黑白键驾驭得如此娴熟完美，这件事还上了当年的南城日报。

只不过没多久秦嫣就忘了这事，陆凡怎么会知道？

因为陆凡的话，所有人把视线落在了秦嫣的脸上，一个叫曹田的女生说："里克西姆？你吹牛能不能找个国内的钢琴家吹啊？"

曹田是裴毓霖的同桌，和裴毓霖走得最近。见她都站出来反驳陆凡了，其他女孩儿立马附和道："就是，里克西姆常年在国外，为什么会和一个小孩儿同台？"

她们那时还不知道秦嫣的妈妈就是林岩，当然也无法把秦嫣和里克西姆联想到一起。

曹田挑衅地盯着秦嫣："既然你这么厉害，走，去音乐教室露一手给大家看看啊。"

"对啊对啊！"

旁边人纷纷附和，连班上那些背着书包准备离开的男生都返回来，满脸看热闹不嫌事大地盯着秦嫣。

陆凡有些不服气地对秦嫣说："弹就弹，怕什么啊。秦嫣，走，就弹给他们听听！"

在众人眼色各异的视线中，秦嫣微微眨了下眼睛，声音不轻不重，有些温软地说："我题目还没记完。"然后便又事不关己地低下头写起字来。

曹田立马酸道："我看是尿了吧。上次音乐课老师让会弹琴的同学

上去,她怎么没去露一手啊?陆凡你嫉妒裴毓霖也不用拿秦嫣出来说事吧,弹《两只老虎》吗?我也会啊!"

旁边人哄堂大笑,推推搡搡,陆凡气得短发都要从头顶炸开了。在一片乱哄哄的嘲笑声中,秦嫣放下了笔,抬起头目光平静地盯着气焰嚣张的曹田。

她那双眼睛清透灵动,不染尘埃,头发全部绑在脑后,露出饱满光洁的额头。她没有生气,也没有出声,只是嘴角含着清浅的笑意,就这样回望着所有人。

此时的秦嫣十三岁,已经依稀可见少女亭亭玉立的姿态,脖颈修长,坐姿端正,不卑不亢。

那一瞬,所有人都产生一种感觉,这个女孩儿干净得让人不忍心再用言语伤害她,又坚韧得不惧任何人。

俗话说,伸手不打笑脸人,她含着恬静的淡笑,嘴边若隐若现的小梨涡让她看上去好看可爱极了,衬得那些围在裴毓霖身边的女生越发暗淡。

要是秦嫣出言怼回去,她们还能仗着人多继续嚣张,偏偏她含笑不语,这模样没人能招架得住,就连曹田都尴尬地别过了头,不再看她。

于是秦嫣便把视线落在那群女生中间的裴毓霖身上。裴毓霖也在看秦嫣,虽然从头到尾她没有说过一句话,但眼里的高傲渐渐变冷。

就在这时,他们班的后门突然被人从外面猛地推开,发出"砰"的一声,惊得所有人都朝后看去,然后就见端木翊穿着花色T恤、紧身牛仔裤,大摇大摆地走了进来。

他如今个子已经有一米七五,整个人有种天不怕地不怕的张狂劲儿,一讲来就斜着唇笑道:"你们这群小破孩儿放学不回家,窝在教室干吗?"

秦嫣回过头去,端木翊一眼看见她,笑眯眯地走到她旁边把她书包一勾:"走,前面新开了一家甜品店,我们去尝尝。"

被气得不轻的陆凡一看有学长来找秦嫣,反应很快地说道:"不是不想放学,是一群女生等着看秦嫣笑话不肯走。"

端木翊脸上的笑容瞬间敛了去。他眼睛细而长,眯起来时给人一种阴森的感觉,此时他一屁股往旁边的空桌子上一坐,面色阴冷地看着一群小孩儿:"哪个想看秦嫣笑话的,给我自觉站出来!"

他口气张狂,眉目间有些凶相,刚才说话的女生个个吓得不敢吱声。

陆凡轻蔑地歪了下唇,指着裴毓霖:"就她,还有她身边的一群狗腿子。"

端木翊朝裴毓霖看去,瞬间挑起眉梢,嘴角微斜:"哟嚯,我当谁呢?这不是大裴吗?"

东海岸上山区三户人家,端木家和裴家隔得不远,端木翊他妈和裴家太太关系好,经常下午约着一起喝茶打牌,所以端木翊从小就认识裴毓霖和她妹,他通常叫裴毓霖为"大裴",叫她妹"小裴"。

裴毓霖非常讨厌端木翊这样叫她,难听死了,而且她成绩优异,最看不惯的就是端木翊这样不学无术的人。见端木翊当众这样喊她,她顿时拉下了脸,面无表情地开口:"我可没有说她半句。"

端木翊微低着头,刘海儿垂在眼睛上方,窗外的斜阳洒进教室,让他的脸半明半暗,透着股邪气。他懒散地站起身:"我作为学长好心给你们提个醒,秦嫣要是在班上受了一丁点儿委屈,她哥绝对不会放过你们。另外,我也不会放过你们。我是谁,自己去打听打听。"

有状况外的小男生还问了句:"她哥是谁啊?"

端木翊有些慵懒地瞥了那男生一眼,然后身子微斜往后门看去,众人顺着他的视线看见倚在后门边的秦智。他穿着暗黑色迷彩紧身T恤,留着寸头,眉毛浓密,双眼炯亮有神,身材高大,加上常年练柔道,只是随意地抬起手,臂膀上硬朗的线条便透出一种强硬,只是往那儿一站,不用出声便让满教室的男生大气不敢喘一下。

女生中有人发出尖叫:"天啊!秦智!"

"真的是秦学长,居然来我们班了,我的妈啊!"

教室里顿时一阵骚动,就连裴毓霖的目光都牢牢落在了秦智身上。

混乱中,不知道什么时候秦嫣已经收好了书包,很自然地往端木翊身上一挂,然后径直走到后门,夺过秦智手上的矿泉水兀自拧开,一边喝着一边出了教室,仿佛从刚才到现在所有的争执都没她什么事一样。

第二天她到学校才听班上同学说,昨天她走了以后,陆凡被曹田她们拦了下来,女生们还用饮水机里的冷水泼了陆凡一身。

秦嫣皱起眉望了望隔壁空无一人的课桌,直到快打上课铃陆凡才赶来,见秦嫣看她,还大大咧咧地跟秦嫣打招呼:"早啊。"

秦嫣本想说些什么,但看陆凡一副没事人的样子,又把话吞了回去。

自打那天以后,班上同学对秦嫣的态度明显发生了很大的变化,男生多半敬而远之,不敢招惹,女生都殷勤地来找她说话,问她哥放学会不会来接她。

实际上,那天秦智也是被端木翊硬拉来的,不然端木翊一个人来找秦嫣怪怪的。但由于秦智的出现太过于轰动,导致那天回去后秦嫣就抱怨了,让他以后别来找她,在学校也跟她尽量装不认识,省得总有乱七八糟的同学向她打听他的事情,甚至有时候急着去厕所,半道上都能被人拦下来,让她很是烦恼。

相比秦智在学校的知名度,南禹衡则低调许多,甚至有一次秦嫣问一个学姐南禹衡在哪个班,那个学姐居然说没有这个人。

南禹衡不会天天去学校,偶尔来也总是戴个口罩遮住半张脸。和他一个班的同学都知道他身体不好,可能是怕尘螨感染,所以老师和同学也都不太在意,至于其他班的人,因为没见他把口罩拿下来过,所以对这个人压根儿没有印象。而且因为南禹衡的考试成绩一直在班上属于中等水平,不上不下,所以没什么存在感。

开学一个月后,景仁中学举办开学典礼,这是历年来的惯例,为了迎接新生,每年都会举办一次。

景仁中学不像公办学校一个年级开很多班,这里实行精英化教学,初中部加高中部一共才几百号人,因此每年的开学典礼都是初中部和高中部在一起举办。

开学典礼分为两部分,上午是益智类竞技赛,下午是文艺会演。

秦嫣班上的女生对于文艺会演的报名都很积极,自发组织了一个舞蹈节目,并推选裴毓霖为领舞。那段时间,参加舞蹈表演的女生每天放学都聚在一起,嬉笑练舞。

自从上次放学事件后,陆凡倒是经常会找秦嫣说话。秦嫣问陆凡是怎么知道自己和里克西姆同过台。陆凡神秘兮兮地说,她那时就在台下,那次是跟着爸妈去看舞台剧的,一下子就记住了秦嫣,后来还特地在报纸上找过秦嫣的照片剪下来压在写字台底下。

秦嫣听了后,脸色微微红了红。陆凡大大咧咧的,说这些的时候一点儿也没不好意思,上了初中,发现和秦嫣在一个班,她一直挺开心的。

陆凡和秦嫣的关系又近了些,有时候放学也会一起走。

开学典礼准备阶段,秦嫣问陆凡准备参加什么活动。陆凡说她参加了上午的竞技赛,报了乒乓球项目,反正每年这种竞赛,低年级学生的胜算并不大,就打着玩。她还问秦嫣要不要也报个项目,就当娱乐,万一赢了还能给班级加分。

陆凡把报名表拿给秦嫣看,秦嫣仔仔细细看了一遍,最后决定参加上午的益智类竞技赛,下午安静地当观众。

陆凡多少是有些失望的,她还指望秦嫣能参加下午的文艺会演,给初中部争光呢,现在只能祈祷装毓霖她们的舞别跳砸了。

大典时间在周六,一大早,端木翊就让他家司机把车开到了秦嫣家门口,接上秦智和秦嫣一道走,路上还问秦嫣报了什么项目。

秦嫣神秘地笑了笑,而后告诉他:"军棋。"

端木翊被雷了一把:"你一个小女孩儿还会下军棋啊?"

秦智也有些诧异地侧头看着她:"还有这比赛?"

也不怪秦智疑惑,棋类的比赛一般都是五子棋、围棋、象棋,至于军棋,他在景仁待了几年,压根儿就没注意还有这个比赛。

3

当天学校里很热闹,每个教室都有一场主题比赛。

秦嫣刚到学校就见陆凡骑着一辆破自行车过来,短发被吹得乱七八糟,土黄色的运动衫拉链拉到下巴,一副假小子的模样,老远就在喊秦嫣的名字,笑起来露出一口牙。

端木翊小声叨叨:"这年头还有景仁的学生骑自行车上学啊?我

说小秦嫣，你交朋友好歹挑一挑啊。"

秦嫣回头朝他捏了捏小拳头："不许说我朋友。"

端木翊满眼宠溺的笑意，乖乖闭了嘴。端木翊出了名的嘴碎，见到什么都要说两句，偏偏每次秦嫣让他闭嘴，他都照办。

秦嫣很快朝陆凡走去，两个小女生叽叽喳喳，没一会儿便消失在人群中。

军棋比赛在高中部的教室，陆凡先陪秦嫣去找教室，结果到了那间教室，里面空无一人，连老师都没有，这就尴尬了。秦嫣到底和谁比赛呢，不会整个初中部加高中部就她一个人报名军棋比赛吧……

后来秦嫣让陆凡先去参加乒乓球赛，她再等等，但她一个人干等着实无聊，便走上讲台拿着白板笔画起画来，直到两个人走进教室。

她停下动作侧头看去，进来的人是一个高中数学男老师，旁边站着一个戴着眼镜、看上去很斯文阳光的学长。

两人望了望白板上的速写人物画，男老师笑着说："你画的啊？"

秦嫣脸色微红，放下笔点点头。

男老师走进来翻开手上的册子："你是初一（2）班的秦嫣？"

秦嫣又点了点头。

男老师介绍了下身边的男孩儿，说他叫周涵，高二的，今天就只有他们俩报名了军棋比赛，所以可以直接开始了。

秦嫣乖巧地对周涵说："学长好。"

长相清丽的她让周涵眼前一亮，满脸笑意地对她说了声："学妹好，那我们开始吧。"

三局两胜。

他们下的是暗棋，也就是将所有棋子反扣，看不见对方的排兵布阵，每走一步虚虚实实，玩的就是缜密的布局和战术。

通常很多人会把军棋里最大的司令放在随时可以调用的地方，可吃对方棋子也可防御。然而第一局过半，秦嫣手下竟然调出了相继三个棋子，或大胆通吃，或畏首畏尾怕被炸，给周涵一种司令的错觉，所以一直围绕着这三个棋子被秦嫣耍得团团转。

到最后周涵才发现，这个小姑娘竟然把司令藏在最底下，活活耗尽了他的两枚炸弹,好一手声东击西。

第二局开始,周涵学聪明了,开始保守下子,保存实力,没想到秦嫣上来就空投了一枚炸弹,直接掀了他的司令,战术和刚才完全不同,打得周涵一脸蒙。就连在旁边观战的老师都发出惊叹:"你怎么猜到他的司令是哪个?"

秦嫣有些腼腆地说:"我猜周学长这局不会轻易放出炸弹,应该会拿司令保师长,所以两边的第一颗棋子应该是分别是司令和军长,不管炸到哪个都不吃亏呀,不过我运气好了一点儿。"

因为是周六,秦嫣没有穿校服,而是穿着一条薄荷绿学院风吊带裙,外面是一件纯白色短袖坎肩,饱满的额髻两边分别挑起两撮头发绑在脑后,其余的披在肩上,微风轻拂,纯白色的坎肩映衬着她白皙清丽的容颜,干净清纯。

让周涵傻眼的是,他两边真就放的是一个司令和一个军长,他的布阵居然被对面的小丫头看透了,不禁震惊不已。

好一手釜底抽薪。

第二局周涵又输了。男老师拍掌叫绝:"精彩!第三局还下吗?"

秦嫣带着笑意:"都可以,看周学长。"

周涵说:"再陪我下一局吧。"

第三局周涵赢了。他赢了后还有些不相信地问秦嫣:"你不会是让我的吧?"

秦嫣只是看着他笑,然后平静地摇摇头。

以前她也问过南禹衡同样的问题:"你不会是让荣叔的吧?"

南禹衡对她说:"下棋和做人一样,凡事要留有余地,让别人有路可走,自己才能进退自如。"

这时陆凡大汗淋漓地来找秦嫣,跟她说她居然赢了高中部的学姐,两人一阵激动。

中午,两人回班休息,还没进教室就见班上好多女生匆匆往外跑,嘴里还喊着:"不好了,不好了,吵起来了!"

秦嫣和陆凡面面相觑,不知道发生了什么事。陆凡便说:"走,我们也去看看。"

刚到楼下,就看见她们班上那群下午表演跳舞的女生跟高二的学姐杠上了。

其实也没多大的事,就是两边为了中午借用场地的事情吵了起来,因为都要放音乐练习,怕对方干扰自己。这些女生大多娇生惯养,强势惯了,自然谁都不肯让谁,没说几句就吵了起来。

有意思的是,对方领舞的是高中部校花方颖,这位大小姐在学校的号召力和名气无人能比。

大概裴毓霖刚升上初中就抢着出风头,对方也想给她点儿颜色瞧瞧,所以就是占着不肯让。

陆凡把秦嫣扯到角落,一脸看热闹不嫌事大地说:"一山不容二虎,我们坐山观虎斗。"

本来也就是小吵小闹,结果僵持了许久没有一方肯让步,两边女生吵得差点儿要推搡起来,好几个老师过来协调,最后都惊动了教导主任。

秦嫣只看见那些学姐临走前像一只骄傲的孔雀,冷眼看着裴毓霖说:"你给我等着。"

裴毓霖虽然个子没她高,但依然毫不示弱地回视着她。

秦嫣皱了皱眉,总有种不好的预感。

下午两点文艺会演在景仁的大礼堂举行,底下坐满了人,而上午在各项比赛中拿到冠军的学生也会被安排上台领奖。

一个节目后穿插几组领奖,所以陆凡和秦嫣都被安排坐在靠前的位置,方便上台。

南禹衡上午没有来学校,下午会演开始后才在后排找了个位置坐在角落。

他戴着口罩,没什么人注意到他。不一会儿,身旁落下一道人影,周涵往他旁边一坐:"我以为你下午不会过来了。"

南禹衡的声音从口罩底下传出:"过来看看。"

周涵有些激动地侧过身子对南禹衡说:"告诉你你都不信,上午我参加军棋比赛了,和个初一的小姑娘下,居然没下过她!更恐怖的是,她能算到我的布阵！"

南禹衡微微抬了下眉，声音清淡："初一？"

周涵眉飞色舞地说："可不是嘛，初一的小萝卜头，不过人小归小，长得很漂亮……"

南禹衡斜了他一眼："你够了。"

周涵："待会儿颁奖你自己看看嘛。"

陆凡先上去领的奖，神采奕奕的样子，毕竟得了冠军能为班级加分，对于初中生来说这种集体荣誉感还是很强烈的，就是裴毓霖身边那些女生看她再不爽，也乐意她得冠军。

然后是其他班表演节目。几个节目过后，颁发到棋类比赛的奖项，围棋、象棋、五子棋都是高中部的男生赢了比赛，唯独报到军棋的时候，主持人念出秦嫣的名字。

秦嫣从容地站起身，理了理小裙子，踏着纯白色的球鞋走上台，在众目睽睽之下站到一群高中学长身边。

她那会儿个子还很娇小，眼眸澄澈，浅色的衣裙让她在舞台的灯光下白得透亮，眉眼间淡淡的笑意使她的五官精致清秀。

台上的学长全都清一色侧头打量她，秦嫣有些不好意思地对他们笑了笑。

周涵忙碰了碰旁边的南禹衡："你看你看，就是她，那个小女孩儿！我没骗你吧？好不好看？"

南禹衡在听见秦嫣的名字时已经抬起头，此时他的半张脸隐在口罩后看不清表情，只是深邃的眼眸透着别有深意的光泽，盯着台上那抹娇小的身影。

周涵见南禹衡不发表意见，又碰了碰他："喂，说话啊，是不是很漂亮？"

南禹衡面无表情地侧过头盯着周涵，看得周涵瘆得慌："干吗啊？"

南禹衡声音低沉中带着丝威胁的意味："要想安安稳稳毕业，就少打她的主意。"

"为什么啊？"

话音刚落,中间的位置区域忽然有人吹起了口哨。周涵循声看去,就见端木翊霸气地站在座位上,还拉了拉秦智,又拍拍身边一群哥们儿的脑袋指着舞台,然后那一片区域的男生全都朝舞台吼了起来,拼命鼓掌——台上小秦嫣正在领奖。

她抬眉望向舞台下面,端木翊立马笑眯眯地对她招手,秦智倒是跷着腿坐在端木翊旁边,虽然没他那么疯,但也挂着浅笑。

秦嫣忽然咧开嘴给了她的亲友团一个灿烂的笑容。她牙齿洁白整齐,笑起来时脸上洋溢着青春的明媚,仿若朝阳落在她的脸上,灵动得让人挪不开视线。

整个学校的人都不明所以地回头朝端木翊、秦智那边看去,就连校领导都满脸好奇地回过头,不知道这群男孩子发什么疯。

周涵问南禹衡:"端木翊那群人怎么会认识她啊?"

南禹衡不咸不淡地说:"秦智是她哥。"

周涵恍然大悟道:"哦,对哦,她叫秦嫣,我都没把他们联想到一块儿。"

秦嫣接过奖状,跟着学长们一起微微鞠躬,然后转身准备下台,只是身体刚转过去又忽然顿住,猛然回头,视线直接越过众人扫向礼堂后面的角落,目光清澈明亮。

这举动把周涵吓了一跳:"这,她这不会是在看我吧?"

端木翊他们看见秦嫣的眼神也纷纷回头,南禹衡适时地低下头。只不过一瞬的工夫,秦嫣已经收回视线走下台。

她刚下台就看见她们班的女生全部火急火燎地往后台跑,她走到陆凡旁边问:"怎么了?"

陆凡也在往那边看:"不知道,好像出什么事了,我刚看杨琦她们都哭了。"

秦嫣秀气的眉皱了皱:"我们去看看。"

两人刚绕到后场,就看见她们班的几个女生依偎在一起掉眼泪,裴毓霖还在和组织部的学长学姐沟通。

陆凡大大咧咧地走过去问道:"你们哭什么?只有几个节目就要上台了。"

其中一个女生说:"歌曲没有了,我们怎么跳啊!"

那群女生七嘴八舌地说着,陆凡和秦嫣这才得知,她们交到组织部的歌被删了,而且不知道为什么设备断了网,想重新下载都不行。

正在她们叽叽喳喳的时候,裴毓霖突然转头吼道:"都别哭了,大不了不要音乐,就这样跳!"

这下所有女生都没了声音,面色迥异。

没有音乐,清唱还可以,但是没有音乐表演舞蹈,就是舞技再精湛也难免怪异。

一群女生听见裴毓霖这样说,恨不得立马脱了舞蹈服,感觉回家躲着也比丢人现眼要强。

就在众人陷入沮丧的沉默中时,秦嫣的声音传了过来:"要不,我给你们伴奏吧?"

她抬头看向裴毓霖。裴毓霖此时面色也十分难看,她们辛苦排练了这么久的舞,谁也不想搞砸,但让秦嫣来伴奏,太荒唐了。

到底是一群初中小女生,听见秦嫣这么说都没了主意,齐刷刷地看向裴毓霖,裴毓霖也紧紧抿着唇不说话。

秦嫣从黑暗的角落走了出来,渐渐走入灯光下,她脖颈修长,小身板挺直,身上有种淡然笃定的气场,望向裴毓霖:"我听过你们的伴奏,虽然没法儿保证百分之百还原,但重拍和鼓点处我尽量和原声吻合,只要你们跳的时候注意听,应该都能配合上的。"

她这一番话瞬间让一群沮丧的女生燃起了希望,纷纷看着裴毓霖等她发话。裴毓霖却站着没动,冷静地问秦嫣:"为什么要帮我们?"

秦嫣笑了,笑得理所当然:"因为我们是一个班的。"

裴毓霖眉梢染上一层傲慢:"你要是让我们出糗,我肯定也不会让你好过。"

陆凡立马怒道:"这是求人办事的态度吗?秦嫣,我们走!"

然而秦嫣却站着没动,眼里闪过一丝狡黠的光:"可以。但如果我帮你们伴奏成功,你得让曹田跟陆凡道歉,并且以后都不再整她。"

陆凡微微一怔。裴毓霖侧眉朝曹田看去,曹田一脸不情愿地说:"霖霖,我才不要……"

"好。"

裴毓霖截断了曹田的话。

秦嫣和陆凡匆匆跑出大礼堂,裴毓霖已经找老师说明情况,老师同意借给她们乐器,秦嫣和陆凡便二话不说拿着钥匙赶去乐器室。

两人气喘吁吁地跑到乐器室打开门。

陆凡立马拍了下脑袋:"哎呀!我刚忘了叫我们班男生来了,我们两个人哪能搬得动钢琴啊?"

可她转身,却看见秦嫣直接绕过钢琴往后面走去,淡淡丢下一句:"谁说我要弹钢琴了。"

陆凡一脸蒙地望着秦嫣:"你不弹钢琴怎么伴奏啊?"

只见秦嫣拨开几个箱子,弯腰从里面双手提起了一个大家伙,回过身对陆凡说:"喊男生来也没用,钢琴太重了,搬到大礼堂来不及,我用这个。"

陆凡愣愣地看着那把几乎遮住了秦嫣大半个身子的大提琴,面色古怪地说:"你还会这个?"

秦嫣没理会她,把大提琴靠在旁边,又在后面翻找。

陆凡看看时间:"快点走啊,你还在找什么?"

"等一下。"

不一会儿,秦嫣又翻出一个黑色的长盒,轻轻打开一看,笑道:"找到了!"

一把银色的长笛躺在盒中。她就势一关,递给陆凡:"帮我拿着,我们走。"

陆凡惊诧地说:"你不是用大提琴了吗,还拿这个干吗?又没有其他人跟你一起伴奏。"

秦嫣把大提琴一拿,率先走出乐器室,金色的阳光在她脸上跳跃,泛起星星点点的璀璨。她转身朝陆凡粲然一笑:"喂,你喜欢坐过山车吗?忽上忽下的感觉?"

陆凡不明所以地望着她笑盈盈的双眼。

"不是一直想看我表演吗?还不快走!"

4

秦嫣和陆凡气喘吁吁跑回去的时候，还有两个节目就到她们班了，所有女生都焦急地守在后台门口，看见秦嫣就跟看见救星一样。

虽然秦嫣要与她们共同上台，但她没有时间化妆弄头发，甚至也没有配套的服装，仅剩的时间她只能用来调音，并让陆凡给她找一条可以系在腰间的带子。

好在后台虽然乱，但东西很多，陆凡钻进道具服里找了一根翠绿色的绸缎问秦嫣行不行。

秦嫣二话没说，拿过绸缎往腰间一系，灵巧的小手很快编了个漂亮的结在侧面。这时主持人报到她们班的节目，所有人在场边准备上台，外面灯光也暗了下来。

秦嫣深吸一口气，拿起大提琴跟在大家的后面，陆凡匆忙追上她：“秦嫣！秦嫣！”

秦嫣回过头，陆凡不知道从哪儿找了一个精巧的发夹往秦嫣额边一夹。那个发夹上白色珍珠边萦绕了一圈淡淡的薄荷绿，和秦嫣裙子的颜色一样，十分般配。

陆凡看上去比秦嫣还紧张，替她夹好后兴冲冲地说：“真漂亮！加油，秦嫣！”

秦嫣伸出手掌，陆凡笑着与她击掌，而后看着她从容地转过身去。

舞者已经全部走上舞台站好位，摆好开场造型，一束光忽然从舞台上面照了下来，秦嫣走在最后一个，她拿着大提琴缓缓走到那束光下，身姿清丽幽然，绿色裙摆微微荡漾间，她眉目清澈、含着浅笑向台下微微鞠躬，然后从容落座。

端木翊张着嘴愣了半天，打了打旁边的秦智：“你妹妹早上没说下午要上台吧？”

秦智也有些诧异：“没听说。”

端木翊身边的兄弟一看见是秦嫣，又开始起哄。秦嫣刚举起右手的琴弓，听见台下的哄乱，忽而手臂微顿，抬眸，目光宁静地落在场下。

端木翊立马大吼一声：“都闭嘴！”

瞬间，整个礼堂随着他的一声吼，鸦雀无声。

周涵又激动了起来："这个小妹妹可以啊！"

南禹衡原本低头落在手机上的视线缓缓抬起，盯着光束下清丽的人影。

秦嫣对舞者们点头示意，手上的琴弓便落了下去，瞬间，大提琴柔和的声音如漫漫河流，通过话筒在大礼堂蔓延开来，头上的光束也渐渐扩大，身后原本静止的舞者，一个个如被大提琴的声音唤醒，就像沉睡的木偶终于苏醒过来。

红色的古典长裙逐渐让整个舞台绚烂起来。

裴毓霖身姿柔软轻盈，每一个动作都堪比专业舞者。这支舞是她编的，花了很多心思，也对所有参与这支舞的同学要求严格，没有老师参与编排，但她们的表演让台下的音乐老师都为之惊艳。

秦嫣一开始还在努力合上她们的原声节奏，随着舞者的状态越来越好，秦嫣也找到了感觉，几个低沉的重音过后，原本舒缓悠扬的节奏渐渐加快，浑厚丰满的琴音忽然变得气势磅礴，就如千军万马从远处的高山奔腾而下，让人不禁心跳跟着加快。

端木翊是第一次看见秦嫣拉大提琴，他万万想不到那么小的身体可以把这个大家伙驾驭得炉火纯青，看得下巴都要掉下来了。

当然，和他一样感受的同学不在少数。

而秦嫣仿若完全沉浸在琴声中，身体随着琴弓摇晃，像个专业的大提琴演奏家。

就在所有人的目光聚焦在舞台上时，大提琴声戛然而止。

所有人屏息凝神，台上的舞者也开始迅速变换队形，就见秦嫣收起琴弓的同时，从系在腰上的绸缎后像变戏法一样抽出一支长笛。

几乎同时，场内响起了欢快高亢的笛声，原本奔腾而下的河水流入支道，变成清澈的溪水，婉转轻吟，通透轻快，流过两岸摇曳的芦苇，流过溪畔热闹的人家，流过丛林纷飞的鸟群，流过原野上的蓝天白云，让人置身梦境。而舞台上的舞者也似乎从刚苏醒的优雅懵懂中渐渐绽放，红色长裙所到之处似踏着四溢的花香，盛开怒放，衣袂飘飘，轻盈欢快。

舞台侧边手持长笛的姑娘，淡淡的薄荷绿裙摆微微被风吹起，那双澄澈的大眼透着淡淡的波光，柔嫩的脸庞在灯光下蕴藏着含苞待放的美艳，又清澈得似不食人间烟火的仙女，美好得让人不忍染指。头上那个精致的发夹折射出璀璨的淡绿色光芒，腰间搭配一条翠绿的腰带，那不同层次的绿色让她仿若万红丛中一点绿，清新脱俗，不染尘埃，惊艳全场。

而她手下的乐器更像是看不见的丝线，操纵着舞台上的一众舞者变化莫测的身姿。

随着高亢的笛声在俏皮的尾音中收住，所有人的视线都落在那道淡绿色的身影上，只见她干净利落地将长笛插回腰间，拿起琴弓——大提琴悠扬的声音又回来了，就如那分散欢脱的溪流最终汇入江河湖海，而舞者们也从盛放中渐渐安静下来。

舞台的灯光变柔了，好似夕阳西下，从苏醒到绽放，再到沉睡，低调儒雅的琴音将每个人从欢快中拉了回来，如走过漫山遍野的花香，让人沉醉过后回味无穷。

大厅寂静无声，舞者在缓慢悠扬的大提琴声中聚拢，结束表演。

场内顿时灯光大亮，秦嫣半垂的眼眸终于随着手上停止的琴音渐渐抬了起来，当她晶莹的眼眸落向场下时，瞬时掌声雷动。

领舞的裴毓霖跳得也很好，身段柔软轻盈，本该是全场的焦点，但由于秦嫣的乐器演奏变幻莫测，调动着舞者的身姿和全场的情绪，就像一个稳坐钓鱼台的操控者，所以这场表演，她吸引了所有人的目光。

陆凡激动得都哭了，虽然她平时大大咧咧，但到底是小女生，情绪容易被感染。她仿佛回到了几年前跟着爸妈去看舞台剧的那天，当时也是被台上的小女生惊艳到，无法想象一个和她同龄的女孩儿怎么能在那么多人面前挥洒自如，就像一个天生的音乐家。

她也终于知道刚才秦嫣口中的"过山车"是什么意思了。秦嫣一人无法诠释伴奏中激荡起伏的音调，便在选乐器时就打算用两种不同的乐器把一首变幻莫测的配乐用另一种形式呈现出来，从低沉浑厚到气势勃发再到婉转低浅，极具感染力地调动着人们的情绪，正如坐过山车时高时低一样。

舞者们并排站着准备鞠躬下台，她们全都看向秦嫣，向她招手。秦嫣脸色绯红，提着大提琴，笔直的身姿显得脖颈越发修长，她走到她们旁边。

虽然她从头到尾只是安静地坐在边上伴奏，但这场表演，舞台下的目光都聚焦在这个清丽脱俗的小女生身上。

主持人这时走上台说道："要特别说一下，初一（2）班的舞蹈由于上台前伴奏出了点儿意外，所以这支舞临时用乐器演奏代替播放，让我们把掌声再次送给今天伴奏的这位同学。"

秦嫣落落大方地鞠躬，台下再次掌声雷动，端木翊身边的小伙子们再也压抑不住，狂吼起来。

端木翊凑到秦智身边笑着说："糟糕，这就是心动的感觉，我们家小秦嫣越来越优秀了。"

"也不看她哥是谁。"

秦智毫不客气地把功劳揽了过来。虽然他经常在家听见秦嫣练琴，但还是第一次看见她公开表演大提琴独奏，他知道妹妹喜欢玩乐器，但他对乐器没什么研究，今天一看，才发现这丫头片子挺给他长脸的。

而南禹衡也是第一次看秦嫣拉大提琴。此时舞台上的秦嫣倒是有些让他恍惚的感觉，在某个瞬间，他真的觉得那个总是在他面前调皮嬉闹、爱哭鼻子的小女孩儿长大了。她可以落落大方地走上舞台，不惧众人的目光，沉着冷静地进行一整场表演，甚至即兴发挥。

他无法形容此时心里的感受，很久以前，他的父亲南振跟他说过第一次见到南禹衡母亲时的场景，大概就是这般——惊鸿一瞥，便没齿不忘。

听见坐在旁边的周涵喋喋不休的惊叹，南禹衡藏在口罩后的唇角微微上扬。

秦嫣一下台，所有女生都围着她欢呼起来。被热情的众人簇拥着，秦嫣有些害羞。

裴毓霖倒是没有过去，只是走到一边面无表情地换下舞蹈服。

高二的舞蹈表演在她们后面，学姐们陆续来到后台准备，裴毓霖抬眼朝方颖看去，眼里流动着幽暗冰冷的光。

高二的舞蹈节目是压轴表演，结束后，整个文艺会演宣布落幕，学生们陆续从大礼堂正门退场。

陆凡也到后台找到了秦嫣，喊她一道走。出口人很多，她们还特地等到人少的时候才出去。

可没想到，她们刚出了礼堂，就有一群高中男生或站或蹲在不远处的柱子边，大约十来个人，个子都挺高，基本上都是高二高三的学长，痞里痞气的样子。

看见秦嫣和陆凡，其中一个男生走了过来对秦嫣说："小美女，我们钟哥说你琴拉得不错，想跟你认识一下。"

秦嫣和陆凡朝那群学长看去。站在中间的男生留着一头短发，鬓角还剃了几道杠，靠在圆形罗马柱旁，穿着宽大的黑色篮球衣，眉毛像剑一样微微上挑，眉眼间有股凶相，此时看着秦嫣，似笑非笑。

秦嫣皱了下眉，很快移开视线拉着陆凡绕过面前的男生。

结果男生往她们身前一挡，有些无赖地笑道："小美女识相点儿，我们钟哥瞧得上你是给你面子，你过去跟钟哥打个招呼，不然你今天肯定走不了。"

陆凡顿时有些紧张，把秦嫣往她身后拉了一下，对面前的男生说："他是谁啊？校长吗？我们凭什么要过去？"

男生不屑地嗤道："真是新生，什么都不知道。东海岸知道吗？我们钟哥家住在上山区。"

陆凡知道秦嫣也住在东海岸，赶忙回头看秦嫣，就见秦嫣脸色微微变了变。

秦嫣当然知道东海岸上山区的那三户人家，除了端木翊和裴毓霖他们两家，还有一户人家正是钟家。

想当年秦嫣还小的时候，她爸秦文毅和钟家的保姆姜寒的事还曾闹得满城风雨。

陆凡知道惹上了大麻烦，她没有和这些不良少年接触过，到底年龄小，有些不知所措。但秦嫣倒没有显得多慌张，要说不良少年，她从小跟在她哥身边，多少免疫了。

于是秦嫣面不改色心不跳地对面前的男生说:"我不想认识他。"然后拽着陆凡就打算径直离开。

钟藤缓缓直起身子朝秦嫣走了过来。秦嫣抬起头微微眨了下眼,掩饰住心中的慌乱,面上倒是不卑不亢,就这样盯着钟藤。

关键时刻,陆凡倒是很讲义气,虽然她也怕,但是她挡在了秦嫣的前面。

钟藤看都没看陆凡,抬起手拎着她的衣服把她往旁边一推,瞬间那邪性的气势就压向了秦嫣。

秦嫣不自觉后退一步,眉头皱得紧紧的。陆凡看情况不对,掉头就跑去喊人。

钟藤不急不慢地又靠近一步,秦嫣再往后退,一下子撞到了柱子上,把她吓了一跳,像受惊的小白兔,长长的睫毛微微颤抖着。

钟藤薄唇微微勾起,抬手将秦嫣圈在柱子上,低着头仔仔细细看着秦嫣的小脸,目光从她光洁饱满的额到含水如雾的眼,再到翘挺的鼻子,随后低下头凑近她:"果然基因强大,你和你妈这种长相还真让男人没有办法。"

他轻浮的口气让秦嫣突然直起身子,她虽然性格柔和,但不代表没有底线,特别是涉及家人,她会毫无顾忌地捍卫。

只见刚才还有些慌乱的小女生,忽然眼里透着坚毅,抬起双手用劲儿推开钟藤,结果他纹丝不动,还有些戏谑地盯着她。

秦嫣顿时急了,她个子不高,轻易从他臂膀下钻了出去准备跑开,钟藤长臂一伸,勾住她的浅白色小坎肩,顺势往回一拉,本想把她拉回来,但十几岁的男孩儿浑身都是劲儿,猛地一拽,没想到小坎肩顺着她的肩膀滑落。等钟藤收回手时,秦嫣的白色小坎肩已经到了他的手上,小坎肩本就薄,直接被他拽坏了。

钟藤微愣,再抬起头看去时,秦嫣坎肩底下只有一件淡淡的薄荷绿吊带裙,白嫩修长的脖颈,光洁圆润的肩头和纤细的手臂就这样露在外面,在斜晖下白得反光,看呆了一群男生。

秦嫣双臂抱着身体涨红着脸,眼圈通红。

就在此时,远处响起一声怒骂:"浑蛋钟藤!"

陆凡跑得上气不接下气，跟着端木翊、秦智一群高中男孩儿冲到秦嫣面前，阵仗太大，直接惊了礼堂周围还没散去的同学，好多人陆续围了过来。

端木翊上去就揪着钟藤的衣领，一副吃人的表情："你能耐啊！当众羞辱一个初一新生算什么男人！亏你还有脸住在上山区，我呸！"

钟藤手上还拿着那块香软的布料，有些愕然地说："我没想拽她衣服。"

端木翊整个人跟麦毛的狮子一样夺过钟藤手上的坎肩："那这是什么？"

秦智已经走到秦嫣旁边，用身体挡住所有人的视线，将秦嫣挡在身后。

此时裴毓霖冲出人群走到秦智身边，先是有些局促地抬头看了他一眼，然后果断把手上的舞蹈服往秦嫣身上一披。

秦智侧眸对裴毓霖点了下头表示谢意，然后走到端木翊身后，把他往旁边拍了拍，平视着钟藤，眼里露出骇人的光："我警告你，再敢动我妹一下，我管你爸是谁，照样整你。"

裴毓霖也走到他们面前眼带讽刺："我说太子爷，这种事你也干得出来？真给钟家长脸啊。"

秦嫣站在他们后面，舞蹈服的面料很重很滑，一直往下掉，她只能一直用双手拽着。忽然身后落下一道人影，将快掉到地上的舞蹈服整个拉了起来，将秦嫣裹住。

秦嫣一惊，抬头看去，身边高大的男生戴着黑色口罩，那双漆黑的眸子深邃悠然，她慌乱的心忽然落了下来。

钟藤气得刚准备骂人，便看见一个戴着口罩的男生用衣服将秦嫣裹住，把她护在身边。

他虽然不是有心扯秦嫣的衣服，但到底还是失了手，偏偏面前几人不是说动手就能动的，于是他便把怒气发在这个戴着口罩的男生身上，对着他吼道："你又是谁？"

南禹衡看都没看他，淡淡地说："我先带她走了。"

他这话明显是说给秦智听的，秦智点点头。

南禹衡轻拢住秦嫣肩上的衣服，带着她转过身去，谁也没料到，就在这时，一腔怒火的钟藤突然走到南禹衡背后，猛地给了他一脚。

秦嫣回过头，捂住嘴惊叫了一声，南禹衡身体向前微微晃了一下，而后转过身来盯着钟藤。他戴着口罩，只露出一双黑沉的眼睛，此时却迸发出凛冽的光。

就在所有人还没反应过来之际，南禹衡抬手就还了钟藤一记肘击。

南禹衡的动作太快，一时间，就连钟藤身边的那帮哥们儿都没反应过来。

瞬时间，整个礼堂外寂静无声。

钟藤，钟家的二儿子，上有只手遮天的父亲和呼风唤雨的大哥，从小到大没有人敢碰他一下，可就在刚刚，众目睽睽之下，他被一个不知名的小子给揍了？

那一下让钟藤痛得弯下了腰，他眉头皱起，对着南禹衡骂了句，作势就要朝禹衡冲去，可是刚一动，后脖颈就被人掐住，他一转头，是秦智抓住了他。

钟藤的那帮兄弟反应过来，一下子全围了上来。端木翊回头吼了一声，他们这边的人也全站了出来。

一眨眼的工夫，礼堂外一片混乱。

而南禹衡将秦嫣护在怀里，趁机带着她离开了学校。

第五章 出面维护

"南禹衡是我朋友。"

1

秋意正浓，点燃了漫山的红枫，车子在山道穿梭，两旁的红色枫叶随风摇曳，仿若跳跃的火焰，点燃了青春。

一上车，秦嫣就着急地说："我哥怎么办啊？会不会有事啊？"

南禹衡拿掉口罩说道："刚才已经有校领导过去了，会没事的。"

秦嫣弯弯的眉毛揪在一起："那你呢？你的背怎么样了？"

南禹衡脸色不大好看地侧过头去："没事。"

没事个鬼，上次他也说没事，后来手上的疤到现在都没消掉。

所以一进南家，秦嫣就吵着要看南禹衡的后背。刚才钟藤那一脚蹬得不轻，秦嫣就站在南禹衡身边，能感觉到那股冲击力，而且他就穿了一件单薄的衣服，不知道他后背怎么样了。

南禹衡黑着脸径直上楼不理睬她。秦嫣急得直跳脚，追到了南禹衡的房间。南禹衡面无表情地说："你回家去。"

秦嫣将舞蹈服扔到一边，直接朝南禹衡走去："不回，给我看看。"说着就要去掀南禹衡的 T 恤。

南禹衡攥住她纤细的手腕将她拉开，目光扫过她白皙的脖颈，语气沉沉："你都上初中了，随便掀别的男孩儿衣服，你觉得合适吗？"

秦嫣急得眼睛都红了："你又不是别的男孩子。"

她的声音酥软得如浸了蜜，让南禹衡心头划过一抹异样。

南禹衡眸色微紧，果断转身走到屋子一角翻找东西。秦嫣见他又不理睬自己了，一股委屈涌上心头。

南禹衡这两年对她总是这样，不知道为什么忽冷忽热的。明明她遇到危险，南禹衡会第一时间过来维护她，明明她不舒服，南禹衡也很紧张，可是一转身，他又是那副冷冰冰、爱答不理的样子，她拿他一点儿办法都没有。望着他疏离的背影，秦嫣鼻子一酸，眼泪一下流了出来。

南禹衡本来弓着身子找东西，忽然听见背后传来低低的啜泣声，他有些诧异地转过身，就见秦嫣站在屋子中央，肩膀微抖，鼻子红通通的。

南禹衡微微蹙起眉，才发出了一个"你"字，秦嫣突然就朝他哭道："南禹衡！你今天跟我说清楚，你是不是讨厌我了？是不是不想看见我了？是不是以后都不想和我说话了？"

南禹衡穿着深蓝色的长袖T恤和简单的浅色牛仔裤站在窗边，窗帘被风撩起，窗外的夕阳悄无声息地落在他的脸上，余晖将他的轮廓晕染得更加深邃。他回过身看着她，没有出声。

秦嫣更加着急对他喊道："南禹衡！你说话！"

他眉梢微微挑起："你喊我什么？"

秦嫣脸上还挂着眼泪，气鼓鼓地说："南禹衡！"

"没大没小。"

秦嫣推开面前的椅子，几步走到南禹衡面前，昂起脑袋踮着脚对他喊："南禹衡，南禹衡，南禹衡，南禹衡！哼！"

他身子往后靠了靠，有些慵懒地看着她，没有把她的小脾气放在心上，转而说道："我没有讨厌你，只是你现在越来越大了，该有自己的小姐妹，整天跟我窝在一起不太像话。"

秦嫣不再哭泣，愣愣地看着他："为什么不像话？"

南禹衡侧过脸低低地说："我是男的。"

秦嫣懵懵懂懂地追问："那又怎么样？我还是女的呢！"

"嗯，我是男的，你是女的。"

秦嫣忽然有些哑口无言，继而回道："你也……你也想太多了吧！我比你小这么多，就是以后找男朋友也不会找你这么大的……我是说，我还小。"

南禹衡微微眯眼："你嫌我大？"

秦嫣低着头小声念叨："那……是要比我大很多嘛，你要不留级都应该高中毕业了。"

"那叫休学。"

"不是一个意思嘛。"

南禹衡叉着腰探身，居高临下地瞪着她："不是一个意思！"

秦嫣也不怕他，反而朝他凑近了点儿拽着他的衣角："那你给我看看后背，要是没事，我才能放心回家。"

有风静悄悄地从窗户钻了进来，吹拂着秦嫣半长柔顺的黑色秀发，她恬静美好的轮廓微微仰着，长长的睫毛下是水盈盈的眼睛，月牙儿状的卧蚕显得楚楚动人。

四目相对，谁也不肯妥协。

最终，南禹衡垂下视线沉沉地说："先把眼泪擦干。"

秦嫣头一伸，直接在他衣服上揉了揉，把眼泪擦在了他的T恤上，然后抬头看着他，一双明亮的大眼扑闪着，仿佛在说擦好了。

南禹衡抬手推了下她的脑袋，让她离自己远了几步，然后抓住衣角将衣服一掀，直接脱了下来。

夕阳光半明半暗落在南禹衡的身体上。他的皮肤很白，却没有外表看上去那么瘦弱，肌肉紧致而有线条感，表明他已经是个成熟的男人，浑身透着男性的气息，看得秦嫣涨红了小脸，眼神开始四处飘荡。

南禹衡瞥着她不知所措的神情，要笑不笑地说："缠着我要看的是你，怎么，现在又不敢看了？"

秦嫣声音小得跟蚊子哼哼一样："你，你转过去。"

南禹衡缓缓背过身，宽肩窄腰，背脊的凹陷性感至极，然而秦嫣的注意力却落在靠近腰间一片通红的皮肤上，几步走过去用手碰了碰："疼不疼？"

南禹衡背脊紧绷了一下。秦嫣四处望了望，对他说："你别急着穿衣服，去床上趴着，我找芬姨拿药。"

她刚说完就咚咚咚地跑下了楼，怕芬姨担心，就说他腿撞了一下，芬姨拿了药油给她。

她又跑上楼轻轻推开房间的门，南禹衡果然照着秦嫣的交代趴在床上看着手机。

秦嫣跑过去坐在床边，把药油倒在掌心搓了搓。

南禹衡的声音忽然响起："什么时候会下军棋的？"

秦嫣微微愣了愣，而后有些俏皮地笑了："没吃过猪肉还没看过猪跑吗？我再笨，从小跟在你后面耳濡目染的，看都看会了，小师父。"

她一句清脆的"小师父"，让南禹衡的眉梢悄无声息地爬上一抹笑意。

秦嫣将药油涂在红肿的部位，声音轻柔地说："你疼就跟我说哦。"

空气中混合着药油和秦嫣身上清淡软甜的香气，南禹衡托着脑袋稍歪了下头，正好看见玻璃上倒映出的小脸，纯净清透，泛着红晕，他眼里荡起一丝涟漪。

落日隐入大地，房间安逸宁静，飘散着一种让秦嫣感到不自在的氛围。

她给南禹衡涂好药，将手洗净，出来时，南禹衡已经穿上T恤。

她有些别扭地走到门边，南禹衡坐在床上，眼神无波地看着她。

秦嫣一时间不敢与他对视，她不知道自己怎么了，匆匆说道："那我回家了。"

南禹衡"嗯"了一声。

秦嫣拿起舞蹈服回身打开门，本已经走了出去，又忽然回过头盯着南禹衡，眼神闪烁地说："那个，我知道了。"

南禹衡抬眉："知道什么？"

"你是男的，我是女的。"

说完，她就跑回了家。

那晚睡觉前，南禹衡收到一条短信，是秦嫣发来的：我原谅你了，以后我会注意和你保持距离，谢谢。

南禹衡反复看着这条短信，心里情绪翻腾，不知是心安还是不安。

秦嫣虽然还小，但她有一颗剔透的心，从南禹衡的只言片语中她已经明白这两年他的刻意疏离是在为她好。她对他说了谢谢，可南禹衡却并没有松口气。

良久，他回了两个字：晚安。

那天的事情正如南禹衡所预料，校方及时出手，把人群疏散了。

但从那天以后，无论初中部还是高中部，没人不知道秦嫣的大名。

先是在文艺会演大放异彩，惊艳全场，结束后高中部男生差点儿为了她大打出手，秦嫣的风头一时间甚至压过了校花方颖。

虽然班上类似曹田这样和裴毓霖走得近的女生很是为裴毓霖打抱不平，觉得那场表演秦嫣抢了裴毓霖的风头，不过裴毓霖本人倒看不出什么情绪。

一天下课后，陆凡哼着小曲儿从走廊走回来，小声对秦嫣说："曹田刚才跟我道歉了，谢谢你啊。"说完若无其事地哼着歌，翻找下节课的书本。

秦嫣侧眸看着她露出浅笑。

操场看台边，坐在一群男生中间的钟藤，长腿散漫地踩在前面的椅子上。他在景仁这几年，没有人敢动他一根头发，这口气，钟藤自然咽不下去。

他问旁边扎着小辫子的二刚："那个戴口罩的，查到了吗？"

二刚凑过去，弓着腰说道："听说是个病秧子，从小身体就不好，整天戴个口罩，还很少来学校……哦对了，钟哥，这人姓南，叫南禹衡，就住在东海岸，你听过没？"

钟藤微眯起眼睛，声音阴冷："姓南？"

二刚还嘀咕着："反正是个怪人。他们班的人说了，这人从初中开始就戴口罩，来学校次数又少，鬼知道长什么样儿。"

钟藤青紫的脸在阳光下有些瘆人，他眼里泛起一丝狠意。

几天后，关于"南禹衡是丑八怪"的传闻在学校蔓延开来，甚至还传到了初中部。

都说高中有个男的，丑得人神共愤，所以整天戴着口罩，神出鬼没，名字叫南禹衡。

青春期的学生对于这种诡异的传闻总是特别感兴趣，好多人还想偷偷去围观这位"丑八怪"。

只不过南禹衡这几天都没去学校，自然对于学校里关于他的传闻一概不知。

他虽然不知道，秦嫣却是知道的。

某天中午，陆凡神秘兮兮地跑来问她，那天戴着口罩打了钟藤的男生是不是长得很丑。秦嫣当时听到这话，气得差点儿把笔扔了，问陆凡是从哪儿听来的谣言。陆凡告诉她现在其他班的人都在说，而且高中部那边传得更凶。

秦嫣口气认真地让陆凡不许再这样说南禹衡，没有的事。

陆凡很少看见秦嫣笑盈盈的小脸露出这么正儿八经的神情，乖乖住了口。

下午体育课，大家刚跑了四百米，都热得大汗淋漓，突然一个平时从来不和秦嫣说话的女生跑过来递给她一瓶饮料，对她说："裴毓霖给你的。"

秦嫣有些诧异地回过头，看见裴毓霖站在远处被一群女生围着，眼里没什么情绪地看着秦嫣。

秦嫣淡淡地对她笑了下，表示感谢，而后低头看了看手中的饮料，对身旁的陆凡说："裴毓霖虽然高傲了点儿，但也没那么讨厌是不是？她给我饮料是要和我做朋友吗？"

陆凡却一脸不屑地说："什么要做你朋友，我看她是想做你嫂子！"

秦嫣立马笑着举起手佯装要打陆凡："你胡说什么呀！"

陆凡咧开嘴跑走。她跟假小子一样，运动神经发达，没一会儿就不见人影，秦嫣停下步子，她知道反正也追不上陆凡。

结果却看见陆凡又火急火燎地跑了回来，对秦嫣喊道："你那个朋友，戴口罩的，来学校了！现在被一群高中男生围住，在喷泉小广场那边，要撕他口罩！"

秦嫣一听，脸色大变，转身就朝小广场跑去。

2

十月中的天气,秋风一吹,已经有微微凉意,吹在脸上并不柔和,但秦嫣不顾疲惫,一路朝小广场狂奔。

从初中部到高中部的喷泉,抄近道穿过四号教学楼的二楼平台,直通喷泉小广场。

秦嫣和陆凡跑到二楼平台上时,那里围了好多人在往楼下看,秦嫣一口气跑过去,从二楼看见南禹衡被围在一群高大的学长中间。

那些人眼里噙着嘲讽和轻蔑,嘴里不干不净的。

二刚冲着南禹衡骂道:"你一个病秧子敢动钟少,挺能耐的嘛,给我把口罩拿下来!"

南禹衡立于人群中央,身着黑色长袖卫衣。彼时的他,身高已经过了一米八,孑然而立,挺拔修长。

他岿然不动,俯视着面前的人,眸中透着凉意。

另一个男生朝他吼道:"听不懂人话?刚哥让你把口罩摘了!你以为你戴个口罩大家就不知道你是个丑八怪?今天哥几个话放在这儿,你乖乖把口罩拿了,让大家看看你的熊样儿我们就放你走,要不然你想走也走不了!"

南禹衡的脸虽然被黑色的口罩挡住,但他身上依然带着点儿雅致的书卷气息,在那些痞里痞气的人面前,自带一种不容侵犯的气场。

他声音不大,平铺直叙,没有任何感情:"想要口罩自己拿。"

那人立马嘴一斜,上去就要拽,手刚抬起来,眼看就要伸到南禹衡面前,南禹衡身体微微一晃,轻易让那人抓了空。

年轻气盛的小伙子顿时来了火:"有种你别躲!"

南禹衡这下站着没动,那人再次朝他面门袭去,却在离他脸还有一寸距离时忽然被南禹衡扼住手腕反手一扭,速度太快,没人看到南禹衡到底对那人做了什么,只听见一声惨叫,那人揉着手腕半蹲在地上。

周围的人面面相觑,怔怔地盯着南禹衡。

他语气依然平淡,没有丝毫躲闪,仅露出的一双深邃的黑眸似刮起一阵劲风:"还有谁想要我的口罩?"

"挺狂的嘛！"

另一个男生上去就要踹南禹衡，他速度更快地抵挡，那人直接刹不住车坐到了地上，一脸蒙的神情。

南禹衡就势一瞥，扫向一开始说话的二刚。二刚虽然在这些人中骂声最大，但仅有一米六几，见南禹衡看向他，自然也不甘示弱，立刻就冲上去。南禹衡一把擒住二刚，长臂伸直将他推远，身高的差距让二刚硬生生在南禹衡面前挥了个空。

后面围观的学生一阵大笑。二刚怒极，对身后的男生们吼了一声："愣着干吗！"

话音刚落，忽然从远处飞来一包纸巾直接砸在他的脑门儿上，二刚一愣，转头望去，只见秦智穿着松松垮垮的运动裤，深色T恤短袖卷到肩部，双手插在裤子口袋里，狭长的眼里透出冷峻锋锐的光，见二刚看来，冰冷冷地吐出一个字："滚。"

二刚舔了舔牙龈，一脸憋恨，但又清楚自己敌不过秦智。再看看神情淡定、纹丝不乱的南禹衡，虽然眼里没有任何情绪，却让二刚有种被藐视的感觉。

他摸了摸脑门儿，扭头一挥手，旁边的男生骂骂咧咧地跟着他退走。

秦智的眼神和南禹衡没有交集，转身朝着另一个方向离去。

秦嫣冲到一楼的时候，南禹衡正往教学楼里走。旁边围观的同学还没有完全散去，对着南禹衡指指点点："就是他，烂脸的那个。"

"好恐怖啊！"

一楼本就空旷有回声，这些议论声轻易传到南禹衡耳中。他眉宇间拧起轻微的褶皱，却目不斜视，好似这些难听的中伤根本影响不了他。

秦嫣气喘吁吁地从楼梯上跑下来，离南禹衡几步之遥，本想朝他跑过去，南禹衡似乎注意到她，清冷地瞥了她一眼，转身朝着走廊另一头大步走去，似不认识她一般。

黑色卫衣，干净的白色休闲裤，勾勒出南禹衡颀长清瘦的身影。秦嫣望着南禹衡的背影有些落寞，像被这个世界遗弃。

她的耳边充斥着不堪入耳的议论声。下午的阳光有些刺眼，照进秦嫣的瞳孔里，不知道为什么，秦嫣干涩的眼里蒙上一层水汽，渐渐氤氲，胸口闷热难受，喉咙似被一口气梗住，灼烧着她的细胞，让她大脑一热对陆凡说："你先回去吧，我去趟高中部，一会儿回。"

说完，她便朝着南禹衡消失的方向追去。

午休时间过半，大家陆陆续续回到教室，秦嫣停在一班门口张望了一会儿，没有找到想找的人，又往二班走去。她穿着英伦风格纹百褶校服裙，套着墨绿色合身的校服小西装，内衬的白色衬衫一尘不染，褐色绸缎小领结平整端正，小巧的脸蛋白皙清透，吸引了不少目光，也很快被人认出来。

当她走到三班门口，找到那道坐在后排的黑色身影时，隔壁班早已有好多人探出头朝这边张望。

她有些局促地拽了下裙摆，秦智身边的兄弟在走廊尽头热络地喊她："小秦嫣，你哥不在那个班，他人好像在楼下。"

走廊的骚动很快引起了教室里同学的注意，大家纷纷侧头，盯着站在窗户边的那抹娇小身影。

周涵此时坐在南禹衡前面那张桌子旁跟他说着话，听见动静侧头，便看见那道身影正盯着他们这个方向，一双清澈的大眼似含着水波，动人明媚。

周涵先是愣了下，而后站起身对南禹衡说："不会是来找我的吧？"

他喉结微微滚动了下，对秦嫣笑了笑。

秦嫣这才注意到南禹衡身边的周涵，忽然想起来他是那天跟她下棋的学长，于是也对他礼貌地笑了笑。

这一笑，让周涵几乎确定秦嫣是来找他的。

真没想到，那天不过下了几局棋，这个小妹妹今天居然找来了高中部，着实让周涵有些受宠若惊。

他推了下鼻梁上的眼镜，掩饰不住心中的喜悦，转头对南禹衡说："兄弟我出去看看啊。"然后他几步走到教室门口来到秦嫣面前。

秦嫣抬起头望着他，眨了眨眼，有些愕然地说："学长好。"

周涵不大自然地说："你特地过来的啊？"

秦嫣扫了眼教室里依然坐在椅子上的南禹衡，"嗯"了一声。

南禹衡在周涵走向秦嫣时已经收回视线，低头，目光落在书本上。

周围凑热闹的人全都睁大双眼，不可置信地盯着秦嫣和周涵，还有人在不停地问："他们认识啊？"

周涵看了看旁边投来的目光，对秦嫣说："你们快上课了吧？要不，我送你回去，咱们路上讲？"

秦嫣心不在焉地"啊"了一声，继而说道："学长你也在这个班吗？"

周涵顺着她的视线回头看了看，说："不是，我来找朋友的。"说着朝身后喊了声，"禹衡！"

南禹衡缓缓侧过头，周涵对他招招手："来，我带你认识下秦嫣。"

南禹衡没动，眼里流动着晦暗不明的光。

周涵又喊了声："快点儿过来，磨叽什么。"

南禹衡将手边的书合上，漫不经心地从椅子上站起身。他很高，越过周围的同学几步走到教室门口，依然戴着口罩，眼神清冷平静地看着秦嫣。

周涵在旁说："这就是秦嫣。"接着凑到南禹衡耳边轻声说，"就我跟你说的那个。"然后又对秦嫣笑道，"南禹衡，我兄弟。"

秦嫣紧紧抿着唇，瞳孔微微收缩，像被雨水洗涤过，通透明亮，仿若天生含着水汽，闪着细碎的光，一眨不眨地盯着南禹衡。

本以为南禹衡会跟周涵解释他们认识，但见南禹衡没有任何反应，陌生疏离，秦嫣干脆朝他伸出手："你好学长。"

南禹衡低头看着她白净的小手，没有动。直到周涵有些尴尬地捣了捣他，他才缓缓将手从黑色卫衣口袋里抽出来握住面前的小手。秦嫣瞬间收紧手掌紧紧抓着他。

她的手柔软细腻，暖暖的温度传到南禹衡冰冷的掌心，她唇瓣轻抿，眸光浓烈。也许其他人并不懂秦嫣为什么要对南禹衡伸手，但秦嫣知道南禹衡懂，她在担心他，担心他被那些闲言碎语伤害，她一定要来看看他才能放心。

南禹衡很快抽回手再次插入衣服口袋中，淡漠的态度就像根本不认识秦嫣，只是事不关己地站在一边。

周涵再次提议："那我送你回去吧？"

秦嫣见南禹衡并不打算在外人面前跟她相认，甚至刻意疏离，便清楚南禹衡不想牵连她，她多少还是有些失落的。

秦嫣咬了咬唇，抬头对周涵说："不用了，我自己回去。"说完便低下头打算转身。

余光却看见南禹衡忽然侧了下身子，从周涵上衣口袋里拿出一块瑞士软糖往秦嫣那边一扔。秦嫣伸手接住，再看去时，南禹衡已经转身进了教室。秦嫣心情豁然开朗，她知道南禹衡在跟她说，他没事。

她攥着软糖，脸上溢出一丝浅浅的笑意。

周涵忙说："哦对，刚才他们班女生给我的，我不吃这东西，你拿着吧。"

秦嫣对周涵说了声"谢谢"，放下心回去了。

结果那天的事不知道怎么传的，最后传成了初一的秦嫣看上了高中部的周涵，还特地追到高中部，把端木翊气得火大，要去找周涵质问。秦智也觉得这事有点儿奇怪，让端木翊别急着找周涵，他晚上回去问问。

3

当天晚饭时，秦智假装不经意对秦嫣开了口："你和周涵挺熟啊？"

"周涵是谁？"秦嫣一时都没想起来，顺口问道。她的注意力全在那盘可口的小麻鸭上。

秦智见她神情自然，便知道那些传闻是胡扯的，夹了一个鸭腿给她："没什么，多吃点儿。"

秦嫣很香地啃着鸭腿，压根儿没在意她老哥审视的眼神。

然而第二天秦嫣放学，就看见端木翊在校门口扯着嗓子喊道："周涵，过来！"

秦智坐在他身后的台阶上，旁边或站或坐着几个富家子弟。

周涵正站在南家的车子旁，和坐在后座的南禹衡说话，听见端木翊喊他，似乎和南禹衡打了声招呼，拍拍车门，南家的车子便开走了。

周涵拎着书包往回走，端木翊斜眼盯着南家的车子，对周涵说道："你怎么认识那个病秧子啊？"

秦嫣看见秦智对她招手，便也走了过去，就听见周涵说："我原

来在青市和他是同班同学,还是一年级的时候,不过他上了半学期就休学了,我转来南城又耽误了一年,不然我们俩都应该高三了。"

端木翊"嘶"了一声,有些八卦地问:"那个病秧子以前到底出了什么事啊?"

周涵说:"我那时还小,不大清楚,应该挺严重的吧,他现在整个人都变了,以前不是这样的。"

坐在后面的秦智插了句嘴:"以前什么样?"

周涵想了想说:"挺开朗的,人缘好,话特别多,闲不住还爱捣蛋,不过老师好像都挺喜欢他的。"

端木翊双手插兜,有些懒散地说:"你说的是那个病秧子吗?"

秦智看了端木翊一眼。

端木翊立马搭着周涵的肩对他说:"找你有正事。学校最近有些关于你和我们小秦嫣的流言蜚语,你给我注意,离秦嫣远点儿,听到没?"

周涵有些尴尬地侧头看了看秦嫣,秦嫣立马说道:"端木哥,你胡说什么呢!"

端木翊对她笑了笑:"没你的事,我给周涵上上课。"

秦智站起身,对周涵说:"你走吧。"

端木翊吹了吹刘海儿:"我说兄弟啊,你怎么能就这么让他走呢?我还没说完呢!"

秦智对周涵挥挥手,示意他走,周涵便也没有多留,身后只留下端木翊围着秦智絮絮叨叨的声音。

而学校里关于南禹衡的闲言碎语依然在发酵,不仅没有因为时间的推移而淡去,反而有种愈演愈烈的趋势。

没多久,南禹衡便成了景仁中学的"怪物",人人避之不及。

倒是有和南禹衡在一个小学见过他的同学说他长得挺好的,但显然因为他从小身体不好,大家也不知道他到底得了什么怪病,这么多年好不了,便也猜想是不是这病已经把他的脸给毁了。

虽然老师出面制止,让大家不要跟风站队欺负同学,但是这样的流言一时之间仍很难在校园里消失。

可不管别人表现得多么厌恶，或当着南禹衡的面议论他，似乎都影响不了他。大家以为南禹衡肯定不敢来学校了，可他偏偏我行我素，想来就来，从不在意别人的目光和言论，仿若身体里藏着坚韧的盾，任别人向他插入多锋利的刀子都伤害不了他分毫。

即使遇上那种蛮横的男生，他也总是目不斜视地绕开他们，不回应更不会多看那些人一眼。倒是有几次，个别嚣张的男生挑衅他，要对他动手，他干脆站着不动，任由别人来摘他的口罩，只是到最后没有一个人能得逞，着实是匪夷所思。

甚至有脑洞比较大的同学猜测南禹衡变异了，有特异功能，说不定身上带电，手能突然变成钢铁云云。

秦嫣听到这些传言，真是哭笑不得，还回家跟她哥抱怨："你说这些人是不是电影看多了？身上带电都能想出来，越说越离谱。"然后又转过来问她哥，"不过南禹衡平时又不运动，哪来的力气？"

秦智想了想说："其实只要找到对方的弱点，准确击打，即使不用多大的力气也能让对方无法抵抗，这就是技巧。你见过他研究这方面的书没有？或者接触过什么会武的人？"

"没有。"秦嫣想了想，"他好像对这些不太感兴趣。"

秦智耸耸肩说："那我也不清楚了。"

秦嫣支着小脑袋："我就是不服气，明明他长得比那些臭男生都要好看，干吗整天挡着张脸让人误会，被人这样说。"

秦智将运动包往肩膀上一甩，走到院中跨上摩托车："你少管闲事，他这样做肯定有他的原因，你以为他傻啊。"说完，便骑车消失在院中。

可秦嫣心里到底是难受的，本来南禹衡就很少到学校，还总是戴着个口罩，也从未被人注意过，都是那天替她出头对付钟藤，才导致如今全校学生对他议论纷纷。

而且这些莫名其妙的言论根本就是无中生有，她怎么能咽下这口气。

所以几天后，班上有男生在课间哄闹说起南禹衡的时候，秦嫣火了，她将手中的笔往桌上一拍，站起身，一双原本笑如月牙儿的眼瞪得老大，冰冷地看着那群男生。

那些男生也很惊讶,不知道秦嫣怎么了,班上其他人也都停止手上的动作朝她看去。大家都没看过一向软糯没脾气的秦嫣这种表情,就连之前裴毓霖身边的小姐妹对她冷嘲热讽,她也从来没有生过气,所以此时大家都很蒙。

只有陆凡知道秦嫣为什么生气,她回过头朝那群男生骂道:"嘴巴放干净点儿!谁烂脸啊?你们看见的啊?没看见的事,胡说八道就叫毁谤!"

陆凡在那群男生眼里根本算不上女孩儿,有人立马回嘴:"嘴长在我们脸上,高兴说谁就说谁!"

秦嫣咬紧牙根,原本粉嫩的脸色越来越白,所有人都没想到,下一刻她绕过桌子,径直走到男生们面前。

她毫不畏惧地扬起脸看向他们。

一群男生没了刚才对陆凡的态度,面对秦嫣的靠近,反而有些不知所措。

秦嫣对着他们声音很冷地说:"南禹衡是我朋友,如果以后我再听到有谁说他,就是在说我秦嫣,我虽然不能拿你们怎么样,但我也绝对不会对你们友好!"

她的声音清浅却明亮,掷地有声地敲打在所有人心中。刚才那些还在调侃南禹衡的男生顿时脸色都很难看,讪讪地笑着:"不说了不说了,好了好了,别生气嘛。"

或许是忌惮秦嫣背后的秦智和端木翊,或许是因为实在没人想被秦嫣讨厌,男生们瞬间妥协。

秦嫣没有理会他们讨好的笑,利落地转身走回座位整理书本。

陆凡碰了碰她:"喂,没事吧?"

秦嫣低着头,额边一缕碎发挡住她的视线,窗外浅浅的光照在她的课桌上。她无声地摇了摇头,遮住眼里失落的神色,胸口沉闷得发紧。

她清楚,虽然今天堵住了班上男生的口,却无法堵住全校学生的悠悠之口。

这种难受的感觉每当听见别人议论南禹衡一次都会更加深刻,拼命在体内翻腾。

直到放寒假前的几天，南禹衡来学校考试。

那天秦嫣正好考完最后一门，背着书包和陆凡两人离开教室，还没走到学校门口，就看见有好多人往后操场那边跑，不时还听见有人在说"也不怕口罩拿下来吓着人家女孩儿"之类的话。

秦嫣听见"口罩"两个字，止住脚步。

陆凡问她："要不要过去看看？"

秦嫣已经转过身跟着人群往那边疾行，跑到后操场的时候，已经聚集了不少人，还有好多人从楼上的教室窗户往下张望。

南禹衡个子很高，身形颀长，在人群中一眼可见。秦嫣跑到时，他正被人围住，旁边一群女生很凶地对他唾骂道："你癞蛤蟆想吃天鹅肉吗？你以为方颖能看得上你这种丑八怪？"

下一刻，秦嫣果然看见了被那群女生围在中间的方颖，一脸怒气，长发及腰，穿着小高跟皮靴抱着胸，盛气凌人。

秦嫣忙拍了拍旁边的高中生问道："学长，怎么了？"

秦嫣旁边站着的男生看着人群，随口回道："不知道啊，说是那个戴口罩的抱了方颖，现在那帮女生在找他要说法。"说着，男生转过头来，看见秦嫣微微一怔，有些结巴地说，"你，你是初中部的，秦，秦嫣吧？"

秦嫣牢牢盯着南禹衡，倒是陆凡瞥了这个男生一眼："她叫秦嫣，不叫秦秦嫣。"

旁边有人听见回过头来，见到秦嫣，人群外围一阵骚动。

不过方颖一群人并未注意到，有女生直接对着南禹衡开骂："你也不看看自己什么样儿，你怎么好意思的？我看要报警把你抓起来。"

南禹衡一双冰眸露在外面，口罩下发出一声冷嗤："我走我的路，她撞上我就说是我抱了她，按照你的强盗逻辑，是不是所有撞到我的人，都是对我有意思？"

人群发出一阵哄笑，有二楼的高中生扯着嗓子喊道："谁对你个烂脸有意思啊，你挺自信的嘛。"

接着，围观众人开始你一言我一语地说"丑八怪多作怪"，就连方颖都一脸嫌弃地说："我眼瞎了才对你有意思。"

南禹衡似乎不打算再跟这群女生纠缠，转身就准备走，结果她们将他团团围住，那些平时议论他等着看他笑话的学生都在调笑："别走啊，敢做不敢当啊？"

骂声越来越大，秦嫣整张脸都憋得通红，气得浑身发抖，她推开前面的高个子学长，陆凡拉了她一下："秦嫣你别过去。"

秦嫣果断甩开陆凡，对着前面的人喊道："麻烦让一让。"

无论别人怎么议论她刁难她，她都可以无动于衷，可牵扯到南禹衡，秦嫣再也无法保持淡定。

她从小跟在南禹衡身边，他活得清冷，不争不抢，静水流深。

他身体不好，却从不自暴自弃，虽然性格冷淡却并不凉薄。

他教会她识字，教会她算题，教会她下棋，在别人说她父母她满心沮丧时，拉着她走出阴冷的走廊，告诉她要相信自己所看见的。

这样的南禹衡，润物细无声地带着她一点点儿长大。她从小陪伴着他，倾尽自己所能带给他温暖，害怕他一个人寂寞孤独，害怕病魔随时将他带走，又怎么能忍心看着这么多人欺负他，诋毁他。

她办不到。

秦嫣个子小，面前围得里三层外三层的，她根本挤不过去，只能用瘦小的身体拼命往里挤。有人看见是秦嫣，给她让了道，秦嫣有些狼狈地冲进人群中央，周围的还有楼上人的目光一下子全都落在了她身上。

傍晚的斜晖洒在后操场上，也打在秦嫣白皙的小脸上，她穿着军绿色笔挺的大衣挡在南禹衡身前，虽然个子娇小，却不卑不亢地昂起视线看向所有人，高高的马尾绑在脑后，修长的脖颈让她整个人看上去不容侵犯。

她目光迎上那群嘲笑南禹衡的人："如果他的脸完好无损，你们是不是全该跟他道歉？"

没有人出声，刚才还在哄闹的人，都有些不明所以地盯着秦嫣。

秦嫣径直走到那群高中学姐面前，神情冷静："我在问你们话！"

站在方颖旁边有些微胖的女生说："那么多人找他麻烦，他要是脸真没问题，干吗不澄清给自己添堵，有病啊？"

另一个女生点了点头:"就是。学妹啊,你看过他的样子吗?"

秦嫣没回答,转而继续说道:"别管我看没看过,我就问你们,如果他的脸真没问题,你们是不是应该跟他道歉?"

那个女生无所谓地耸耸肩:"除非他长得帅。"

一群女生嬉笑起来。

秦嫣转过身,走到南禹衡面前。南禹衡低眉看着她,眼神平静,看不出情绪,也没有躲闪。

秦嫣踮起脚尖手一抬,摘下了他的口罩,一时间,所有人目瞪口呆。

4

之前有那么多人挑衅南禹衡,无论是言语激他还是直接上手,从没人有本事摘下他脸上的口罩。

可就是在这样一个傍晚,身高才到南禹衡胸口的她,却轻易揭下了他的口罩。

天边的火烧云从很远的地方将火红的光晕送来了这片后操场,也仿若瞬间点亮了这个常年戴着口罩的男孩儿。

他穿着儒雅的深蓝色格子羊羔绒翻领外套,里面是卡其色高领毛衣,双腿笔直修长,深邃的眸子下,鼻梁挺拔,唇形完美,皮肤光洁,找不到一丝瑕疵。

那精致清透的气质就像孑然独立于虚无缥缈的远山之间,让人无法觊觎和染指。

他的样子的确吓人,不是太丑,而是太好看。和秦智的野性阳光不同,他的好看是放眼整个景仁都找不出的清俊孤拔,就如自带万丈光芒。

秦嫣转身面对众人:"刚才谁骂他?出来道歉!"

她说完,冷眸一扫看向二楼。刚刚还在骂南禹衡烂脸的人立马将身子缩了回去。

周围人已然傻眼,半学期的嘲笑和戏弄,到最后竟然全部打脸,面前站着的人有着让所有人自惭形秽的容貌。

站在人群外的陆凡喊道:"是啊,你们怎么不道歉?现在装哑巴了?

真丢人！看看你们哪个长得有人家好看？还说人家是丑八怪，笑话！"

有些男生背着书包默默离开，之前堵住南禹衡的那群女生倒是面色各异，看起来都挺不好意思的。

南禹衡微微弯下腰，有些温热的气息喷洒在秦嫣脖颈，他悠悠然地说："你真会给我找麻烦。"

秦嫣就不明白自己怎么就给他找麻烦了，起码从今以后学校里不会有人说他是丑八怪了呀。

她还没去问南禹衡，就见方颖走出来，没了刚才的倨傲，脸色微红地盯着南禹衡："那个，不好意思啊，刚才可能误会了，我跟你道个歉吧。"

南禹衡面无表情地站直身子。

其他女生看方颖居然出口道歉了，也稀稀拉拉地说着："帅哥对不住了，你家住哪里啊？要不一起走，请你吃个饭呗？"

南禹衡看都没看她们一眼，转过身拎着秦嫣的书包带子，语气淡淡地说："走了。"

秦嫣被他拽得一个趔趄，转身撞上他，他就势揽了一下她的肩膀，又很快收回手往前走去。秦嫣赶紧对着人群后面的陆凡喊道："我先回家了，拜拜。"

陆凡挤挤眼，对秦嫣挥了挥手，秦嫣赶忙朝南禹衡追了上去。

一路跟着南禹衡往校门口走，他没有再戴口罩，一路接收着学生们张望好奇的眼神，秦嫣挺起胸膛，一脸骄傲的样子。

"叫那些人说你丑，真不像话，你这样子要是叫丑，这个世界上就没有好看的了。"

南禹衡侧眸睨着她不服气的小脸："哪里好看？"

秦嫣昂起头语气笃定地说："哪里都好看！"

她那口气就跟吆喝自家的宝贝一样，还是不接受反驳的那种。

南禹衡看着她这副护犊子的凶悍模样，眼里似笑非笑："你好像比我还生气。"

秦嫣绕到他面前，一边倒退着走一边说："我当然生气了，别人我不管，可他们说你就是不行。"

她语气中带着毫不隐藏的维护，单纯的眼睛像海水一样泛着波光，淡淡的，柔柔的，让南禹衡脸颊浮上笑意。

秦嫣从来没有看见南禹衡这样笑，温柔而宠溺，看得她脚下直接绊了一下，整个人向后倒去。

南禹衡赶忙跨前一步，大手从她腰间穿过，将她歪倒的身体轻轻搂住，沉声训斥道："这么大了还不知道好好走路。"

秦嫣自己也吓得不轻，小脸都白了，鼓了鼓腮帮子抬头望着南禹衡。他低着头，离她很近，夕阳将他的头发染成金色，就连他浓密好看的睫毛微眨间都泛着金光，落进秦嫣的眸中，一种似懂非懂的感觉让她有些心跳加快。

这时，远处有个声音朝他们吼："干什么干什么呢！"

南禹衡退后了一步站直，秦嫣低头拨了下被风吹乱的碎发，然后侧头朝端木翊他们看去，秦智有些酷酷地走在后面，黑色皮衣不羁地搭在肩上。

端木翊一把拉住秦嫣的墨绿色大衣将她拉了过去："放学不回家在这儿干吗？"说话老气横秋的，然后充满敌意地盯着南禹衡。秦嫣从小就喜欢黏着这个病秧子，所以端木翊从小看他不爽。

虽然端木翊语气凶巴巴的，但是秦嫣并不怕他，说道："我准备蹭南禹衡的车回家呀。"

端木翊拍了拍自个儿胸口："你蹭他车还不如蹭我车，走，我送你回家。"

秦嫣莫名其妙地看着他："你家和我家不顺路。"

端木翊豪气道："怎么不顺路了？只要我说顺路，你家就是在南极，都得给我顺！"

秦智不耐烦地说："少啰唆，走了。"

秦智才打完篮球，头发湿漉漉的，拎着皮衣就往校门口走。

端木翊搂着他的肩笑道："晚上战队赛约的几点啊？要不我到你家打完再走？"

"随便你，七点。"

端木翊回头对秦嫣招招手："快点儿。"

秦嫣仓促地瞥了眼南禹衡，一脸可怜兮兮。南禹衡站着没动，平静地回视着她。

最终秦嫣只能收回视线，小跑两步追上了秦智和端木翊。

到了学校门口，秦智直接拉开车门上了车，端木翊打开后座车门，回身让秦嫣上车。

秦嫣走到车门边，侧头看了眼南家的车子。

荣叔拉开车门，南禹衡目不斜视地上车，荣叔替他将车门关好，转身对上秦嫣投去的目光，对她笑了笑，她也对荣叔招招手，却被端木翊推上了车。

秦智和秦嫣坐在后面，端木翊坐在副驾驶座。

一上车，秦智就斜眼看着秦嫣："让你别多管闲事还跑去摘他口罩，他自己没手啊？"

秦嫣不服气："那是哥你没看到人家怎么说他的。"

秦智微微蹙起眉没吱声，秦嫣嘀咕着："不过我想不通，他为什么说我给他惹了麻烦啊？"

秦智眼里浮起一丝笑意侧头看着他妹，看得秦嫣莫名其妙："哥你知道？我惹了什么麻烦了？"

秦智笑而不语。

"等着看吧。"

一句语意不明的话弄得秦嫣更是一头雾水，但为什么她总觉得她哥的笑容有点儿可怕呀。

坐在前面的端木翊却若有所思，回过头郑重其事地对秦嫣说："小秦嫣啊，这个南禹衡以后是不能结婚的，你知道吧？"

秦嫣有些蒙。

"啊？结婚？他为什么不能结婚？"

端木翊仔细斟酌着用词，想看看怎么能让秦嫣听明白他的话，想了会儿说道："就是南禹衡他那个身体，一激动一兴奋就容易嗝屁，所以他那种人是不能结婚的。"

秦智被他气笑了，拿膝盖撞了下前面的椅背。

秦嫣听得云里雾里，弯弯的眉毛拧成结，喃喃道："那也太可怜了。"

哥，真是这样吗？"

秦智耸耸肩："说不准。"

"唔……"

秦嫣听见她哥也这么说，讪讪地把眼神飘向窗外，满眼同情。

第六章 新年雪夜

"我可以陪着你。"

1

考完试,秦嫣的班级要开家长会。秦文毅特地把出差时间往后挪了一天,赶来景仁。这些年无论再忙,他都会亲自来学校参加秦智和秦嫣的家长会,这是他作为父亲的坚持。

秦嫣和她哥哥一样,成绩方面从来没有让他操过心,老师自然免不了一通夸赞,秦文毅也不掩饰作为父亲的骄傲。

秦嫣乖巧地等在教室门口的花坛边。陆凡的父母没有来,老师让她留一下先别走,所以她也和秦嫣一起等着。

要说这些学生的父母,很多都事业繁忙,不一定有时间,好些孩子的家长会都是家里司机或者亲戚过来;也有些没时间的家长会和老师打个招呼,老师心里清楚对方的情况,不会多为难。

但陆凡家的情况让老师无法容忍——开学到现在,她的家长没来过一趟,家长会不来,招呼也不打,小孩儿成绩好也就算了,偏偏陆凡偏科特别严重,数学和英语倒是很好,语文……作文简直不忍直视。

这次考试的作文题目是《××是一道亮丽的风景线》,她直接画了一幅风景画上去,把语文老师气得不行。虽然美术老师看见后直夸这孩子构图不错,但班主任不巧正好是语文老师,所以陆凡妥妥地就被盯上了。

秦嫣有些担心地问她:"要不要打个电话给你爸妈啊?"

陆凡踢着脚边的石子,一脸满不在乎的样子:"打了他们也不会来。"

陆凡很少提到她的父母,秦嫣只知道她家住在市中心的老城区和外婆一起生活,每天上学得挤地铁,下了地铁还要骑好长时间的自行车才能到学校,也算是景仁中学的一股"清流"。

没一会儿,家长会结束了。秦文毅神采奕奕地走出教室,秦嫣对他扬起笑容。陆凡对秦文毅说:"叔叔好。"

秦嫣告诉秦文毅这是她在学校的朋友,叫陆凡。

秦文毅对陆凡笑了笑:"你好。"

他们这边正说着,就听见老师在班级门口说道:"陆凡你进来,接通你爸电话,我来和他说。"

陆凡有些尴尬地挠了挠头,对秦嫣挥挥手,跑进教室。

秦文毅和秦嫣转身往校门口走。学校外照例豪车如云,来接学生的车辆平时都分别停在路两边,但是今天,一辆黑色的幻影直接堵在了学校大门口。

一个穿着深色大衣的男人靠在车门上抽烟,秦文毅老远看见了他,往他那儿瞥了几眼。

钟藤几步走过去,和那个男人说着话。

秦嫣也看见了钟藤,微微皱起眉,别开视线和爸爸一起出了校门。

没料到,刚走出学校,钟藤身旁的男人掐灭了烟,朝秦文毅有些嘲弄地喊了声:"老秦。"

秦文毅停下脚步,目光沉静地朝他望去,那个男人便缓缓走了过来。

此人便是钟藤的大哥,钟家长子钟洋。他比钟藤大十几岁,有些中年发福,年轻时就接管了钟家半壁江山,娶了很有名望的宋家长女,两个家族的联姻让钟洋在整个东海岸乃至整个南城,都是呼风唤雨的存在。

他高调傲慢,做事风格和他父亲截然不同,东海岸绝大多数人都有些巴结和畏惧他。

秦文毅虽然结交这些世家，这些年却从来不与钟家走动。

钟洋和他并不是一个辈分的，喊他的口气倒是十分随意。秦文毅并没有不予理睬，而是坦然迎向钟洋的目光。

钟洋走到秦文毅面前，有些高傲地开了口："听说前段时间，你儿子找了我弟弟麻烦啊？"

秦嫣想起那次冲突。

明明是钟藤引起的，但爸爸并不知道那件事……她着急地抬起头看向秦文毅，怕爸爸因为这人的话误会哥哥，却听见秦文毅说道："我儿子从来不会主动找人麻烦，除非麻烦找到他头上。"

钟洋皮笑肉不笑："你儿子也不是省油的灯，你自己不清楚吗？"

秦文毅双手插在黑色大衣的口袋里，淡定从容："我的儿子，我当然清楚，不过你的弟弟，你也应该很清楚。"

钟洋脸色变了一下，面色阴鸷："管好你的儿子，别到时候后悔都来不及。"

秦文毅微微昂起下巴，嘴角露出让人不寒而栗的弧度："谁要敢动我儿子，我豁出命也会拉那人同归于尽。"

秦嫣怔怔地抬起头，看着自己爸爸冷峻的脸。

钟洋有些微愣地抬起眼皮子，随后忽然放声笑了两下，笑声中透着张狂和轻蔑，而后散漫地说："老秦啊老秦，你不再是当年那个老秦了，可以啊。"然后他缓缓将视线落在秦文毅身旁娇弱的秦嫣的脸上，眼神微微眯起，嘴角扬着捉摸不定的笑意，"你女儿真是越长越可人了。"

"滚。"秦文毅伸出手臂将秦嫣护在怀里，对他冷冰冰地吐出一个字。

钟洋收起笑意，舔了下牙槽。钟藤在几步开外的地方有些不耐烦地喊了声："快点儿走了。"

钟洋抬手阴冷地指了指秦文毅，什么也没说，转身上了车。

回去的路上，秦嫣昂着小脸问爸爸："你回去会骂哥吗？"

秦文毅侧过头，眼里是和煦的光："我为什么要骂他？"

秦嫣这才松了口气。

而后秦文毅说道："你哥虽然有时候玩得有些疯，但本性是好的。

这个年纪的男孩儿难免会有些困惑和自我，这很正常，我也是从这个年纪过来的，但你哥可不是那些坏小孩儿。"

笑容爬上秦嫣的脸颊，凑过去挽着秦文毅的胳膊："爸爸最好了。"

秦文毅爽朗地笑着。秦嫣从小就喜欢冲他撒娇，他的小女儿总能给他的生活带来无尽的欢乐，这大概是让他最舒心的时刻了。

两天后，学校便开始放寒假。今年林岩原本会早些结束工作回家，但临时增加了一个地方台新春晚会的录制行程，所以可能要过年那几天才能到家。

林岩双亲早些年就过世了，所以每年过年，秦文毅都会带着全家去秦嫣爷爷奶奶家待几天。而南禹衡通常在家过年，芬姨会包各种各样的饺子，还会蒸包子。芬姨和荣叔都没有成家，年轻时就跟在南禹衡爸爸身边做事，这些年一直尽心尽力照顾南禹衡。

今年过年前，秦文毅出了一点儿意外。从外地回南城的路上，因为地面结冰，车子撞上护栏，司机当场昏迷不醒，秦文毅右胳膊脱臼。

秦嫣知道这件事的时候已经是两天以后，秦文毅正在南城总院住院。她和秦智还有孙田凤赶去医院，就见秦文毅的胳膊已经被固定住，气色倒还好，还再三嘱咐秦嫣和秦智，他受伤的事情不要告诉林岩，怕影响到林岩工作。

孙田凤本来应该回老家和女儿团聚，见秦文毅这样便说晚几天走，这几天也能跑跑医院照料他，大过年的，护工难找，而且她也不放心。

秦文毅本想推辞，但孙田凤依旧留了下来。

每天，孙田凤把吃的和汤弄好，秦嫣就和她一起送到医院，陪陪秦文毅，晚上再回家，秦智有时候也会过去。

秦文毅住院期间，东海岸好些人陆陆续续来看望他，包括端木翙和他老爹。荣叔和南禹衡也来了医院，说了会儿话就走了，那天秦嫣正好不在。

虽然秦文毅躺在病床上，但并没有闲着，每天不停地接电话，大小事情不断。

年前几天，秦文毅出院了，倒不是他的伤好了，而是他坚持出院，因为他不想过年还待在医院，空荡的走廊和难闻的消毒水味总让他的心情烦躁，秦文毅讨厌医院。医生叮嘱他，回家千万要注意受伤的右胳膊，不能再碰着云云。

秦文毅出院那天，秦嫣和秦智都去了医院接他，带回来一堆东西，忙了一整天，等他们全部整理完已经不早了，秦嫣感觉有些累，早早便上床睡觉，迷迷糊糊中不知道睡到了几点，突然听见楼下有砸东西的声音。

"砰"的一声，直接将熟睡中的秦嫣惊醒，随后便听见她哥哥秦智的吼声："你简直不是人！"

秦嫣从床上弹了起来，鞋子都顾不得穿，打开门就跑了下去，还没走到楼梯下面，便看见秦智举着花瓶就要砸孙田凤。千钧一发之际，秦文毅抬起右手挡了一下，花瓶重重砸在秦文毅受伤的胳膊上，而后碎裂一地，发出清脆而瘆人的破碎声，回荡在整个大厅。

秦智有些怔怔地盯着秦文毅的胳膊，整个人如发狂的狮子，凶残而可怕。

秦文毅疼得蹙紧眉头身体弓起，孙田凤带着哭腔扶住秦文毅，解释道："秦智，你别这样说秦先生，秦先生他……"

"你给我闭嘴！这个家轮得到你说话？你还有脸了！"

秦嫣脑袋猛地炸裂，站在楼梯上对着秦智喊道："哥！你大晚上发什么疯？你怎么这样说孙阿姨？"

秦智似乎这时才注意到站在楼梯上的秦嫣，牙根紧咬了一下，从身上掏出手机，也不管现在几点，直接一个电话打给南禹衡："你过来一下，麻烦把我妹接走。"说完便挂了电话。

秦嫣跑下台阶，几乎控制不住地朝秦智吼道："你要干吗秦智？！"

秦智漆黑的眼眸在夜色中像藏着锐利的刀子，秦嫣从来没有见过她哥这么恐怖的样子。

他竭力抑制住一腔怒火对秦嫣说："到隔壁待着去。"

家里都这样了，秦嫣哪里肯走。

很快，秦家门铃响了，秦智拎着秦嫣，几步将门打开，秦嫣用力挣脱秦智，哭闹着："哥你干吗？我不走！秦智！"

然而彼时的秦智身高力大，秦嫣根本挣脱不了。

门一打开，南禹衡披着衣服站在月光下，秦智擒住秦嫣的胳膊将她推给南禹衡，呼吸沉重："拜托了。"

南禹衡伸手接住秦嫣，微皱了下眉，问秦智："需要我帮忙吗？"

秦智整个人笼罩在黑暗中，目光隐忍："家事，我们自己处理，帮我把秦嫣带走就行。"

"好。"

南禹衡没再多问，秦嫣立马拽着哥哥眼泪汪汪地说："我不走！到底怎么了？你说话呀！"

秦智用力抽回手，回身进屋关上门。

南禹衡搂着秦嫣的肩强行带她离开。外面飘起了雪，石子小径上铺了厚厚一层。

秦嫣一路上哭哭啼啼地到了南家，把芬姨吓坏了，问南禹衡出了什么事，南禹衡让她不要问，替秦嫣准备房间，秦嫣却根本不肯睡觉，荣叔也穿衣服起床。

秦嫣担心坏了，哭着说她爸爸胳膊的伤还没好，又让哥哥拿花瓶砸了，她害怕爸爸出事。

南禹衡面色发紧，还是让荣叔到隔壁去一趟。

荣叔一去就去了几十分钟，把秦嫣急坏了。

荣叔回来后，脱掉大衣对秦嫣说："我刚让庄医生来了一趟，唉，大过年的……现在没事了。"

秦嫣问荣叔到底怎么了，荣叔瞥了眼南禹衡。南禹衡站在秦嫣身后冲荣叔摇了摇头，荣叔便岔开了话题："我也不太清楚，主要你爸这伤，恐怕后面得再养养了。"

秦嫣虽然年纪小，但心思剔透，她心里已经隐隐猜出来大概发生了什么事，红着眼睛站起身盯着荣叔："我哥一般不会发这么大火，你告诉我，是不是我爸，我爸他做了什么事？他……"

秦嫣鼻子通红，身体瑟瑟发抖，眼里透着掩饰不住的难过。

荣叔咬了咬牙对秦嫣说："小秦嫣，有些事你荣叔我没看见，所以无法跟你说；但我可以告诉你的是，你爸爸是个了不起的人，要不

是他把那个司机从驾驶座拽出来，背着司机跑了五公里找到车子，那个司机肯定捡不回一条命。"

没有人能想象秦文毅在右胳膊脱臼、浑身是伤的情况下，是如何背着那个司机跑了五公里的路，那几乎是常人无法做到的事情，可他做到了。在荣叔眼中，秦文毅是个值得尊敬的男人，让他想到了南振。

那年工地塌方，如果不是南禹衡的父亲，他伤的就不会只有一条腿了。

他不是在安慰秦嫣，而是在告诉她，这样一个对待手下都能倾尽全力的男人，不该立马给其"定罪"。

秦嫣眼里氤氲着泪水。

那是个难过的夜晚，她在南家度过，睡在南禹衡隔壁的房间，几乎一夜未眠。

一大早，南家的门铃响了，芬姨上楼告诉秦嫣，她哥哥在楼下。

秦嫣赶忙跑下楼。

秦智脸色并不好看，似乎也一夜未睡，他来找秦嫣的时候，身边还放着个简单的行李箱。

秦嫣有些吃惊地走到他面前，他对她说："我要去找妈，你跟不跟我走？"

秦嫣双目通红，拳头渐渐紧握："还有两天就过年了，我们去找妈，爸怎么办？"

"不关我的事。"

秦嫣再也抑制不住，朝秦智吼道："他是你爸！不管怎么样他还受着伤，你怎么能这样！"

秦智紧了紧牙根兀自点点头，转身拉着箱了就离开了南家。秦嫣气得追出去对着他的背影喊道："秦智你是个浑蛋！"

秦智立在小径上脚步顿住，半晌，他忽然转过身看着秦嫣，目光似火："我浑蛋？那你知道他干了什么吗？你知道昨天晚上妈回来过吗？你知道妈回来看见什么了吗？你知道我从房间出来的时候，爸房间里还有谁吗？"

秦嫣一双含着水汽的眼里掉下晶莹的泪珠，她就这样望着秦智，整个人脆弱得似随时会被风吹倒，可怜无助。

秦智声音轻了一些，对秦嫣说："你跟我走吗？我们去找妈。"

石子小径两旁长满了大叶冬青，有冷风拂过，吹得树叶飒飒作响，也吹动秦嫣柔软的发梢。她出来得急，没有穿外套，站在寒风中瘦弱单薄，却如冬青般屹立不动。

她没有再哭，只是那样站着，神情从大悲到沉痛再恢复安静，仿佛只是一眨眼的工夫。

她对秦智说："你确定吗？"

秦智冰冷的唇际吐出几个字："我相信我看见的。"

秦嫣对他点点头："那你走吧，我不怪你了。"

"你呢？"

"我不走，我也相信我看见的。"

小径的冷风更加凛冽，让所有冬青的叶子都跟着晃动起来，它的叶子是椭圆形的，边缘有锯齿，看着无比扎人，没有人愿意触碰，可秦嫣摸过，它的叶片厚实光滑，虽然粗糙却并不扎手。

那是他们兄妹之间第一次出现分歧，两人在清晨幽暗的小径遥遥相望，最终秦智转身，拉着行李箱消失在小径尽头。

他走后，秦嫣站了良久才抬起手把眼里的湿润抹去。她回过身，看见那座黑色房子二楼的窗户边立着一道颀长的人影。

她不知道南禹衡是什么时候站在那儿的，她只是就这样望着他，明明弱不禁风的小身板却挺得笔直，像冬日里的松柏，坚韧挺拔。

那是第一次，南禹衡看见褪去稚嫩的她。

2

秦嫣回到了家。

家里已经不复昨晚狼藉的样子，很安静，静得像没有人存在一般。

孙田凤天没亮就已经将家收拾干净，恢复原样，仿若这个家里什么事都没有发生过，然后收拾东西离开了，离开了这个她待了八年的地方。

秦嫣走到二楼爸爸的卧室门前。门虚掩着，房间的窗帘没有拉开，有些暗。

她轻轻推开门，没有发出一丁点儿声音。她的爸爸坐在靠窗的地方，背对着门，右胳膊被重新固定在身前。

他面前的窗帘被撩开一道细窄的缝隙，正好可以看见半山腰被白雪覆盖的枫树林。秦嫣记得很小的时候刚搬来东海岸时，爸爸就把她抱来这里，告诉她从这扇窗可以看见整个东海岸最美的风景。他还说她妈妈每年都会去很远的宁山赏红枫，从今以后便可以在自己的房间欣赏到最美的枫叶了，她妈妈一定会很喜欢。

秦嫣不知道她妈妈到底喜不喜欢这一山浓烈炙热的火焰，只知道没多久她妈妈就离开了东海岸，每年红叶渲染的季节，她妈妈总是错过。

秦嫣没有出声，静悄悄地走进屋子，看着背影宽大的爸爸，透过那道窄缝，望着一山凋零的枫树林，有些寂寥。

她轻声唤道："爸爸。"

秦文毅这才有了动静。他缓缓转过身，目光里仿佛蕴含着经年累月的萧索，他在看秦嫣，似乎又在透过秦嫣看另外一个人。

秦嫣双手拽着袖口，凝望着爸爸，张了张嘴："你饿吗？要不我去煮面？"

秦文毅喉咙滚动了一下，发出一丝沙哑的声音，最终只是点点头。

秦嫣似乎松了口气，转身走到门口时，秦文毅还是叫住了她："小嫣。"

秦嫣回过头。他背对着光，只能看见一个轮廓，看不清他脸上的神色。她听见他声音喑哑地问："你哥走了？"

秦嫣"嗯"了一声。

秦文毅没有再开口，而是又缓缓转过身去。

秦嫣没有煮过面，从前家里有孙田凤，也有经常过来做事的阿姨，再不然还有哥哥，根本不用她动手做这些。

这是她第一次煮面，虽然算不上多好吃，但她很用心地放了酱料，然后问秦文毅要不要端上去。

秦文毅走出房间，下了楼。

早晨的阴云渐渐散开，冬日的暖阳洒在屋子里，秦嫣小心翼翼地看着爸爸将热腾腾的面条送入口中。

秦文毅的眉头终于舒展了一些,转头对秦嫣说:"好吃。"

秦嫣心头的阴霾忽然烟消云散,弯起笑眼。

秦嫣吃完了面,秦文毅还有一半,看着爸爸用左手不太利索地吃着面,她忽然有些心酸。

还记得在她很小的时候,有一次爸爸换了新的智能手机,她在一旁玩,听见爸爸手机里放的音乐,便在她的玩具琴上弹出了那几个音符。爸爸听见后十分惊讶,又换了一首,让秦嫣试着弹。

就这样,他发现了她的音乐天赋。他专门请了人来测试她的听力,一点点儿挖掘她的潜力,培养她的兴趣,给她打开了一扇属于她的音乐大门,更不惜花费很多精力和代价培养她,让她越来越优秀。

他总是想让家人过上更好的日子,所以不停地奔波。他们换了大房子,秦嫣和秦智上了私立学校。

他们刚来东海岸的时候,没有人愿意和他们家结交,记忆中的儿时,总是伴随着一些莫名其妙的闲言碎语。

是爸爸,让这个家在东海岸立足,让他们安然地在这里长大。

他帮助姜寒离开了东海岸,第一时间赶回家处理了孙田凤老公的事。甚至面对上山区人人畏惧的钟洋,他依然没有一丝一毫的退缩。

在秦嫣的眼里,她的爸爸虽然很少会长篇大论地讲道理,可这么多年来,他就像一把无形的大伞,默默地挡在所有人面前。

可不知道什么时候,他的头上爬上了些许银丝,他开始会流露出力不从心的表情,看得秦嫣心底难过。

她静静地陪着爸爸吃完面,之后秦文毅说要回房休息。他走到楼梯口的时候,秦嫣轻轻开了口,声音很小很小地说:"妈妈和哥哥今年过年不会回家了吗?"

秦文毅紧了紧牙根,站在楼梯口良久,没有回答,上了楼。

下午,秦嫣回房睡了一觉。睡梦中,她梦见了哥哥、妈妈还有爸爸,他们回到了她很小很小的时候,在老房子里,她还记得那里隔音不好,她每次在家拍球,楼下的邻居都要上来敲门,林岩会很不好意思地跟人赔礼道歉。楼下那个很啰唆的大婶总是拉着林岩说"你年纪轻轻发

展这么好，干吗替男人生孩子窝在家里"，又或者是说"你男人怎么不买个车啊？你天天这么辛苦送大的上学"。

秦嫣从梦里醒来，有些恍惚，然后听见房门外有敲门声。

秦文毅站在门口对她说："小嫣，我和隔壁南家打过招呼了，你这几天到他们那儿吃饭，爸去找你妈和你哥，把他们接回家过年。"

秦嫣才睡醒，大脑一时晕乎乎的，还没有完全从梦境中清醒。等她反应过来时，秦文毅已经下楼了，她赶忙推开窗户，窗外还在飘着雪花。那是今年东海岸最大的一场雪，大雪覆盖了整片枫树林。

秦文毅深一脚浅一脚地走出家门。他没有打伞，用没受伤的左手提着个小箱子，雪花落在他的肩膀和头发上，让他的背影看上去有丝凄凉。

秦嫣对着他喊道："爸爸，我和你一起去！"

秦文毅停住脚步回身，抬起头："票买不到了。外面雪大天又冷，你在家待着，爸爸很快就回家。"

他不想秦嫣跟着他在路上奔波。

秦嫣鼻尖一酸，眼泪涌了上来："那我在家等你们。"

秦文毅对她露出宽厚的笑容，拉开院门踏雪远去。

他到底还是不放心秦嫣一个人在家，又特地绕到南家，将家门钥匙给了芬姨。芬姨让他安心去，路上注意安全。

虽然两户人家非亲非故，但毕竟是十年的老邻居，芬姨和荣叔在秦文毅眼里就是南少的亲人。

秦嫣没有去隔壁。晚上芬姨来喊她，她说没关系，她在家等着，说不定夜里爸爸就回来了。

芬姨到底不放心，给她送来了水饺和包子。

第二天一整天，秦嫣依然孤零零地守在家里，芬姨来看过她两回，她只是安静地在房间里练琴，看不出悲喜，很专心的样子，从早到晚。

第三天是大年三十，芬姨一早就过来了。

秦家并没有琴声，门口贴上了春联和"福"字，家里似乎也装饰了一番。

芬姨有些诧异，于是上楼来到秦嫣的房门口。房门半开着，芬姨推开门，就见秦嫣坐在飘窗上。

她换上了喜庆的红色呢绒背心裙，里面是纯白色的高领毛衣，头发扎了起来，在头顶绕成漂亮的形状，露出光洁饱满的额，和这一室的冷清显得格格不入。

她正抱着膝盖看着窗外的雪景发呆。

芬姨不忍心地说："秦嫣啊，今天过年，去我们那边好吗？芬姨中午弄了八宝饭，可好吃了。"

往年芬姨弄八宝饭，秦嫣总会巴巴地跟过去，可是今天秦嫣有些提不起兴趣地回过头对芬姨笑了笑："我不太饿，昨天的饺子还有，你们吃吧。"

她虽然在笑，可精巧的小脸上却透着让人怜惜的落寞。

芬姨下午又来了一次，惊讶地发现秦嫣还坐在那个飘窗边，她甚至怀疑秦嫣一直没有动过。

她喊秦嫣去吃年夜饭，可秦嫣依然微笑着让芬姨不用担心自己，爸爸晚上肯定会回来的，她再等会儿。

她始终笑着和芬姨说话，也许是怕芬姨担心她，所以小心翼翼地收起了自己的难过。芬姨不忍心，想让她打个电话给她爸问一下。

秦嫣摇了摇头："雪这么大，路上不好走，爸爸要拿东西，另一只手伤着不能动，肯定不好接电话。"

她的话触动了芬姨心底的柔软，秦嫣的懂事让人心疼。

芬姨最终还是没有说服她去南家和他们一起吃饭。

3

冬天总是要黑得早一些，傍晚的时候，窗外已经一片黑暗，只有家门口的路灯微弱的昏黄光线洒在洁白的雪地上。

秦嫣靠在飘窗边闭着眼，安静得仿若连呼吸声都消失了。

她没有开灯，房间里漆黑一片。

不知道过了多久，楼梯上传来沉稳的脚步声，她微微睁开眼侧过头去，南禹衡挺拔的身姿立在门口，修长的影子落在脚边，明月不染尘。

他穿着白色的羽绒服，整个人如明亮的光，照亮了她小小的世界。

秦嫣抱着膝盖望着他，忽然对他说："你失望吗？"

"等不到的时候，"南禹衡走了进来，"一开始会失望，时间长了也就习惯了。"

"你那时多大？他们离开你的时候。"

南禹衡望着她说："八岁。"

秦嫣转回头将脸埋在膝盖间，整个人缩成一小团，声音很小地说："你很了不起。"

窗台的雪折射出晶莹的光，成了她的布景，让她看起来脆弱缥缈。脚步声越来越近，在她身边停下。她再次抬起头时，眼里已经噙满泪水，像个被丢弃的可怜虫。

南禹衡的声音从喉咙中溢出，很轻很柔，他对她说："跟我回家。"

南禹衡向秦嫣伸出手，仿佛要把这个没人要的小东西领回去。

秦嫣依然没动。

南禹衡可不像芬姨那么好说话，他的声音清淡中透着一丝不容置喙："你如果不想自己走呢，我就把你扛回去，不过就我这身体，扛到一半，我们两个可能都会倒在雪地里，你要不怕冷，就继续装死。"

秦嫣倏地抬起头，气鼓鼓地看着他，南禹衡眼里的笑意一闪而过。

秦嫣看见他当真把手朝她伸过来要扛她了，赶忙一骨碌从飘窗上跳下来："我有脚。"

两人出了秦家，外面的雪已经堆了厚厚一层，秦嫣的雪地靴踩下去都陷进去好深。

她到底还是有些小女孩儿心性，顽皮起来净找雪厚的地方踩，像大雪和她有仇似的。南禹衡走在被清理过的小道上侧睨望着她，笑骂道："调皮。"

秦嫣干脆弯下腰揉了一团雪球，回过身对准南禹衡："再说我，砸你。"

南禹衡随手从旁边的矮树枝上拨了一团雪握成球："你试试看。"

秦嫣毫不客气地把雪球朝他扔去，南禹衡将手中的球一掷，正好撞上秦嫣扔来的，两团雪球在半空中撞散成雪花，璀璨的白色晶体飞散飘落。

秦嫣不服气，再次蹲下身去抓雪，南禹衡也快速握好了一个雪球，秦嫣朝他扔过来时，他又准确无误地拦截了。

这次秦嫣留了个小心眼儿，她趁蹲下时偷偷揉了两个小雪球，然后站起身将一个先扔出去，在南禹衡抛出手上雪球的时候，她又抬手将另一个砸向他。

南禹衡看见她的动作就知道她还藏了一个雪球，身子刚准备让，却迟疑了一下，站着没动，任那个小小的雪球砸在他的身上散落开。

秦嫣一看计谋得逞砸中了，欢快地在雪地里跳了起来，朝南禹衡做着鬼脸，"咯咯"地笑着，像雪花一样白净清纯。

南禹衡挑起眉梢，佯装懊恼地掸了掸身上的雪，眉眼间化开一丝温柔。

芬姨见南禹衡去了半天没回来，焦急地打开门，就看见两个小孩儿在门口打雪仗，惊讶地说道："哎呀，也不嫌冷。"

她看着小秦嫣脸上透着还未散去的笑容，到底不忍心再说他们，便让他们赶紧进屋吃饭，别冻着了。

荣叔是西北人，晚饭的时候，他说着西北的风俗习惯和他儿时的趣事，秦嫣听得津津有味，南禹衡倒是吃得不多，偶尔动动筷子。

除了一桌菜，芬姨还弄了热腾腾的火锅，虽然每年过年就他们几个人，但芬姨依然会把年夜饭弄得热热闹闹的。

通常南禹衡只是简单吃两口就回房了，也从来不看什么新春晚会，毕竟过年这样的日子对他来说，不免想到父母，有些伤感。

但是今年因为有了秦嫣的加入，南家热闹了一些，南禹衡停了筷子也没急着回房，还忽然好兴致地提出要陪荣叔喝两杯。

芬姨大骇："南少你喝什么酒！你哪能喝酒！"

南禹衡已经拿起白酒给自己倒了一小杯，荣叔笑呵呵地说："我们南少都成年了，能陪我喝点。"

芬姨急了："这和成年有什么关系，他刚才碰雪，现在又喝酒，真是不管身体了！"

南禹衡挑起眉梢侧头看着芬姨："就是碰了雪，喝点酒暖暖身。"

荣叔在一旁帮腔："一小口一小口，大过年的，难得。"

芬姨瞪着眼，拿他们没有办法。

秦嫣眨巴着眼盯着南禹衡。他和荣叔碰了杯，火辣的酒从口中流向喉咙，他却眉头都没有皱一下，放下酒杯见秦嫣好奇地盯着他，挑起一丝笑意："怎么，你想喝？"

芬姨说道："胡闹。"

火锅腾升的热气中只听见一个小小的声音响起："能……给我尝尝吗？"

秦嫣从来没有喝过酒，每年过节爸爸总会喝点儿小酒，她一直很好奇这种液体是什么味道，便巴巴地看着南禹衡。

芬姨嚷嚷着："小秦嫣，秦大小姐，注意你的言行！"

秦嫣对芬姨做了个鬼脸，满眼冒星地盯着南禹衡："我刚才也碰雪了，也想暖暖身子。"

南禹衡低眉浅笑，拿起一边的筷子沾了点儿对她招了下手。秦嫣立马兴奋地从椅子上站起身，绕过念念叨叨的芬姨，欢快地跑到南禹衡面前。南禹衡将筷子递到她唇边，她弯着腰，伸出小巧的舌舔了一下，好似一只乖巧软萌的猫咪。

南禹衡嘴角挂着笑，眼神一直落在她的脸上，就见她先是眯起眼睛，然后秀气的眉全部揪在了一起，刚准备摆出一副难喝的表情，见南禹衡含笑看着她，立马又硬生生憋回去，还挺了挺胸，佯装没事人地说："还行，一点儿都不辣。"

荣叔笑呵呵地说："小秦嫣以后长大也是女中豪杰啊。"

秦嫣刚准备骄傲地昂起头，南禹衡把酒杯往她面前一放，秦嫣愣了一下，抬眼看见南禹衡挑衅的眼神。

她不服气地拿起酒杯，在芬姨惊诧的声音中将杯子送到唇边，刚抿了一小口，杯子便又被南禹衡强行夺了过去，然后听他笑骂道："像匹野马。"

荣叔也吓了一跳："快给她盛点儿汤！你们两个啊，真是胡闹！要是给别人知道，得说我和芬姨没有大人的样子。"

秦嫣笑眯眯地坐回去，芬姨已经给她端上汤，有些溺爱地训斥她："喝点儿汤，你这小性子，可别学得像你哥哥一样。"

秦嫣拿着勺子不服气地说:"我哥哥怎么了?"

芬姨叹了一声:"我不是说你哥哥不好,只是住在东海岸的人家,外面有太多眼睛看着咱们,像你哥哥那样的脾气,幸亏是个男孩子。"

荣叔岔开话题:"行了,大过年的,别说这些。小秦嫣啊,你是没看到你南哥哥小时候,比你哥还皮,七岁偷喝他爸爸的洋酒,喝醉了在院子里耍酒疯,让他爸爸的一个助手上树给他摘桃子,结果那树上挂着他养的小蛇,后来那个小伙子看到南少就躲老远。"

秦嫣托着腮望向南禹衡:"你刚才怎么好意思说我调皮来着?"

她的小脸已经有些泛红,像可口的樱桃,一双如雾的大眼含着水汽,托着腮的样子有点儿蠢萌。

南禹衡嘴角弯着。

晚饭时秦嫣倒还好,可是吃过饭,她开始有些晕乎乎的。大约是想到爸妈和哥哥,她有点儿难过,忍不住哭起来,还是哭得很伤心的那种,把荣叔和芬姨弄得手足无措。

南禹衡摇了摇头,对他们说:"别安慰了,她发酒疯呢。"

秦嫣听到他的话,立马站起身嚷道:"谁发酒疯?"刚说完,身子歪了一下,差点儿又跌回沙发上。

南禹衡伸出手臂替她挡了一下,她呆呆地打了个嗝儿,然后又被自己吓到一样捂住嘴。抬眸见到南禹衡眼底的笑意,她一脸懊恼,赌气地对他说:"我要吃柿子!"

"哪来的柿子给你吃?"

秦嫣倔强地指着外面那棵柿子树。

南禹衡扫了一眼:"掉光了。"

"我就要吃!"

她一双大眼直愣愣的,似乎和柿子死磕上了。

南禹衡无奈,打开门对她说:"你自己去找,能找到我给你摘。"

秦嫣当真穿上雪地靴跑到南家院中的柿子树下,昂起小脸认认真真地找起来。

柿子树上全是雪,白茫茫一片,什么也看不见。她生气地抬手抱着树干晃了晃,顿时,树上的雪全落了下来盖在她的身上,冰冰凉凉

的感觉让她清醒了一半。

回过身去,几步开外的南禹衡见她成了一个雪人,边大步走过来边笑骂道:"傻瓜。"

他抬手替秦嫣掸掉身上的雪,秦嫣一直低着头乖乖地站在原地,嗅着南禹衡身上清幽的味道,鼻尖酸涩地拽着他的衣角,声音沙哑地唤了声:"南哥哥。"

南禹衡的手僵住,好久都没有听见秦嫣这样叫他了,到底让他有些不适应,但很快,他又继续掸着她肩膀上的雪,"嗯"了一声。

秦嫣朝他走近一步挨着他:"要是以后你不能结婚也没关系,我可以陪着你。"

南禹衡莫名其妙地拍了下她的头:"又发酒疯了?"

秦嫣抬起头,眼睛直勾勾地盯着上面,忽然两眼放光地指着树上说:"那儿有一个!"

南禹衡顺着她手指的方向看去,果然瞧见还有一个柿子挂在树上,被雪盖着。

他抬了抬手:"太高了。"

秦嫣眼珠子一转,对他说:"你把我举上去,快快快。"

后来她坐在南禹衡的肩膀上,好不容易摘到了那个柿子,南禹衡要放她下来,她抱着他的脖子不肯松手,还傻傻地说着:"我坐在巨人的肩膀上,我就是巨巨人,我有没有三米高?南禹衡,你转一圈,我想一边转圈一边看星星。"

记忆中,那是秦嫣儿时看过的最美的星空。她眼中的南禹衡也不过是个邻家大哥哥,仅此而已。

可那时的她并不知道,她当真是坐在一个"巨人"的肩膀上。

夜更深了一些,小秦嫣又陷入沉寂中,她坐在南家一楼角落的窗户边,那里可以看见外面的感应路灯,如果有人路过,灯就会亮起来。

南禹衡将热乎乎的花生奶放在她面前,在她对面坐下。电视里热热闹闹地播放着新春晚会节目,荣叔坐在客厅里,芬姨在收拾桌子。

秦嫣看着窗外的皑皑白雪,听见南禹衡清浅的声音:"为什么没跟你哥走?"

秦嫣呵了一口气在窗户上，窗外的景色模糊了一些。她说："我奶奶以前告诉我，在我刚出生的时候，爸爸还没有汽车。有次我要打预防针，我妈抱着我去医院，出来的时候拦不到车，又下了雨，妈妈就抱着我站在路边躲雨。我爸赶到的时候看见的，就是我妈狼狈的样子，然后他就贷款买了我们家的第一辆汽车。

"爸爸总是告诉我，家人比什么都重要，我哥却说我爸是生意人，说的和做的不一致，表里不一。其实我不懂我哥是什么意思，他这几年总是和爸爸针锋相对，是不是男孩子到了这个年纪都会这样啊？"

南禹衡低垂着眸，神色隐在长长的睫毛后。

秦嫣忽然察觉到自己的失言，南禹衡的爸爸不在他身边，他大约没法儿回答这个问题。

秦嫣很快转过头说道："可我觉得，我爸是世界上最好的人。"

她说这话的时候小脸红扑扑的，想到她哥毅然决然地离开还有些生气。

那双眼睛像星空一样，淡淡的，亮亮的。

忽然，南家门外的感应路灯亮了。

秦嫣倏地站起身，等南禹衡侧头望去时，秦嫣已经冲了出去。她连大衣都没有披，就穿着红色的呢绒裙踩着雪地靴冲到了门口。

4

才打开门，秦嫣便看见了秦文毅，他的身旁还站着身着驼色大衣的林岩和提着两个行李箱的秦智。

秦嫣激动地扑到秦文毅身前："爸爸！"

她就知道爸爸一定会赶回来的，他答应过她，就一定会做到。

秦文毅低头看着女儿哭鼻子，看笑话似的捏了捏她的脸，说："哭什么？"

秦嫣松开秦文毅，委屈巴巴地盯着林岩。

林岩眉眼柔和地将脖子上的围巾拿下来裹住她："外套呢？冷不冷啊？"

她抱了抱妈妈，然后看向站在他们身后一米外的秦智，有些生气

地走过去，抬起手就打了秦智一下。秦智没有躲，也没有说话，只是对着她道："爱哭鬼。"

身后的门打开，南禹衡拿着秦嫣的大衣出来，林岩伸手接过，对他说了声："谢谢。新年好，南少。"

南禹衡礼貌地回道："新年好。"

林岩回过身，将大衣给秦嫣穿上。

秦文毅拍了拍南禹衡的肩，没多说什么，只落下句："进去吧，外面冷，我们带秦嫣走了，问候你荣叔和芬姨。"

南禹衡点点头。

秦嫣便一路拽着爸爸往家里走，走出几步后又回过头去，南禹衡正好准备关门，看见她朝他露出孩子气的笑容。

那一年，秦嫣十三岁，简单美好。

她不知道爸爸怎么找到妈妈和秦智的，又是怎么让他们回来的，家里没人再提起年前发生的事，就像那件事根本没发生过一般。虽然秦嫣有些好奇，但她到底年龄还小，只要爸爸妈妈不吵架、哥哥不离家出走，对她来说就心满意足了。

过年这段时间他们去了一趟爷爷奶奶家，待了一周左右。等他们从爷爷奶奶家回到东海岸的时候才知道，他们家前面搬来了新邻居。

在秦文毅他们刚回到家的第二天，新邻居就登门拜访了。

这户人家姓范，家里是一对夫妻和他们的女儿，夫妻二人个子都不高，皮肤有点儿黑。他们从海滨城市刚搬来南城，很是热情大方，送了不少海滨城市的特产，堆得秦文毅家门口都是。

范妈妈虽然个子娇小，但身材玲珑有致，一双眼睛不算大，但透着精明能干。

一见到林岩，范妈妈就惊讶地走上前握着她的手不停叹道，没想到邻居是个大明星，说林岩本人比电视上还漂亮，看着跟二十几岁的小姑娘似的，嘴上仿若抹了蜜。

她说话没有刻意恭维的味道，听着让人舒服。

范家的女儿和秦嫣差不多大，叫范筱萧，小名也叫小小。

范筱萧遗传了她母亲的样貌，虽算不上漂亮，但很神气玲珑的样子，一双乌黑的眼珠子好似会说话。

大人们寒暄的时候，范筱萧已经走到秦嫣旁边问她："嗨，你在景仁上学吗？"

见秦嫣点头，范筱萧一脸兴奋地说道："太好了，我开学也转到景仁了，我们可以一起走。"

范筱萧伸手摸了摸秦嫣的长发，羡慕地说："你头发真软，摸着好舒服哦。"

秦嫣有些不好意思地笑了笑。

寒假比较短，没多久就开学了。让秦嫣意外的是，范筱萧居然转到了她们班，而且座位就安排在她前面，两人自然而然地熟络起来，和陆凡变成了铁三角。

曹田那群女生看转学生整天和陆凡在一起，加上范筱萧皮肤黑，穿什么都不太洋气，不禁有些轻视她。

不久后，班上就有人说范筱萧是暴发户家的女儿，还说她爸以前是菜市场杀鱼的，嘲笑她身上一股鱼腥味。

作为过来人的陆凡劝范筱萧不要把这些话放在心上，那些女生过段时间就没兴趣瞎传话了。

有一次，那些女生从范筱萧的座位旁边走过，故意捂着鼻子，做出一副很臭很嫌弃的表情。秦嫣有些看不过去，想出声制止。范筱萧却回过身，对她做了个"嘘"的手势。

对于那些女生的嘲笑，范筱萧从来没有说过什么，但之后连着一个星期，她不断从家里带各种新奇的东西到学校，不是进口的变色唇膏，就是各式各样大家平时买不到的发饰等等。她带的东西慢慢吸引了班上女生的注意，下课都围着她问这个是什么，那个怎么用。

范筱萧不仅耐心地告诉她们，还帮她们装扮弄头发。她的手很巧，有时候秦嫣坐在后面看得都出了神。

范筱萧还经常把这些小玩意儿送给那些女生。到底是初一的小女生，没几天，大家对范筱萧的态度就友好了许多。

某一天下课，范筱萧去饮水机打水，回身不小心撞到曹田，她说

了句"不好意思",谁知曹田立马翻脸骂道:"没长眼睛吗?谁让你碰我的?让开!"

课间的班上总是乱哄哄的,一开始还没人注意到她们那边,范筱萧笔直地站着,堵在饮水机前面半步也不挪。

曹田一看,有些急眼:"我叫你让开没听见啊?也不怕一身鱼腥味把水污染了!"

话音刚落,范筱萧就将手中的水朝着曹田泼了过去。

曹田立刻尖叫起来,全班瞬间安静了。曹田扯着嗓子嚷道:"你居然敢拿水泼我?"说着就要上手拉范筱萧。范筱萧虽然不高,但力气大,她随便一推就把曹田推坐在地上。

曹田怒气冲冲地对其他女生喊道:"她欺负我,你们快过来帮我!"

班里的女生几乎都拿过范筱萧的东西,她们看着范筱萧投来的眼神,讪讪地劝曹田:"算了田田。"

"对啊,她不是有意碰到你的。"

这下曹田更气了,从地上爬起来就要抬手扇范筱萧。

范筱萧抓住她快要落到脸上的手,然后侧头看向其他同学,一脸无辜地说:"你们都看见了,是她非缠着我不放,还要打我的,所以不怪我。"说完把曹田的手一甩,一个用力将其推坐到了旁边的空座位上。

教室里刹那间寂静无声,连一向大大咧咧的陆凡都张大了嘴,震惊地看着眼前的一幕。

临上课前,秦嫣戳了戳范筱萧的后背。她靠在椅子上,秦嫣凑过去说:"她告诉老师怎么办?"

范筱萧回过头狡黠一笑:"告了才好。"

她的样子丝毫看不出慌张,转过身盯着秦嫣桌上的水杯:"借我点儿水。"然后拿起水杯就往自己衣服上倒了小半杯。

秦嫣侧头看了眼陆凡,陆凡也莫名其妙,耸耸肩表示不能理解。

第二节课刚下课,班主任气冲冲地带着曹田到班上找范筱萧时,令所有人都没有想到的一幕上演了——范筱萧哭了,哭得那叫一个肝肠寸断,她说曹田骂她爸爸,她怎么被诋毁都可以,但是不能骂她爸爸。

班主任本来十分恼火,但看见范筱萧衣服上还没完全干透的水渍,也开始怀疑曹田。

一问班上的同学,班主任的脸都黑了,走上讲台大发雷霆:"你们谁在这儿瞎传话的?把水产生意说成杀鱼的,亏你们想得出来!别说范筱萧爸爸不是杀鱼的,就算是,你们也不应该这样说。三百六十行,行行出状元,哪个行业容易?你们以为你们的父母手底下没有这些基层劳动者,企业就能办得起来?这话是从谁那里传出来的?"

范筱萧站在讲台边上适时地抬头,看向下面一个心理素质比较差的女生,那女生吓得立马看向曹田。她这一看,班主任自然注意到了,也侧过头朝曹田看去,声音里充满威严:"是不是你,曹田。"

底下人都不说话了。

第三节课上课后,范筱萧又若无其事地坐回座位上,而曹田再次进了老师办公室——接受思想教育。

陆凡探过身子对范筱萧说:"你爸原来不是杀鱼的?那你干吗不早说,告诉老师啊。"

范筱萧回过头压低声音,嘴角噙着一丝神秘的笑意:"告诉老师也要看时机,早告了哪能有今天的效果。"

陆凡似懂非懂地点点头,秦嫣却有些讶异地抬头看了范筱萧一眼。

当天下午,范筱萧让秦嫣等她一道回家,秦嫣便看见范太太提了一个包装精巧的盒子到了学校,还特地喊他们班主任去楼下说了什么。

第二天班主任就联系了曹田的家长来学校,把之前发生的事严正地说了一番,又把范筱萧喊到走廊,好些人都看见曹田当着曹妈妈的面给范筱萧赔不是。

范筱萧这波操作直接看得秦嫣和陆凡目瞪口呆,没人想到她转过来短短半个月的时间,就让自己"咸鱼翻身"。

后来曹田在班上见到她都绕道走。

而新学期开学,除了这个转学生让秦嫣的生活更加丰富了一些之外,要说还有什么波澜,那便是南禹衡那边了。

她终于明白了南禹衡临放寒假前对她说的话,她为他找了什么大麻烦了。

第七章 突发意外

他向她打开了一扇门。

1

自从秦嫣摘掉南禹衡的口罩后,他的样貌被不少人瞧见了,虽然他依然很少到学校,也依然会戴口罩,但那天很多人拿手机拍了他,照片私下传播,一时间这位蒙面侠的真容让整个景仁都沸腾了。

最近几次,但凡南禹衡来学校,他们班门口总是围着一大群女生。

还有同班的同学,原来压根儿不会注意南禹衡,这下也转变态度,经常是南禹衡低头写字,猛地一抬头面前就有女同学羞涩地递给他各种东西,弄得南禹衡很是困扰。

南禹衡虽然清冷,但看上去没有秦智那么凶。女生们不敢靠近秦智,可南禹衡就不一样了,他像一块温润的璞玉,矜贵孤冷。

秦嫣总算知道她哥那天为什么笑得那么诡异了,敢情是南禹衡帮他解决了不少困扰,现在学校里的女生都跑去烦南禹衡,就少了很多人去烦他。

在秦嫣初一下半学期的时候,她家这一片因为范家的到来,变得非常热闹。

范太太是个开朗的妇人,一入住东海岸就热情地加入豪门阔太的聚会中,无论是悠闲的下午茶还是富太太们举办的家庭派对,都能看见这个小妇人八面玲珑的身影,她就像是天生的"外交家",总能找到这些太太感兴趣的话题,为她们带来新鲜事。

虽说范家和秦家一样,往上数两代都不是什么大门大户,但和秦文毅他们刚搬来东海岸的光景不同,范家因为有范太太这么一个左右逢源的活络人儿,很快东海岸的人便从一开始的有些看低他们,转为真正接纳他们一家子。

几个月后,范家的小花园就成了东海岸太太们例行聚会的地方。

范先生个子不高,有些中年发福,肚子大大的,笑起来乐呵呵的,给人一种没脾气的感觉。秦嫣只知道他做水产生意,后来又搞房地产开发,是突然富起来的。

每天放学秦嫣几乎都能听见范家花园传出优雅的古典音乐,当然有时候也会放些慢节奏的蓝调。

一群富太太妆容精致地坐在一起,兴致盎然地聊着天。

如果碰巧那天秦嫣和范筱萧一道回家,她会特地绕到范家小花园,和范太太打声招呼再走。

有一次,范太太身边坐着两个贵妇,秦嫣像往常一样向她问好,其中一个贵妇立马凑到另一个的耳边说:"就是她,她妈⋯⋯"

范太太立马瞪了那个妇人一眼,然后对秦嫣招招手。

秦嫣以前不懂哥哥为什么因为别人议论妈妈而那么生气,但逐渐长大的她在别人口中听见林岩的名字时,也会颇为敏感,只不过那时的她很少上网关注娱乐圈,只认为大家议论妈妈是因为她是个大明星。

范太太给了秦嫣一块可口的曲奇,摸了摸她柔顺的头发叫她:"乖孩子。"

范太太总喜欢这样喊秦嫣,每次看着秦嫣的时候,她不大的眼睛会笑弯,精明的双眼透出真心的喜欢来。

秦嫣从范家离开刚回到家,就听见端木翊的声音:"那帮人真是狗眼看人低,怎么,我们学校就出不了成绩好的了?是不是没听过你在初中时的战绩啊?"

秦嫣走进家门,看见端木翊和秦智一人坐在一个单人沙发上打着

手游。秦智不屑地说:"我们这种学校比别的还行,比成绩,市里面肯定更关注那些省重点。"

端木翊气冲冲地说:"我不管,你这次去市里比赛,怎么也得把那些省重点的好学生给拿下,给我们景仁长长脸,当真以为我们没人了啊!"

秦嫣问道:"哥,你要参加什么比赛?"

端木翊告诉她:"市高中数学联赛。市里差点儿没给我们学校名额,你说气不气人?多亏你哥代表学校争取到了。"

秦嫣不以为然地点了点头。

学期末的时候,高中数学联赛在南城理工大举办,赛事被安排在了下午,所以当天秦智没有去学校。初中部的暑假早放几天,秦嫣一大早就喊秦智起床准备,结果秦智压根儿不搭理她,一觉睡到十点多才慢悠悠地从床上起来。

秦智起床没多久,隔壁的范太太拿着自己做的软糕来按门铃,林岩听见动静往大门走去,可就在这时,秦嫣和秦智同时听见"咚"的一声。

等他们冲下楼的时候,林岩已经昏倒在地。

秦智急得大喊,蹲下身就抱起林岩。

门口的范太太听见动静,放下手中的糕点用力拍打着门,秦嫣赶紧把大门打开。范太太顾不得脚边的糕点,匆忙跑过去对秦智说:"快把你妈放下来,不要大声喊,你去拿冰袋,秦嫣叫救护车!"

说完,她接过林岩就将林岩平放在地上。

秦智拿来冰袋,她迅速接过,敷在林岩的额上。比起秦智和秦嫣的焦急,她显得冷静许多,抬头问秦嫣:"电话打了吗?救护车多长时间到?"

秦嫣带着哭腔:"说十分钟。范阿姨,我妈会不会有事?"

这个总是笑靥如花的妇人此时满脸认真:"会没事的。"

一句简短的话给兄妹俩打了一剂强心针,秦智这才反应过来给秦文毅打电话。

在救护车来之前的十几分钟,平时精致得一丝不苟的范太太不顾形象地坐在地上替林岩按着冰袋，不时检查她的呼吸和瞳孔状况。

在林岩被抬上救护车时，秦智回过身死死抓着秦嫣的手腕，把代表景仁参赛的资格证拍到秦嫣手中。

"你现在立刻去找南禹衡，让他去市里替我比赛，不管他怎么拒绝你都要想办法让他答应。"

秦嫣颤抖着说："可是妈……"

"妈有我在。"秦智说完，拍了下秦嫣的肩。

秦嫣忽然又想起什么，匆匆说道："但南禹衡那成绩，怎么代表学校比赛啊？"

秦智冷哼一声："我让你去就去。整个景仁，他要是赢不回第一，就不可能有人能拿回名次。给我把眼泪擦干，赶紧去。"

说完，秦智一步跨上车，救护车闪着灯迅速开远。

2

虽然秦嫣听说南禹衡成绩平平，在班上连中上都挤不进去，可秦智既然这么笃定，她便抬手抹掉脸上的泪痕跑到南家。芬姨告诉她南禹衡去学校了，她又立马转头要去学校，荣叔便开车将秦嫣送到了学校。

彼时，初中部已经放假了，只有高中部还在上课。

六月底的天气，南城火炉蓄势待发，秦嫣一下车便朝高中部狂奔，荣叔腿脚不好，落在后面。

她穿着浅粉色的小裙子，长发披肩，一口气冲到南禹衡班级所在的二楼。当她奔跑的身影掠过其他班级时，好多人探头张望，窃窃私语道："那是不是初中部的秦嫣啊？"

"好像是。她哥今天不是去比赛了吗？"

端木翊本来在趴着睡觉，一听到秦嫣的名字，直接推开坐在后门口的男生，探出身子喊了声："秦嫣。"

秦嫣顾不得答应他，气喘吁吁地跑到三班门口，手上捏着那张资格证，额上布满汗水。

三班正在上自习，她的出现吸引了班级里所有人的目光，众人陆陆续续放下书看向窗外。

秦嫣双眼通红地盯着后排清瘦的男生，声音一出来便带着掩饰不住的哭腔："南禹衡！"

南禹衡以为听错了，放下手中的笔侧头看去，便看见那个娇小的人儿脆弱得像玻璃一样，一双大眼里满是无助和难以抑制的担忧。

他微微蹙眉，拉开椅子几步走出教室，立在她的面前，问道："怎么了？"

秦嫣才到他的胸口，她抬头看着他，一双大眼里噙满泪水，难过地说："我妈晕倒了。"

南禹衡眉头皱得更紧了一些，低头看着她手中的东西问道："送去医院了吗？"

秦嫣点点头："去了，我哥陪着。"说完她将手中的资格证递给他，"我哥给你的，让你替他出赛。"

南禹衡看着那张不大的资格证，漆黑的眸子里划过难以捉摸的光。他没有接，清隽的面容有些紧绷，而后对秦嫣说："我没法儿替他比赛。"

他没有看秦嫣，目光不知落向何处，眸色很深。

身后的同学满是好奇地盯着他们，虽然听不清楚两人的对话，但是他们看见秦嫣眼里噙着泪，全都竖起耳朵开始脑补。

秦嫣来的路上就想过各种可能，包括南禹衡会拒绝。

可她的哥哥让她无论如何也要让南禹衡替他出赛，她势必不能白跑一趟。

炎热的阳光照在走廊上，身后大树上的知了齐齐鸣叫，汗水顺着秦嫣白皙的额流了下来，她踮起脚尖，定定地看着南禹衡，眼里盈动的光投在他漆黑的眸底，"我妈还在去医院的路上，你能明白我和我哥现在的心情吗？南禹衡，如果你不答应我……"她抬起手抓着他浅色的衬衫衣领，眼里波光粼粼，"我就，就……"

她实在想不出有什么能威胁到他，有风拂过，吹起她的裙摆，她离他那么近，近到他闻到了她身上的味道，有些微甜，让他……有些烦躁。

南禹衡伸手夺过她举着的资格证。

秦嫣怔怔地松开他:"你答应了?我还没想到拿什么威胁你呢!"

南禹衡不动声色地说:"你除了说绝交还能说什么?但你根本不会用绝交威胁我。"

南禹衡太了解秦嫣了,她的确不会,纵使刚才她差点儿脱口而出,可她终是不会的。她不忍心和南禹衡绝交,也许一辈子都不会,她不忍心离开南禹衡,让他孤单。

秦嫣吸了吸鼻子:"那你算是答应了吧?"

南禹衡轻叹了一声:"你又在给我找麻烦。"

秦嫣声音很小很委屈地说:"反正你从小就嫌我麻烦,也不怕再多一个。"

她楚楚可怜的模样让南禹衡无法再说她一句。

荣叔从后面赶了上来,南禹衡转头对他说:"把秦嫣送去医院。"

荣叔点点头。

秦嫣跟着荣叔往走廊尽头走去,走出很远后她回过头。南禹衡没有回班上,目光还落在她身上。

她抬起手握成小拳头,双眼像浸在水中,清透明亮。她对他喊道:"加油,我等你好消息!"

南禹衡漆黑的眸子揉碎了走廊里的炎炎日光。

秦嫣赶到医院的时候,林岩已经被送进手术室,脑出血,正在抢救。

范太太也在手术室外。她是和秦智一道来的,此时还穿着拖鞋,但是情况紧急,也顾不上那么多。秦嫣到医院后,范太太联系了家里的用人,让人送了饭菜来,让秦智和秦嫣先吃点儿东西。

他们兄妹俩从没遇到过这种意外情况,多少有些慌乱,好在有个大人在。从林岩到医院,再到送进手术室,基本上都是范太太在和院方交涉。

没一会儿,秦文毅也赶到了。他焦急地询问情况,不停打电话联系人,秦嫣从来没见过一向沉稳的爸爸如此慌张的神情。

手术结束后,医生告诉他们,幸亏病人在送来之前进行了应急处理,目前暂时脱离生命危险,具体什么时候苏醒还无法确定,快的话说不

定这周，慢的话就不好说了，通常脑出血术后苏醒越早越好，昏迷天数越多越危险，不排除瘫痪甚至脑死亡的可能。"

直到很多年以后，秦嫣都还记得爸爸听完医生这段话后的样子。

他先是踉跄了一下，然后背脊重重靠在医院走廊的墙上。那一刻，秦嫣仿佛感觉到参天大树轰然坍塌。

她相信当时爸爸心里的那棵参天大树一定也是这样。

从小到大她都没有见过爸爸哭，可那一天，她分明看见他眼里氤氲的悲伤。

林岩被送去了重症监护室，病房里只能留一个人陪护，秦文毅便穿着隔离服坐在病床边。

医生说可以适当和她说些话，观察她对外界的反应，也许会加快病人的苏醒。

隔着玻璃，秦嫣不知道爸爸和妈妈说了些什么。有时候秦文毅将脸埋在双掌间，很痛苦的样子。

秦嫣什么都做不了，只能眼睁睁看着爸爸妈妈如此煎熬。

秦智吃不下任何东西，范太太也已经回去了。

空荡的走廊，一时间只剩下秦嫣一个人。

3

傍晚时分，烈日终于西落，一天的奔波归于平静，而等待着他们的明天不知道会是什么。

有脚步声响起。秦嫣侧过头，看见南禹衡出现在走廊尽头。他穿着干净的白色T恤、浅蓝色牛仔裤，更显身高腿长。

秦嫣缓缓从椅子上站起身，看着他一步步走到近前，她出声问他："比赛怎么样？"

南禹衡没说话，幽深的眸子从她苍白的小脸上扫过，微微拧起眉，面色不大好看。

秦嫣眨了下眼，将头低了下去："没关系的，你尽力就好了。"

刚说完，感觉南禹衡抬了抬手，而后她的脖子一沉，有什么东西落了下来。

秦嫣诧异地拿起挂在胸前的奖牌，上面刻着几个大字：第六届南城数学联赛第一名。

她握着那枚奖牌猛地抬起头，不可置信地盯着南禹衡，眼泪当即就滑落下来。她紧紧将奖牌捏在掌心，越哭越凶，最后竟然放声大哭。

在外人眼中，秦嫣总是笑盈盈的，并不爱哭，是个乐观的小姑娘。大约也只有在南禹衡面前，她会毫无顾忌地释放自己所有的情绪，因为面前这个大哥哥看过她所有的窘迫，在她的小世界里，他知道她所有不为人知的小秘密，是除了家人以外最亲近的人。

南禹衡没有离开医院，就这样陪着她。他清楚父母的离开是什么滋味，对于孩子来说，便是天塌下来的感觉。

秦嫣坐在椅子上一直哭一直哭，她说她害怕，她说她不能没有妈妈，她说她不知道该怎么办。

后来，南禹衡跟她说了一个故事，或者说，是一个秘密，关于他自己的秘密。

他从牙牙学语刚会叫爸爸的那刻起，他的爸爸南振就承诺每年他生日都会带他远航，去一个他想去的地方。从他两岁开始，南振就会把他放在肩头，站在甲板上眺望日升日落。

他五岁那年在南振办公桌上的地球仪上一点，他对爸爸说要去这个蓝色的地方。南振告诉他，等他再大点儿，上了小学后就带他去。

他八岁生日前夕，南振从西太平洋赶回国内，接上南禹衡和妻子魏蓝，向着他儿子梦想中的地中海航行，他们最终的目的地是如童话般的西西里岛。

可最终他们没能完成那趟航行，他的爸爸和妈妈永远沉睡在那片水域，再也没能回来……

他告诉秦嫣，出事的时候是晚上，那天夜里很冷，他在睡梦中被爸爸叫醒，南振抱着他跑出房间的时候，船舱过道已经开始渗水，他们很艰难地往船舱外跑，可是水流越来越大，巨大的阻力把他们往船舱深处推去。

后来他的妈妈松开了南振的手，让南振抱着儿子先出去，无论如何都要把儿子送出去。

那是南禹衡记忆中南振唯一一次冲魏蓝吼叫，他死死拽着魏蓝的手腕，刚烈的魏蓝低头咬住南振的手，直到他手背流血，疼得力道变小，魏蓝才奋力挣脱开。

她眼里满是决绝的泪水对南振说："如果你救不活儿子，我也绝对不会活着出去。"

南禹衡趴在南振肩头，抱着他爸爸的脖颈，看着幽暗的船舱内魏蓝的身影抓着过道扶手，海水冲刷到她的胸口，她离他们越来越远，越来越远，直到他再也看不见她。

那是他对妈妈最后的印象。

南禹衡被南振抱出船舱时，幸存者已经将救生艇开走，任南振如何喊叫，那些人也没有让救生艇靠近，以免大船下沉的漩涡让他们无法逃生，没人愿意冒险。

不断倾斜的船体让南振别无选择，混乱中，南振将不到八岁的南禹衡紧紧抱在怀中对他说："我现在要把你往救生艇那边抛，这很危险，但也是你唯一活下去的办法，你害怕吗？"

小小的南禹衡将唇咬破，强忍住身体的颤抖，抬起头对南振说道："不怕！"

南振重重拍了拍他的头："我的好儿子！"

他找来绳索绑在南禹衡身上，替儿子套上救生圈。就在南振把南禹衡扔出去前，南振牢牢攥着南禹衡的肩对他说："你妈怕黑，她一个人在船舱里一定很害怕。从她跟我在一起那天我就对她说过，无论以后身处何种境地我都不会丢下她，所以，你上了艇我就要回去救你妈，你会怪我吗？"

浩瀚的大海被无边的黑夜包裹，看不到一丝月光，朦胧中，南禹衡握住爸爸宽大的手掌，对爸爸狠狠摇了摇头。

他最后的记忆停留在被南振抛出去的那一刹，他听见南振对他说："我们永远爱你！"

再然后他掉入无边的大海，冰凉的海水灌进身体，他的世界归于黑暗。

意识蒙眬间，他被人拽上救生艇。他努力抬起头看着大船的方向，南振似乎是在确认他上艇的同时消失在大船边,一转身便是永别。

在八岁前,他那么热爱大海,他的爸爸总是告诉他,他们南家世世代代靠海过活,是大海给了他们想要的一切。

可八岁以后,南禹衡那么痛恨大海,因为大海带走了他的一切。

秦嫣终于在南禹衡沉沉的声音中停止了哭泣。

那个傍晚,他向她打开了内心的一扇门,让她离他更近了些。

4

林岩昏迷了一周。

在这一周里,秦文毅废寝忘食地守在她身边,直到后来林岩醒了,范太太来看望她时还打趣说:"幸亏你醒了,不然你家老秦也得昏迷了。"

秦文毅对范太太的感激无以言表,之后才得知范太太在结婚前是护士长,只是随着范先生的发家,她也辞去了医院的工作,所以她会一些基本的急救方法。若不是她,林岩恐怕捡不回一条命。

林岩出院后,秦文毅隆重地宴请了范太太一家。那晚秦文毅喝了点儿酒,有些感慨地说范太太是秦家的救命恩人,以后秦家和范家就是一家人。

秦嫣和范筱萧关系本来就好,这件事后,自然更加亲近。

林岩在家休养了两个月,秦文毅也推掉了大部分工作。秦嫣已经很久没有感受到爸爸妈妈天天在家的温馨,虽然很担心妈妈的身体状况,倒也忽然觉得林岩的这场病让家里的氛围变了许多,就连秦智近来也变乖了,没再到处玩。

暑假结束后,秦嫣升上初二。分别两个月的同学在刚开学时总有说不完的话,倒是因为整个暑假范筱萧基本上都和秦嫣在一起,两人变得越来越默契。

陆凡依然骑着破单车从地铁站赶来学校,来早了就在学校门口等秦嫣和范筱萧,三个人像铁三角一样形影不离。

那天早晨,秦文毅送范筱萧和秦嫣来学校,两人下了车,手挽着手往校门口走去,陆凡老远对她们招手。三人刚会合,忽然一辆红色

的摩托车从她们面前疾驰而过,径直停在对面的车棚。

她们停下脚步好奇地看过去,倒不是因为摩托车的声音很大,而是因为骑在摩托车上的,是个女生。

女生的校服外套内穿着黑色紧身背心,长腿从摩托车上跨下,她将头盔取下,一头长发便落了下来,帅气张扬。秦嫣从来没有看过景仁有哪个女同学像她这副打扮,不禁好奇地睁大双眼。

那个女生似乎是感觉到身后的目光,一甩长发转过身,秦嫣便看见了她的样貌。

深邃绝美的眼睛微微上挑,像魅惑的狐,轮廓分明而立体,不似亚洲人,让她浑身都透着难以忽视的光芒,她嚼着口香糖散漫不羁的样子,仿若一只随时会张牙舞爪的波斯猫。

那个女生睨了秦嫣她们一眼,吹出一个泡泡,"砰"地一炸,转身走人,看得几个小女生目瞪口呆。

陆凡有些怔然地说:"这女的不会是我们学校的吧?"

范筱萧看着女生瘦高曼妙的背影,悠悠说道:"于桐,高三这学期刚转来的。她是混血儿,漂亮吧?不过风评可不怎么好。"

陆凡点点头,转而说道:"小小,你怎么什么都知道啊?"

范筱萧站在两人中间,被她们俩一人挽着一只胳膊,慢悠悠道:"我妈说了,学校就是个小社会,人际关系也是门学问。"

不得不承认,范筱萧总能说出一套套老气横秋的大道理,而事实上,范筱萧在学校的人缘还真是好,下到刚上来的学弟学妹,上到高中部的学长学姐,她都有熟人,完美继承了她妈的社交手腕。

几人刚走到台阶处,就看见裴毓霖背着手站在台阶边上。她个子高挑,穿的衣服都是成套的高档套裙,小皮鞋从来不重样。见她们走来,裴毓霖将手从身后拿出来,把一个牛皮手袋递到秦嫣面前:"我暑假去意大利给你带的礼物。"

秦嫣有些错愕,看了眼陆凡,有点儿不知道该怎么办。她和裴毓霖的关系可没有好到能让她毫无负担地接受这份礼物,但是当众拒绝别人的示好似乎也不合适。

范筱萧在一旁碰了碰秦嫣，秦嫣快速思索了一番，伸手接过礼物，对裴毓霖轻声说了句："谢谢。对了，晚上她们到我家吃饭，如果你有空也一起来吧。"

没想到裴毓霖爽快地答应道："好。"

几人刚进教室，陆凡就小声问秦嫣："我们什么时候说晚上要去你家吃饭啊？"

范筱萧回过身对她笑道："笨！秦嫣明显不想拿人手短。我们托裴大小姐的福，晚上到秦嫣家蹭饭去呗。"

她刚说完，就看见走廊上好多人在跑。范筱萧探头对着隔壁班的同学喊了句："你们去哪儿啊？"

那个女生兴奋地说："围观校花啊！"

陆凡问了句："校花？是那个方颖吗？"

那个女生回："是啊，我们班男生看见方颖把南禹衡堵在教学楼门口了。"

秦嫣刚把铅笔盒从书包里拿出来，范筱萧立马回过身拽着她："不会吧，南禹衡？我们去看看！"

秦嫣还在迟疑，下一秒，人已经被范筱萧拉着跑出教室。

说来南家在秦家和范家之间，和秦家的关系自然不用说，范家对南家也向来客气，家里用人做了什么好东西都会送点儿过去。

所以范筱萧听说是邻居家的大哥哥，一激动就拉着秦嫣去围观，陆凡也跟过去凑热闹。

几人跑到教学楼前，那里已经围了不少人，她们个子小看不见里面，就听见人群中此起彼伏的起哄声。

范筱萧跳来跳去想往里看，忽然她们身后多了一个人，对着旁边的人嚷了句："我是裴毓霖，麻烦让一让。"

虽然不是所有人都认识裴毓霖，但她在学校里还是很有名的。

三人有些诧异地回过头，裴毓霖对她们笑了笑："不是要围观吗？我们去前排围观。"

于是她们三个跟着裴毓霖轻松走到了里面。

方颖化了精致的淡妆，似乎在等南禹衡的答复。

说起来，新学期最受关注的就要数南禹衡了，他拿到市里数学联赛第一名的事情在暑假的时候就传开了。

不仅同学们很疑惑，就连老师们都感觉很诡异。

平时数学考试都考不好的人，竟然在数学联赛中取得了名次，要知道，数学联赛的题目可比他们考试的题目要难，除了秦智这样的天才，景仁基本没人敢去市里挑战。

南禹衡在学校越来越有名，方大校花自然也注意到了他。

而此时，南禹衡手上捧着两本书，神情淡漠地看着有些害羞的方颖，忽而皱起眉头对她说："我待会儿还有课。"然后便打算离开。

方颖被众星拱月惯了，自然不可能让南禹衡就这么走掉。她叫住南禹衡："等等，我只要一个回答，不难吧？不会耽误你的课。"

南禹衡略微迟疑了一下，又扫了眼周围，忽而将视线落向一边的假山和喷泉，不带情绪地说："那里的落花都被喷泉水冲走了，有点儿可惜，你觉得呢？"

方颖顺着他的视线看向喷泉，有些不甘心地说："给我一次机会，我不是闹着玩的。"

陆凡在范筱萧身后嘀咕："南学长说喷泉干吗？关喷泉什么事？"

范筱萧对她翻了个白眼："很明显嘛，周围这么多人，南禹衡在顾及方颖的面子，告诉她'落花有意流水无情'，就是拒绝了嘛，也不知道校花有没有听懂，还追着问，这不是难为人吗？秦嫣，我们要不要帮南禹衡解围？"

秦嫣有些为难地说："这怎么解围啊？"现在的情况又不是像上次别人诋毁南禹衡，这次她可想不到什么解围的办法。

却在这时，秦嫣感觉到后背被一股很大的力道推了一下，她没站稳，身子踉跄，往南禹衡的方向栽去。就在她快要倒下时，南禹衡眼疾手快一把捞住她，将她顺手带进怀里。

不仅秦嫣，就连南禹衡都被她吓了一跳，不知道她从哪里冒出来的，他要是稍微慢一拍，秦嫣的脸就要擦着地了，着实惊险。

他蹙眉问她："你干吗？"

秦嫣的脚踝一阵刺痛，顿时小巧的鼻尖就溢出汗水，声音颤抖道：

"我……"

她还处于惊吓中，心跳狂快，回头看了眼，范筱萧她们也是一脸惊讶的表情。

秦嫣又抬起头看着南禹衡："我，我脚好像崴到了。"

她疼得右脚一点儿都动不了，身体完全倚在南禹衡身上，低头看着脚踝。

方颖诧异地看着南禹衡环着秦嫣的手臂。她一直听说南禹衡独来独往，从来不与任何女生接触，可为什么他会对这个小女生这么紧张？

方颖突然有种被冷落的难堪，但她不是会轻易示弱的人，便清了清嗓子："南禹衡……"

南禹衡此时已经没有耐心再跟她周旋，他感觉到秦嫣疼得整个人都在发抖，于是将书往秦嫣手中一塞，打横抱起她。方颖大概也是急了眼，跑过去挡住南禹衡，眼里透着倔强："你给我个答复，我就给你走。"

秦嫣疼得死死拽着南禹衡的衣襟，侧头看了眼方颖，她的确漂亮，属于小家碧玉型的精致，秦嫣刚到景仁就听过方颖大名，于是忍着痛对南禹衡说："要不，回答她吧……"

南禹衡低头的刹那，眸子里好似刮过一道劲风，让秦嫣打了个寒战，乖乖闭嘴。

他抬起头平静地盯着方颖，声音冷漠："你非要个明确的答复是吧？好，我给你。"

他忽然声音放大，提高嗓音说道："我身体不好，活不了几年。"而后压低声音对着面前的方颖沉声问道："还敢要答复吗？"

方颖一时间方寸大乱，南禹衡冷声对她命令道："让开！"

秦嫣被南禹衡送到医务室的时候，脚背已经肿得老高，校医将她的鞋子脱掉，秦嫣低头看了一眼，整张脸都白了。

校医处理过后，疼痛稍微缓解了一些，可是她暂时不能正常走路了。

南禹衡背着她出了医务室。

上午的阳光有些毒辣地照在两人身上，秦嫣委屈巴巴地将下巴磕在南禹衡的肩膀上说道："你放学来接我吧，我不想告诉我哥，不然

他肯定又要骂我。"

南禹衡没说话,快到秦嫣班上时,他在拐角处将她放了下来。秦嫣靠在墙上,用一只脚站立着抬头对他说:"你不能把我送到班上吗?我这得一只脚跳回班里了。"

他俯下身子,五官的每一处都完美得恰到好处,高大的身影将秦嫣圈在逼仄的角落。

九月的南城还是有些热,饶是南禹衡这样很少出汗的人,也因为背着她走了一路,额头上有层薄薄的汗。狭小的空间,属于男性的气息强势地包裹住秦嫣,让她避无可避,只能目光闪动地回视着他。

南禹衡低着头出声问她:"你就这么想让我答应那个女生?"

秦嫣觉得南禹衡此时此刻的气场有些不同,不像平时那么温润,而是带有侵略性的霸道。头一次,她在南禹衡面前感觉到不自在,极其不自在。

秦嫣弱弱地说:"她长得挺好看的……"

南禹衡嘴角划过一丝让秦嫣捉摸不透的弧度,语气冷淡地说:"你一只脚跳回班吧。"

说完,南禹衡当真转身走了,气得秦嫣原地跳脚。

她一回班就问范筱萧干吗要推她,范筱萧有些蒙地说没有推啊。她又问曹田,曹田也坚决说没推。裴毓霖也说人太多了,没看见谁推的她。最后,这件事不了了之。

只是秦嫣一直在纠结,南禹衡走的时候貌似脸色不太好看,也不知道放学会不会来接她,不然她只能硬着头皮打电话给秦智了。

第八章 金色羽毛

改变所有人命运的聚会。

1

下午最后一节课下课铃响后,秦嫣还在收拾书包,就听见前面的女生发出一阵哄闹声,然后全都跑到教室后门在看什么。

秦嫣正好坐在窗边,于是探出身子也往后面看了看,就见南禹衡站在她们班后门的走廊拐角处,虽然是个不太起眼的地方,虽然他只是不经意地把双手搭在走廊的阳台上,但那身宽松的浅白色条纹长袖T恤配上校服裤,让他的背影看上去瘦高颀长。

有风掠过,他的T恤被风吹动,背脊的线条若隐若现,那完美的比例像漫画中走出的少年。

似乎是听见身后的动静,他偏了下头,便对上秦嫣探出的小脑袋。她眯起眼睛,露出弯弯的卧蚕,然后将书包往窗台上一放。

南禹衡转过身,从外面拎起她的书包对她说:"出来。"

秦嫣还在因为他中午莫名其妙把她扔在走廊角落而微恼,于是摇了摇头,赌气道:"脚疼,出不去了。"

南禹衡扫了眼她身后满脸堆笑的小女生们,转身就欲从后门走进班里。秦嫣看到隔壁班的人都跑出来围观了,一时红了脸,赶忙用一只脚站起身对他说:"我自己出来,你在外面等我。"

她本想对南禹衡耍耍小性子,可是又怕太招摇,还是在范筱萧和陆凡的搀扶下出了班级。

南禹衡背起她,他们一群人从小门出了学校。

本来只是接秦嫣回家,然而因为说好一起到秦嫣家吃晚饭,于是陆凡和范筱萧一起挤上了南家的车子。裴毓霖家的汽车跟在他们后面,众人都到了秦家。

临下车前,秦嫣对南禹衡说:"你也来吃饭吧,人多热闹。"

范筱萧也在旁边说:"对啊,一起来吧。"

南禹衡本想拒绝,奈何林岩非要留他吃饭,秦嫣拽着他的袖子笑盈盈地看着他,他便抽开椅子坐了下来。

晚饭是秦文毅亲自准备的。自从林岩生病后,秦文毅在家的时间变多了,慢慢迷上了下厨,他的确有这方面的天赋,弄的菜不仅很有看相还很好吃。秦文毅自吹自擂地说,他二十岁刚从乡下来大城市租房子住,那会儿都是自己烧饭,没什么能难得倒他。

女孩儿们全窝在秦嫣的房间,南禹衡在楼下和秦文毅有一搭没一搭地聊着天。

开饭前,秦智踩着饭点回来了。门口响起一阵轰鸣的摩托车声,陆凡跑到窗口好奇地望了望,说了句:"你哥的朋友也来了。"

裴毓霖也走到窗边伸头看。端木翊正好从他那辆摩托车上下来,抬头叫了声:"哟,大裴你跑这儿来干吗?"

裴毓霖语气不善地说:"你能来我不能来?"

端木翊嘿嘿笑着把头盔挂在把手上,喊道:"饿死了。"说完就跑进了家。

秦文毅晚上弄了一大桌中西合璧的菜式,又喝了两杯,饭后让孩子们自行玩闹,自己上楼去陪林岩了。

端木翊熟门熟路地从秦智家冰箱里提了两瓶冷饮出来,有些痞气地对裴毓霖说:"哎,你今天怎么一个人来的啊?你家那个小姐姐呢,怎么没喊着一起来?"说着还贼兮兮地碰了碰秦智。

秦智习惯性地将短袖T恤的袖子卷到肩部,浑身透着紧绷的肌肉感,伸手拿过一罐可乐兀自打开灌下一口,没搭理端木翊。

裴毓霖抬头看了秦智一眼，淡淡地说："她放学一般都在外面。"

范筱萧立马插道："你们说的是于桐吗？裴毓霖，她真住你家？都说她是你表姐？"

裴毓霖神情淡漠地拿起筷子："算是吧，我妈那边的远房亲戚，以前都没见过。"

陆凡和秦嫣也反应过来，他们口中谈论的就是早上看见的那个骑摩托车、很酷的学姐，于是都有些好奇地盯着裴毓霖。

陆凡问道："真的啊？她住你家？那她放学不回家都干吗去了？"

裴毓霖缓缓转过头："不知道。"

裴毓霖的话似乎间接证实了于桐风评不好的传闻，毕竟东海岸的姑娘可不会放了学整天不归家。

范筱萧嘴快，问裴毓霖："听人说，她是被继父撵出家门的，现在在景仁复读高三，真的假的啊？"

秦嫣诧异道："不会吧，那她妈妈呢？"

"听说不在了吧。"

她们都看着裴毓霖，裴毓霖放下筷子拨弄了下饮料杯："我和她不是很熟。"

啪的一声，秦智将空掉的可乐罐捏扁，抬手往旁边的垃圾桶一抛，稳稳落进去，抬起头炯亮的双眼紧紧盯着裴毓霖。所有人都有些愕然，裴毓霖迎上秦智的目光，而后微微低下头，端起饮料杯喝了一口。

南禹衡似有若无地扫了眼秦智，又若有所思地将目光落在裴毓霖身上，眼里透着清明。

秦嫣倒没有很在意，两眼放光地盯着南禹衡手上才钳开的螃蟹腿，肥美的蟹肉让秦嫣馋得把头伸了过去："我爸爸说了，这个大凉的，你最好别吃。"

秦智用筷子敲了敲秦嫣的头，秦嫣一躲，脚踩在地上痛呼了一声。

秦智察觉出不对，低头看去："你脚怎么了？"

秦嫣怕她哥骂她，便往南禹衡身后躲，气得秦智说道："我是你哥他是你哥啊？现在遇到事直接瞒着我了是吧？"

他刚抬起手准备打她的头，秦嫣条件反射地侧身躲到南禹衡后面，

秦智手落到一半收了回去，端木翊心里不是味儿，打开啤酒喝了一大口。

秦嫣见秦智又坐回去了才直起身子，往碗里一看，那肥美的蟹腿正躺在她的碗里。

她满足地将蟹腿蘸了醋送进口中。

他们吃完饭后，秦嫣脚疼就没有去送，陆凡和范筱萧走了，裴毓霖也上了车，端木翊却还在院子里和秦智胡扯。裴毓霖有些不耐烦地说："走不走啊？不走我先走了。"

南禹衡拍了拍秦智便打算回家，端木翊忽然眼睛直愣愣地盯着南禹衡对裴毓霖说："你等我一下。"然后几步跑上小径对着南禹衡吼道，"病秧子，你站住！"

南禹衡停下脚步回过头，端木翊气势汹汹地走过去拽着南禹衡的衣领，狠声道："你给我离秦嫣远点儿！"

南禹衡立在原地，清风朗月，纹丝不动，声音清冷："怎么远？"

他侧头看了眼南家近在咫尺的房子。

端木翊气冲冲地说："我端木翊学习不行，也没有你们南家那么深的背景，但我告诉你，秦嫣我是不会让的！"

南禹衡低头看着他攥着自己衣领的手，眸底生出冷意，抬手擒住他的手腕狠狠甩开："那是你的事，跟我无关，不过她还小，以后长大了她要喜欢你，也是她的事。"说完冷瞥了端木翊一眼，转身朝南家大门走去。

2

之后的几天，秦智每天都会把秦嫣送到班上。

自从裴毓霖那天到秦嫣家吃过饭后，她和秦嫣的关系好了一些，有时候秦嫣腿脚不方便，她也会帮秦嫣打水，或者去小卖部买东西时顺道帮秦嫣带。

女孩子之间的友谊往往就是如此简单，没过几天，班上的同学都发现裴毓霖和秦嫣成了朋友。

两个同样优秀的女生玩到一起似乎本就是顺理成章的事情，就连一向张扬的曹田也收敛了许多。

在林岩身体稍微好了些后，秦家收到了一份邀请函，或者说，不止秦家，东海岸的每一户人家都收到了那份带有羽毛图案的邀请函，来自上山区的钟家。

秦文毅看见羽毛标志，皱起了眉头，顿感手上邀请函的分量重了不少。

来送邀请函的，是曾经因为姜寒和秦文毅打过交道的钟家大管家，他亲自带了两个手下来到秦家。钟家大管家态度倒是很谦和，对秦文毅说那天是钟家小儿子的成年礼，邀请他带着太太、孩子一道前往，如果有空，下午就过去议事，太太和孩子也安排了下午茶和休闲项目，晚宴过后是舞会。

这些年，秦文毅和钟家大管家一直形同陌路，但此时别人亲自登门，他不好拿出冷漠的态度，只能淡然回道："告诉钟先生，下午我会带孩子过去，不过我太太身体才恢复，就不赴约了。"

钟家大管家端着茶杯吹了吹浮在上面的茶叶，温和地笑了笑，精明的双眼看不出丝毫波澜，语调缓慢地说："秦先生的意思，好像去一趟我们钟家就跟翻山越岭一样。说来我们两家都住在东海岸这么多年了，秦先生和我家家主也是旧识，倒是搬来东海岸这么久，从不带你太太出来走动走动，搞得两家人这么生分。"

秦文毅面上在笑，眼里却没有笑意："我太太不会出席。"

他并没有给出委婉的解释，再次果断地回复。

钟家大管家放下茶杯，没再多留。

这份邀请函是钟家现任家主、钟藤的父亲钟昌耀亲自拟定，邀请所有东海岸的人家这周末去上山区的钟家聚会。除了钟藤的成年礼，其他的倒并没有明说聚会，只不过各家看见那个羽毛标志时都已心中有数。

东海岸一直有这样一个传言：这里不仅是世家的住宅地，更是一种看不见的商业联盟。在东海岸建立之初，随着别墅群的平地崛起，一共诞生了三片金色羽毛，没人知道这三片羽毛分别在谁的手中，但东海岸的人都清楚，这种金色羽毛象征着羽翼和结盟，一旦出现，就代表有关乎整个东海岸人利益的大事件需要共同决策。

而作为东海岸上山区三大家族的钟家，拥有一片金色羽毛倒也不稀奇。不过这的确是东海岸这么多年以来出现的第一片金羽。

这件事顿时让整个东海岸沸腾起来。

周末，很多人家都早早赶去钟家。

林岩披着浅色毛衣将他们送到院中，有些担忧地对秦文毅说："真的不要我去吗？"

秦文毅将她肩头的毛衣拢了拢，目光深沉："我不会改变主意。放心吧，进屋去，外面凉。"

林岩侧头对已经上车的秦嫣笑了笑，转身的刹那又回过头去看了眼秦智，拉紧肩上的毛衣回了家。

秦嫣以前跟哥哥去找过两次端木翊，倒也来过上山区，但从来没有去过钟家，只是远远看过钟家的房子。

汽车真正开进去后，秦嫣不免惊讶。钟家比外面看上去要大很多，一条宽阔的大道一直延伸到主楼，果真有着世家的气派。

有服务生指引他们停车，然后为他们拉开车门，引导他们来到钟家大厅。

钟家大管家站在门口招呼客人，看见秦文毅，自然也礼貌地上前寒暄，然后告诉他，先生们都在二楼议事厅，让下面人带他上去，年轻人则可以去花园，那里安排了节目和茶点，或者也可以去顶楼的休闲区，他们都在上面唱歌打台球。

秦文毅点点头，让秦智带着妹妹随便逛逛，转身往楼梯口走去。

秦嫣回头，正好看见南禹衡站在楼梯处和人说话，这还是秦嫣第一次看见成年后的南禹衡穿着正装。

黑色笔挺的西装将他精致的轮廓衬得越发优雅，浑身透着不属于他这个年纪的成熟和内敛，质地精良的西装穿在他身上一点儿都不老气，反而让秦嫣眼前一亮，怔然地望着他。

南禹衡见秦文毅走来，和他打了声招呼，两人一道上楼。似乎是察觉到秦嫣的目光，走上楼梯后南禹衡又侧头看了眼下面，便看见一袭白裙的秦嫣站在水晶灯下，漂亮白皙的脸蛋被水晶灯上的光影照射着，清透明亮，亭亭玉立。

他余光轻瞥，随后身影便消失在楼梯拐角。

秦嫣有些莫名其妙地说："怎么南禹衡也要上去谈事情啊？"

秦智不以为意地回道："他不出席，难道让荣叔和芬姨做南家的代表？"

秦嫣想想也是，便跟着哥哥进了电梯。

秦智对后花园太太们的下午茶自然不感兴趣。钟家的电梯可以直达顶楼的休闲区。刚出电梯，震耳欲聋的音乐声便在耳边炸开，比起楼下井然有序的优雅和严肃的氛围，钟家的顶楼完全是为年轻人开辟出的新天地，派对气氛火热。

秦智和秦嫣一出电梯，坐在里面的端木翊就对他们扬了一下手臂，他身边围着一群公子哥儿打牌玩闹。

而台球桌另一边的沙发区也围了不少人，和端木翊那边的吵闹不相上下。

秦嫣侧头望去，坐在最里面的钟藤跷着腿，手上拿着一副扑克，坐姿像霸王一样。他细长的眼睛眯起，抬头朝秦嫣的方向瞧过来，露出一抹似笑非笑的弧度。

秦嫣听见有人喊她，很快收回视线，见范筱萧和裴毓霖她们都在里面唱歌，便和秦智分开，去女孩子那边了。

3

住在东海岸的人家，除了像南禹衡这样过得比较清冷的，其他家里基本上孩子到了年龄都会举办隆重的成年礼，邀请所有东海岸甚至南城一些世家出席。因为这些世家的长辈希望在孩子成年时多结交一些人，为以后接手家族产业打下基础。

另外还有一个不成文的规矩，通常成年礼时，家里就会开始物色联姻对象。所以晚宴过后会举办一场盛大的舞会，第一支开场舞会由成年礼的主角邀请舞伴，而这名舞伴一般是主角心仪的对象，孩子会通过这种方式告诉长辈们；如果家里的长辈觉得双方门当户对，那么

接下来的几年便会在各方面更深入地接触，到了适婚年龄便订婚。

如果没有心仪的对象，那在舞会开始前，长辈们会把他们选定的开场舞对象告诉成年礼的主角，也算是一种提前的暗示。

通过舞会这种公开形式，让别的家庭知道两家人有联姻的想法，在孩子们接下来的成长岁月里会免去一些麻烦和意外。

这些大家族子女的婚姻往往会关系到整个家族的前途，所以自然会提早准备。

虽然钟藤脾性阴晴不定，让人难以靠近，但依然阻碍不了姑娘们一颗颗想被他钦点的心。

毕竟钟藤代表的不只是他自己，还有整个钟家高高在上的地位和庞大的钟氏企业，如果能嫁进钟家，接下来无论是在东海岸还是在南城，都是让人无法小觑。

这是秦嫣第一次参加东海岸的成年礼，虽然听说过一些成年礼背后的寓意，但仍不免好奇。

范筱萧望着对面那群打扮时髦的女孩儿说道："这些人真是天真，还以为钟藤的舞伴是随便选的，怎么可能？这个人选恐怕钟家内部早就商讨决定好了，八成和姑娘家里也通过气了，舞会不过是个形式罢了。"

秦嫣眨巴着眼："真的啊？那你知道那姑娘是谁吗？"

范筱萧眼尾微挑，秦嫣转过头，她右边坐着裴毓霖。

裴毓霖穿着一件水蓝色清甜长款礼服，头发高高绾起，手里端着一杯淡粉色的饮料。高贵明艳，骨子里与生俱来就透着强大的气场。

秦嫣诧异地问："不会是你吧？你家人和你说过吗？"

裴毓霖轻啜下吸管，心不在焉地说："小小啊，你消息挺灵通的嘛，从哪儿听说的？"

范筱萧眼珠子转了转，侧过身子："我可没听说，我瞎猜的。钟家这样的背景，未来媳妇的人选范围可不大。端木家只有端木翊一个儿子，放眼整个东海岸，也只有你们裴家配得上，你妹又小，那不只有你吗？我先恭喜啦！"

范筱萧俏皮地眨了眨眼。秦嫣觉得有些神奇，裴毓霖居然要和钟藤定亲了？太不可思议了，想到钟藤那凶神恶煞的样子，秦嫣缩了缩脖子。

裴毓霖面上看不出任何情绪，将饮料放回桌上，有些冷硬地说："我去下洗手间。"

她刚起身没多久，秦嫣和范筱萧忽然听见外面传来争吵声，女孩儿们都陆续往外走。

秦智和端木翊在学校里向来和钟藤那群人不对付，本就年轻气盛，现在待在一个屋檐下，没一会儿两方人马就杠了起来。

二刚仗着人在钟家，气焰更盛，也不知道说了什么让端木翊顿时来了火，走到钟藤面前："你这个成年礼我看是不想办了是吧，手底下的人也不知道管管？"

话音刚落，坐在沙发上跷着腿的钟藤脚一蹬，茶几上的酒瓶就朝端木翊飞去。

秦智身手敏捷，替端木翊挡了一下，本就碎裂的酒瓶顺着秦智的胳膊划过，当场见了血。

端木翊上去就掀翻了茶几，酒水、扑克、骰子到处都是，钟家用人立马跑了过来。

秦智低头看了眼伤口，嘴角透着一抹狠意。

秦嫣看见这一幕，吓得推开旁边的人就往人群中冲去。在秦智起身准备冲向钟藤的刹那，秦嫣抱住了哥哥的腰。

秦嫣穿着纯白色的纱裙，羸弱娇小的身体在一群大男生中间毫不起眼，却又因为她的勇敢，让所有视线都落在她身上。

她堵在秦智面前，看着哥哥眼里的狠劲儿，浑身都在颤抖，死死抱着他对他说："哥，算了，爸爸还在楼下。"

今天是钟藤的成年礼，是钟家的大日子，东海岸所有人都在。秦嫣清楚，如果哥哥今天动了钟藤，那他们秦家算是完了，爸爸辛苦奋斗一辈子的事业可能也会遭受重创，无论如何，她都不能让秦智冲动行事。

女生们都吓得退到墙角，所有人屏息凝神，秦嫣身后的钟藤依旧坐在沙发上纹丝不动，只是眼神落在那抹白色纯净的身影上——女孩儿明明害怕得很，明明浑身都在发抖，却死死攥着她哥哥的衣服，用身

体牢牢挡着他。

那样的画面落在钟藤眼中,刺痛了他。

他也有家人,有兄弟,但生在这样的家庭,亲情中掺杂着太多的利益、教条和争斗。他从小看惯了尔虞我诈,看惯了豪门里的虚伪和奉承,没人敢得罪他,但他从没有这样奋不顾身保全他的兄弟姐妹。他的哥哥只会放任他越来越混账,只有这样,父亲才会对他失望,把权力交到哥哥手中。

而他也试图用最叛逆的方式抵抗这无法选择的家庭和命运。

直到这抹白色身影撞进他眼底,这一刻,他才清楚自己心里缺少的是什么,渴望得到的又是什么。

在一瞬间的冲动过后,秦智也很快恢复理智,他扔掉手中的酒瓶转身往外走。端木翊骂骂咧咧地对钟藤啐了口,也跟了出去。

秦嫣回过身,就这样站在钟藤的眼前,不惧骄阳,不怕风雪,清清冷冷。

这个人刚才伤了她的哥哥,她却无法让哥哥用同样的方式回击他,并不是畏惧他这个人,而是忌惮他背后的钟家会伤害到自己的家人,正因为这样,钟藤在秦嫣漆黑的眸子里看到了疏离和轻视。

从来没有人敢用这种眼神看他,甚至让他觉得她看不起他这个人,这让钟藤心底燃起一把大火。

然而短短两秒,秦嫣已经收回视线,转身朝着秦智离开的方向追去。

钟藤心里升起一股莫名的烦躁,站起身离开。

对于顶楼发生的事情,二楼议事厅的大人们并不知情,他们还在热烈讨论东海岸邻地的开发问题。

近来有外部势力想拿下东海岸附近的地皮,说来这种布局有种瓮中捉鳖的架势,好巧不巧正好将东海岸圈在中间。很明显,那股暗中势力是冲着东海岸来的。

钟家关系网强大,稍有风吹草动便能察觉,钟昌耀率先发现了这一危机,因此动用了手上的金羽。

而他针对威胁他们的外来势力也做出了应对计划。他希望东海岸的家族能够团结起来，与上面洽谈拿下周边用地的控制权，在未来十年内将城东打造成南城新的主要商务活动区，如此，南城的商业板块便控制在东海岸手中，也算是将危机转换为商机的一个契机。

这是一项事关存亡的重大投资决策，钟家主张在局势还未明朗前，先下手为强，占领先机。

不得不说，钟昌耀的洞察力和对整盘局势考虑的周全性都无懈可击，来的都是在商界摸爬滚打多年的人物，自然对于这一设想有很多看法。

大多数人都赞同钟昌耀的提议。如果真要推进这个布局，愿意放手一搏，在自己的地盘，没有道理任人拿捏。

不过也有很多人提出疑问，更有对那股外来势力的猜测和分析。

讨论进行得热火朝天，范先生属于活跃分子，频频发言。一开始大家还因为他后来者的身份对他的提议并不在意，然而从产业链到资源配置，他几次都能提到点子上，不免有越来越多的人关注他。

秦文毅坐在不起眼的角落，翻看着手中的资料，南禹衡坐在他旁边喝着茶。会议过半，南禹衡放下茶杯问秦文毅："您怎么看？"

秦文毅嘴角浅浅地勾了下："我怎么看都影响不了局势，到时候不过是凑个数罢了。"

随着讨论越来越激烈，男人们也点起烟来，议事厅里飘散着浓浓的烟味。

南禹衡皱了下眉，起身和秦文毅打了声招呼，便从后门出去了。

4

秦智手臂的血已经止住，下到一楼出了钟家，在侧楼边上倚着，端木翊蹲在他旁边骂骂咧咧的。

南禹衡下楼后正好看见他们，便几步走了过去，看见秦智手臂上的伤，不禁问了句："怎么搞的？"

秦智还没说话，端木翊就骂道："还能是怎么搞的？楼上那个疯子主角呗！"

正说话间，秦嫣和范筱萧跑了下来。

看见南禹衡也在，秦嫣愣了一下："你怎么也下来了？"

南禹衡随口回道："没我什么事，待着也闷。"

秦嫣跑过去看了下哥哥的手臂，还好伤口不大，只不过秦智脸色不大好看。这么一闹，秦智和端木翊是不可能再上去了。

端木翊咋咋呼呼地说："我端木翊虽然狂，但从来不恃强凌弱，还是比较讲道理的，不像楼上那位，就是个疯子，东海岸怎么有这样的人渣！"

他一只脚踩在楼梯上，身子斜斜地站着。秦嫣眼睛发直地盯着他发呆。端木翊抬起手在她眼前晃了晃："我说小秦嫣，你发什么呆啊？"

秦嫣回过神来说道："我只是突然想，这里为什么叫东海岸啊？"

端木翊脚一收，拉了拉西装："走，端木哥带你去看海，反正窝在这儿也无聊。"

范筱萧也激动起来："这里真能看到海啊？我要去我要去！"

让他们都没想到的是，站在一边的南禹衡突然开了口："算我一个。"

他话音一落，气氛顿时有些诡异，四个人全都扭头盯着他。

南禹衡清了清嗓子，从台阶上走了下来："很奇怪吗？"

何止奇怪，别说南禹衡从小到大都不会凑热闹，这种集体活动他更是不会参加。

秦智直起身："怎么去？"

端木翊说道："山后小道只能骑车上去，我那儿有两辆，哎不对，我们五个人，还少一辆啊。"

秦智掏出手机不动声色地到旁边打了个电话，冲那边简单说了两句，然后对他们招了下手："走吧。"

秦嫣落在后面欲言又止地回头看了看南禹衡，他双手插在西裤口袋里走在最后，抬眸睨着她："干吗？"

秦嫣放慢了脚步走到他旁边，悄声问："你确定要去看海吗？"

南禹衡知道秦嫣在担心什么，淡淡地"嗯"了一声。

见秦嫣双眼闪烁着不确定，抻着脖子抬头盯着他，他将手从西裤口袋里拿了出来，大掌按在她的头顶，把她的脑袋强行扭向前方。

他们身后的顶楼上，钟藤身穿一袭深色法兰绒衬衫立在窗边，手上转着一杯洋酒，狭长的眼睛透着阴沉，牢牢盯着楼下几人，然后抬手，将杯中的酒仰头灌下。

钟家和端木家离得不远，拐两个弯就到了。秦嫣、范筱萧和南禹衡在端木家门口等着，秦智跟着端木翊进去拿车。

上山区位处红枫山顶，地势较高，风也比较大。有风吹起秦嫣的裙摆，她不停转着圈用手按住，很狼狈的样子。范筱萧皮肤有点儿黑，平时不太会穿浅色礼服，因为今天是个正式的日子，范太太给她换上了比较适合她的收摆深色礼服，所以她倒没有这个困扰，也一直帮秦嫣拉着裙子。

看两个小女生忙得团团转，南禹衡眼里露出一丝笑意，脱掉西装外套走到秦嫣面前，弯腰将外套袖子系在她的腰间，裙子立马就不乱飞了。

此时，几人同时听见闷闷的鸣声，不知道从哪个方向传来。

秦嫣抬起头四处看了看："这是什么声音？"

南禹衡立起身子侧头望去，眼神悠远："一长一短的鸣笛声，有船在向右转弯。"

范筱萧有些诧异："哇，这你都能听出来啊？"

南禹衡唇际紧抿，秦嫣抬头看着他，两人的眼神短促地撞上，交会着只有他们才知道的秘密。

身后响起摩托车的声音，端木翊和秦智一人骑了一辆重机出来。到了门口，两人跨下车，端木翊对秦智说："你喊的车呢？怎么还没到？"

话音刚落，街道尽头就传来一阵轰鸣，秦智唇角微勾："到了。"

他们齐齐侧过头去，便看见一道速度极快的身影朝他们飞驰而来，一眨眼的工夫便到了面前。摩托车一个帅气的压弯猛地停住，紧身皮裤包裹着笔直修长的腿利落踏下，长发迎风一甩，便露出那双琥珀色的眼，懒散地侧向他们。

范筱萧看呆了，小声和秦嫣说："这不是于桐吗？"

秦嫣也愣愣的，就见哥哥朝她走去："下来。"

于桐的眼神落在秦智受伤的手臂上，眼神微扬，拍了拍身后的座位："上吧，我带你。"说完将胸前挂着的大墨镜往脸上一卡，阻挡了旁边一众打量的眼神。

秦智笑了笑，长腿一迈，坐在了于桐的摩托车上，毫不客气。

端木翊见状说道："你坐她的车，那这辆谁骑啊？"

刚说完便看见南禹衡已经稳坐在摩托车上，双手随意搭在把手处，白色衬衫领口微微敞开，露出精致的锁骨，沉静的眸子里透着从容不迫，一副整装待发的样子。

端木翊挑了挑眉问道："行不行啊病秧子？"说完跨上另一辆摩托车对秦嫣喊道："小秦嫣，上车！"

秦嫣看了看端木翊，又看了看南禹衡。

南禹衡倒是没说什么话，只是发动了车子，拧了两下油门，摩托车发出"轰"的一声。秦嫣忽然想到很小的时候在南禹衡的房间里看过一张照片，那时的他便是穿着红色的摩托车服站在一辆重机边上。

想到那个画面后，她鬼使神差地跑到南禹衡面前，却又因为穿着裙子跨不上去有些尴尬。

端木翊立马对她嚷道："你上错车了吧？也不怕病秧子把你摔了，过来。"

秦嫣回头看了眼端木翊，又扭过头委屈巴巴地盯着南禹衡。南禹衡漆黑的眸子看过来，秦嫣昂起头的同时露出那段白皙修长的脖子，她皮肤很好，似乎从小就是这样，晶莹剔透，白嫩得晃眼。

几秒钟的沉默过后，南禹衡忽然伸出手臂将秦嫣拦腰抱起，放在了他的座位前面，气得端木翊对着秦智大吼："你不管管你妹妹吗？让她坐我的车！"

秦智不耐烦地说："坐谁的车不都一样啊，走不走？啰哩八唆的。"

范筱萧只能走到端木翊旁边，端木翊也不好再说什么，让她赶紧上来，发动了车子后又挑衅地对着前面喊道："喂，'歪果仁'小姐姐，比赛啊？"

于桐透过大墨镜扫了他一眼，一甩头发，车子已经飙出老远。

端木翊叫了句："你长翅膀了啊……我先走了，病秧子你慢点儿骑，别把小秦嫣摔着!"说完快速追了上去。

秦嫣靠在南禹衡的臂弯里,他压下身子,出发前低头问秦嫣:"你敢坐我的车?"

秦嫣双手抓住摩托车把手中间,谜之自信地说:"我不信你能把我摔着。"

南禹衡嘴角勾起不太明显的笑意,将摩托车骑上了山道。

蜿蜒的山道上,前面两辆摩托车飞速向前,很快就拐过弯不见踪影,只能听见遥遥传来的轰鸣声。

秦嫣抻着脖子一直盯着前面看,焦急地说:"他们都不见了。"

南禹衡不疾不徐的声音落在她的头顶上方:"想追上?"

秦嫣扭过头看着他:"可是你行吗?"

南禹衡眉宇轻蹙:"呵,不行?"

随着他的话音落下,摩托车忽然加速,秦嫣只感觉到一阵劲风从耳畔刮过,才发现他们身下的摩托车在南禹衡的控制下像有灵魂般飞驰起来。

南禹衡带着秦嫣压弯拐过一个山道,秦嫣从来没有感觉这么刺激过,兴奋地尖叫:"快点儿快点儿,我看到他们了!再快点儿,我要超过我哥!"

端木翊听到后面传来的声音,瞟了眼倒视镜喊道:"病秧子你慢点儿!"

刚说完,南禹衡"呼"一下骑着摩托车擦着他过去,一路还伴随着秦嫣的高呼声。

端木翊不可置信地嘀咕:"开挂了啊?"

秦嫣虽然害怕,但是到底年轻,兴奋盖过了心里的恐惧,激动得不行。

后来,他们赶上了于桐和秦智,几乎和他们同时到达山顶。

秦智跨下车,侧头睨了南禹衡一眼,眼眸微挑:"下次有机会和我比比。"

南禹衡将摩托车停在一边:"等你伤好了再说。"

秦嫣在东海岸住了这么久，这片山顶她从来没来过。这里要从上山区后很窄的山道绕上来；如果不是今天跟着他们来，她根本不会发现东海岸还有这么一个地方。

她一下车就听见了呼呼的海浪声，可看着周围茂密杂乱的灌木，根本不像有海的样子。

端木翊轻车熟路地走在前面，他拨开东面的灌木丛，一条仅供一人通过的小径便神奇地出现在他们眼前。

端木翊率先踏上小径，扯着嗓子说："这地方还是我初中的时候无意中发现的。秦嫣，当初还是我带你哥来的呢，哈哈哈……"

秦智蹬了他一脚："废话怎么这么多。"

两旁全是刺人的大叶灌木，男生们把叶子拨开，不至于刺到女生，走了十来分钟。当一群人走出灌木丛后，震撼的景象就这样猝不及防地撞进所有人眼中。

第九章 舞会遭遇

"清看剃头者,人亦剃其头。"

1

除了端木翊和秦智,其余人都是第一次来到这个地方,脚下是百丈高的悬崖,险峻陡峭。站在崖边俯瞰,海水撞击礁石后迸发的激浪足有十几米高。

范筱萧有点儿害怕,往下看了一眼腿都软了,直往灌木丛那边退。

倒是于桐将墨镜摘下卡在头顶,唇边浮起张扬的笑意:"好地方。"说完就几步走到悬崖边上,崖边的碎石和着泥土掉落,看得秦嫣也心头一惊。

南禹衡顺着悬崖边往地势低的地方走去,秦嫣回身看了他一眼追了上去,端木翊对她喊道:"秦嫣,别跑远了!"

"知道了。"

然而悬崖边很窄,不看还好,往下一看不免心头惊惧,她走了几步就不敢动了,对着前面喊道:"你去哪儿呀?"

南禹衡回头对她说:"到那边看看。"

"我也去。"

南禹衡迟疑了一瞬,往回走了两步,朝她伸手。秦嫣攥住他的袖子,靠内侧跟着他往坡下面走。

走了没多远,南禹衡便停住了脚步,低头看去。秦嫣顺着他的视线,望见了一个不可思议的地方。

于秦嫣而言,这里就像《爱丽丝梦游仙境》的世外桃源,她从来不知道在她住的这片红枫山后居然藏着这样一个隐秘的码头。

那是一个并不算宽的U型弯,两边全是山崖围着,而他们脚下是一个码头。那里停靠着三艘货轮和一些小型船只,其中最大的一艘货轮上,集装箱有七八米高,隐在这个U型弯里,从外面根本看不见,而抬起头顺着这片海湾看向远处,是越来越宽阔的海面,海浪此起彼伏,茫无涯际,在下午的太阳照射下闪着细碎的金光,让人的视野瞬时间开阔起来。

想必他们刚才听见的船鸣声,就是从这里发出来的。

南禹衡白色的衬衫在路上被秦嫣拽得有些皱皱的,他干脆从腰间抽了出来,此时海风一吹,衬衫衣角随风飘起,勾勒出少年高挑的身形,他眼眸低垂,视线落在那零星的货轮上。

秦嫣看见那些集装箱上都漆有很大的"Everblue"的字样。

没一会儿,那艘最大的货轮起航,缓缓从海湾向着远处的大海驶去。

南禹衡缓缓抬起头,深不见底的眸子藏在浓密的睫毛后。

秦嫣忽然出声问道:"船是遇上风暴了吗?"

她的声音夹杂着海风,飘进南禹衡的耳中。他知道她在问他八岁那年遭遇的沉船事件。

他没有立即回答,眼神一直追着那艘货轮,直到它出了海湾后才淡淡地说:"不是。"

"那,撞上什么了?"

"没有。"

"那是什么意外呢?好好的,船为什么会沉?"

风更大了一些,远处的激浪冲上礁石的声响,南禹衡深邃的眼神渐渐收了回来,转身低头看着秦嫣。那一刻,秦嫣在南禹衡漆黑的瞳孔中看见了波涛汹涌的大海和熊熊燃烧的野心。

他沉声对她说:"这个世上哪有那么多意外。"说完他抬手拿掉缠在她头发上的小枯枝,转过身低咳了几下,开口道,"回去吧。"

他们走回那片灌木丛边,范筱萧问秦嫣:"那底下有什么啊?"

秦嫣说:"有船。"

"真的啊?这里还有船?"

端木翊插道:"是有啊,我家老头子说那底下是个私人码头。"

"怪不得。"范筱萧嘀咕着。

秦智几步走到崖边,和于桐隔了一小段距离坐了下来,一只腿屈着,另一只腿吊在崖边。

于桐嘴里叼着草,侧头望向秦智,蓬松的大波浪柔软冶艳,胡桃色的眼眸微眨之间,长而翘的睫毛便像鸟儿展翅,散发着蛊惑人心的光,让秦智心跳加快。

两人无声地对视了一眼,又各自别开眼,眺望着远方。

端木翊在他们身后说道:"小秦嫣,要不要过去感受一下坐在悬崖边的感觉?"

秦嫣虽然从小就没有秦智皮,但胆子也是大的,不禁好奇道:"什么感觉?"

端木翊词汇量匮乏,想了老半天才来了句:"一念生死的感觉吧。"

秦嫣笑了:"哥,我也要过去。"

她朝秦智走了过去,秦智伸手扶了她一把,秦嫣便挨着哥哥慢慢坐了下来。当她把双脚伸到悬崖外的那一刻,世界仿若就在她脚下,天地之间豁然开朗,往下似万丈深渊,而她就坐在深渊边上。

她忽然体会到"一念生死"的感觉,顿感心潮澎湃,转身就对范筱萧说:"快来,从这里看风景太棒了。"

范筱萧有些害怕,不敢过去,不过看到南禹衡和端木翊都坐过去后,她也移着小碎步胆战心惊地挪到了他们旁边。

每个人的生命里都绽放过灿烂如花的青春,那段岁月匆忙如风,却深刻如斯。

六个人并排坐在悬崖边,海风吹乱了他们的发。

没人知道,那个下午过后,他们的命运交织在一起,向着无法预料的未来疯狂地前行。

太阳逐渐西下,海风越来越大,秦嫣担心南禹衡吹着风对身体不好,所以提议回去。

一群人再次穿过灌木丛走回摩托车旁。回去的路上秦嫣没有吵着要超车,反而让南禹衡骑慢点儿,她担心骑快了风大,毕竟他把外套给了自己。

夕阳点红了整片山,秦嫣心情颇好,于是说道:"我给你唱首歌吧。"

她的嗓子清透甜美,小调被她哼得婉转动人,南禹衡弯着眼角,在秦嫣一首首小调中两人悠闲地落在了最后。

下午几人是偷偷溜出来的,也没和大人打招呼,所以回去时约好从钟家侧门进去,免得走正门被大人看见又要念叨。

然而钟家的侧门西边和东边各有一个,端木翊和秦智他们直奔东边的侧门,南禹衡落在后面,走了西边的侧门。

西门不大,自动打开后,两人刚进去,门又从身后自动关了。

相比主楼的喧嚣,这边要安静许多。

西门附近是钟家存放东西的库房,里面是一些文件资料还有钟家人收藏的古董等物件。这里是钟家重地,一般人是没有进入库房的权限的。

库房旁边是钟家的备用车库,里面停着几辆平时不怎么能用到的轿车和商务车。钟家厨房在东门那边,和这里隔得很远,加上此时晚宴即将开始,所有人都在主楼,这里和主楼之间还隔着一片池塘,所以显得极其幽静,一个人都见不到。

秦嫣有些诧异地说:"奇怪,我哥他们呢?"

南禹衡已经意识到他们可能走岔了,便说道:"不管了,我们先去主楼吧。"

两人刚往里走了几步,秦嫣忽然感觉车库方向有什么动静,她停住脚步说:"我哥他们难道把车停在里面了?"

说完她就沿着库房墙根朝车库那边走去,南禹衡自然也跟了上去。

车库里停了一排车,此时天渐渐黑了下来,光线很暗,两人从车库前走过,发现这边的确停了几辆摩托车,但貌似并不是端木翊家的。

秦嫣看见一排车中有一辆黑色轿车在动,但奇怪的是并没有看见车上有人。

就在她准备走到车前瞧一瞧时,猛地被身后的南禹衡一把扯了过来。他用手捂住了她的嘴,将她拉到墙角的阴暗处。

秦嫣心头一惊,小声问道:"怎么回事啊?"

虽然从他们这个角度看去车上的确没有人,但南禹衡已经猜到那辆车上正在发生什么事,只是此时他不好跟秦嫣解释。

今天这个日子,不管车上的人是谁,都不是什么光彩的事。

就在南禹衡考虑要不要拉着秦嫣快速越过那辆车原路返回时,车中忽然坐起一个女人,衣衫不整,曼妙纤细的腰身在朦胧的黑夜里妖娆至极。

秦嫣猛然睁大眼,不可置信地看着这一幕,就在那个女人转身之际,她的眼睛被身后的南禹衡捂住,紧接着身体被他扯到了墙根后面。

南禹衡沉着脸,唇际紧抿,回过身去。他们身后没有路,想回去只能重新穿过车库。可此时穿过车库会看到什么,南禹衡很清楚。

他蹙着眉将欲要探头的秦嫣往墙后拉了拉,压低声音对她说:"等等再走。"

时间一分一秒过去。两人听见车门被打开,然后是不太清晰的男人说话声,随后脚步越来越远,似乎是车上的男人先离开了。

南禹衡和秦嫣伸头看去,车门再次打开,上面下来一个瘦小的妇人,穿着黑色及踝的长款大衣,红色细高跟踩在地上发出清脆的声音,迅速离开了车库。

等妇人的身影完全消失后,南禹衡和秦嫣才从角落出来,穿过池塘朝主楼走去。

路上秦嫣打了个电话给秦智才知道他们在东门口。

两人过去和他们会合,但都很有默契地将刚才看见的一幕吞进肚子里。

2

范筱萧挽着秦嫣刚进主楼,范太太正好站在门口和人说话,看见她们便走了过来对范筱萧问道:"跑去哪儿了?晚宴都要开始了,赶紧脱了外套进去吧。"

说话间,范太太将自己身上的黑色长款大衣脱了下来交给一边的服务生。

秦嫣愣了一下,低头朝范太太的脚看去,这一看,让她心头一惊。

范太太的脚下,是一双红色高跟鞋。

她顿时脸色一白,回过头朝南禹衡望去,正好南禹衡的视线也刚从范太太的脚上收回来。秦嫣趁着将腰间西装脱给他的空当,低声说:"范阿姨对我家有恩。"

南禹衡接过外套,玩味地看了她一眼:"我没工夫多管闲事。"说完套上外套走开。

秦嫣松了口气,秀气的眉紧紧拧着。

范筱萧回过头喊她:"快走啊,我饿了。"

秦嫣这才舒展眉头,跟上范筱萧。

晚宴在一楼大厅举办,场中全是精美的食物,议事的大人们也都下来了,觥筹交错间或站或坐地闲聊寒暄。

年轻人三三两两聚在一起说笑。范筱萧早就饿了,拿了不少吃的,也不怎么顾及形象。

裴毓霖端着饮料走过来:"你们下午去哪儿了?"

范筱萧并没有对裴毓霖说实话,而是打着马虎眼儿:"就在旁边花园逛逛。"她还想冲秦嫣使使眼色,结果秦嫣像压根儿没听到她们的对话一样正神游天外,于是她拉了拉秦嫣,"你吃点儿东西啊,怎么心不在焉的?"

秦嫣不大自然地拿起饮料喝了一口,眼神不自觉地落在大厅另一角的范太太身上。范太太倒是看不出任何异样,身边围的都是贵妇人,越是这种人多的场合,范太太越是应对得游刃有余,八面玲珑的样子。

虽然她个子不高,但身材比例极好,紧身低领黑色礼服衬得她性感娇俏,秦嫣脑中总是掠过那妖娆的背影和娇喘的声音,整个人都十分凌乱,她在想刚才车中的男人会是谁,那个男人一定就在这些人中,说不定她还认识。

这样的猜测让她的眼神在场中不停游移,一脸心事重重的样子。

正打量间，秦嫣忽然感觉远处有道视线紧紧盯着她，她敏感地在人群中找到那个人，正是坐在对面沙发上的钟藤，此时的他已经换上深蓝色正装，肩宽体长，穿起正装倒也像模像样。

似乎是看见秦嫣投去的眼神，钟藤的嘴角忽然划过一抹鬼魅的笑意。秦嫣皱了下眉，果断收回视线。

舞会前，大管家让东海岸的男人们都移步偏厅，共同签署一份联合声明，是关于启动"金羽"计划的备案书。

这份联合声明是要交到东岸商会的。至于东岸商会是什么，在外人看来，就是代表东海岸商业势力的公会，由当年开发东海岸的隐形富商创办。至于这个富商的身份，绝大多数东海岸人并不知道，只知道公会的主理人是个年过花甲的老头儿，冯老爷子。

冯老爷子是南城的传奇人物，年轻时结交各种权贵，遇水搭桥，逢山开路，官商两道通吃，说通俗点儿就是专门靠交换各种别人触碰不到的信息发家。

相传，冯老爷子在江湖上有堪比"机要处"的传闻，没有在他那儿打听不到的事，只要付出的代价足够。

当然，冯老爷子之所以有这么高的地位，是因为没人能摸清他的背景有多深。没人知道他做过多少涉及机密的大买卖，但是他从来没有出过事，还能悠然自得地安享晚年，着实是个匪夷所思、令人胆寒的人物。

他虽然冠着"东岸商会主理人"的名头，不过这么多年来，东海岸还没有什么事需要他出面打理。当然也有些大户人家想从他那里套出东海岸背后隐形富商的身份，不过这只老狐狸尽管视钱如命，在这件事上，二十年来却是瞒得密不透风。

正是因为这份联合声明是准备要递交东岸商会的，所以有一大半的人都签了字。也有小部分人还在观望，秦文毅就是其中之一。

此时钟家大管家走到秦文毅身旁，态度恭敬地说："秦先生不用忧虑，这并不是项目启动合同，只是往商会报备的声明，毕竟不能让商会那边觉得他们只是个摆设，也就是走走流程，意思一下，具体的事情之后家主会另外组织商洽。"

秦文毅点点头，说："我知道，不急，我这会儿还没走，离开前我会决定。"

他说完便从偏厅出去了，钟家大管家也不好强行阻拦。

没一会儿舞会便要开始了，钟昌耀的夫人在保姆的搀扶下来到大厅。她是蒋氏财团的唯一继承人，钟、蒋两家百年来关系甚密，她和钟昌耀还在襁褓之中就定了娃娃亲。

蒋家在南方的威望不亚于钟家，自从两人结合后，钟昌耀对于政商界动态总是能洞察先机，这和背后蒋氏企业的支持不无关系。只不过他的夫人蒋华珠自从生下钟藤后就开始信佛，经常去寺庙清修，一离开就是十天半个月，将还是婴儿的钟藤丢给奶妈照看。

在钟藤的孩童时期，母亲这个角色并没有什么存在感。即使蒋华珠在家，也多半待在禅室读些佛经，身边总是萦绕着檀香，这对于小男生来说自然枯燥无味，久而久之便更不愿意和他妈待在一起。

在外人看来，钟太太心性寡淡，东海岸一般的宴会都不太露面。大家知道她信佛不喜吵闹，近些年更是因为关节不好，经常腿疼，出门更少，大家有什么事也很少会去钟家叨扰她，加上她的身份背景在东海岸没有哪家太太能与之相比，对蒋华珠都有些敬畏。

而今天却是个例外。这是她小儿子钟藤的成年礼，是钟家的大日子，她作为钟藤的母亲，自然不会缺席。

蒋华珠并不年轻了，多年的清修没有让她出尘脱俗，反而更显疲态，此时她穿着一身华贵的礼服，虽然芳华已逝，但举手投足之间依然蕴含着无法撼动的威严，所到之处，众人均对她起身问好。

她在旁人的搀扶下走到钟藤身旁。钟藤本来懒散地坐在沙发上，看见蒋华珠走到近前，缓缓站了起来叫了声："妈。"

换作旁人，蒋华珠是不会特地在舞会前下来走一遭的。她的这个小儿子虽然和她不亲近，但好歹是自己的亲骨肉，多少还是了解的，因为不放心，所以特地来找他叮嘱一番。

"我刚才和裴太太见过面了，舞会一开始你就直接去邀请裴毓霖，她年纪小，跳舞的时候你让着她点儿。"

钟藤满不在意地回道："跳舞还要我让着她？你应该叫她让着我

吧。"

蒋华珠脸色立即阴了下来。她出身名门望族，自小出席任何社交场合都不会有半分差池，却一直教不会她这个小儿子如何拿捏分寸。

钟藤见母亲脸色不好，也收起玩世不恭的态度，或许正因为他和蒋华珠并不像一般母子那么亲近，对她捉摸不透的心思往往会畏惧几分，便说了两句："您到旁边歇着吧，我知道该做什么。"

蒋华珠这才往钟昌耀那边走去。

大厅的另一边，裴太太也在叮嘱自己的大女儿裴毓霖："待会儿钟藤过来，你别立即应邀，晾他几秒，免得让人觉得我们裴家女儿上赶着巴结他们钟家，但也别时间太长让钟藤难堪。你自己把握好，听到没？"

裴毓霖将肩上白色软毛的坎肩脱掉，交给路过的服务生，露出水蓝色的精致礼服，轻盈的裙摆顺滑立体，内衬的薄纱闪着璀璨晶莹的光泽。

这条裙子是裴太太特地为了今天这个场合找知名设计师为她的大女儿裴毓霖量身定做的，确保今天晚上她的大女儿能在人前大放异彩。裴太太想象着待会儿自家女儿在场内转圈时裙摆摇曳，一定极具奢华的美感，肯定是全场焦点。

没一会儿，钟家大管家穿着燕尾服走到大厅中央，做了简单的开场白后，邀请钟昌耀和蒋华珠来到场中。这对在东海岸最有威望的夫妇简单表示了对今天到场宾客的欢迎，然后介绍他们的小儿子钟藤给所有名流富贾认识，由钟昌耀亲自宣布舞会正式开始。

这是一个让人振奋的时刻，大人们虽然不止一次参加过这样的舞会，但每一次东海岸的成年舞会总会让人拭目以待。年轻人则更加激动，期待、兴奋等各种情绪让场内的气氛瞬间高涨。

如果说下午大家还对今晚钟藤舞伴的人选一知半解，到了这一刻看裴家众星拱月的架势，绝大多数人已经猜到，纷纷将目光投向场边静坐的裴毓霖身上。

光线突然暗了下来，钟昌耀和蒋华珠已经走回座位，独留今天成年礼的主角钟藤一人立于场中。

场内响起了悠扬的音乐声，是克劳德斯·阿尔纳乐团的一首舞曲，舒缓中带着优雅的浪漫。

四周掌声雷动，所有人的目光都聚焦在那个穿着深蓝色西装的少年身上。

比起他的哥哥，他更像他的父亲钟昌耀，身形挺拔，剑眉星目，一身正装穿在身上倒也像个成熟男人的样子。

钟藤稍微转身，面向会场右边，那正是裴毓霖坐着的方向，抬脚之间，全场鼓起掌来，年轻人的欢呼声更是热烈。

秦嫣心不在焉地坐在裴毓霖的旁边，她的另一边坐着范筱萧。也许是事先知道钟藤舞伴的人选，所以她并不像其他人那么激动，注意力都在范筱萧身边的范太太身上。

直到耳边哄闹声越来越大，秦嫣才扭过头注意到来到近前的钟藤。他双手背在身后，笔挺的西装将此时此刻的他勾勒出一副绅士的模样。

大家都在盯着裴毓霖，裴毓霖也有些羞涩地半低着头，等待钟藤的邀请。

锃亮的黑色皮鞋几步走到近前，裴毓霖垂下眼帘，记着妈妈的话不能太急，得表现出矜持的模样。

可下一秒，眼前的黑色皮鞋忽然往她的左侧移了一步，裴毓霖的余光赫然发现，面前的钟藤将手伸到了她的旁边。

3

裴毓霖的旁边坐的是秦嫣。

几乎在同一时间，鼓掌声哄闹声戛然而止，偌大的场内在某个瞬间一片寂静，秦嫣和裴毓霖同时抬起头，惊讶地盯着钟藤。

而今天的这位男主角却并没有因为周遭人的震惊而表现出丝毫慌乱，反而将大手再次往秦嫣面前伸了一下，对她说："秦小姐，我能有幸请你跳支舞吗？"

裴毓霖立马回头看着她妈。裴太太此时也站起身，刚准备往前走，裴毓霖一把拉住她，狠狠捏了下她的手。

裴太太硬生生憋回一口恶气坐了下去，此时此刻她的确不好发作，否则所有人都会知道原本的舞伴应该是裴毓霖，那么裴家将会颜面尽失，裴毓霖也会受人嘲笑，所以她只能用怨毒的目光死死盯着钟藤。

钟藤身后的钟家人面色也十分难看。当初就怕这小子乱来，上到钟昌耀，下到钟家大管家，提前多少天千叮咛万嘱咐，没想到到了最后的节骨眼儿上，他居然做出让整个钟家如此难堪的举动，这要如何和裴家交代？又如何对待他选择的这个女孩儿？

僵持不下之间，钟藤余光瞥见从大厅另一头气势汹汹冲来的秦智。

秦智本不太在意钟藤的开场舞，还和几个兄弟窝在里面玩，突然感觉到外面的气氛不对劲儿，不知道谁嚷了句："秦智，钟藤怎么邀请你妹跳舞啊？"

秦智这才冲了出来。他当然不能让他妹和这个人沾上任何关系，就是毁了这个舞会也不能。

钟藤眼里带着阴沉的笑意，俯身对秦嫣说："你再不答应，你哥就要过来了，想想你哥过来的后果。"

秦嫣震惊地盯着钟藤，她万万没想到，白天她护着她哥的理由，竟成了钟藤现在威胁她的筹码。

她忽然觉得面前的男人就是个魔鬼，一个能轻易抓住别人的弱点，把人掐死的魔鬼。

秦嫣虽小，但她心如明镜。她清楚她哥的脾气，也清楚她哥虽然能救她，但代价太大。

如果她拒绝钟藤，等于毁了钟藤的成年礼，让今天到场的所有宾客看了钟家的笑话。得罪了钟家，于她来说，也是给自己家带来灭顶之灾。

权衡利弊之间，就在秦智快要冲到近前时，秦嫣赫然抬头将手交到了钟藤的掌心。

钟藤扬起唇角，攥紧秦嫣嫩白的小手用劲儿一拉，将她轻盈柔软的身体强势地从座位上拉到自己身前。

他居高临下地看着她。

秦嫣清澈见底的眸子不染尘埃，她抬起头，不卑不亢地对他说："等我一下好吗？"

钟藤没有说话，松开她。

她立马回身凑到满脸焦急的范筱萧耳边说："救我！"

范筱萧也快急疯了，赶忙问："怎么救？"

所有人都在看着秦嫣，她已经没有时间了，快速在范筱萧耳边说道："想办法把音乐换成《南国玫瑰》，我全靠你了。"

说完她直起身子神色从容，像什么事都没有发生一般。转过身的刹那，她看见人群后面匆匆而来的南禹衡，她不动声色地对他摇了下头，然后担忧地盯着怒气冲冲的秦智。

南禹衡立马会意，一把拽住秦智。

秦智火大地回过头："松开！没看见秦嫣要被牵走了！"

南禹衡用了狠劲儿扯住秦智的胳膊，将他拽到一边，沉声对他说："你现在冲过去只会让事情变得更糟，你妹妹可不会任人宰割。"

此时秦文毅也匆匆赶来，看见钟藤邀请的舞伴是秦嫣时他同样心头大骇，但他到底见惯风云变幻，要理智许多；即使要为秦嫣解围，也只能等舞会结束后再另想办法，此刻上去阻拦便是打钟家的脸，他们秦家也会沦为众人的笑柄。

他过来劝了秦智几句，算是稳住了秦智的情绪。与此同时，钟藤已经牵着秦嫣走到场中，饶是刚才众人如何大跌眼镜，此时也齐齐为这对开舞的小年轻鼓掌。

秦嫣从小对节奏律动就很敏感，孩童时期听见音乐就会扭动，虽然没有往舞蹈方面发展，但自小林岩也培养了她良好的舞蹈功底，所以她身姿柔软，基础不错。

稍微大点儿后，林岩亲自教过她社交舞，这是东海岸女孩儿成长道路上的必修课，每家女儿在很小的时候都会掌握这项基本技能以备不时之需。

林岩很少参加社交活动，但并不代表她的舞姿逊色于他人，想当年她正是因为一支舞被当时的尹化大导演看中，才会走上演艺道路。

有一次教秦嫣社交舞，跳了一会儿后，林岩突然放了一首《南国玫瑰》，那是秦嫣第一次看见一向文静端庄的林岩跳得酣畅淋漓，狂热的舞姿像火红燃烧的玫瑰，自此，秦嫣记住了《南国玫瑰》。而今天，她正是打算用妈妈教给她的这支舞让自己摆脱困境。

她并不算太高的身姿立在钟藤面前,钟藤转向她与之面对面,两人朝对方颔首。秦嫣深吸一口气,脑中想着林岩大气从容的姿态,慌乱的心神渐渐稳定下来。

她身上行云流水般剪裁的白色纱裙轻盈飘逸,拢胸收腰的设计让她纤细的腰身仿若一掌可握,整个人清新优雅瞩目动人。

她就这样立在钟藤的面前,美得不可方物。

钟藤茶黑色的眼眸中只有面前如水如风的女子,他轻轻牵起她的一只手举过肩头,声音透出他自己都从未听过的低柔,对她说:"紧张了?"

秦嫣顺从地将手搭在他的肩上淡然回道:"为什么要紧张?"

钟藤眼底浮上似笑非笑的光,把另一手放在她的腰间,掌心触碰上那柔软的布料,仿佛感觉到面前人香软的味道。钟藤转身的瞬间将秦嫣带入大厅中央,聚光灯最闪耀的地方,秦嫣的裙摆随着步伐微微荡漾。

端木翊也从里面冲了出来,往人群中一看,一连串的"问候"脱口而出,然后也顾不得身边站着的大人,咬牙切齿道:"我还没请秦嫣跳舞,他跳个屁啊!"

刚说完,后脑勺儿就被秦智敲了一下:"行了,别嚷了,召集兄弟,今天的事,我不会就这么算了。"

"你能算,老子也算不了!该死的钟藤!"

虽然场边有人恨不得活剐了钟藤,但今天的男主角仍悠然自得地牵着面前的人儿随着舒缓的音乐慢慢移动。

他眼眸似火地低头盯着面前这张面容,有些稚嫩柔美的脸庞似娇艳欲滴的花朵,仿佛稍稍用力便会揉碎这朵待放的花苞。

秦嫣完美遗传了林岩的容貌,她的美不是一眼看上去的惊艳,也不是魅惑人心的妖艳,而是一种透着脆弱、让人怜惜的美,那澄澈的双眼好看得像随时能滴出水,带着浅浅的雾气,瞬间就能让人陷进去。

正在钟藤看得出神之际,秦嫣抬眸对上他的双眼,那双如雾的美瞳立即覆上了一层冰霜,声音冷淡地说:"你和我哥下午闹了矛盾,

就想用这种方法折磨报复我们,让我哥现在只能在场边怒火攻心,却不能拿你怎么样。钟藤,你是我见过最小心眼儿的人。你是报复了我哥他们,但你同样让你的家族难堪,我虽然比你小,但你比我幼稚。"

钟藤的脸色当即沉了下来,眼眸里闪过一道阴暗的光,猛地转身想给秦嫣难堪让她跟不上步伐,手上的力道却在收紧。他虽然因为秦嫣的话而恼火,却不想让她当真跌倒,然而没想到的是秦嫣反应灵敏,在他转身的刹那就势从他臂弯下完美地转了个圈,再次回到了他的面前,含着盈盈的笑意看着他,那身段柔软如水,让钟藤瞳孔骤然收缩。

他不再是将手搭在她的腰间,而是一伸手臂将她纤细的腰环在臂弯里,炽热的气息喷洒而下:"在你眼中我就这么醒齷?"

秦嫣依然在笑,起码在别人看来,她在愉快地和钟藤聊天,然而嘴里却吐出一个字:"是。"

话音刚落,她又灵巧地转了个圈,成功摆脱了钟藤的束缚,像一条自由自在的鱼儿,让钟藤抓了个空。

与此同时,她的眼神不停扫向场边,她看见范筱萧又坐回座位上,范太太匆匆向后场的方向走去。她焦急地盯着范筱萧,见范筱萧悄悄对她比了个"OK"的手势,她才收回目光稳住心神。

裴毓霖长睫下隐着幽暗的眸色,在所有人的焦点都落在场上那对年轻人身上时,悄然起身离去。

人群外的南禹衡坐在秦文毅的身边,两人都牢牢盯着场中。秦文毅心里始终捏着把汗,希望这首曲子能赶紧结束。

而南禹衡漆黑的眸子则落在钟藤搭在秦嫣腰间的手上,深不见底的眸里溢出点点冰寒,白净修长的手指从一旁的酒杯边缘划过,悠悠端起灌了一大口。

秦文毅有些诧异地侧头看他:"南少,你怎么喝酒了?"

南禹衡回过头,平静地回望着他:"想喝。"

两个字竟然让秦文毅哑口无言,只能劝道:"少喝点儿。"

刚说完,南禹衡将杯中酒一口喝干。

虽然场中的舞曲很缓慢,但渐渐地,秦嫣不断变换的舞步和完全捉摸不透的方向转换让她完全占据了主导。钟藤平时当然不可能喜欢这种跳舞的社交活动，虽然会，但并不精通，没一会儿就跳得非常吃力，快要跟不上秦嫣的舞步。

他额上渐渐出了汗，低头对她说："你故意的？"

话音刚落，还没过半的舞曲戛然而止，秦嫣双眼瞬时一亮，粉嫩的唇勾起狡黠的弧度，昂起小脑袋，黑色如瀑的头发柔软轻盈。她盯着钟藤，眼里迸出势在必得的狠劲儿："我听人说过这么一句话，'清看剃头者，人亦剃其头'，如果你没听过这句话也没关系，今天我会让你知道这句话是什么意思。"

音乐骤起，《南国玫瑰》轻快的旋律响彻场内，秦嫣优雅地退后一步，裙摆飞扬间，她微笑着朝钟藤伸出手。

而那个告诉她"清看剃头者，人亦剃其头"的人，此时正坐在场边放下手中的空酒杯，缓缓站起了身。

刚才那首舞曲节奏较慢，秦嫣在基础的慢华尔兹舞步中加入了大量的狐步舞，这种舞步流动感强且步幅较大，还要求不并步的舞步间不能停顿，连续流畅，加之狐步的方位变化莫测，身体可升降，脚步却要平稳，对舞者的平衡力考验极强，让钟藤跟得十分吃力，要保持没有断裂的舞步对他来说着实太艰难。

虽然此时钟藤也很奇怪为什么舞曲放了一小段后突然变了调，但看着眼前小女生笑盈盈的眼眸和那只伸向他的白嫩小手，他没有犹豫，抬手就打算握住秦嫣。

然而就在他指尖刚触碰上那细滑柔软的手背时，随着音乐激昂的转调，面前的白色身影忽然一个摆荡，就这样从他指尖溜走了，而后踏着轻快的舞步快速移动到他的身后。

秦嫣每个踏步都在节奏上，动作饱满，轻巧玲珑，从钟藤身后拍了拍他。

场边顿时传来一阵笑声。

钟藤蓦地转过身去。秦嫣再次向他伸出手的同时，修长的脖颈微微弯曲，谦卑地露出漂亮的天鹅颈，仿佛因为刚才的戏弄在向他道歉。

钟藤看了看场边，收起眼底的愠怒，再次朝她的手握去。这次秦嫣没有从他指尖溜走，反而用力反握住他，带着他的身体向着场内的另一端移去，此时她脚下的舞步早已不是大幅度的狐步，已然变得短促轻快，跳跃性的舞步奔放而灵活，伴随着《南国玫瑰》迸发的节奏感，快速多变。

这是社交舞中的一种快步舞，融合了狐步和芭蕾的小动作。当年林岩跳出这个舞步的那一刻秦嫣就爱上了这种富有激情的快步舞，洒脱的步子灵巧而活泼，让她的身段俏皮可爱，浑身洋溢着少女青春的活力，白色裙摆像天鹅的羽毛轻柔地飞起，照亮全场。

只可惜她死死握着的这个舞伴是一步也跟不上，几乎是被她拉着一路小跑，狼狈不堪，拖得秦嫣的舞步也施展不开。

她有些无奈地回头望着他，楚楚可怜的大眼里布满委屈，仿佛在说"我已经尽力迁就你了，是你跟不上我"。

于是秦嫣一把松开他，与此同时配合着舞曲的踩点做了几个漂亮的跳跃步，足尖离地，身形修长，裙摆荡漾，仿佛一只终于挣脱束缚的天鹅，绽放着只属于她自己的优雅，与旁人无关。

虽然场边已经有人被钟藤狼狈的样子逗笑，但秦嫣的跳跃步倒也让她松手的行为不会显得突兀。

舞曲到了悠扬的过渡部分，秦嫣一个华丽的转身，第三次朝钟藤伸出手。

所有人都睁大双眼看着场中的这一幕。明眼人都看出来了，钟家小儿子根本不是他这个舞伴的对手，大家都看热闹似的，兴味盎然地等待着。

而此时，钟藤的脸色已经难看至极，他已然清楚秦嫣在耍他，在众目睽睽之下。可舞伴是他自己选的，自己带上场的，舞曲过半让他掉头走人，脸往哪儿搁？

这曲舞既然开场了，那么跪着也要跳下去。

他狠狠咬了咬牙，再次几步走到秦嫣面前，大掌用力握住她的小手，似要把她柔软的小手捏碎一般，低看头声音狠戾道："你再敢耍我试试看！"

秦嫣手疼得眼眸微撇，一副楚楚可怜的模样，声音软糯地说："你握疼我了。"

钟藤眼里布满阴沉可怕的光,但看着秦嫣微微皱起的眉,僵了一秒,还是松了松手劲儿。

秦嫣放缓了节奏,在悠扬的过渡音乐中又走了几步华尔兹,在钟藤刚调整好状态时,过渡的部分结束了,迎来整首舞曲最后的高潮部分,几个转音过后,节奏突然加快。

秦嫣清丽的眼眸看着钟藤,对他微笑道:"邀请我跳舞的是你,可不是我想跟你跳的,再说了,我怎么是在耍你呢,我只是在跳舞啊。"

刚说完,她一个漂亮的转体,迅速跟上那欢快的节奏,柳腰轻盈,步伐曼妙,在场中就像一只欢闹的小喜鹊,跳跃圆滑的舞步衬得钟藤就跟四肢不协调一样。

虽然场边的看客们努力抑制住看热闹的笑意,但也有抑制不住的,比如端木翊,看着钟藤那滑稽的舞姿笑得直嚷嚷:"这哪是跳舞啊,是耍猴吧,哈哈哈……"

他一激动,声音不免大了些。端木翊的父亲从远处回过头来狠狠瞪了他一眼,不过端木翊丝毫没有察觉,还一个劲儿地嘲笑钟藤,笑得那叫一个酣畅淋漓,还不时扒着旁边双臂抱胸的秦智:"兄弟啊,你这个老妹简直绝了,这不用我们动手了啊。"

秦智嘴角也泛着嘲弄的笑意:"自食其果。"

4

今天是钟藤的成年礼,于情于理钟藤当着这么多人的面邀请秦嫣跳开场舞,秦嫣都不好拒绝,一旦拒绝便会让今天的东道主——整个钟家陷入难堪的境地,所以她只能应了这个邀。

然而到此时,任谁都能看出来,起码在跳舞这件事上,钟藤配不上他的舞伴,着实闹了一场笑话。

秦嫣的确让钟藤难堪了,也让钟家人的面子挂不住,但从钟藤邀她共舞的那一刻,她的面前就只有两个选择:一个是拒绝,一个是用舞蹈甩他几条街,只有这样,才能告诉所有人,她秦嫣不会和钟藤有任何交集。

虽然选择哪一个可能都会得罪钟家，但比起她主动拒绝，祸从口出，用跳舞来还击就只能怪钟藤舞技太差，实在无法撑起这首舞曲，即使钟家人心里再气，也只能气自己的儿子不争气，而没有立场拿秦嫣开刀，对秦家迁怒，否则今天在场的整个东海岸的人都会对钟家诟病。

至于她秦嫣，压根儿就没想过以后长大和钟家搭上半毛钱关系，自然也不怕钟家人对她有什么想法。

况且她年纪小，纵使有些顽皮，钟家也不能责难她，否则倒显得钟家人太小家子气了。

今天过后，这支舞便只会是一场闹剧，没有任何意义。

随着场边越来越多的笑声响起，蒋华珠已经没有脸再继续待下去，她沉着脸狠狠拍了下把手，对旁边的人说："扶我上去吧。混账东西，我丢不起这个人。"说完便离开了大厅。

蒋华珠都离场了，作为男主人的钟昌耀自然不好再离开，他的眼神落在场中那抹娇小灵动的白色身影上，越来越澎湃的舞曲像气势波涛的海浪，让含苞待放的花朵瞬间怒放。

如果说林岩跳这支舞时像热情的红玫瑰，那此时的秦嫣便就是圣洁的白玫瑰。

快速多变的舞步令人目不暇接，秦嫣浑身散发着耀眼璀璨却又清澈动人的魅力。

而他的儿子只能停下步子，就这样站在场中央，脸色阴沉地看着她。

钟昌耀抬了下手，大管家立马俯下身来对他道："她就是秦文毅的女儿，叫秦嫣。"

钟昌耀点了点头，老练深沉的眼眸里藏着厚重的情绪，喃喃地念了句："秦嫣……"良久才接了句，"和她年轻时一样。"

大管家没有接话，只是微微叹息，直起身子。

舞曲收尾，秦嫣也像曼舞的燕儿归巢一般，踏着最后的节奏收起飘荡的裙摆，踏回眼神阴鸷的钟藤身前。

她脸颊微红，喘息之间精致的美人骨线条清晰诱人，抬起头后扬着淡淡的笑容，眼里却一点儿温度都没有，轻声说道："舞跳完了，你下午让我哥受的伤我现在还给你，以后互不相欠。"

说完她拉着裙摆对他谢礼鞠躬，又落落大方直起身子转身离场，干净利落，毫不留恋。

场边顿时掌声雷动。但这些掌声是给秦嫣的，与今天的主角并无关系，人们只是将掌声送给这个让他们享受了一场视觉盛宴的小女生。

钟藤站在刺眼的聚光灯下，整颗心脏被一把烈火点燃，焚烧，摧残！

他长到这么大，从没有被人这样羞辱过，而这种羞辱不是打骂，不是唾弃，只是让他束手无策的软刀子。秦嫣自始至终都在对他笑，笑得那么明艳动人，应了他的邀，却又无声地用锋利的刀子捅进他的心脏。他从来没有遇过一个人可以这样游刃有余地伤害他，然后若无其事地转身离开，这让他心底的愤怒值攀升到了顶峰。

秦嫣如释重负地踏着轻快的步子朝场边走去，她没有看见她哥，只看见南禹衡走出人群，就站在离她不远的地方，他身形高大颀长，清冷矜贵的气质在人群中十分扎眼。

秦嫣不自觉朝他走去，想问他秦智在哪儿，却看见南禹衡的眼神落在她的身后，漆黑如墨的眼里透出清淡却锐利的光来。秦嫣还没走到他近前，他便迈出人群一把牵住她的手腕将她蓦地拉到自己身后。与此同时，钟藤预备扯住秦嫣的手落了空，他立于南禹衡面前，目光似火，声音阴沉地对他说："让开！"

南禹衡纹丝不动，高大的身影像一堵无法撼动的墙，眼神充满威慑力："我看你今天有什么本事叫我让开。"

秦嫣转过身才后知后觉地发现，钟藤竟然跟着她下了场。

所有人的眼神都望了过去，钟家大管家脸色骤变，赶紧带着人往钟藤那边跑去。本来今天钟藤的举动已经让钟家丢尽颜面，要是再在自己的成年礼上闹事，恐怕以后都是钟家抹不去的黑历史。

然而钟家大管家还没有跑到近前，钟藤便已经抬起拳头对着南禹衡砸了上去。

电光石火间，南禹衡扬起手臂，一掌握住他捶来的拳头。两人身高相当，双臂僵持在半空暗暗较量。众人的心脏都悬了起来，大厅的气氛瞬间冰冻。

这时，南禹衡倾身不知对钟藤说了什么，钟藤忽然脸色大变，牢

牢盯着南禹衡深不见底的黑眸。

就在这个空当,钟家大管家已经带人走到两人身旁。他一个眼神,钟家的保镖便将钟藤强行拉开,与此同时,钟家大管家挤到南禹衡面前,将身后的钟藤挡住,脸上挂着圆滑的笑意:"惊扰南少了,家主有请,在偏厅小聚。"

身后的钟藤气势汹汹地甩开保镖,回头之际正对上已经从座位上站起身、满脸怒意的钟昌耀,那一刻,他在父亲眼里看见了无法抑制的怒火和失望。钟藤双拳紧握,扭过头死死盯着几步之外的南禹衡,今天,他算是记住了这个人。

而后他转身大步离开大厅,消失在所有人的视线中。

南禹衡回过身低头看着秦嫣,她吓坏了,南禹衡刚才要当真和钟藤动手,那今天这场闹剧算是一发不可收了,好在是虚惊一场,只是此时她的小脸还透着苍白。

南禹衡侧头看了眼说道:"你哥他们来了,我先过去一下。"

钟家大管家还挂着礼貌的笑意站在南禹衡身后,秦嫣自然不好再让钟家大管家干等,便匆忙说道:"你先去吧。"

场中的音乐声再次响起,虽然今天的开场舞并没有预料中那么顺利,但正因为这样,大家才更不好意思立马离开,只能将这场舞会继续下去。

随着钟藤的离场,钟昌耀去了偏厅,钟家长子钟洋和他太太宋荟极力圆场招呼周旋,才使得舞会的氛围缓和了一些。

宋荟的娘家宋家上三代是苏城四大家族之一,发展到宋荟这一代早已积累了庞大的基业。她的身世背景和她的婆婆蒋华珠有些相似,在她还是姑娘的时候,曾和蒋华珠有过一面之缘,当时蒋华珠一眼便瞧中宋荟的稳重大气,从某些方面来说,婆媳二人的性子有些相像,都是大门大户的长女,自然见惯风谲云诡,比一般人更能沉住气。

事实证明,蒋华珠的两个儿子虽然都没让她省过心,但她挑儿媳妇的眼光毋庸置疑,这么多年钟洋花名在外,换作一般女人早发难了,但宋荟自始至终以钟家的名声为重,特别是在今天这种场合,更是周旋于权贵之间,极力维护钟家的声誉。

因此蒋华珠待这个儿媳妇更是没话说。

秦智、端木翊和秦文毅几乎同时来到秦嫣身边,带着她到了后面,避开众人的视线。

一到角落,秦嫣就有些内疚地看着秦文毅:"爸爸,对不起……"她感觉自己刚才的举动可能会惹得钟家人不高兴,给爸爸带来麻烦。

秦文毅立马摆手,制止她继续说下去:"我秦家的女儿由不得外人欺辱,你做得好!后面的事情不用担心,钟家要敢找来,有爸爸兜着。"

秦嫣一双眼里尽是暖意,端木翊咋呼道:"他们还有脸找啊?估计正头疼要怎么应付裴家吧。"

秦文毅宽慰了秦嫣两句便起身去应酬了,秦嫣也和秦智打了声招呼,跑去找范筱萧。

范筱萧跟在范太太身后,见秦嫣走来,激动地回过身去,两个小女生脸上都洋溢着笑容。

秦嫣握住范筱萧的手,小声说:"多亏你了,你是怎么把音乐换过来的?"

范筱萧看了看周围,凑到秦嫣耳边压低声音:"我找了一圈都没找到哪里是放音乐的。我妈追过去训我,让我别到处乱跑。我实在没办法了只能告诉她,后来她让我坐着别动,她去办。"

范筱萧说完便直起身子。秦嫣越过范筱萧的肩膀看着她身后的范太太,心情忽然无比复杂。

范太太之前不仅救了她妈妈,今天也救了她,纵使她无意间撞见了那一幕让她心绪翻腾,但在这一刻,她决定让那件事永远烂在自己的肚子里。

正好范太太回过身招呼道:"小小,这是俞阿姨和她女儿,你过来认识一下。"

瞥见站在范筱萧旁边的秦嫣,范太太对她莞尔一笑,眼里溢出欣赏的光来。

秦嫣将心里复杂的情绪掩饰得很好,也对范太太微笑点头,然后跟范筱萧说:"你去吧,待会儿见。"

"我一会儿来找你。"说完,范筱萧回身走回范太太身边。

174

范太太是个精明人,虽然不是大门大户出身,却深谙豪门名流那一套,她待人热情,善于辨风测向,搬来时间不长,却已然成了东海岸社交圈里的新贵,自然也希望多利用各种场合将自己的独女介绍给更多的人认识。

与此同时,另一边的钟藤刚离开大厅,蒋华珠身边的王妈就找了来,说太太找他。

钟藤脸色阴沉得可怕,扯掉身上的深蓝色西装,随手搭在肩膀上进了电梯。

蒋华珠上了楼后便去了她平时清修的禅室,点燃一炷香插在精致的香炉中。

这么多年,仿佛只有闻到幽幽的檀香才能让她心头积郁的苦闷稍稍缓解一些。她坐在软座里,手上捻着一串佛珠闭目养神。禅室的光线很暗,只有角落亮着一盏莲花状的落地灯。

门被拉开,王妈进来躬身说道:"太太,人到了。"

钟藤走了进来,将手中的西装往旁边的矮木桌上随手一扔。

蒋华珠缓缓睁开眼,暗沉的眼眸落在自己的小儿子身上,眉心渐渐锁起,身边的茶盏杯盖放在一边,热茶升腾着袅袅雾气,和屋中的檀香烟雾混合在一起。

钟藤自小讨厌母亲禅室里的味道和这昏暗压抑的环境,有些不耐烦地说:"找我干吗?"

话音刚落,蒋华珠扬手端起旁边滚烫的茶朝着钟藤砸了过去。

茶杯狠狠砸在钟藤的胸口,落在地上碎落一地,滚烫的液体留在钟藤的胸口,染湿了他的黑色衬衫,烫在钟藤的皮肤上。他没有动,就这样立在原地,狭长阴冷的眸里透出的光蕴含着凉意。

钟藤是王妈看着长大的,王妈心疼得立马拿纸巾上去替他擦掉茶水,钟藤手一挡,面无表情地对蒋华珠说:"您要是没其他事,我先走了。"

蒋华珠一巴掌拍在茶桌上,牢牢盯着钟藤训斥道:"你哥再乱来也知道个限度,你简直就是荒唐至极!我怎么会生出你这么个不知礼义廉耻的儿子!"

钟藤低头拉了拉湿透的衬衫，嘴角泛着轻蔑的冷笑："子不教父之过，我爸眼里只有他的生意，您只有您的佛祖，谁来教我礼义廉耻？"

蒋华珠气得死死攥着手上的佛珠，捂着胸口低吼道："你还知不知道你姓钟！"

王妈急得赶紧上前顺着蒋华珠的背劝着。

钟藤没有再开口，但阴骘的眼神毫不躲闪。他如今已经成年，高大的身材已然是个成熟男人的样子，浑身透着叛逆和张狂。

王妈赶紧又倒了杯茶给蒋华珠，蒋华珠喝了茶将气顺匀了后，才再次将眼神落在钟藤身上："那个女孩儿是秦家人？"

"您不已经知道了。"

蒋华珠眼尾爬上深深的皱纹，双眼暗含几分深意对她的儿子说："回去把衣服换了，别再下楼丢人现眼，改天我会带你亲自去裴家致歉。至于那个女孩儿，你给我趁早死了这条心，秦家是不可能把女儿嫁到我们钟家的。"

钟藤眼里透着邪性，轻蔑地"呵"了一声，转身离开禅室，徒留王妈担忧的叹息声："孽缘。"

蒋华珠头疼地揉了揉太阳穴："收拾一下出去吧。"

"是，太太。"王妈应声道。

第十章 风波又起

"合作愉快,南少。"

1

秦嫣一晚上没怎么吃东西,加上一舞过后消耗了不少体力,和范筱萧分开后就走到场边拿了甜点,找了处人少的地方吃起东西来。

钟家家大业大,举办这种大型宴会,接待能力相当到位,当天所有服务生都穿着统一的绛红色制服,让宾客们能一眼分辨出,而且所有服务生都配备了无线耳机,由钟家大管家统一调度和安排。

秦嫣在吃东西的时候,正好有一个服务生从她旁边走过,捂着耳机匆匆说道:"南少有没有事?我马上过去!"

听见南禹衡的名字,秦嫣自然抬头看去,却只看见那个服务生焦急跑走的背影,她当即一怔,丢下手中的东西就跟了上去。

那个服务生走得很快,绕过大厅七拐八拐,跑下一截长长的楼梯,秦嫣差点儿没跟上,也迈开步子小跑追了上去。

然而当她走过那截长长的阶梯来到地下室后,那里却空无一人,光线也比较暗,只能依稀听见一楼大厅熙攘的声音。

她在楼梯处犹豫了一瞬,想到南禹衡的身体可能突发什么状况,心头一紧,果断朝着幽暗的长廊走去。廊边的确有几扇门,但都是关着的,只有尽头那扇厚重的拱形木门虚掩着,里面发出昏黄的光来。

秦嫣疾行到木门口对着里面张望了一下，里面放了好多酒。她探出头喊了声："有人在吗？"

里面没有动静，回声在硕大的空间里有些瘆人。她又喊了声："南禹衡？"

这下她看见酒柜的后面似乎有什么动了一下。她几步踏进门去，透过酒格之间的空隙看见有个男人坐在地上，深色西裤包裹的长腿微屈着。秦嫣顿时一惊，生怕是南禹衡晕倒在地，想都没想就朝里跑去，绕过两排高大的酒柜直奔那人面前喊道："南……"

然而当她拐过酒柜刚喊出一个字，便看清了坐在地上的男人，他低垂着视线，右手拿着一瓶洋酒搭在微屈的膝盖上。

听到脚步声，男人眼含醉意地扭过头看着她，那一刻，秦嫣看清了眼前的人，他不是南禹衡，而是她避之不及的钟藤。

秦嫣条件反射地退后一步，没有任何犹豫，掉转步子就朝着酒窖大门跑去。诡异的是，就在她快要跑到门前时，大门居然不知道什么时候关上了，她只听见极其轻微的咔嚓声，待她再去拉门环时，木门纹丝不动。

她听见身后皮鞋踩在地上发出的"噔噔"声在一点点儿接近，急得双手死命扭动木门上的门环，可是大门严丝合缝，完全打不开。

她猛地转身，身体贴在高大厚重的木门上，惊恐地盯着从酒窖深处走来的钟藤。

钟藤浑身包裹着昏昏欲醉的酒气，皮鞋踏在地上，每一步发出的声音都让秦嫣心间颤抖。她羸弱的身躯抵在门上，那双乌黑的眼珠闪着怯怯的光，如同被野兽逼到死角的猎物。

钟藤一步步靠近她，没几秒，他已经逼到门前，高大的身躯将她笼罩住。

秦嫣眉间一凛，转身就要摆脱他的钳制，纤细的手臂却被钟藤一把握住，反手将她弱小的身躯再次按住。秦嫣的背砸在身后的木门上，眼里盈着晶莹的水汽，可她就这样抬头望着钟藤，没有一句求饶，也没有让眼里的水珠掉下来。那倔强的眼神就跟锋利的刀子，带着不屈不挠的抵抗和对钟藤的抗拒。

她自小在东海岸长大，却又和东海岸的其他女孩儿有些不同。

在钟藤眼里，东海岸的女孩儿到了秦嫣这个年纪，早已在大家族里摸爬滚打过一圈，就算表面看上去再清纯，骨子里谁不知道玩弄心计，鉴貌辨色，就连秦嫣身边的那个黑丫头都不是心思单纯的人。

偏偏秦嫣，如出淤泥而不染的荷花，十几年来日日生活在东海岸，却能将自己和风谲云诡的环境分割开，干净得像张白纸，什么都不知道。

似乎从那个她大放异彩的下午，钟藤第一次有认识她的冲动开始，她看他的眼神就总是这样，充满抗拒和疏离，就像他根本没有资格踏进她的世界。

钟藤握着她手臂的力道一点点儿加重，身体也在不停靠近，近得几乎要贴上她。他居高临下，眼神牢牢地盯着她。

在秦嫣看来，这个男生就是魔鬼，得罪不起的魔鬼，所以她一直试图远离他，不与他有任何交集。

可到了这一刻，她避不开躲不掉，没有任何办法。

钟藤近距离望着她，望着她柳叶般弯弯的眉，无助的眼和微微颤抖的唇，最后他俯下身，停在她的面前："我会等你长大。"说完松开她，直起身子命令道，"让开。"

秦嫣紧张的神经猛地断裂，胸口起伏不断，后知后觉地往旁边挪了一步。

钟藤握住木门上的门环狠狠拧了几下，突然皱起眉，面色古怪地走到旁边直接掀开一个金属罩子，里面是一个密码锁。他熟练地按下密码，门咔嚓响了一下。他随即再次去拧门环。

秦嫣一直紧张地盯着他，然而他大力拧了几下，厚重的木门依然打不开。

钟藤试了几次后忽然松了手，眼里划过一抹冷意，低声道："有意思。"而后转头看向秦嫣，"看来我们暂时出不去了。"

秦嫣不自觉后退一步，身体贴在酒柜上。钟藤轻哼了一声几步走开，来到另一边的沙发前，双手撑在脑后跷着腿有些慵懒地躺了下去。

秦嫣摸了摸身上，她穿着的礼服没有口袋，手机寄存在大厅并不在身上，于是开口说道："你，你手机在身上吗？能打个电话让人来开门吗?"

钟藤躺在沙发上一动不动,闭着眼似睡着了一般。硕大的酒窖温度有些低,寂静无声,秦嫣仿佛连自己的呼吸声都能听见。

她犹豫了一瞬,再次试探地开了口:"钟藤。"

时间好似静止了,一秒两秒三秒……钟藤终于有了反应,不耐烦地将手机从身上抽了出来,往旁边的桌上一扔。

秦嫣看了看,几步走过去拿起他的手机,可是按了半天手机一点儿反应都没有。

钟藤知道自己的手机没电了,所以刚才压根儿就没想要拿出来。

秦嫣失望地将他的手机放回桌面上,再次退到门口的酒柜边上。

两人一个站着一个躺着,无话。

入夜了,酒窖的温度要比外面低上一些,秦嫣没有穿外套,身上只有那件白色轻盈的纱裙,她靠在酒柜上抱着胸,身体缩成一团。她很想问钟藤能不能想想其他办法,毕竟这是他家,他当然更加熟悉,可看着钟藤躺在沙发上的样子就像沉睡的野兽,她又很怕惊动他,再给自己招来什么危险。

如此矛盾中大约过了十几分钟,沙发上的人终于动了一下,他微微侧头,睁开眼看着墙角安静的小人儿。

她低着头,身体蜷在一起,柔顺的黑发垂在身前,乖巧可怜。

他忽然从沙发上坐了起来。秦嫣惊了一下,赫然抬头防备地盯着他。他目不斜视地走到门边,弯腰捡起被他扔在一边的西装,然后回过身往秦嫣那边一抛。

秦嫣并没有接,而是下意识躲开,西装落在了她的脚边。钟藤的眉瞬间凛起,轻蔑地说:"我衣服上没毒,不想冻死就穿上。"

秦嫣依然没动,脸色发紧地盯着他。钟藤就站在她几步开外的地方,压迫的眼神牢牢注视着她,见她不动,反而笑了:"看来是想让我替你穿。"说着他当真向她走了过去。

秦嫣立马弯腰捡起地上的西装抱在怀里,钟藤才止住脚步,眼神却依然盯着她。秦嫣只有咬咬牙穿上他的外套,而后欲言又止地回望着他。

她很想问他，他们该怎么办？然而下一秒却看见他敞开的衬衫前，胸口的皮肤一片红肿，特别扎眼，她不禁问道："你身上怎么了？"

钟藤抿了抿唇，眼底幽暗，转身走回沙发坐了下去，然后拍了拍自己身边："过来。"

2

范筱萧跟着范太太在大厅寒暄一圈过后，便和她妈说去找秦嬷，范太太就让她自己去玩。

然而范筱萧在大厅走了一圈都没有看到秦嬷，本以为秦嬷可能去了洗手间，可大半个小时过去了，她依然没见到秦嬷的身影。

她走到门口存放手机的地方打秦嬷的电话，这才发现秦嬷的手机并没有被取走。正在范筱萧拿着手机四处张望间，看见南禹衡从偏厅走了出来，便径直掉头走向他问道："你有看见秦嬷吗？"

南禹衡摇摇头："秦嬷怎么了？"

范筱萧这时忽然意识到情况有点儿不对："她消失快一个小时了，手机没拿走，人应该还在这儿。"

南禹衡脸色骤变，眼神迅速在场内扫视一圈，不动声色地对她说："不要声张。"说完疾步走回偏厅，找到正在和人议事的秦文毅。

秦文毅见南禹衡神色不太对劲儿，和面前几人招呼了一声便走出人群。

南禹衡将秦文毅带到人少的角落，转身说道："秦嬷不见了，已经有将近一个小时了，最好立马调取大厅的监控找人，但我没有理由找钟管家。"

今天是钟家的大日子，宾客身份尊贵，如果南禹衡贸然找钟家大管家要监控，在这个节骨眼儿上，钟家未必会给，到时候闹出什么动静节外生枝，恐怕会让事情更加复杂。但此时如果由秦文毅出面以女儿在钟家失踪为由找钟家大管家，他不想给也必须得给。

秦文毅二话没说大步走出偏厅。

范筱萧焦急地等在门口，见他们出来，匆匆跟上去问："怎么说？"

秦文毅边朝钟家大管家走，边回头嘱咐道："你们先别让秦智知道。"

范筱萧赶紧点点头。

秦文毅的考虑不无道理。今天钟家人这么多，后花园和顶楼都有人，也许小孩子贪玩，跑去玩了也有可能，万一没什么事被秦智知道闹出点儿事，钟家绝对不会再息事宁人。

这样的场合，钟家大管家自然是眼观六路，在秦文毅还没走到近前时已经感觉到他逼人的气势，立马侧过身子迎向他。

秦文毅也没绕弯子，开门见山让他带路去监控室，态度强势，不容置喙。

钟家大管家也很诧异，宴会上这么多人，怎么可能偏偏秦嫣不见了，钟家再大，也不至于让一个大活人忽然消失。

在秦文毅强硬的要求下，钟家大管家自然只能带他去查看监控。钟家大管家是和秦文毅打过交道的，知道这个男人如果急起来，报警的可能性都有。

范筱萧跟在他们后面回忆了一下和秦嫣分开的时间，说那时候她和她妈在一起，当时秦嫣明明就在大厅，一转眼就不见了。

凭着范筱萧回忆的时间点，钟家大管家让人把监控快退，硕大的屏幕上人头攒动，几双眼睛不停搜索，很快南禹衡走上前指了指某个角落："放大。"

那个角落的画面立马被调了出来，果不其然，众人看见秦嫣安静地坐在那儿吃东西。镜头拉快，一眨眼的工夫她就从座位上站起身，疾速往什么地方走去。

按照她步行的方向，钟家大管家将沿路的监控也调了出来，退到那个时间点。

最后一个监控画面里，他们看见秦嫣的身影拐向走廊尽头的右方。

南禹衡立马问钟家大管家："这是哪里？"

钟家大管家脸色稍稍变了变："地下室。"

南禹衡当即冲了出去，秦文毅和范筱萧也赶紧跟上。

钟家大管家自小生活在大户人家，当然知道大户人家的生存守则，头一条就是"不可说"，发生了这样的事情，越少人知道越好，他冲身边人交代了两句，没让其他人跟着，疾步出了监控室。

如果秦嫣去了其他地方倒还合理，但是人去了地下室半天没有上来，钟家大管家已经感觉到事情不太对劲儿，因为这个时候，地下室不应该有人。

几人一同来到楼下，过道的几扇门都是锁着的，秦文毅对钟家大管家吼道："给我把门都打开！"

女儿进了钟家的地下室就没出来过，秦文毅早已急红了眼，怒不可遏地盯着钟家大管家。

钟家大管家也不敢怠慢，赶紧依次将私人影院和健身房的门打开，然而里面空荡荡的，一个人影都没有。

最后，几人走到酒窖门口。

钟藤坐在沙发上让秦嫣过去，秦嫣当然不会听从，依然用冰冷防备的眼神看着他。

钟藤嘴边勾起一抹冷笑，似乎是猜到她的想法，淡淡道："宴会结束，用人要开酒窖将没用到的酒放回来，顶多再等两个小时就会有人发现我们，你要想一直站着我没意见。"

他说完便从沙发上起身，走到几排酒柜后面，一下便没了人影。

钟家的酒窖很深，往里几排酒柜后面还有大的圆木桶，秦嫣站在原地等了老半天钟藤都没有出来，这才抬脚走到沙发那边。

她站了许久，的确有些累了，便独自坐在沙发上，数着对面酒格里的红酒打发时间。

不知道过了多久，秦嫣忽然听见外面有了细微的动静，她赶忙从沙发上站起身，走到木门边将耳朵贴在门上。

可是酒窖的木门厚重无比，纵使外面的说话声很大，依然被阻隔住，她只能听见很微弱的响声，于是立马抬起手大力地拍打着酒窖的门。

她的动作惊动了里面的钟藤，他站起身几步走了出来问她："你在干吗？"

秦嫣没有理会他，双手死命地拍打着木门，试图让外面的人听见酒窖里的声响。

钟藤几步走了过来，看见她一双白嫩的小手都拍红了，低沉地说道：

"别拍了。"

秦嫣依然没有搭理他,急切地拍打着木门。沉闷的回声在酒窖里来回荡漾,钟藤心头闪过一丝烦躁,伸出手一把攥过她的手臂,秦嫣焦急地对他说:"你松开我,外面有人!"

"你看看你的手,真有人也听不见。"

话音刚落,木门咔嚓一声被人从外面推开,走廊的光线立马溢了进来。

门打开的一刹那,门外几人看见的便是衣衫不整的钟藤紧攥着秦嫣的画面。

饶是见惯钟藤惹是生非,钟家大管家此时也惊得脸色煞白,而秦文毅和南禹衡几乎同时绕过钟家大管家冲进酒窖。

秦文毅推开钟藤的同时,南禹衡将秦嫣护到了自己身边,他低下头检查她的情况,漆黑的眼底蕴含着复杂而担忧的神色。当他的视线落在秦嫣身上披着的外套上时,毫不客气地伸手将那件深蓝色外套从秦嫣身上拽了下来,往钟藤的面门上狠狠一扔,顺手将自己的西装披在秦嫣的肩膀上。秦嫣抬头望着他紧锁的眉,拉了拉他的袖口,告诉他自己没事。

钟藤将盖在脸上的西装拿了下来,吊儿郎当地盯着南禹衡笑,南禹衡的面色越难看,他笑得越肆意,反手就将秦嫣穿过的西装套在了自己身上,挑衅地看着南禹衡。

同时秦文毅回过身将酒窖的木门一关,转过身堵在门口,颇具威严地盯着钟家大管家,声音里透着藏不住的怒意:"这就是你们钟家!"

钟家大管家自知理亏,盯着钟藤看了一眼,然而钟藤面对秦文毅的责难一点儿反应都没有,慵懒地靠在一边,摆出一副事不关己的态度。

钟家大管家只能硬着头皮说:"今天的事,我们一定会给秦先生一个交代。"

秦文毅大手一挥,狠声道:"我不要你们钟家的交代!我女儿才十几岁,不明不白地跟一个男人关在地下室这么长时间,你们是想毁了她?"

钟家大管家在秦文毅强势的质问声中有点儿抬不起头。

秦文毅怒气冲冲地扫视着钟藤，掷地有声道："事关我女儿的声誉，我希望这个房间里的所有人都能守口如瓶，谁要是企图毁了我女儿，我秦文毅也会毫不留情地毁了他！"

他说这话的时候，眼神死死盯着靠在一边的钟藤。钟藤只是平静地回视着秦文毅，没有辩解，也没有躲闪。

秦文毅狠狠瞪了他一眼，拉开酒窖的门，带着秦嫣走了。

3

路上秦文毅问秦嫣怎么好好的往别人家的地下室跑，秦嫣有些怯懦地看了眼南禹衡，说自己听见一个服务生说南禹衡好像出事了，心一急就跟着跑出去了。

秦文毅眼底透出一抹凶狠的光来，沉着脸没再说话。

他今天带女儿来参加钟家的宴会，本是客人的身份，钟家事先没有跟他商量，舞会一开始钟藤就邀请了自己的女儿，让自己的小女儿在人前被人议论，这本就让他火大。现下居然还引骗自己的女儿到地下室的酒窖，和钟藤单独待在一起那么长时间。

特别是刚才开门看到的画面，让秦文毅怒不可遏。

要不是钟藤钟家小儿子的身份，要不是钟家大管家不动声色地挡在钟藤的身前，他敢保证，刚才一定会狠狠教训那个小子。

此时的秦文毅虽然一言不发，但心底的防线已经被击破，没人知道，就在这短暂的几分钟里他做了一个多么可怕的决定，一个在他脑中酝酿了几个月的决定。

他们走到一楼大厅的门口，南禹衡止步，对秦文毅说："我就不过去了，先走了。"

秦文毅点点头，随后若有所思地往偏厅看了眼，对南禹衡说："你顺道帮我把秦嫣带回去，我太太要问你，不要对她提起今晚的事。"

南禹衡意有所指地说："秦叔叔是打算回去签那个声明吗？"

秦文毅意味深长地回道："是该决定了。"

范筱萧见秦嫣要回去了，也不想再待，想着多陪陪秦嫣，便让他们等她一起走。她跑去和范太太说了声，便和秦嫣一起搭了南家的车子出了上山区。

夜晚的东海岸隐在朦胧的月光中,茂密的枫树林和蜿蜒的小道被昏黄的路灯照亮,空气里透着清凉的味道,在深秋的夜晚显得清幽宜人,这是属于枫叶的味道,透着草木的清香,远看毫无察觉,可如果摘下一片枫叶撕开,那味道便会更加浓郁。

秦嫣从小就知道,这是东海岸的味道,纵使多年后她跨越大洋彼岸去了世界的另一头,她也知道,这个味道无法比拟。

路上,范筱萧说道:"这么说,是钟家的人引你去地下室的?那个钟藤简直太过分了!太坏了!他没对你怎么样吧?"

秦嫣轻轻摇了摇头,看向窗外。坐在副驾驶座的南禹衡眼里闪过一道暗光,从倒视镜里扫了眼秦嫣,又默默收回视线。

车子先到了范筱萧家,她又安慰了秦嫣两句,让秦嫣回去好好休息,然后便回了家。

紧接着车子开到了秦家大门口,秦嫣和荣叔道了别,对南禹衡挥挥手便拉开车门。

走到院门口时,南禹衡下了车,几步朝她走了过去。

秦嫣听见脚步声回过头,南禹衡问她:"你看清那个服务生的长相了吗?"

秦嫣摇摇头:"没有,那人走得太快了,我跑到地下室时他已经不见了。"

"你怎么会进到酒窖?"

秦嫣回想了一下:"那里就一条走廊……我记得其他门都是关着的,只有那扇木门开着,我想那个人肯定是进那扇门了,所以就走到门口问有没有人,然后就看见有个人坐在酒柜后面,他的裤子……"

秦嫣抬头看了眼南禹衡:"裤子颜色和你的有点儿像,我以为是你就跑进去了。"说完秦嫣感觉有些奇怪地补充道,"但我觉得,应该不是钟藤引我过去的。"

"为什么这么说?"

"他当时也试着开门了,弄了半天都没打开,好像也很诧异,要真是他引我过去的,哪用这么费劲儿?"

林岩已经从客厅走了出来,打开门伸头望了一眼:"是南少啊?"

南禹衡幽深的眸色藏在黑夜里,礼貌回道:"晚上好,林阿姨,我顺道送秦嫣回来,秦叔叔还有点儿事。"

林岩从小就对南禹衡颇有好感,也知道自己的女儿总是麻烦他,自然待他客气。

匆匆寒暄两句,南禹衡对秦嫣说:"行了,进去吧,我走了。"

秦嫣见南禹衡神色凝重的样子,也没多想,点点头就回了家。

南禹衡看见她进门后,突然转过身子上车,对荣叔说道:"掉头回钟家,快!"

在回去的路上,南禹衡略微思索了一番。

秦嫣和范筱萧分开后单独坐在角落时,有人找准时机,故意借着南禹衡的名义将秦嫣引走,秦嫣情急之下肯定会跟上去。

在刚才的监控画面中,南禹衡注意到的确有个脚步匆匆的服务生,不过从头到尾都低着头,就像是事先准备好避开钟家的监控。

今天晚上钟家上下那么多用人都穿着统一的服务生制服,身形也都差不多,单从服装上根本分辨不出那个引秦嫣过去的人到底是谁。

如果背后指使人是钟藤倒也符合常理,毕竟今天晚上钟藤先是招惹了秦嫣,又因秦嫣备受嘲笑,他向来行径疯狂,恼羞成怒想报复秦嫣,的确有可能。

只不过他也许早就想好开场舞的对象是秦嫣,但绝对不会预料到秦嫣能用舞蹈反将一军,即使临时让用人将秦嫣骗去地下室,也绝对不会连嘱咐用人避开监控这么细枝末节的事情都提前想到,这不像是钟藤粗暴的作风。

如果按照秦嫣的说法,这事不是钟藤干的,那么南禹衡的脑中此时已经生出了一个可怕的猜测。

假设这件事并不是钟藤所为,就更不可能是钟家其他人指使的。

今天说起来是钟藤的成年礼,然而钟家更为在意的是那个"金羽"计划,只有不出任何差池,钟家才能赢得整个东海岸的支持和信任,将这个计划推进下去。所以放眼整个钟家,除了钟藤,不可能有人在这个节骨眼儿上指使自家用人干这么荒唐的事情自掘坟墓。

那么如果不是钟家人所为……

南禹衡很快梳理完整件事，心头大骇。

好缜密的布局。背后指使的人，目标不是秦嫣，也不是钟藤，而是秦文毅——利用秦文毅的怒气阻挠整个"金羽"计划。

他拿出手机拨打秦文毅的电话，而此时的秦文毅已经走到偏厅的中央，所有东海岸男人聚集的地方。

他高举手中的酒杯，用另一只手中的勺子敲打玻璃杯发出清脆的响声，场内议事的男人们纷纷朝他看了过去，他瞬间成了场中的焦点。

他放下手，挺括的身姿站得笔直，声音洪亮地说："我反对金羽计划。"

霎时间，偏厅内一片哗然，钟昌耀眼睛眯起牢牢盯着他，有人立马问道："秦总有什么高见，不妨说说看。"

秦文毅波澜不惊地开了口："各位野心勃勃，蓝图构建得宏伟，但有没有想过，CBD作为一个城市的核心和经济枢纽，有着对整个南城绝对的经济支配和主导作用，大家凭什么认为我们能把控制权握在自己手中？"

人群中立马有人驳斥道："秦总是对自己没有信心还是对东海岸没有信心，没有东岸商会的支持，南城的经济这二十年会发展得这么快？我们本来就是整个南城的经济核心，凭什么任人鱼肉？"

秦文毅高举手中的酒杯朗声回道："这杯子里的东西，你喝着是好酒，我喝着是祸水，如果不想替人作嫁衣，请在座的老总们都三思而后行。"

说完，秦文毅直接将杯中的酒往旁边的器皿中一倒，将酒杯拍在桌子上。

钟洋终于忍无可忍，出声道："金羽代表的是整个东海岸的利益，秦总就是有什么想法可以私下沟通，这么公然站出来煽动大家反对金羽计划，目的何在？看来秦总根本不拿自己当东海岸的人。"

他言语之中句句直指秦文毅居心叵测，是东海岸的叛徒。

顿时所有人都用异样的眼光盯着秦文毅，众人心思各异，有猜忌，

怀疑,敌对,瞬间就将秦文毅孤立起来。

然而秦文毅丝毫没有被他的指责震住,反而一脸从容不迫的冷笑:"金羽出现,东海岸人的确有义务出一份力,但有哪一条款强制规定这个金羽是圣旨?我秦文毅今天把话放在这儿,我坚决反对这个计划!至于其他人,你们愿意往火坑里跳,我拦不住。"

说完他就大步朝偏厅外走去。而在这时,一直稳坐在椅子上的钟昌耀终于缓缓站起身,朝秦文毅走了过去。

秦文毅看见他的身影,几步停下来,立在原地等他缓步走到近前。

钟昌耀个子很高,比秦文毅还要高上半个头,虽然年纪不轻了,却依然气宇轩昂。

他站在秦文毅的身前,先是耐人寻味地说了句:"好久不见了,老秦。"而后眼里透出一丝寒意,"看来是我这些年让你的日子太好过了。"

秦文毅忽然凑过去毫不客气地丢了句:"别怪我不顾情面,问问你儿子刚才都干了什么!"

说完他便大步流星走出偏厅。

彼时南禹衡也正好赶了回来,在偏厅门口撞见秦文毅。他侧头往里一看,场内一片喧哗,当即知道自己晚了一步。

秦文毅很诧异地问他:"你怎么回来了?小嫣呢?"

南禹衡脸色不太好:"送回去了。"

秦文毅见南禹衡的样子似乎有事,回去的时候便让秦智坐南家的车子。

南禹衡一上秦文毅的车便把自己的猜测告诉了他。

当秦文毅得知引秦嫣去地下室的人或许不是钟藤后,便想到自己可能成了一枚棋子。

南禹衡问他事已至此,接下来有什么打算。

夜色更浓了一些,秦文毅将后排的车窗落下了点儿,掏出一根烟侧头扬了扬手,询问了下南禹衡,南禹衡点点头,秦文毅便将烟点燃,悠悠吸了一口,将缥缈的烟雾吐向窗外,声音里透着释然:"自从林岩病倒后,我就有了个想法,这几个月一直犹豫不定,考虑的事情太多,总是瞻前顾后。不管那背后的人出于什么目的想坏了钟家的好事,对我来说,我反倒要谢谢那人让我下定决心。"

南禹衡轻皱起眉。

秦文毅又吸了几口,将烟掐灭,回过头对他说:"所以我不后悔。"

4

车子很快开到了家门口,秦文毅拍了拍南禹衡的肩:"早点儿回去休息吧,今天你也累了。"

秦文毅从来没有把南家的这个少年当小孩儿看待过,似乎从他第一次在小秦嫣的生日宴上见到南禹衡,他就对南禹衡刮目相看,今天的事,他是感激南禹衡的。

秦智下了车,只看到爸爸拍了拍南禹衡,没听见两人交谈的内容。

刚才在钟家,秦智好似听见偏厅那边有什么动静,紧接着南禹衡就匆匆赶了回来,回家的一路上,南禹衡和秦文毅也好像刻意避着他在谈什么事情。

秦智能感觉出来,这是个不太寻常的夜晚,离开钟家时,似乎有很多人在盯着秦文毅看,这一切都让他觉得不太对劲儿。

秦文毅前脚刚进家门,没十来分钟,秦家院门的门铃便响了——端木翊的父亲来了。

这些年因着秦智和端木翊走得近,端木翊的父亲端木明德和秦文毅之间偶尔也会往来。

此时虽然已入夜,端木明德却顾不得那么多,一进门就对秦文毅说道:"你到底怎么想的?这样得罪钟家,你想过后果吗?公司不做了?"

面对端木明德一连串担忧的质问,秦文毅倒显得很淡然,他泡了杯茶给端木明德,不咸不淡地说:"我比东海岸任何一个人都了解钟家,了解钟昌耀,他平白无故突然召集所有人说什么金羽计划,还一刻都不容喘息地让大家签署联合声明。饼画得越大这中间越是危机四伏。

"端木兄,这么多年了,我和你也算是老友,这个投资碰不得。

我今天就把话放这儿，你要和别人一样觉得我吃里爬外坑害大家，我无话可说。你要是信我，我不敢保证以后万一他们真搞起来了，亏了你的那一份，但起码可以保证你后半生不会因为这件事追悔莫及！"

端木明德脸色骤变，端起茶连喝了好几口才放下杯子，突然又有些激动地站起来："好，好，就算你说得对，他们这个项目以后真的推动不起来，或者若干年后出了什么岔子，那我问你，你眼下怎么办？要是明天钟家就对你动手怎么办？"

就在这时，秦家院门的门铃又响了，端木明德回身看了眼，苦笑出声："看看你干的都是什么事，以为自己十八岁啊，这么大年纪了净瞎折腾。"

秦文毅走到门口回身对他说："就因为我不是十八，没两年都四十八了，再不折腾就来不及了。"

说完他径直走出院子打开院门，看见南禹衡又折返了回来。南禹衡衣服都没来得及换，大概也就回了趟家就又过来了。秦文毅有些诧异，却听见他说："我有点儿事想找您聊聊。"

这就让秦文毅更诧异了，南禹衡还从来没有这么正儿八经地找过他。

秦文毅让开身子让他进屋，端木明德端着茶侧头看了眼。南禹衡和端木明德微微颔首，算是打了招呼。

秦文毅进了屋后，没有坐下，而是在客厅的沙发前来回踱步，然后对端木明德说道："你刚才问我钟家要对我动手怎么办，正好南少不是外人，我也不怕告诉你们，我打算把我手上持有的股份转出去，变现后在东海岸附近申请一块地建养老机构。这几个月我一直在着手准备，也找了一些关系，基本确定了大概位置。"

端木明德先是愣住，就跟听见什么不可思议的事情一样，而后将茶杯重重放在桌子上："我看你真是疯了老秦，养老院？你打算做慈善关爱老人？好，就算你要关爱老人开养老院，也不至于把手上的股份转掉吧？企业不做了？"

秦文毅摆摆手："不是传统意义上的养老院，是规模化的养老生态体系，所以前期需要大量的资金运作。

"现在公立的敬老院硬件虽然说得过去，但服务差，而且不是退休高干，一般人也进不去；私立的收费昂贵，中间猫腻太多，频频传出虐待老人的丑闻，你问问老城区的人哪个愿意住养老院？即使行动再不便也不愿意去！为什么？都说这养老院一住就等于去送死。

"越来越多的独生子女，意味着将来有越来越多的孤寡老人，十年，二十年后，谁来保障这些老人的生活甚至生存问题？

"我们这样的家庭可以请保姆，可老城区的人呢？要想为这一代的孩子解决负担，就得搭建养老保障体系，总得有人牵头做这件事！"

端木明德明显觉得秦文毅的设想荒诞不经，这种费力不讨好的事情根本赚不了几个钱，而且涉及老人小孩儿这些敏感群体，一个不小心，就能让人翻船。

南禹衡只是安静地坐在沙发另一头，若有所思，没有出声。

秦智自从到家后，一直注意着楼下的动静，先是端木翊的父亲深更半夜来家里，后来南禹衡也过来了，着实奇怪。

他打开房门，悄悄下楼。

端木明德从沙发上站起身："疯了，疯了！你真是疯了！好好的生意不要了，搞这些乱七八糟的。"

他一转身对着秦文毅质问道："我就问你，你是可以抛掉股份，执意搞这些看不到回报的事，那你有为秦智考虑过吗？他以后怎么办？怎么在东海岸立足？"

话音刚落，几人看到了秦智正站在楼梯上。

在秦文毅转身看见秦智的那一刻，他也愣住了。他本应该和秦智说些什么，或许他早应该和秦智谈谈，可父子俩就这样对望着，谁也没有先开口。不知道从什么时候开始，他们已经丧失了彼此交流的能力，大多时候，他们都不知道怎么和对方相处，这种微妙的感觉，这两年尤为明显。

就在气氛有些尴尬时，端木明德出声对秦文毅说："不早了，我先回去了，改天再说。"

同时秦智也转身上了楼。

端木明德走后，秦文毅让南禹衡去他的书房。

一进房间，秦文毅就对南禹衡说："如果你也是特地跑来劝我的，我想不用了，在路上我已经和你说得很明白了，或许刚才没有秦嫣的事我还不会下定决心，但我不后悔那么干。"

他靠在书房的窗边回身看着南禹衡，没料到南禹衡低眉浅笑了一下，随后说道："我不是来劝您的。"

秦文毅有些诧异地挑起眉，听见他接着说："我爸走的时候给我留了一部分财产，我成年后，拿到了那部分财产的支配权。"

秦文毅蹙起眉看着他："你想说什么？"

他立在秦文毅的书房中央，白色衬衫一尘不染，干净的眉宇让他看上去风光霁月。

他声音清亮地说道："我建议您抛股变现的事暂时放一放，钟家要真想对您的企业动手，可以先走一步看一步。关于养老机构筹建的资金，算我一份。"

夜微凉，有风从窗口吹拂进来，吹开了秦文毅书桌上那本看了小半的书。他就站在书桌后的窗边，有些怔然地望着南禹衡，而后起身将窗户关了起来。

短短几秒的工夫，他再次转回头拧眉沉思道："你从家里又赶过来，就是和我说这个事？"

南禹衡轻摇了下头："我本想来找您聊聊那个金羽计划，不过刚才在楼下听完您的想法，我临时做了这个决定。"

直到这一刻，秦文毅仍有些愕然。他说出自己的打算到现在，前后不过二十分钟的时间，老谋深算的端木明德觉得他疯了。说实话连他自己也觉得他可能疯了，但面前这个年纪轻轻的大男孩儿却在如此短的时间内做了一个在秦文毅看来都不可思议的决定，他有些怀疑地说道："我没打算拖任何人下水，孩子啊，这不是闹着玩，如果可以，我也不愿意拿自己的身家放手一搏，但为了我的家人，我迫不得已。你懂吗？你并没有理由冒这个险。"

"不，我有理由。"

南禹衡笃定的回答让秦文毅更加觉得匪夷所思，他几步走到书桌前，眉宇深锁望着南禹衡。

南禹衡缓缓踱步到秦文毅的书柜前。那是一面带有玻璃的红木书柜，里面放着的大多是商业、财经、外贸类的书籍。

南禹衡的脚步停在书柜前，冷白俊逸的脸映在书柜的玻璃上，缓声开了口："那份声明我也没签，我倒不是顾虑钟家打的什么算盘，而是我有一种预感，这件事一旦落地，东海岸离死也不远了。"

他白净的手从西裤口袋里拿了出来，点了点书柜上一本叫《得失》的关于官场生存法则的书籍。

秦文毅的眼神顺着他的手指落在那本书上，随后听见他说："东海岸得势二十年，渗透南城的经济命脉，左右着一些大的经济决策，这二十年来的发展，早已让东海岸的人认不清自己的位置。树大招风风撼树。"

他转过身直视秦文毅的目光："自古打仗也得讲究地理环境、战略布局，哪有什么外部势力在敌强我弱的情况下打到别人家门口，摆明了自投罗网。"

秦文毅眼神微微一震，有些不可思议地说："你的意思，所谓的外部势力围剿根本就是有人设的局？"

"死局。"南禹衡淡淡地说。

他的身影立在高大的深色书柜前，目光幽暗得像一眼望不到底的深渊："我有两个猜测。第一个，有人见不得东海岸不断壮大，假借外部势力拿地的名义让我们自乱阵脚，钟家不可能当真中了这个圈套，如果真要拿东海岸开刀，横竖都是死，钟家为了自保，利用盲目扩张的名义拉所有人下水做垫背，自己从中抽身。

"第二个，有可能钟家本身就和某些人勾结，想一锅端了东海岸。

"只有这两种可能可以解释钟家为什么如此着急动用这片金羽。

"我本是想过来找您商量有没有办法能保住东海岸，不过秦叔叔倒是先想到了。"

秦文毅不明所以："我？"

南禹衡点点头："嗯，养老机构。要不是您刚才提出这个想法，我还没有意识到。我听说现在政府的确有在计划社会养老机构的设点，只不过这不是一时半会儿能解决的；如果由个人愿意出资出力，等于

解决了一个大的社会问题,从某种程度上来说肯定会得到不小的扶持。

"城东依山傍水,在环境上有绝对的地理优势,机构设在这一片最为合理,一旦申请下来就会和金羽计划冲突,直接阻碍他们的CBD构想。

"我想,没有比养老机构更合适的方案了。"

南禹衡缓缓直起身子,对上秦文毅的目光,语气沉缓而干脆:"我无父无母无依靠,保住东海岸就等于保住了我的家,我这个冒险的理由够吗?"

夜已深,窗外如被人洒上浓墨,房间里静谧得没有丝毫声音,秦文毅看着面前少年挺直的身躯,有一瞬间的恍惚。

眼前的男孩儿只比自己的儿子大两岁,可头一次,他在这个少年的身上看见了深不可测的洞察力和远远超越他这个年纪的冷静睿智。

他甚至想到,他自己这个年纪的时候在干吗?那时他还没进城,似乎在乡间小道和泥土打滚,与稻田为伴,商界的云谲波诡对那时的他来说陌生得如另一个世界的事情。

此时此刻,秦文毅的内心是震撼的。

震撼于面前这个少年细致入微的分析和果断决策的前瞻力,还有统筹全局的高度。

震撼于这个病弱的少年住在自己的隔壁将近十年之久,他好似才刚刚认识他。

秦文毅足足沉默了有三分钟才露出一抹意味深长的笑意:"合作愉快,南少。"

等两人又商讨了一番养老机构的筹建规划工作后,已是半夜。

南禹衡起身打算回家,秦文毅将他送出书房。

南禹衡让秦文毅早点儿休息,不用送了,互道晚安后,南禹衡便兀自下了楼。

刚走到秦家客厅,南禹衡的余光便感觉到客厅一角有什么东西在动,他侧过头几步走过去,便看见一个娇小的身躯窝在墙角的微波炉旁。

"你在干吗?"他突然出声,吓了秦嫣一跳,她猛然回过身来,浑圆的眼瞪得老大,一脸惊吓地盯着南禹衡,又转头看了看墙上的钟。

"你，你这么晚了怎么会在我家？"她惊得连说话都结巴了。

"在楼上和你爸说事情。怎么还没睡？"

秦嫣从背后将手拿了出来，她正攥着热乎乎的包子，讪笑着说："饿了，睡不着。"

南禹衡眼里浮上一层玩味的笑意："深更半夜起来偷吃，也不怕胖了以后嫁不出去。"

他刚刚解决了一件心头大事，心情还不错，拿秦嫣调侃了一句，未承想，秦嫣噘起嘴很傲娇地看着他："端木哥说了，我胖到一百八十斤他以后照样娶回家。"

南禹衡漆黑的眸子在黑夜里泛着深沉的光泽，声音没什么温度地说："那就希望你早日吃成大胖子，和你端木哥喜结良缘。"说完便转身朝大门口走去。

秦嫣望着他的背影，忽然心里堵得慌，对着他轻喊道："南禹衡。"

南禹衡走到门口回过头看着她。她又问道："你回家了？"

"不回家干吗？"

秦嫣几步走过去，有些好奇地说："我能问你一个问题吗？开场舞结束的时候，你到底和钟藤说了什么？他怎么一副见到鬼的表情。"

说着她已经走到南禹衡面前。

他低头看着她昂起的小脑袋，正好被窗外照进的月光镀上一层朦胧的光影，柔美清丽。

南禹衡低头看了她一会儿，忽而开了口："我说他要是敢再靠近我一步，我就扒了他的裤子。"

秦嫣瞳孔骤然放大，愣是抬头盯着南禹衡看了老半天才缓过神来："你说真的啊？"

南禹衡清淡地"嗯"了一声。

"我看见他家管家带人过来了，只能说些什么拖延下时间。"

秦嫣当即就笑了，粉嫩的唇角边露出浅浅的小酒窝，灵动可爱。

扒钟藤裤子……这句话要是别人说就算了，偏偏从南禹衡嘴里说出来，实在是太不可思议了，就连秦嫣都惊了老半天，更别说众目睽睽之下的钟藤，估计也是一愣一愣的。

也不知道那时钟藤看着南禹衡那短短十几秒心里到底有多凌乱，明明应该和人打架，人家却要扒你裤子，这换谁都会被吓得不轻吧，怪不得他当时脸都绿了，一副见到鬼的表情。

秦嫣乐得笑出了声，又赶忙用手捂住，对南禹衡说："真看不出来你是个这么狡猾的人。"

南禹衡却微微昂起头："是吗？我可从来没说过我有多善良。"

秦嫣抓起他的手腕，把热乎乎的包子拍在他的掌心："我不吃了。"

"不是说饿了吗？"

秦嫣双手背在身后，优哉游哉地往回走："免得吃成大胖子以后没人要，晚安南少。"

说完她便向着楼梯上走去。她知道南禹衡晚上几乎没有吃东西。

第十一章 有人离去

"东海岸没人再见过她。"

1

由于那天晚宴上秦文毅闹了那么一出，还真有一些本来观望的人选择暂时退出，钟家的计划多少有些受创。

但绝大多数人还是签了那份联合声明，倒不是没有顾忌，而是不愿意得罪钟家，只能选择站队。

说起来，端木明德这个老东西最为圆滑，他那天从秦家离开后，再也没找秦文毅商量过这件事，没几天秦文毅就听说那份联合声明上面，端木明德也签了字。

既然他已经作出决定，道不同不相为谋，秦文毅也没有主动联系他，转而开始着手养老机构的事情。

没想到就在之后的某一天，秦文毅忽然收到一个完全陌生的账户汇来的一笔巨款，没有任何备注和说明。

下午他接到端木明德的电话。端木明德在电话里笑呵呵地说："老秦啊，我也算支持你的工作了，以后我要是老了没人照应跑你养老院养老，你可别收我钱啊。"

端木明德说的当然是玩笑话，不过这话说得相当艺术，明里暗里拐弯抹角让秦文毅记着他这个人情。

秦文毅终于领教到这个男人的生意是如何做得风生水起,还真是左右逢源,到处给自己留路子。

寒假很快结束,秦嫣进入了初二下半学期。开学没多久,有一天放学,秦嫣和范筱萧聊到了上次钟藤的成年礼。

范筱萧不确定地问她:"你真的肯定不是钟藤骗你去地下室的?"

秦嫣点点头,她虽然年纪不大,但并不是愚昧无知,最基本的辨别是非能力还是有的,凭她的感觉,那件事不是钟藤做的。

没想到范筱萧听完后,一脸惊恐地对秦嫣说:"你刚才跟我说完,我浑身起了一层鸡皮疙瘩。你想啊,虽然南禹衡住在你家隔壁,但你基本上不往南家跑,谁知道你们关系有多好啊?

"骗你去的人不但清楚南禹衡的身体情况,更清楚用南禹衡就能引你过去,这么了解你,又这么有把握,除非是对你很熟悉的人,说不定就是你身边的人,恐不恐怖!"

秦嫣停住脚步看着范筱萧,瞬间有种心里毛毛的感觉。

秦嫣一直知道南禹衡身体不好,从小到大纵使在他面前再顽皮吵闹,只要他不舒服,她必定会安静下来,小心翼翼地对待他,生怕他一病不起。

儿时他每年去医院住一段时间,秦嫣总会搬个小板凳每天巴巴地坐在家门口等他回来。有一次医生给他加了药,需要多住几天院,他没能按时回家,小秦嫣以为南禹衡再也回不来了,哭得两只眼睛都肿了。

后来荣叔把她带到医院,她傻傻地趴在南禹衡的病床前对他说:"要是你以后真的病得很严重很严重了,你一定要提早告诉我。"

她当时那番话虽然不太吉利,但童言无忌,南禹衡看着她哭肿的小眼睛答应了她。

自那以后,每当听说南禹衡身体不舒服时,秦嫣总会很紧张。

南禹衡稍微大了点儿后,虽然和正常男孩子的身体没法儿比,但似乎也没有经常往医院跑了。

可秦嫣知道这一切不过是表象。他在很小的时候,心脏上就装了一个东西。

八岁那年遭遇沉船，南禹衡曾心搏骤停，从鬼门关被拉回来后就一直携带的东西，那个东西让他的童年没法儿和别的男孩儿一样，只能清冷地生活，为了活着。

那次遭遇给他的身体带来了重创，荣叔曾经说过他的肺受过伤，具体有多严重，秦嫣并不知道。只是在她稍微大了些后，从秦文毅口中得知，南禹衡装在心脏上的那个东西虽然能解决心脏传导问题，提高生存率，但并不能延长寿命，也无法从根本上治疗他的疾病。

他做那次大手术的时候年纪太小，能捡回一条命已经是奇迹。

在他很小的时候，医生已经给他判了"有期徒刑"，所以秦嫣知道，看似与正常人无异的南禹衡，一旦出事便是大事。这种紧迫感让秦嫣对南禹衡的身体更加紧张。

虽然这件事她没有告诉过任何人，也从来不会刻意跟谁提起南禹衡的病，可她身边的人确实都清楚秦嫣很紧张南禹衡的身体状况，只是她想不到谁会利用这点将她和钟藤关在一起。

高中部的操场上，秦智靠在单杠上，端木翊撑起手臂跳坐在他身旁说道："兄弟，说句难听点儿的，你别生气，你爸那脑壳就跟被门夹了一样。我听我家老头子讲，你爸还打算把股份给卖了，当真是连口汤都不给你留啊！"

秦智眼睛被阳光刺痛，眯了起来，眺望着远处的篮球场。

他想起了很小的时候，他们全家刚搬来东海岸，那时的秦文毅意气风发、野心勃勃，为了融入东海岸，频繁出入社交场合，拓展人脉资源。

他还记得那时秦文毅经常因为与林岩的意见不合而争吵，在秦智眼中，秦文毅唯利是图，是个标准的商人。

可他不明白，一向注重人际关系、面面俱到的秦文毅为什么突然之间要与整个东海岸为敌，甚至要放弃这辈子最引以为傲的事业。

这更加让秦智觉得秦文毅不可理喻，独断固执。

他有些冰冷地说："我就没指望过他。"

端木翊见秦智脸色不好，从单杠上跳了下来，搭住他的肩："没事，

要是你爸真的什么也不给你留，以你的头脑，我聘请你到我们集团来做执行总裁，咱们兄弟双剑合璧。"

秦智耸了下肩，把他的手抖掉："我才不当你的炮灰。"

"喂，别走啊秦智，你妹今天下午几节课啊？"

"……"

开学后，学校发生了一件非常轰动的事，是关于于桐的，但秦嫣是后知后觉才知道。

有人爆出于桐作风不正，说看见她在别的男人车上，甚至流出了照片。

范筱萧向来消息灵通，有一天将照片神秘兮兮地传给秦嫣。

照片中，于桐坐在一辆轿车里，正侧过身子和一个男人说话，那个男人虽然看不见正脸，但岁数应该不小。

于是几乎一夜之间，人人都戴着有色眼镜看于桐，东海岸的太太们都警告自己的孩子远离于桐。

对于这些流言，于桐本人从来没有为自己辩解澄清过一句。

倒是秦嫣发现最近哥哥在家吃晚饭的次数越来越少了，也不知道整天在忙些什么，经常半夜才回来，回家就进了房也不出来。

虽然因为钟藤的成年礼，秦嫣面对裴毓霖有些尴尬，不过裴毓霖没有任何异样的情绪，依然经常找秦嫣一起玩，很快消除了秦嫣心里的不自在。

之后平淡无奇的一天，裴毓霖像往常一样到秦嫣家写作业。

2

那天正好是周五。

自从秦文毅在郊区买了一个小房子后，每周五都会带林岩去郊区住一两天，陪她调养，所以当天秦家没有大人在家。

裴毓霖写完作业说不急着回家，于是两个小女生窝在秦嫣房间里找了部动漫看。

动漫一集集播得很快，秦嫣窝在沙发上不知不觉就睡着了。

不知道睡了多久，秦嫣突然听见"咚"的一声巨响，直接将她从睡梦中惊醒。

秦嫣猛然睁开眼,发现身边的裴毓霖不见了,紧接着隔壁传来秦智的低吼声。秦嫣不知道秦智是什么时候回来的,她当下打开房门冲到隔壁抬手敲门,没一会儿房门从里面被秦智打开,秦嫣赫然看见裴毓霖正站在秦智房间里,她的衣服脱在一边,只穿了件小吊带,脸上挂着泪,哭得很伤心的样子,把秦嫣吓了一跳:"哥,你,你们怎么了?"

此时,秦嫣发现裴毓霖的手机被扔在地上,秦智整张脸阴沉得可怕,这一幕完全让秦嫣反应不过来。

可就在这个节骨眼儿上,秦家的院门门铃被人按响了,秦智快速走到窗边掀开窗帘一角往下看。

"我去开门。"秦嫣说着就转身。

秦智快速回过身一把拉住秦嫣,凶狠地看了眼裴毓霖,呼吸沉重地对秦嫣交代道:"赶紧从一楼绕到后门,把后院的小门打开,注意别让外面的人看见你,快!"

秦嫣很少看见秦智这么严肃的样子,蓦地心跳加快,问:"门口是谁啊?"

"先别管,赶紧去后门。"

说完他就开始打电话。

秦智疾言厉色,秦嫣一刻也不敢耽搁,转身就朝楼下跑去,到了一楼弯下腰避开窗外人的视线,一骨碌绕到后门钻了出去,小巧的身体在黑夜里动作敏捷,快速地跑到后门。

后门外是一条平时根本没人走的小道,在漆黑的夜晚格外幽寂,秦嫣压根儿不知道哥哥为什么让她开后门。

可很快她就听见有脚步声往这边走来。

她隐在后门边,忽然一个男人推开后院小门出现在秦嫣面前,把秦嫣吓了一跳。待看清面前的人时,她更惊讶了——来人居然是南禹衡。

秦嫣有些莫名其妙地说:"怎么是你啊?干吗不走大门?"

南禹衡什么也没解释,轻轻关上门就往秦嫣家走去,边走边开口问她:"你哥在哪儿?"

"二楼。"

南禹衡走进客厅前忽然停住脚步，此时他们都听见院门外传来一阵阵拍打的声音，似乎门外的人已经失去了耐心。

南禹衡蹙眉转身对秦嫣说："你现在去把院门打开，无论是谁问起，咬死我和你哥一起进的家门，之后我一直待在他房间，听到没？"

秦嫣呼吸急促，紧张地点点头。南禹衡拍了拍她的头，安慰道："没事，别害怕。"

在秦嫣往大门走的时候，南禹衡已经猫腰上了楼。

秦嫣走到院门前，门外人的拍门声震耳欲聋。

她深吸一口气，猛地打开大门。

门口站着的，是四个来势汹汹的大人。其中一个人是平时接送裴毓霖的司机，秦嫣是认得的，还有一个是裴家的用人琴妈。

秦嫣有些诧异地问他们："你们有什么事吗？"

琴妈立马开口问："我们家大小姐呢？"

"在楼上啊。"秦嫣淡定回道。

琴妈便说："我们来接大小姐回家。"

秦嫣客气地说："那我上楼喊她。"

"不用了，我们自己上去。"

说完，一群人直接推开秦嫣，直奔楼上。

秦嫣心跳骤然加快，紧张地往楼上瞥了一眼，然而当他们一群人冲上秦家二楼穿过走廊，却看见裴毓霖坐在秦嫣屋里看着动漫。

秦嫣气喘吁吁地跑了上来，只见裴毓霖完全没有哭过的痕迹，反而淡淡地说："你们来干吗？"

此时秦智房间的门开了，众人看去，便看见南禹衡坐在里面，电脑上显示着游戏的画面。

秦智几步走出房间，冷着脸问道："你们是什么人？"

琴妈不动声色地扫了眼秦智的房间，说道："我是琴妈，我们是裴家的人，来接大小姐回家。"

秦智当即脸色一板，疾言厉色道："你要不说是裴家来的，我还以为哪里来的流氓，跑人家家里横冲直撞的，还带着两个男人过来！

琴妈是吧,你不清楚我还有个妹妹在家?"

琴妈脸色变了变,看了眼同样望过来的南禹衡,出声问道:"南少也一直在吗?"

南禹衡露出一丝漫不经心的轻视:"裴家现在接管了东海岸的安保工作?"

一句不轻不重的话让琴妈无言以对。

裴毓霖走出房间,面无表情地对秦嫣说:"我走了。"然后便目不斜视地下了楼。琴妈一行自然也跟了上去。

秦嫣把他们送到楼下,琴妈走到院中又折回身,和颜悦色地对秦嫣说:"秦小姐打扰了。对了,你哥今晚一直和南少在一起吗?"

秦嫣理所当然地点点头:"他们一起到家的。"

琴妈没再多问,转身离开秦家。

他们人一走,秦嫣立马松了口气,转身便跑上楼,冲进秦智房间质问他:"到底怎么回事?你刚才对裴毓霖做了什么?"

秦智面色阴沉地对她说:"你以后给我离她远点儿,不准再带她回来。"

"为什么啊?她是我朋友。"

秦智额上青筋突突地跳,扔下一句:"朋友?要不是南禹衡,我今天就栽在她手里了,你以后交朋友给我把眼睛擦亮,出去!"

秦嫣被秦智吼得有些委屈,她很少看见哥哥发这么大的火,眼睛都红了。

坐在一边的南禹衡缓缓起身对秦智说:"我走了。"然后走到秦嫣身边对她说,"送我。"

秦嫣还很生气地看着她哥哥没有动,走到门口的南禹衡扯了她一下,她才回过身跟在南禹衡后面下了楼,一副要哭不哭的样子。

她低着头把南禹衡送到院门口,南禹衡停下脚步回身看着她:"别怪你哥,要不是他反应快,有可能整个人都搭进去了。而且他刚才跟你说这些话,应该不单指这件事。"

秦嫣抬起头,秀眉深锁。南禹衡意有所指地说:"于桐从外地转来,在南城人生地不熟,景仁的学生更不可能认识她,你觉得她的身世谁最清楚?"

秦嫣眼睛慢慢睁大,喃喃地说:"裴家。"

"那你觉得裴家,谁最有可能把她的事情散布出去?"

于桐是裴毓霖妈妈的远房侄女,裴太太自然不可能抹黑自己的亲人,裴毓霖的爸爸也不可能好端端在外面散布这些消息让人非议裴家的人,裴毓霖的妹妹还小,最有可能的就是……

秦嫣不确定地说:"裴……毓霖?"

南禹衡抬头看了眼秦智房间的窗户,悠悠说道:"如果是裴毓霖,她为什么要这么做?"

秦嫣顺着南禹衡的视线也看了眼楼上,恍然大悟:"因为我哥?"

南禹衡神色深沉地点点头:"你哥应该早猜到是她了。"

秦嫣太震惊,不自觉向后退了一步,无数的画面从脑中掠过。

刚到景仁时,裴毓霖对她的冷淡;后来裴毓霖忽然接近她,陆凡开玩笑说裴毓霖不是想当她朋友,而是想当她嫂子,她那时根本就没有当回事;她第一次邀请裴毓霖来家里吃饭,裴毓霖说和于桐不熟时,秦智将啤酒罐捏扁,用秦嫣读不懂的眼神紧盯着裴毓霖……

所有的一切串起来,秦嫣仿若被人从头泼了一盆冷水,她从来不会想到自己朝夕相处的同学、朋友,在用这种诋毁别人的肮脏手段接近她的哥哥。

秦嫣从小生活在哥哥和爸爸的保护下、南禹衡的指引中,从来没有接触过东海岸背后暗潮汹涌的人际关系,那是秦嫣第一次在同龄人身上这么真切地感受到,生活在东海岸这个地方的人有多么可怕。

所以这一刻,秦嫣是后怕的。她后怕如果刚才不是哥哥看了眼楼下,她贸然跑去开了大门,裴家人冲进来看见的便会是另一番场景,到时候哥哥的未来也会毁在今晚。

她浑身直冒冷汗,在苍白的月光下微微颤抖,声音低弱地问:"那我哥和于桐……"

"我也不知道。"

南禹衡虽然很少和东海岸的人深交,可他到底从小如履薄冰一路走来,独自应对身后整个南家和东海岸复杂的人际关系,没人教他应该做什么，不能做什么，所以他不敢行差踏错，也早已看透变幻莫测的人心，同时，他更知道，揭开那层面纱会有多么残忍。

这一切虽然他在很小的时候都经历过，可如今他还是有些不忍秦嫣遭受这种被信任的人背叛的感受。

南禹衡抬手将秦嫣被夜风吹乱的碎发拨弄到耳后，声音轻柔了些："别想那么多了，你明天不上课吧？我带你去个地方。"

秦嫣的小脸挂着满满的丧气，抬起头问他："什么地方？"

南禹衡见勾起了她的好奇，成功转移了她心底的难过，神秘地扬了下嘴角："一个……我曾经答应带你去的地方。"

秦嫣昂着脑袋想了老半天，愣是没想出来南禹衡答应带她去哪儿。

南禹衡见她皱起眉拼命思索的样子，刚想让她上楼睡觉，突然听见秦家楼梯传来急促的脚步声，两人站在院中同时望去，看见秦智从楼梯上冲了下来。

秦智向来对人对事不太热情，做什么都是漫不经心的样子。

秦嫣只有两次看过自己的哥哥像现在这样急得如狂躁的狼，一次是秦文毅受伤的那个夜晚，一次便是林岩晕倒。

然而这次秦嫣根本没有时间询问他到底发生了什么事，只看见秦智跨上摩托车就冲向黑夜。

3

在秦智冲出去的那一刻，秦嫣有种不好的预感，她立马抓住南禹衡对他说："我哥……"

南禹衡赶紧带着秦嫣上了车，荣叔驾车疾驰在东海岸的山道上。虽然秦智的摩托车已经不见踪影，但寂静的夜里能清晰地听见轰鸣的摩托车声从山道上方传来。

东海岸去往上山道只有一条路，荣叔加快车速，很快便看见了秦智的车灯。

在秦智刹车的同时，他们也赶忙从车上下来。

很多年后，秦嫣都无法忘记那个夜晚她看到的场景。

于桐身上衣物的肩带滑落在胳膊上，下巴上的伤触目惊心，一头长发在月色下被黑夜点燃,似妖冶的火焰,照亮了别人,却将自己吞噬。

周围不远处,好多东海岸的人家都打开了灯,探头张望,无数的冷讽和唾弃如刀子似要划破她瓷白的肌肤。

她狼狈不堪,拖着步子不知这样走了多久。没有人上前,那么多人,没有一个人上前帮她,全都用冷漠甚至轻蔑的眼神看着她。

所有人的眼里,这个女人落得今天这个下场就是自食其果。

秦智震惊地看着她,看着她虚浮的步子缓缓停了下来,就这样立在原地,四目相对之间,于桐那双美得不可方物的眼眸里盛满了死寂与幽暗。

秦智大步朝她走去,在整个东海岸人异样的眼光中,向她走去。

他每走一步,都像是踩在整个东海岸人那"高贵"的头颅上。

就连端木翊得知于桐如此狼狈地流落街头,也万万不敢上前帮她,否则端木明德会把他活活打死,他只能打电话告诉秦智,其他的什么都做不了。

所以,对于秦智来说,脚下每迈出一步便是向荆棘火海又靠近一些。

他就这样走到了于桐面前。

仿佛在一瞬之间,于桐身体里所有强撑的力气被瞬间击垮,就这样倒在了秦智身上。

秦智抱起她转过身,在那个夜里,秦嫣第一次看见自己哥哥怒发冲冠的样子,她相信无论发生什么,他的哥哥也不会丢下这个女人。

在秦智转过身时,南禹衡已经拉开了后座的车门,秦智将虚弱不堪的于桐抱进车中,秦嫣和南禹衡也赶紧上车。

车子刚在山道上掉头,秦智就对荣叔说:"去医院。"

然而于桐却死死抓着他,从齿缝中挤出一个字:"不!"

她不能去医院。她知道身上的伤是怎么来的,可她不能,也无法将这些羞辱暴露在聚光灯下,任由那些陌生人对她指手画脚。

纵使已经万劫不复,她也必须保有最后的傲骨。

车子直接开到了秦家,秦智将她抱下车。于桐衣衫褴褛,南禹衡不便再跟进去,只将他们送到家门口。

一进家门秦智便让秦嫣上楼拿干净衣物,用毯子将于桐裹好,打来热水替她处理伤口。

从头到尾他没有问于桐一句,而平时张牙舞爪的于桐,此时就像一只受伤的猫咪,蜷在沙发上安静地看着秦智。

那双琥珀色的美眸里盛满了冰封已久的柔软,在秦智小心翼翼的触碰下,她听见结在心底的寒冰一点点儿融化。

良久,她才收起情绪,声音冰冷地说:"你在给自己找麻烦,小弟弟。"

秦智低着头,睫毛下掩着隐忍的情绪,他看着她身上那一片片触目惊心的青紫,此时只觉得喉咙狠狠地灼烧着,有种哽咽的冲动。

他声音沙哑地说:"我愿意。"

他眼底的沉痛深深刺进于桐的心脏,让她心头蕴出一股温热,可她从来不会在人前掉眼泪,即使再痛,她也不会,于是偏过头去。

秦嫣匆忙从楼上下来,抱着她的衣服跑到沙发前问道:"你现在好穿吗?要不我帮你吧。"

于桐平静地抬起头看着秦智:"我要换衣服了,小弟弟。"

秦智绷着脸,不自然地转过身上了楼。

那晚,于桐留在了秦家。虽然秦嫣让于桐睡她房间,可于桐却说腿疼爬不动楼,就这样躺在沙发上过了下半夜。

那是个像打仗一样的夜晚。

凌晨,秦智下了楼,将自己床上的被子抱了下来替于桐盖好。

属于少年执着的温热将于桐的人和心包裹住,她记不得有多少年没有人会替她掖被角了,久得让她都忘了被人惦记的滋味原来这么……这么奇妙。

秦智替她盖好被子就上了楼。黑暗中,于桐睁开双眼,蒙眬的眼神落在秦智的背影上,久久才散去。

秦嫣终是没能跟南禹衡去那个神秘的地方。秦文毅和林岩本应周日才回来,却在第二天的中午就匆匆赶了回来。

他们进门看见于桐,虽然什么话都没说,但秦嫣知道,爸妈一定是收到风声才会提早赶回来。

于桐身上的伤虽然已经处理过,但依然十分扎眼,秦文毅只是和她打了声招呼,并没有将眼神落向她。林岩有些欲言又止,最后问于桐有没有什么想吃的,她待会儿出去准备晚饭的食材。

于桐摇摇头说不用麻烦。

秦嫣本来准备陪林岩一道出去,秦文毅却发了话:"让你哥去,你妈昨晚没休息好,有些不舒服,让你哥帮她提东西。"

秦智回过身,有些担忧地看了眼于桐,于桐淡然地回视了他一眼,便收回了视线。

秦智和林岩离开家后,秦文毅让秦嫣去一趟隔壁南家,请南禹衡晚上到家里吃饭。

秦嫣走后,硕大的客厅只剩下于桐和秦文毅。秦文毅坐在落地窗前的木椅上,院中的阳光洒了进来带来一丝暖意,他目光沉沉地落在于桐身上。

她站在沙发边,秦嫣的裙子对她来说有点儿小,穿在身上不伦不类。于桐拽了拽裙摆,试图遮盖膝盖上的淤青,但也是徒劳,干脆抬起头迎上秦文毅的目光:"叔叔有话要对我说。"

秦文毅双手放在身前,目光深沉:"昨天晚上的事情我们听说了,很抱歉你遭遇了这样的不幸。"

于桐眼神微垂,却依然不声不响地立在原地。

秦文毅低头将手边的茶拿起来吹了吹,开口道:"那个人应该就是你称之为姨父的人吧?"

于桐猛然抬头,一双美目怔怔地盯着秦文毅。

秦文毅只是扫了她一眼,心下了然,将茶又放回了小桌上。

"放心,没人知道。裴家一定会将这个消息封死,这只是我的猜测,看来……"

他抬起头,眉宁微微拧起:"你姨妈把你接来东海岸,即使你来的这些日子过得很糟糕,你也没有埋怨一句,你是不想给你姨妈找麻烦,让裴家难做。

"甚至昨天晚上发生那样的事情,你也没有报警。我听说你连医院都不肯去。你不是个任人欺负的女孩儿,我知道你在维护你姨妈的名声。

"不管外面人怎么说你,你是个知恩图报的好孩子。"

于桐从来没有在人前流过泪,即使昨晚那个男人将她绑起来抽打她,她陷入那般屈辱和绝望中也没有掉一滴泪,此刻,她却因为秦文毅的这句话,潸然泪下。

温热的液体模糊了她的视线,可她依然就这样站着,不允许自己在秦智的爸爸面前失态。

秦文毅于心不忍地别过眼看向窗外:"你看今天太阳多好啊。刚搬来这里的时候,我特地在这面留了一块落地窗,这样冬天的时候,孩子们能在那块地毯上晒着太阳玩玩具,我太太也能坐在这里织毛线,抬头就能看到院中的景色。转眼,孩子们都这么大了。"

他停顿了一下,接着说道:"我儿子从小就调皮,后来变得叛逆,不大听我的话,有时候甚至还和我对着干。但其实他不知道,我这个做父亲的一直以他为傲。整个东海岸,不管上山区那三户人家请多少家教,投入多少精力,都教不出像我儿子这样优秀的孩子。

"你能想象吗,他小学六年级跟人家初中生一起参加奥数比赛,轻轻松松就拿了个第一。那时候他上台领奖,我在台下比他还激动。

"东海岸的人都说我儿子是天才,以后肯定大有作为,这话我从秦智小时候一直听到他这么大,从来深信不疑。"

他转过头定定地看着于桐,声音浑厚地落在于桐心间:"你看,他从小就在这片阳光下长大,他还这么年轻,未来一片光明,你忍心将这片阳光从他生命中夺走吗?"

于桐没有说话,长而浓密的睫毛微微颤抖着,胡桃色的眼底是无尽的深渊。

秦文毅指节收紧,犹豫良久,终还是说道:"如果裴家那边你不方便再回去,我可以暂时帮你安顿,只要……"

"我知道了。"于桐在秦文毅将后半段话说出来前打断了他。

秦嫣推开院门跑了回来,于桐适时转身上了楼。

4

秦智回来的时候,于桐正坐在客厅盯着电视发呆。电视里播着一

档野生动物观察类节目,她好似在聚精会神地看着。

秦智放下东西走到她面前问她:"我爸没跟你说什么吧?"

她面无表情地抬起头:"能说什么?"

秦智仔细观察她的神情,看不出任何异样,这才放下心来。

晚饭的时候,秦文毅主厨,林岩帮忙,两人弄了不少菜。至于特地邀南禹衡过来,秦文毅也有自己的考量。

于桐此时此刻在东海岸就是个烫手山芋,裴家那边还不知道什么情况,但暂时没有人来寻她。她昨晚被秦智接走,很多人都看见了,幸好当时南家的车子也在。说起来南家、秦家都在,别人暂时不会多想,顶多是做个好事帮她一把,外面的人摸不清什么情况,此时请南禹衡过来,也算是秦文毅为了儿子考虑。

一顿晚饭吃得乏味,桌上的人各怀心事,就连一向单纯的秦嫣都能感觉出来餐桌上的气氛不太对劲儿,除了南禹衡依然泰然自若,不时找秦文毅或者秦智聊几句。

也多亏了有他在,才让这顿晚饭能顺利吃完。

因着秦文毅和林岩回来了,于桐晚上也不方便在沙发上窝着,所以秦嫣让桐去她房间,于桐没有拒绝。

虽然身上的伤还很明显,但于桐依然想冲个澡。

晚上,秦嫣坐在房间的写字台上写作业,于桐洗完澡出来,穿着秦嫣的淡粉色睡裙,慢慢走到秦嫣旁边,往写字台边一坐,一边漫不经心地擦着头发上的水珠,一边低头看着她的作业本。

秦嫣写得一手好字,运笔之间笔锋刚劲有力,结构严整大气,不像是女孩儿写出来的字。

于桐勾起嘴角评价道:"字写得不错。"

秦嫣拿着笔抬头看着于桐。浅粉色的睡裙让她的线条若隐若现,俏挺的鼻梁优雅精致,琥珀色的瞳孔仿若慵懒高贵的猫咪。

秦嫣没有告诉于桐,她的字是南禹衡一撇一捺手把手教出来的,她只是这样痴痴地看着于桐,心里想着,面前这个大姐姐可真美啊,美得让人过目不忘,连同为女孩儿的她看了都会心跳。

于桐将毛巾搭在秦嫣的椅背上,顺手拿过一旁挂在房间墙上的吉他，修长的双腿微微一跷，抱着吉他拨弄了两下试了试音，随后垂下眼睫将右手落在琴弦上。

下一秒，婉转忧伤的音符便从细细的琴弦下飘了出来，荡漾在房间里。

秦智打开窗户，吉他声便传进了房间，他听出了这首歌，是《放生》的旋律。

这首歌流行的时候他的妹妹还很小，他知道这不是妹妹弹的，于是靠在床头，脑中应着旋律，回想起这首歌的歌词：

放我一个人生活
请你双手不要再紧握
一个人我至少干净利落
沦落就沦落
爱闯祸就闯祸
我也放你一个人生活
你知道就算继续
结果还是没结果
....

于桐并没有弹完，音符在她手下戛然而止，她突然兴味索然地放下吉他。

秦嫣好奇地问她："你学过？"

她缓缓低下头看着秦嫣："没有。"

在秦嫣惊讶的眼神中，她淡淡道："我家以前有把破吉他，自己瞎摸的。"

秦嫣"啊"了一声，随即赞道："那你很厉害啊。"

入夜，秦文毅和林岩已经歇下，秦嫣钻进被窝眨巴着眼，看着于桐坐在她房间的飘窗上，一头长发被夜风撩起，像个漂亮的精灵，透着潇洒和不羁。

怪不得学校里有小女生崇拜她，秦嫣的确在她身上看见那种东海岸女孩儿身上所没有的魅力，秦嫣甚至觉得，她不应该属于东海岸，这里对她来说就像是个巨大的牢笼，将她困住，使她枯萎。

只有广阔的天空才能让她自由地翱翔。

秦嫣的眼神落在她纤细的手腕上,那里挂着一条黑色的绳子,绳子上拴了一颗通体泛绿的珠子,在月光的映射下格外明亮,便出声问她:"你手上那个是什么呀?"

于桐侧头瞥了她一眼,又低头看了看自己的手腕:"我妈留给我的传家宝。"

她语气漫不经心,秦嫣也不知道她说的是真的假的。

忽然,于桐将那条黑色的绳子取了下来往旁边的写字台上一放:"给你了。"

秦嫣连忙摆手:"我就是问问,不能要的,更何况这是你的……传家宝。"

于桐嘴角勾着笑:"谁说要送你了,我让你替我保管。"

秦嫣似懂非懂地说:"保管?那你什么时候来拿?"

于桐望着挂在半空的月亮,悠悠道:"看缘分。"

说完她长腿一跨,下了飘窗。

"你先睡吧,小妹妹。"

她走到房门口关上了灯,带上门。

秦嫣听见似乎隔壁哥哥房间的门开了。

再后来困意来袭,她便睡着了。

当晨曦的第一缕微光从天际升起时,于桐来到楼下,林岩已经起床了,正在厨房熬粥。于桐几步走了过去,脚步停在厨房门口,林岩回过头望向她:"这么早就醒了?"

于桐不自然地说道:"能……借我一身衣服吗?秦嫣的衣服有点儿小。"

林岩立马将手擦干净走出厨房:"等我一下。"

随后林岩上楼找了一套衣裤给于桐。除了工作需要,林岩平时穿衣比较偏素色,款式大气简约,穿在于桐身上正好,反而让于桐看起来没有平时那么冷酷,还原了她这个年纪女孩子该有的朝气。

林岩将粥盛给她一碗,窗外太阳缓缓从大地升起,阳光透过窗户浅浅地洒在客厅,她们相对无言地用完早餐。

于桐看着落地窗前淡金色的朝阳,想象着昨天秦文毅口中安逸的画面,嘴角微微勾起一抹弧度,而后放下碗起身对林岩说:"谢谢林阿姨,我走了。"

她说完没有任何留恋,大步走到门边打开门,离开了秦家。

林岩放下碗站起身看着她,透过落地窗看见她打开院门,看见她一头长发在晨风中飞舞,看着她背脊挺直迎着朝阳远去。

那一刻,林岩心里各种情绪交织在一起。她快速上楼,拿出什么东西追出了家门。

一直跑到山道上林岩才追上于桐。于桐脚步干脆地朝着山脚下走去,没有任何犹豫。

林岩喊出了她的名字。她停下,回身望着林岩。

朝阳镀上了整片枫树林,也照亮了林岩不尘的容貌,她的两个孩子都已经长大了,可岁月待她温柔,她的样貌依然不显老去,甚至神韵间还有些少女温柔的姿态。

她小跑到于桐面前,那双柔美的眼里饱含着无数复杂的情绪,她拉起于桐的手,将一沓有些凌乱的钱塞进于桐的手中。

于桐低头看了眼,立马塞还给她:"我不需要你的钱。"

然而林岩却死死攥着她的手腕,呼吸有些急促,眼里涌动着暗淡的光:"你听我说,我在像你这么大的时候,也遇到过一些不开心的事,幸亏那时候我遇见了你秦叔叔。"

"你很幸运。"于桐低垂着视线,听她接着说。

"我知道这很难,我们也不忍心看着你走,可我比任何人都清楚这山上住着的人有多狠,偏偏那个人是我儿子,我没有办法……"

林岩抑制不住悲伤地接着道:"我没有办法让我儿子也遭遇我经历过的一切。原谅我,这钱,你无论如何都要拿着,走了以后,好好生活。"

说着说着,林岩湿了眼眶。于桐知道林岩是个大明星,她看过林岩演的电视。在娱乐圈里,林岩一直不急不躁,除了演戏,很少能在其他地方看见她的身影。

饶是如此，对于桐来说，林岩依然是个陌生人，甚至是没有说过几句话的陌生人，可此时她热泪盈眶的样子却深深触动了于桐，她没再把那些林岩仓促拿出门的钱推还给她，因为她知道，如果今天自己不拿这些钱，面前这个女人会愧疚很久很久。

于是她一把握住那沓有些凌乱的钞票对林岩说："这钱算是我问你借的，我会还你。"

林岩没再说什么，眼眸湿润地望着她。

于桐握紧那沓钱，转过身大步离开了这个地方。这个外面的人想进来，里面的人却出不去的地方。这个人们称之为"东海岸"的地方。

第十二章 他的决定

第二片金羽。

1

于桐走了，秦智疯了。

他不顾林岩的阻拦要到上山区的裴家要人，他要去问问裴家的人，于桐去了哪里，他要去找她。

林岩和秦嫣根本拦不住他。秦文毅从楼上冲了下来，提起他的衣领把他甩在地上怒吼道："你给我清醒点儿！你现在跑出去丢人现眼，你把你自己的前程放在哪儿！"

秦智拉了拉身上褶皱的衣服，从地上站起身。他如今比秦文毅还要高，整个人笼罩着可怕的气焰，像随时会发狂的狮子。

他双眼通红地盯着秦文毅："丢人现眼？我丢什么人了？你是不是就因为外面人说她的那些话，所以昨天特地把我支开将她逼走？我问你是不是！"

秦文毅没有否认："是，但我是为了你好。"

秦智看着秦文毅，眼里的怒火铺天盖地，转身就往家门外冲。

秦文毅从他身后拦腰死死抱住他，对他怒吼道："你不能去裴家！你有没有想过裴家人为什么不来找她，你个糊涂的小子！"

片刻间，秦智停止了挣扎，猛地转身看着秦文毅，几近崩溃地说：

"那个人,对她动手的……是裴家人?"

面对儿子的质问,秦文毅无法给出肯定的答案,可看着儿子在发狂的边缘,他也无法否认,只是这样满目疮痍地回视着儿子。

秦智昂起头,狠狠闭紧双眼。那短短两秒的时间秦嫣不知道哥哥在想什么,可当他再次睁开眼时,秦嫣看见了他眼中布满血丝的湿润。

他怒吼一声,像凶残的狼冲进院中,跨上摩托车点着了火,猛地掉头。林岩急得不停掉眼泪,秦嫣从来没见过秦智这样,吓得瑟瑟发抖。

秦文毅当即冲到院门口,用自己的身体挡在门前对秦智低吼道:"我不能眼睁睁看着你把自己毁了,你就是从我身上碾过去也不能!"

秦智一咬牙,拧紧把手就向秦文毅撞去。秦文毅挺直身躯,没有丝毫避让,抿着唇站在门口,看着儿子疯狂地冲向自己。

就在摩托车快要撞上他的那一刻,秦嫣冲了过去,带着哭腔喊道:"哥!我求你!"

秦智的理智突然被拉了回来,在秦文毅身前猛地停住,喘着粗气紧紧盯着他。

秦文毅的身后是漫山的红枫林,他的身影像一座巍峨的大山,眼眸闪动间带着无尽的沧桑。他看着儿子痛苦的样子,无法做任何事,也做不了任何事,只能心如刀绞,守着最后的理智对儿子说:"你妹妹还小,我不能让你给这个家抹黑,让所有人因为你而抬不起头。"

秦嫣就站在秦智身后,此刻已经哭成了泪人。

院中的动静太大,惊动了隔壁的南家。南禹衡从偏门走出,踏上小径刚走到秦家门口,便看见秦智从摩托车上跨了下来,眼里透着猩红,整个人似被燃着一样朝着秦文毅吼道:"你只会为她考虑,从来没有考虑过我的感受,就因为我根本不是你儿子!"

万物骤停,天地俱灭。

林岩倒在门框上。秦文毅踉跄了一下,似瞬间苍老了十岁。秦嫣的眼泪戛然而止,猛地退后一步,剧烈颤抖的身体撞上院中的花台,跌倒的那一刻,南禹衡冲进院中将她娇小的身体揽进怀里。

秦嫣的身体在南禹衡的臂弯里剧烈地颤抖,当她听见哥哥说出那句话的时候，就像有人拿一块巨石往她的胸口狠狠砸了下去，痛得她难以呼吸，大脑一片空白，五月的天却似天寒地冻，让她止不住地发抖。

秦文毅也扶住院门，看着儿子仇恨的眼神，一句话都说不出来。

林岩那双柔美的眸子带着说不出的伤心和绝望，眼泪无声地滑落在地上，慢慢洇开。

她冲出来扶住脸色不好的秦文毅，对自己的儿子说："你只有这一个爸。"然后将脸色铁青的秦文毅扶回家中。

秦智木然地立在原地，神情悲怆，痛苦得双肩发颤。

他再次跨上摩托车，南禹衡松开秦妈，一把拽住他的肩："不要冲动。"

秦智没有理会南禹衡。南禹衡干脆伸出手臂勒住他的脖子将他拉离摩托车。

秦智猛地甩开南禹衡，转过身盯着他，呼吸急促地说："你知道什么？你们都知道什么！你知道外面人都怎么说她！"秦智往南禹衡逼近一步，他如今的身高已经和南禹衡相当，拧眉深看着南禹衡，声音低沉压抑，"可我知道她是清白的，我怎么能让所有人践踏她？我怎么能眼睁睁看着她被逼上绝路！她才二十岁，她一个女孩儿，出去孤苦伶仃怎么生活？

"这一切是谁造成的？是她唯一能依靠的裴家！是那个让她陷入流言蜚语的妹妹，是禽兽不如的裴鑫国！

"我怎么咽得下这口气？我怎么能当作什么都不知道？我还是个男人吗！"

秦智痛苦地哽咽，饶是南禹衡素来清冷，此时眼中也不禁动容，他对秦智说："君子报仇，十年不晚。"

秦智呼吸沉重地问："你能等得了十年吗？"

南禹衡沉声说："我已经等了十年。"

"我等不了！"

天空暗了下来。

林岩扶秦文毅上楼休息，秦智也不知道去了哪里。

秦嫣孤零零地站在院中，浑身瘫软像失去了行动能力。

秦智的话对她来说犹如晴天霹雳，她无法相信从小到大和她一起长大、同吃同住的哥哥不是爸爸的儿子，她无法相信她深信不疑的一家人有一天会这样决裂，她无法想象秦智有可能很早就知道了这件事，却独自承受。

后来她被南禹衡带回了家。这样一闹已经到了下午，秦嫣午饭自然也没有吃，所以南禹衡将她领到南家，芬姨给她做了吃的，秦嫣却吃不下任何东西。

她本想回家，南禹衡担心她的状况，便对她说打算清理书房里的书籍，他一个人清理工程量太大，让她帮忙，秦嫣只好答应他。

两人来到南禹衡的书房，那间房三面全是高大的书柜。南禹衡平时没什么爱好，大约也只能看看书，所以多年来积累的书籍早已堆得满满的，定期要挪一部分不怎么需要的书出来。

于是两人合力将书柜里所有的书都清了出来，一本本分类，将不用的放在纸箱里封存起来。

秦嫣一下午都心不在焉的，她总有种不踏实的感觉，经常走神。

南禹衡便时不时拿起一本书，就里面的内容和她闲聊，倒是借着这个方法，稍稍转移了秦嫣的注意力。

2

日落时分，终于清理完毕，秦嫣从地毯上站起身对南禹衡说："我想回家了。"

"不在这儿吃晚饭？"

"不了。"

南禹衡也有些担忧秦智，便送她回去。

可到了秦家门口，南禹衡脸色骤变："你哥的车呢？"

秦嫣当即就冲进家，跑到二楼猛地推开秦智的房门，里面空无一人。

她着急地跑下楼，秦文毅出来问她跑什么，她问："我哥呢？"

秦文毅说刚才还看见他在楼下吃东西，吃完东西就回了房。

秦嫣脸色煞白："我哥不在房间。"

秦文毅怕他溜出去，一下午都开着门不时下楼看看他的情况，可没想到秦智还是溜了出去。

秦文毅连楼都没上，拿着车钥匙就冲出家门，南禹衡和秦嫣也快速跟了上去，车子一路疾驰向上山区的裴家。

路上，秦文毅深邃的眉头紧紧皱着，秦嫣坐在后面，双手放在膝盖上瑟瑟发抖。

可他们到底还是迟了一步。

秦智没有全然失去理智，他很清醒，清醒中带着疯狂。

他的目标很明确，就是那个将于桐推入深渊的男人。他知道自己不可能轻易接近裴鑫国，便表现得很平常地来到裴家，说于桐走了，让他转交一封信给裴鑫国。

裴鑫国得知后，唯恐节外生枝，所以支开了旁人，将秦智带到了裴家的后花园。

秦智当然没有什么所谓的信件，他算准了裴鑫国心虚，事关于桐，裴鑫国不敢声张。

在他踏出家门的那一刻，就打算承担所有后果，所以他不惧不畏。

人的一生或许都做过一两件疯狂的事，谁的内心没叛逆过，反抗过，渴望挣扎过。

秦文毅冲进裴家时，便看见裴毓霖冲过去抱着自己的爸爸哭喊道："秦智哥，不要打我爸……"

秦智狠声道："你要不是个女的，我今天一定会像对待你爸一样对你。"

裴毓霖震惊地盯着秦智，不可置信地问："秦智哥，你说什么？"

秦智额上青筋暴出，咬牙切齿道："我说什么你不清楚？她会那么狼狈地被赶出裴家，被整个东海岸的人耻笑，难道不是因为你吗？"

裴毓霖在秦智凶狠且充满压迫力的眼神中犹如五雷轰顶，整个人剧烈地颤抖。

秦智死死盯着她："不要以为所有人都是傻子！"

秦文毅和南禹衡上前拦住秦智，而秦嫣只是站在原地，用一种非

常陌生的眼神看着裴毓霖。

裴毓霖跌坐在地上一直在哭，哭得伤心绝望，却在抬头对上秦嫣视线的刹那，眼里迸发出深深的恨意。

裴家冲进了一群便衣警察，裴鑫国在旁人的搀扶下站起身。秦文毅转身就对裴鑫国说："是我儿子的错，我做父亲的向你赔礼道歉，请你高抬贵手。"

裴鑫国已然鼻青脸肿，不堪入目，他对着秦文毅吼道："不可能，这事没完！"

秦嫣看见爸爸紧握的双拳和眼里的愤恨，可是忽然，她用双手捂住了嘴——

秦文毅双膝一屈，就在他要向裴鑫国跪下的一刹那，他的肩膀被南禹衡死死按住。

秦智急得在他身后大喊："不要求那个人渣！你们带我走！"

秦智再也不忍心看着秦文毅对裴鑫国低三下四，那比有人拿刀子抵在他心脏还耻辱，所以几乎是他拽着警察上了车。

秦文毅转身追了出去，然而载着秦智离开的车子已经开远。

夕阳归于天际，大地被一片黑暗笼罩。

秦智被强制拘留四十八小时进行审讯，其间不允许探视，四十八小时后会根据审讯结果进一步处理。

秦文毅根本没办法见到秦智。回去的路上，他嘱咐秦嫣这件事千万不能告诉林岩，他怕林岩受不了打击。于是当晚回家他们只跟林岩说，秦智心情太差，跑去端木翊家了，他刚才不放心，特地去了趟上山区，确认了秦智在端木翊家，并和端木明德打过了招呼。

如此一来，林岩也没有多问。

那天晚上，秦文毅翻来覆去睡不着，同样睡不着的还有秦嫣，父女俩的心间都压着一块巨石。

第二天起床，两人脸色都不好看。秦文毅心里装着事，很难在林岩面前表现得若无其事，便说到隔壁南家坐一会儿去。秦嫣也无法一个人在家面对妈妈，就跟着爸爸一起到了南家。

南禹衡正好坐在院中捧着一本书。

五月的天不冷不热，南家院子里大叶植物绿油油一片，花草盛放，每当这个季节，南禹衡待在院中的时间就会变长。

荣叔在打理植物，看见秦文毅到访，泡了上好的茶。南禹衡请秦文毅在院中的石凳上落座。

他合上书，不动声色地打量了一下秦文毅的神色，又将视线落在顶着黑眼圈的秦嫣的脸上，而后说道："按照正常流程，审讯完会被移交检察院，然后便是提起诉讼。依照裴鑫国昨天的口气，他应该会动用手上的关系，让秦智陷入最糟糕的结果。

"如果想做什么，只有在秦智被移交看守所前，让裴家放弃诉讼。"

秦文毅端起滚烫的茶水，不顾冒着的热气狠狠往喉咙里灌了一口，叹息一声："我也知道，但你昨天也在，裴鑫国可能松口吗？更何况，现在只有一天时间了。"

秦文毅心力交瘁地揉着头，南禹衡垂下眼眸没有说话。

秦文毅无法眼睁睁看着儿子的前程就这么被毁掉，正在他一筹莫展之时，突然接到一个老朋友的电话，询问秦智的具体情况，说试试看能不能想办法。

秦文毅不放心，此时看到任何一个机会都不能放弃，便赶紧从南家离开，驱车亲自去找那个老朋友当面聊。

秦文毅走后，只留秦嫣在院中。南家那座黑色的屋子不知什么时候爬满了半墙的爬山虎，让这座隐在大叶植物里的房子更加青葱碧绿。

她抬起头望着这片绿，眼睛一眨不眨。有风拂过爬山虎的叶子，群叶微动，仿佛整座房子也在随风摇晃。

她眼里浮上温润的泪，依然抬着头望着那处，对南禹衡道："你说我哥真不是爸爸的孩子吗？"

南禹衡拿过旁边一个透明的玻璃小茶杯，倒上温热的水放在秦嫣面前没有说话。

她接着说："我昨晚一直在想，爸爸对我哥这么好，每次遇到事情都站出来维护他，我哥怎么可能不是他亲生的呢？

"可我又想啊，爸爸的确对我哥很好，是那种……我哥即使再调皮捣蛋也不会打骂的好。

"有一次,我和哥哥一起溜出门,甚至跑出了东海岸。我哥说带我去看铁道。后来被我爸知道了,我爸可生气了,回家后拿着遥控器打我的腿,让我记着疼,以后就不敢再瞎跑。我哥就挡在我面前,说是他带我瞎跑的,要打就打他。我爸遥控器都举起来了,最后就是没有落下去。

"那时候我想爸爸可真偏心,为什么打我不打哥哥,就连我偷懒不想练琴爸爸都会很凶地训我,可我哥呢,爸爸可从来不会骂他。

"我以前经常想,爸爸对我哥那么纵容,他犯了错顶多被说几句,我犯了错就得挨打,就因为哥哥是男孩儿,爸爸骨子里重男轻女来着。

"可你知道吗,我昨晚突然想通了。

"因为我哥不是爸爸亲生的,爸爸对待他才会有顾忌。也许我爸不想有一天我哥知道真相后,会怪他对他严厉,怪他打骂他,才对他这么宽容吧。

"所以,我哥真的不是爸爸亲生的吗?"

秦嫣脸上写满了困惑和难过,噙满泪的双眼晶莹剔透,悲伤不已,眼泪顺着脸颊滑落,她抬手擦掉,看着南禹衡。

"你为什么一点儿都不惊讶?"

南禹衡只是缓缓抬眸回望着她,平静的黑眸里盛着不忍。

秦嫣眼神闪烁地问:"还是你也早就知道了?"

南禹衡肩上披着简单的格纹薄针织,平整宽厚的肩膀安然不动。他先是将茶盖拿起,盖在茶壶上,手指不经意碰到秦嫣放在石桌上的指尖,感觉到一片冰凉,便拿起那杯热水递给她。秦嫣下意识接住捧在掌心,暖意顺着手指钻进心里。

她听见南禹衡声音低浅地说:"还记得好像是你上小学的时候,你哥有一次很晚才回家。那次就是因为别人说了一些难听的话,可能就是那晚让他起了疑心。

"你哥看上去对什么都不在意的样子,但其实他心思很重,有什么事都放在心里。人压抑久了,总会爆发的。"

秦嫣低着头看着杯中透明的液体,南禹衡起身问她:"想吃点儿东西吗？你先坐会儿。"

南禹衡起身进屋。

微风拂动，草木摇晃，秦嫣再次抬头望着那些爬山虎，在那一瞬间，从小到大的很多事情在她脑中串联成一条线。

儿时刚来东海岸，那些大人异样的眼光，对林岩的议论，哥哥的怒气，妈妈的离开，甚至范太太的下午茶会上那些贵妇看她的眼神……

所有的一切全都串联起来，她放下手中的玻璃杯，拿出手机，第一次在搜索条上输入林岩的名字。

前几页跳出来的全是林岩生病的新闻，还有她暂时隐退养病的一些报道，其中掺杂着她过去演过的电视剧链接等等。

秦嫣就这样一页一页翻着，一直翻到了十几页，忽然在一条看似无关紧要的新闻下面找到了这样一则网友留言：难道你们不知道吗，林岩年轻的时候做人家情妇，害得人家差点儿家破人亡，当时世人皆知，名声早就臭了，最后还能靠结婚洗白，现在网上都搜不到她的黑历史，也是厉害。

还有网友回复：对，我们那时候谁不知道，还不是为了钱做人小三，一辈子路人黑……

秦嫣看着手机上的文字，忽然觉得这一院的风寒冷刺骨。

南禹衡再次走回院中时，看见的便是那娇小的身躯隐在碧绿的大叶植物下，脸埋在双臂之间泣不成声，抽泣颤抖的身躯像易碎的玻璃，让人心疼。

他走到秦嫣面前又顿住脚步，忽然不知道该说些什么安慰她。

秦嫣从小就生活得无忧无虑，她长得可爱讨喜，善解人意又总是爱笑，大人们也都小心翼翼地保护她，不想看见她脸上天真无邪的笑意消失，她身上有着东海岸最珍贵的纯净，没人忍心夺走她与生俱来的美好。

可东海岸的孩子，又有谁能逃得出暗潮汹涌的风波和尔虞我诈的人心。

有人的地方就有斗争，而关于利益的战争在东海岸从未停歇。

秦嫣察觉到南禹衡的靠近，她抬起头快速收起手机，有些仓皇狼

狈地站起身，擦干泪水对他说："我只是，只是太担心我哥了，我回去了。"

南禹衡看着她瘦弱单薄的背影，将手中的托盘放了下来，幽暗的眸子里忽然溢出一抹决绝。

3
秦嫣离开没几分钟，南禹衡又看见她急匆匆地跑了回来，他问她："怎么了？"

秦嫣上气不接下气地说："我爸，我爸刚才回来，说，说裴家下决心要弄死我哥。"

南禹衡眼神一凛："你慢慢说，怎么回事？"

"不知道裴家给我哥安了什么名头，我爸才回来，又开着车去裴家了。怎么办？"

她慌乱地死死拽着南禹衡，仿若拽着一根救命稻草，声音颤抖地说："你能陪我去上山区吗？我怕我爸出事。"

南禹衡漆黑的眸子沉着一潭幽寂，他拉开秦嫣的小手对她说："你先上车等我，我拿个东西。"

他说着便大步走回屋中，让荣叔备车。秦嫣坐在后座落下窗户，双手扒在车窗上巴巴地看着南家大门。她不知道南禹衡要回去拿什么东西，整个人急得像热锅上的蚂蚁，一刻也等不了。

好在五分钟后，南禹衡总算匆匆从屋里走了出来，上了车就对荣叔说："去裴家。"

他紧皱着眉，一路上一言不发，不知道在思索什么。

车子很快开到裴家。

裴家大门紧闭，秦文毅的车子停在门口。他们拍响门，有人来开门，说家里有事，不方便待客。

秦嫣从那个人身侧一钻就跑进裴家，南禹衡眼神压迫地盯着面前的人："是要我推开你，还是你自己让？"

裴家人犹豫的片刻，南禹衡已经毫不客气地一把推开他。

屋内，秦文毅嘴皮子都要磨破了都没见到裴鑫国，裴家人态度十分强硬,和秦文毅没什么好谈的。

秦文毅虽然为了自己的儿子一而再地想和裴家协商,但这闭门羹吃得死死的,让他心头火大无比,站在裴家的大厅急道:"裴鑫国你给我下来!我儿子打了你该受到什么惩罚按章办事,你凭什么动用关系给他定罪?你想害死我儿子是吧?我告诉你裴鑫国,你今天不给我个交代,我就把你们裴家炸了!"

秦文毅一番要炸了裴家的言论,直接引得裴鑫国勃然大怒,他在用人的搀扶下从楼上走了下来。他脸上的伤清晰可见,以他的身份,这几天是出不了门了,只能在家养着。

他在南城待了一辈子,从小养尊处优,谁不看他脸色办事?居然被个毛头小子揍成这样,这口恶气,即使让那个小子进监狱都咽不下去。

既然秦文毅自己找上门来,裴鑫国也不客气,他站在楼梯上命令:"给我把他按住,我们裴家是你想闯就闯的?"

裴家的人一拥而上,将秦文毅控制住。

秦文毅怒不可遏地奋力挣脱那些按着他的人,就在这时,从外面匆匆赶来的南禹衡和秦嫣冲了进来。

在秦嫣冲向秦文毅的同时,南禹衡狠声对裴鑫国吼道:"放手!"

裴鑫国慢悠悠地从楼梯上走了下来,脸上的伤让他的笑看起来十分丑陋狰狞:"有意思,真是好邻居。南少,这件事与你无关,我劝你别掺和进来。"

南禹衡立在裴家中央,牢牢盯着裴鑫国,忽然拿出一个古老的檀木盒单手打开,顿时,众人看见盒子中躺着一片金色的羽毛,轻薄精致。

裴鑫国猛然怔住:"金羽?"

南禹衡将羽毛从盒中取出,扬手一举,咄咄逼人地盯着裴鑫国:"今晚南家将会召开金羽同盟会,秦先生是我们南家的贵客,我现在以整个东海岸的名义要求你放人。"

裴鑫国在最初的微愣后,带着一丝轻蔑地说道:"你确定你手上的东西是真的?"

南禹衡当即冷哼一声:"听说三片金羽是当年国匠人彭承飞亲手打造,是不是真的,你大可以现在就请旁边的钟家过来辨别。"

他毫不闪躲，铿锵有力的话语和强势的态度让裴鑫国迟疑了一瞬。

南禹衡乘胜追击道："我劝告裴先生，今晚的会议事关整个东海人共同的利益，你压迫秦先生，阻挠会议核心进程，到时候其他人问起来，我就在会议上如实相告。"

一句话让裴鑫国脸色大变，他气得面目扭曲，死死盯着南禹衡："好，真是漂亮，看不出来，你这个小子平时挺温和的，原来这么狠。"

南禹衡缓缓昂起下巴睨着他："比不上您。"说完眼神扫向压制秦文毅的那群人。

裴鑫国紧抿着唇，脸色不好地挥了下手，几人立马放开了秦文毅。

秦文毅愤怒地盯着裴鑫国，南禹衡适时走到他身后用劲儿捏了下他的肩膀，秦嫣抱着爸爸的胳膊，急得双眼通红。

秦文毅低头看了眼女儿，知道眼下只能离开。

一出裴家，秦文毅就对着南禹衡大骇道："你手上怎么会有金羽？"

南禹衡也没多做解释："先别管这个。两个小时后我要邀请整个东海岸的人来南家，但我们家人少，荣叔和芬姨肯定忙不过来，能不能麻烦您帮我想想办法？"

秦文毅一口答应："这个交给我，但是你请东海岸的人来干吗？"

"具体回去说吧。"

说完南禹衡侧头深看了秦嫣一眼，转身上了车。

南家自从搬来东海岸，还没有在家里举办过宴会，连最基本的器皿都不齐全，更别提什么餐桌布置之类的。

秦文毅下了车直奔范家。范太太听说南家两个小时后要办大型宴会，二话不说召集家里所有人，带着现有的东西直奔南家。秦家虽然自从孙田凤离开后没再请保姆，却也有定期到家里做事的人，林岩紧急联系了人，也赶去南家帮忙。

要准备点心、酒水，要布置大厅等等，就连小秦嫣都两头跑，帮妈妈拿东西。她虽然不知道南禹衡今晚到底要干什么，但她隐隐有种预感，这个宴会办得太急，连一天都等不了，很有可能事关哥哥的生死。

半年之内惊现两片金羽，短短一个小时内，在东海岸平地震响一声惊雷。而更让人不可置信的是,第二片金羽居然出现在向来十分低调的南家。

东海岸的人都知道,那座不起眼的黑色房子里没有大人,常年住着一个在蓉城南家不得势的少年,而他住在东海岸这么多年,蓉城南家几乎没有什么人来看望过他,甚至南家人对外都从来没有提起过南禹衡,他就像是被家族遗忘的血脉。

正因为南家人对这个独自住在外面的少年讳莫如深,弄得外人也不能完全摸清他的底细。

百年前的南家人便开始以跑船为生,利用蓉城地势得水利之优,长江、嘉陵二水环绕,三面临江,成一个半岛,再到后来有了规模,主要承包巴蜀一带的码头生意,发展了码头文化。

上世纪,巴蜀一带商业势力主要掌控在十三帮和福商手中,两股势力百年来争斗不休。那时的蓉城,门内是山,门外是水,南家在那个年代一直保持中立,和十三帮有生意往来,也和福商们有合作,两头赚钱。

最后十三帮没落,福商后人被撵出国门,唯独南家在这块大地上生根发芽,百年来早已成了根牢蒂固的大家族。

所以东海岸的人忌惮南家,即使多年来南禹衡清清冷冷,看似孑然一身,但就因为他姓南,所以没有人敢动他。

而在今天,他拿出了一片极其珍贵的金羽,不得不让人怀疑,在他背后操纵的正是蓉城南家,否则一个看似形单影只的少年怎么可能手握金羽?

因此,虽然准确来说南禹衡还是一个在读高中的毛头小子,但当晚的宴会,整个东海岸,无人缺席。

宴会开始半个小时前,芬姨做最后的检查,她觉得进门的欧式落地镜台上太空荡了,来不及预订鲜花,最起码得摆两个烛台装饰一下,不然看上去实在太清冷。

烛台在南家楼上专门放杂物的储物间,除了南家人,只有秦嫣熟门熟路,秦嫣见大人们都太忙,主动请缨去找。

南禹衡进家门后就一直和秦文毅待在书房议事,直到宴会快开始才从书房出来,路过储物间看见门开着便走了进去。秦嫣正蹲在地上,整个人都钻到了一排架子下面,使出吃奶的劲儿拽底下的收纳箱,那模样着实好笑。

南禹衡干脆两步走进去,弯下腰轻松一拉,箱子就被他拉了出来。

秦嫣回头的刹那,南禹衡的脸就在她面前。昏暗的灯光下,他已经换上正装,儒雅俊逸的南禹衡让秦嫣有片刻失神。

南禹衡问她:"你在找什么?"

"哦,在找烛台。"

说话的同时她已经掀开了那个箱子,却看见里面躺着一把古琴。

秦嫣有些诧异地说:"你家怎么还有这个啊?"她可从来没见过南禹衡研究乐器。

然而回过头,却看见他的眼里像盛着一汪幽潭,如远山深处云雾缭绕下的湖泊,清幽却隐晦。

他只是怔了一下,然后随手抽出另一个箱子说道:"那是我妈的遗物,你要找的应该在这个箱子里。"

他打开箱子,果然在里面找到两个精致的欧式烛台,南禹衡却忽然看着秦嫣问道:"你会弹这个吗?"

秦嫣低眉看了眼那把成色有些旧的古琴,说道:"我没有学过古琴的减字谱。"

南禹衡便没再说什么,合上箱子,站起身看着秦嫣有些凌乱的头发,摸了摸她的头,将她头发理顺:"你哥的事,我没有十足的把握。"

秦嫣立在他面前,深深地望着他:"只要你能救我哥,让我把命抵给你都行。"

南禹衡似笑非笑地转身:"我不要你的命。"

4

那天晚上,南家前所未有地来了许多人,多亏范、秦两家女人们的张罗,让这场晚宴显得不那么仓促,从酒水到招待也算面面俱到。

裴鑫国一脸的伤,自然不能亲自过来,便让他的弟弟裴鑫栋参加了这场会议。

晚宴过半，男人们全聚集在大厅一角，早已迫不及待地想知道今晚南家动用这片金羽的真正目的。

南禹衡身着一袭熨烫妥帖的深灰色西装，那深邃的眉眼、与生俱来的矜贵和从容、淡定自若的神态，根本无法让人看透他的真实年龄。

在众人关注的视线中，南禹衡缓步走到中央，笔挺英俊的身姿卓尔不群，他声音温润、言语简洁地说了几句开场白后，直入正题。

自从小半年前钟家提出金羽计划后，签署联合声明上报东岸商会，几个月过去了，商会那边一直没有给出明确的答复，计划也迟迟得不到通过。

冯老爷子的回复很简单，有三分之一的东海岸人没有签署声明，这个计划就得暂时压着，除非钟家拿出更有力的推动计划。

所以这小半年来，钟家没有停止过动员工作，私下针对那些没有签署的，一家家拉拢。

就在他们把注意力放在 CBD 计划上时，秦文毅也没闲着，在南禹衡和端木明德的暗中帮助下，快速将规划落实。

就在上个月，秦文毅终于拿到了审批书。说来虽然计划中的养老机构只占了城东一小块地方，但好巧不巧那块地正好在钟家设想的 CBD 中央。

只不过这件事，除了秦文毅和南禹衡，没其他人在意，就连知情的端木明德都没太放在心上，不太值得关注，更想不到这小小的养老院对整个城东板块未来十年发展的影响。

而南禹衡召集所有人的目的，是告诉整个东海岸的人，正庆集团打算将主要产业园进驻南城东郊。

听到这个消息，最为震惊的是上山区的钟家和裴家。

钟家震惊是因为正庆集团的产业园一旦在东郊落成，那庞大的占地面积会直接让 CBD 计划胎死腹中。

而裴家震惊的原因是他们一直是国内电器工业的龙头企业，这么多年在南部地区一家独大，自从正庆集团进军新能源领域，大大削减了裴氏企业的市场份额，导致近些年来他们的资金越来越紧张；但瘦死的骆驼比马大，裴家目前来说在南城还无人能撼动。可如果正庆集团将手伸到南部地区，那么受到威胁最大的，无疑是裴家。

裴家旁系分支众多，中小企业无数，这几年相互欠账，三角债情况越来越严重。虽然产业链上端的裴家还能维持，但底下那些中小企业融资越来越困难，这几年日子越发不好过。如果在这个时候正庆集团入驻南城，无疑对裴家来说是雪上加霜。

所以裴鑫国的弟弟裴鑫栋最为激动，马上站出来煽动众人，千万要阻止正庆集团的进驻。

南禹衡冷眼看着他，低眉不经意间扫了眼站在一边的秦文毅，慢悠悠地说道："看来大家都不希望正庆集团落地南城，但是正庆集团要过来，首先得谈拢用地问题。我今天可以告诉你们一个好消息，东郊正中有块地，被我们当中的人拿了下来，换句话说，正庆集团要想在这儿办厂子，得要那人点头同意。"

人群中顿时炸开了锅，人们面面相觑，最后都看向钟家。钟昌耀穿着质地优良的正装端坐在一边，眉头微皱。

明显大家都以为是钟家，但钟昌耀清楚，钟家的计划还没推进到拿地的阶段，以他在商界这么多年的经验，他似乎嗅到了一股阴谋气息。

就在众人不停询问是谁手握用地时，南禹衡很快揭晓了答案："那个人就是秦文毅秦总。既然用地握在秦总手上，正庆集团后面肯定会和秦总接洽，那么我们不妨听听看秦总的想法。"

说着，南禹衡让到一边，对秦文毅摆了个请的手势。

秦文毅稳步走到南禹衡刚才站着的地方，虽然他昨夜几乎一晚没睡，一整天下来早已心力交瘁，可他知道这是救他儿子唯一的希望。

他挺起胸膛看着所有人，掷地有声地说："我的确在东郊申请下来一块地搭建养老机构，之所以还没打算开工，是因为我们当中有一部分人支持 CBD 计划，养老院势必会和 CBD 计划起冲突。借今天这个机会，不如大家投票表决，如果支持我搭建养老机构，我当然不可能对正庆集团妥协。"

说完他话锋一转看向裴家："不过要是得不到大家的认同，我只能为了自身利益考虑，不排除接洽其他人。"

此话一出，裴鑫栋脸色大变。别说裴鑫栋，就连钟昌耀和端木明德都恍然大悟。

秦智跑到裴家闹事那天，裴家考虑到声誉，是让便衣警察把秦智带走的，所以东海岸的人并不知道秦家的儿子出了事，更不知道于桐被逼走跟裴家有什么关系。

但那天闹出如此大的动静，虽然能瞒过其他人，却不可能瞒过上山区其他两户人家。

所以钟昌耀和端木明德立马就反应过来，秦文毅掏出了自己的底牌，在逼裴家放人。

可这件事对于钟家来说，如果支持秦文毅，等于自动放弃CBD金羽计划；如果反对，将会置裴家于水深火热之中，从此结下梁子。

钟昌耀理清整件事后才赫然发现，今天说起来是秦家和裴家之间的恩怨，却无故将整个东海岸卷了进来，将钟家置于进退两难的境地，无论怎么选择对钟家来说都是重创。

好一步"二桃杀三士"，这么严谨缜密的心思到底是谁想出来的？

钟昌耀猛然转头看向坐在一边云淡风轻，看似事不关己的南禹衡。

而那个清润的少年在他视线投过去之后，也稍抬眸看向他，眼里不喜不悲，平淡深幽，竟让在商界坐观风云变化的钟昌耀也有丝摸不透。

明明是秦家和裴家的恩怨，这个南少却在这时突然拿出金羽发动了这场暗潮汹涌的战争，逼得钟家进退维谷，轻易搅动了整个东海岸的局势。如果他这么年轻就有这番深沉的谋划，那这个人日后会有多恐怖？

然而钟昌耀转念之间便把这个念头抛开。不可能，裴家和秦家昨天才闹翻，不可能有人能在短短一天之内把全盘局势考虑得这么周密，他觉得南少背后一定有人，有可能是蓉城南家在背后指使。

此刻，所有人都等着上山区三家的表态，他们不拿出态度，其他人也不敢轻易发话。

端木明德这只老狐狸最精明，秦文毅一走上台他便清楚，今天的事是冲着裴家来的；又见钟昌耀脸色一会儿白一会儿青，便暗自盘算着没他什么事，他今天只管做个局外人，坐山观虎斗，斗出什么结果再见机行事。

秦家。

　　林岩站在衣帽间，打开一扇柜门，里面挂着一些她不常穿的衣物。林岩手指滑过一件件早些年的衣裙，最后停在一条火红色的连身半长裙上。她将那条裙子拿了出来，站在衣帽间的镜子前，将红裙比了比，刹那间，林岩仿佛透过这面镜子让记忆穿梭回了她二十岁那年。

　　那时，她刚被尹化大导演相中出演一部影片，因为一支舞在屏幕上大放异彩，被人认识。

　　可即使小有名气后，她依然会定期回到文工团，参加一些地方上的演出。那时的林岩总是穿着一身红裙，绚烂华美。

　　可是，她婚后再也没碰过这炙热浓烈的红色。不知道什么时候起，她习惯了穿素色的衣服，纵使看上去单调无趣，也好过被那浓烈的红色火焰灼伤。

　　然而今晚，她在十几年后第一次换上这火红的颜色。

　　她坐在梳妆台前，将自己的一头长发披散下来。镜子中的林岩亦如当年的容貌，秦文毅婚后没有让林岩为家里的琐事操劳，养尊处优的她多年来依然姿容不减，白皙的皮肤透着微微的红润。

　　她将那柔顺的黑发松松地绾了髻，颊边留了几缕碎发，看上去柔美动人，又打开化妆盒，找到偏白的粉色，上了一层薄妆，使脸色看上去稍稍苍白一些。

　　她很快做好了这一切，下到一楼，餐桌上放着两盘她傍晚才做好的桂花糕。

　　林岩是南方人，她的母亲年轻时便教会她做家乡的桂花糕。林岩做的桂花糕软糯可口，淡淡的桂花香气散发着特有的味道，纵使这么多年没有做过了，手艺还在。

　　她来到餐桌前，端着两盘桂花糕，踏上那条通往南家的幽寂小径。

第十三章 传闻四起

所有人都得长大。

1

林岩向来不喜欢与东海岸的人深交,她讨厌复杂的人际关系和钩心斗角尔虞我诈;即使从前在剧组,她也总是不争不抢,有得拍就好好拍,没得拍也不会耍那些龌龊的心思。

她性格清淡与世无争,从不耍心机玩弄心眼儿,但并不代表她不会。如果触犯到她的底线,她会放下所有坚持,拼尽全力拯救她的家人。

虽然秦文毅和秦嫣昨天回到家中后,关于秦智被捕的事对林岩只字未提,可丈夫一夜翻来覆去,她自然能感觉到秦文毅心里有事,而白天秦嫣也是行色匆匆,眼神都在回避她,她不难猜到秦智出事了。

这一整天,虽然她表现得像不知情一样,但同样忧虑了一天,直到南家召开这场重大的会议。

她不知道自己的出现能不能改变局势,但她不能放过一丝能救儿子的希望。

此时的南家。

会议暂停,休息十分钟,因为裴鑫栋需要电话汇报裴鑫国商议决策。

钟昌耀默不作声地坐在椅子上端着茶盏低眉沉思。虽然怎么选对钟家都不利,但无论是从商业角度还是个人情感来说,他都不想支持

秦文毅，一旦支持秦文毅，等于自动放弃CBD计划，让钟家费心费力的布局化为泡影，他不甘心。

可想到一旦这个想法从他口中说出，东海岸势必会有很多人跟风，等于直接不顾裴家死活，会给钟家埋下不小的隐患。

如此一来，钟昌耀的确感觉有些头疼。

恰在这时，芬姨打开了角落不起眼的偏门，林岩端着两盘桂花糕进来对芬姨说："我做了一些点心送过来。"

芬姨连忙感谢，说劳她费心了，然后就要接过去，林岩却含着笑："我来吧，没事，都一样。"

说着她便抬步绕过芬姨，朝着大厅走去。

男人们都三三两两围在一起激烈地分析探讨，没什么人在意她的出现。

正在沉思的钟昌耀忽然瞥见那抹红色，他下意识抬头寻去，便看见似曾相识的背影站在他对面。彼时她正放下手中的一盘东西，对面有人和她攀谈了几句，所以她一直背对着钟昌耀。钟昌耀的视线牢牢落在那道背影上，眼底藏着无数的百转千回。

他似乎已经很久没有这样好好看她，甚至她出了那么大的事他也没办法去看她一眼。她身体养好后，本以为能借着钟藤的成年礼远远瞧上她一眼，他还特地差钟家大管家亲自登门邀请。饶是这样，那个女人连看一眼的机会也不给他。

他有些怅然地看着她的背影，手指轻轻摩挲着茶杯上的把手，却在这时，她忽然转过身来，清丽出尘的容貌就这样猝不及防地映入他的瞳孔里，让他有片刻的失神。

林岩踏着不疾不徐的步子朝他走来，红色裙角翻飞摆荡，平静的眼眸像被水洗过般澄澈安然，仿佛穿越了悠悠岁月，无数个春去秋来，终于向着他走来。

钟昌耀的手指停在茶杯把手上，随着她的靠近，指节越收越紧，到最后，那抹红裙和记忆中的样子完全重叠，过去的画面和那种不顾一切的心情瞬间涌上心头。

纵使这么多年过去了，他依然记得她那舞，在他脑中经年累月，早已成了心魔。

钟昌耀已经不年轻了,早已过了冲动的年纪,可在看见林岩向自己走来的这一刻,他内心蠢蠢欲动的渴望竟然再次被唤醒。

然而林岩的目光自始至终没有看向他,她只是很淡然地走到他身边那张中式茶桌前,将手里另一盘桂花糕轻轻放下。

她垂下视线的那一刻,额边的碎发也自然地垂落下来,娇柔中透着些脆弱和让人怜惜的美。

钟昌耀看着她憔悴的样子,心突然像被人拧了一下。他刚才只想到了CBD计划和裴家,却忽略了今天的会议。秦文毅是为了救儿子,而秦文毅的儿子,恰恰也是林岩的儿子。

如果他反对,那么整个东海岸势力都会向他这边倾斜,到时候裴家破罐子破摔弄死老秦的儿子,无疑是逼着面前的女人去死。

想到"死"这个字,钟昌耀的胸口猛然一沉。

林岩放下盘子便转过身去,有些飘逸的裙摆扫过钟昌耀的裤脚。便是这个不经意的瞬间,让钟昌耀有种想伸手抓住她的冲动。

不过闪念之间,那轻柔的裙摆好似从他指缝中溜走,握不住也拿不起。

林岩在转过身的刹那,视线对上了秦文毅。虽然她只是来送个糕点,也没什么人注意到她,但自她踏入这里,秦文毅便看见了她,他的眼神一直不动声色地随着她火红的裙摆荡漾。

直到此时此刻四目相对,林岩那伪装得很好的平静背后才流露出深深的不安。

秦文毅很快收回视线,仿若什么事都没发生,而林岩也仅仅出现一下便匆匆离开了南家。

直到那抹耀眼的红色身影完全消失在门后,钟昌耀握着茶杯的指节才再度松开,缓缓摩挲。

他侧身拿了一块桂花糕,香味萦绕在他鼻息之间,他就这样看了良久。

秦文毅趁着人多,拿了一杯酒走到南禹衡身边。

下午从裴家回来,秦文毅忙着安排晚宴、和荣叔核对宾客名单,

只是到书房和南禹衡大致沟通了一下。

以他的设想，现在这个节骨眼儿上搬出正庆集团来压裴家，也是死马当活马医，赌的就是正庆集团的核心战略布局裴家短时间内不可能拿到手。今晚东海岸肯定要拿出一个决断，等事情落地，把秦智弄出来，即使裴家人之后发现这件事根本就是个弥天大谎，但是只要能保住秦智，大不了他自己搭进去陪裴家斗到底。

在秦文毅的构想里，南禹衡这招打的就是一个措手不及、时效战。

但此时看见裴鑫栋一个电话接一个电话地打，想到裴家的关系网，万一他们真有本事和正庆集团接上头，知道落户南城是子虚乌有的事，那今天这场会议就成了一场活生生的笑话。

他极为担忧地低声对南禹衡说："裴鑫栋一直在打电话，恐怕在核实情况。"

谁料南禹衡不轻不重地瞥了裴鑫栋一眼，从容不迫道："让他打听。"

他一派淡定自若的样子，让秦文毅诧异。

南禹衡随即问了秦文毅一句："正庆集团的老总，秦叔叔知道吗？"

"好像姓曲，没有接触过。"

南禹衡点点头："嗯，晚宴开始前，我和他通了个电话。"

这下秦文毅更诧异了："你居然认识他？"

"他的第一笔启动资金当年是我爸给的，正庆集团成立后，我爸占了10%的股份。"

秦文毅刚才还在想南少走的这步棋太大胆，简直是在悬崖边上赌博，可直到这一刻他才恍然大悟，他打的是有把握的仗。

秦文毅不禁好奇道："那现在？"

南禹衡垂下眼帘摇摇头："曾经。"

秦文毅是想问他，他父亲走后，股份是否落到了他身上。如果股份真在南禹衡手中，那手握正庆集团10%股份的他将会是多么让人不容小觑的存在。可他只是简短地回了"曾经"两个字。

也就是说，原本他已经拿到了那部分股份，现在不知道因为什么，失掉了。

也难怪，他父亲走的时候南禹衡还那么小，想动他实在太容易，只是秦文毅并不知道夺走他东西的人是谁，但忽然明白这个男孩儿一路走来，多少人对他虎视眈眈，他过得有多么不易。

自己儿子还在球场踢球、和其他男孩儿无忧无虑地玩耍时，南禹衡已经要学会独自面对外面的狂浪，一个不小心便会粉身碎骨。

可秦文毅转念一想："你既然没有正庆的股份，曲总为什么会答应陪你扯这个谎？"

南禹衡眼神不停注意着周围，假借喝茶的空当动了动嘴："让敌人始终处于戒备状态，他们可以声东击西，趁这工夫把精力默默转移，比如放在研发新品、市场拓展上，这样就可以空出手做任何一件事，正庆有什么不愿意的。"

秦文毅忽然哼笑起来，这是他几天以来第一次舒展眉宇，仿若吃了一颗定心丸。

同时，他也重新审视了一番身边这个仅仅比自己儿子大两岁的少年。他的心思太缜密，缜密到别人想一步，他已经把接下来有可能走到的十步都想了进去。

这样的南禹衡，让秦文毅感到陌生和震撼。

2

半个小时后会议才再次开始，大家说了一些看法，都希望上山区三家先表态。

端木明德在这个时候自然最为谦让，一口一个让"老大哥先说"。

钟昌耀最终决定，CBD计划只是雏形，保守考虑先不能让正庆集团入驻，后面的事从长计议。

端木明德看钟昌耀发了话，见风使舵地迎合了几句，算是支持暂时放弃CBD计划，合力抵抗外敌。

表面上钟家和端木家都卖了裴家面子，但此时的裴家……这口气实在难以下咽。

最后到会议结束，裴鑫栋也没有明确表态，就这么气鼓鼓地回去了，跟谁欠了他钱似的。

秦文毅回到家中的时候已是半夜，林岩早已换下了那身红裙，只

是她还没有睡,见秦文毅进屋,从床边起身朝他走去,接过他的外套,欲言又止。

挂完外套她还是回过身对秦文毅说:"今天……"

她本想跟秦文毅解释些什么,可秦文毅对她摆了下手,而后几步走过去将林岩揽进怀中,呼吸沉重地说:"辛苦了。"

只这三个字,无需再多的言语,他们已然了解彼此的迫不得已。

就在这时,秦文毅的手机突然响了。他松开林岩接通电话,不知对方说了什么,他忽然露出狂喜的表情:"好的,我马上过来!"

林岩激动地攥着他。秦文毅挂了电话,反手握住林岩:"走,我们接儿子回家!"

那天夜里,秦嫣是和爸爸妈妈一起去接的秦智。当秦智从警局里走出来时,脸上布满了青色的胡茬,像瞬间从一个男孩儿长成了男人的样子。

秦嫣和爸妈看见他,同时站起了身。

秦智望着家人同样憔悴的面容,愣了几秒过后,什么话也没说,走过去张开双臂抱住他们。

回去后的日子,秦文毅和林岩再也没提起过那个女孩儿,所有人都刻意回避了那个名字,就连秦智也没再提起过。

可秦嫣知道哥哥在找她。

他越来越喜欢背着背包走遍南城各个角落,又或者趁着节假日坐动车去很远的城市,一个人流浪。

她再也看不见哥哥脸上的笑容。

有时候,她觉得自己的哥哥虽然不再反抗,不再试图挣扎,可他变成了一具没有灵魂的躯壳,对未来一片茫然。

秦嫣看着哥哥日渐消瘦的样子,终还是不忍,下定决心对他撒了一个谎。

她拿出那个于桐走时留给她的绿色珠子给秦智,告诉他,这是于桐让她保管的,于桐说,她会回来拿。

虽然对于于桐到底会不会回来拿这颗珠子,她当时的回答是"看缘分"，可秦嫣为了让哥哥不再像具没有灵魂的躯壳，她只能通过这种方式让他看到一线希望，祈祷时间能治愈他的伤痛。

正是这渺茫的希望将秦智从绝望的深渊拉了回来。

那天下午，他枯坐在院子中盯着那颗珠子，从太阳高升到西落，他才将黑色的绳子拴在手腕上。

从那天以后，秦智好像瞬间成熟了，他不再没事和那些公子哥儿瞎混，仿佛变了一个人，按部就班地上学、放学，唯一不变的是，他有空依然会去柔道馆。秦嫣听端木翊说现在柔道馆的老板见到秦智都害怕，就怕他一拳再揍坏什么东西。

可秦嫣知道，那是秦智唯一可以发泄思念的地方。

他或许不愿继续这么沉沦下去，他希望日后有一天于桐真的回来了，到时候他已经有能力可以为她撑起一片天，不再退缩。

秦智没有办成年礼。家里人都清楚他拒绝的原因，在这件事上，秦文毅没有逼他，随了他的意。

而同龄的端木翊在成年礼前，缠着他爸亲自登门来到秦家谈婚事。

秦文毅没同意。谁都知道秦文毅疼女儿，在他眼里，女儿最起码要在家留到二十八岁，嫁什么嫁。

当着端木明德的面，秦文毅就跟端木翊说，要能等，十年后再来；不能等，以后也不允许招惹秦嫣。

端木翊牙打掉了往肚子里咽，对秦文毅发誓："我等。叔叔您放心，我在大学一定守身如玉，就等着你家闺女。"

端木明德拍打他儿子的脑袋："就这点儿出息。"

这事也就这么不了了之了。

学霸不可怕，可怕的是学霸太认真，就例如秦智，高三上学期落下的课，到了下学期跟坐了火箭筒一样，放眼整个景仁已经没人能赶上他。

高三年级主任非说他这个成绩该去国外名校，整天找秦智谈心，把秦智弄得烦得不得了，由着班主任前忙后帮他弄申请。

收到国外名校邀请的那天，景仁校长还特地全校广播。没人再记得秦智曾经有多叛逆、多荒唐，所有人记得的是那个成绩逆天的天才。

然而这些都与秦智无关,他很冷静地避开所有人的道贺,亲自写了一份邮件拒绝。

校领导连番做工作,甚至跑到了秦家劝秦文毅和林岩。

虽然秦文毅和林岩也很希望秦智能上名校,但秦智已经一不做二不休,直接联系了南城大学。南城大学的校方当然非常乐意录取省第一名的天才少年。

所以秦文毅和林岩根本没有时间开导他,秦智便把自己的前途定了下来。

秦智最终上了南城大学,这座历史悠久的学府虽然和国外名校的名气无法比,但也是南城最好的学校。

他刚定下来去南城大学,南城大学校方就进行了全校通报,那里的学生都极其期待见到这个传说中的学霸。

他承认于桐的话说得不错,大学校园里的确美女如云,可是遥遥望去,却没有那个在他心口留下刀疤的女人,他依然不知道她现在在哪儿。

秦智上了大学后就搬去了学校宿舍,每个月回来一两次,平时似乎也很忙碌的样子,除了偶尔会打电话给秦嫣问问她的学习生活情况,很少主动和家里联系。

面对秦文毅,更是无话可说。

秦智自从和秦文毅摊牌后,"爸爸"这两个字便总是不太能叫出口,偶尔和秦嫣提到他,也总是"老头子老头子"地叫,虽然一开始秦嫣挺别扭,但时间长了,秦嫣也听习惯了。

南禹衡也考上了南城大学。和秦智不同的是,秦智是以甩掉第二名老远的金榜状元进的南城大学,而南禹衡是压着录取线进的。

秦嫣无意中听可哥说过这么一句话:"能不多不少踩着录取线考,也真不是一般人能干出来的事。"

这句话让秦嫣细思极恐。

端木明德本来想把端木翊送出国镀镀金再回来,顺便让他收收心,结果端木翊看秦智留在南城,死活不肯出国。后来他的成绩勉强上了南城财经大学,他老爹想让他学学基本的经济概念,最起码别连账都算不清楚，毕业后再想办法给他搞个名头进公司。

而钟藤，听说钟家把他送去了外地一个很偏的学校，每年寒暑假才会回来，具体是哪里，秦嫣并不关心。

秦嫣成了一名真正的高中生，变化最大的应该就是身体了。她长高了不少，脸上的婴儿肥也稍稍褪去，轮廓更加精致，不再是小萝卜头的样子，越来越显出少女袅袅婷婷的姿态。

3

自从哥哥和裴家的事发生，秦嫣和裴毓霖这朋友是做不成了，但秦嫣并没有把裴毓霖做的那些事情告诉陆凡和范筱萧，纵使几人上了高中还是分在了一个班，但秦嫣再没有和裴毓霖说过话。

裴毓霖让一个无辜的女人永远背上了骂名，也差点儿害了她的哥哥，光这两点，秦嫣就永远不可能和这个人做朋友。

有些事情也许真是冥冥中注定。如果不是那时于桐突然出事，如果不是秦智被裴家人压着，如果不是钟家的计划让南禹衡感到整个东海岸陷入危机，如果不是那个幽暗的午后，南禹衡从小看到大的女孩儿在他面前哭得那么伤心，他是万万不可能这么早拿出这片金羽。

当金羽暴露在阳光下的那一刻，南禹衡多年来的隐忍和极力隐藏的锋芒也尽数暴露在阳光下。

钟昌耀终于注意到了这个南家遗落在外的少年，也有不少人开始暗中调查他和南家哪个派系有关联。

南禹衡上了大学后没有住校，他的身体不太适合和那么多人挤一间宿舍。他依然偶尔去学校，也依然住在东海岸。

在秦嫣上高中后不久，隔壁南家终于有了大人，说是南禹衡的姑妈一家搬来东海岸照顾南禹衡。

他姑妈南虞的儿子和秦嫣一样大，转到了景仁，进了秦嫣的隔壁班。

他的名字随母姓，也姓南，叫南舟，但性格和他表哥南禹衡天差地别。

南舟开朗热情，长得阳光帅气，转到第一天景仁就跑到隔壁班找秦嫣和范筱萧，说他是南禹衡的弟弟，她们以后的邻居。范筱萧立即发挥了她的八卦专长，将南舟从头到脚盘问了一番，没想到南舟知无不言，言无不尽，搞得一点儿神秘感都没有，让范筱萧失去了兴趣。

南舟看着坐在一边安静的秦嫣，拽了下她的小辫子，大摇大摆地笑着回了班。

之后秦嫣还和秦文毅嘀咕，为什么南禹衡姑妈他们以前不来照顾，南禹衡都这么大了，还要他们来照顾什么。

秦文毅讳莫如深地没搭腔。

让秦嫣更奇怪的是，自己家和南家这么近的关系，南家来了大人，秦文毅却一次都没有带着她去正式认识，就像没这回事一样。

有一次秦嫣在门口碰见了南禹衡的姑妈，那个叫南虞的、长得有点儿强势的女人，秦嫣客气地对她微笑点头。

正好南禹衡从南虞身后的那辆车上下来，南虞还特地问南禹衡："这个女孩儿是邻居吧？"

南禹衡却非常清冷地转身往南家走，丢下一句："嗯。"

那反应就跟对待陌生人一样。

秦嫣站在不远处，心情复杂极了。

不知道什么时候开始，南禹衡对她的态度发生了微妙的变化，例如她发信息问南禹衡秦智在学校的情况他也会回，可每当在家门口碰见时，他又一副冷冰冰的样子，对她爱答不理。

正在秦嫣有些内伤时，南舟从车上另一边拉门下车，笑着喊道："秦嫣，你去哪儿啊？"

秦嫣这才回过神来说："去小小家写作业的。"

南舟非常热情地跟她妈说："她就是住隔壁的秦嫣，我跟你说过的，跟我一个学校的小才女。"

南虞重新打量了一番秦嫣，南舟又立马对秦嫣说："你现在没什么事吧？来我家吃大闸蟹，新鲜的好货。"说完瞥了眼院中，悄声说，"南禹衡不能吃，你来正好和我一起吃。"

秦嫣刚想拒绝，南虞却出声让她一起进来。南虞说话自带一种很强势的感觉，让人无从拒绝，正好芬姨走到门口迎南虞衡，看见秦嫣对她笑了笑。秦嫣的确有很久没去过南家了，又实在想念芬姨，鬼使神差地被南舟拉了进去。

南禹衡回家上楼换了一身衣服，下来只披了一件黑色的针织开衫，看见秦嫣坐在南家客厅，脚步顿了下，随后拉开餐桌，在秦嫣对面落座，没有看她。

南虞回房休息了，南舟拿着才弄好的大闸蟹往秦嫣面前的盘子里放。

芬姨给南禹衡端上清粥，南禹衡便一言不发地坐在他们对面低头喝粥。

硕大的客厅只能听见南舟没话找话瞎聊的声音，南禹衡就像一个毫不相干的外人。

秦嫣抬头看了他好几次，偏偏他一眼也不看自己，让秦嫣心里堵得慌，一不小心手被大闸蟹戳破了，疼得她丢下蟹壳。南舟立马侧过身子抓起她的手。

"哎呀，流血了，芬姨，拿创可贴。"

南禹衡这时倒是抬起头看了过来，目光落在南舟的手上。秦嫣赶忙缩回手，有些委屈地看向南禹衡，可他又收回视线，漠不关心的样子。

南舟给秦嫣贴上创可贴让她别弄了，他从小在海边长大，可会吃蟹了，他帮秦嫣弄。

后来他弄好一整块蟹腿肉，蘸了点儿醋给秦嫣。秦嫣刚准备说谢谢，南舟却送到了她嘴边："别麻烦，直接吃。"

秦嫣愣了一下，南禹衡啪的一声放下勺子，起身离开餐桌。

秦嫣立马跟着站起身喊道："南禹衡。"

他停在楼梯口的身影缓缓转了过来，平静无波地回视着她，问："有事？"

秦嫣咬着唇不知道该说什么，只是这样望着他。

"看来没事。"南禹衡转身上了楼。

秦嫣忽然有种很失落的感觉，就连面对美味的大闸蟹也一点儿胃口都没有，直接回了家。

然而那天晚上秦文毅知道秦嫣下午去了南家，很严厉地让她以后没事不要去南家，也别老去叨扰南禹衡。

自从南禹衡上了大学后，秦嫣见他的次数已经很少了，她觉得爸爸是在提醒她，南禹衡家里现在有大人了，不比从前自己在他家随心所欲。

她也不明白南禹衡为什么要在他姑妈面前表现得对她那么疏离，这种感觉让秦嫣整个学期过得都很郁闷，毕竟一个关系要好的朋友突然不理你了，多少都会有些失落，更何况，她和南禹衡的关系比最好的朋友还要好一点儿。想到南禹衡丰富多彩的大学生活，她就希望自己能快点儿长大。

然而就在快放暑假的时候，东海岸出现了一个可怕的流言。

暑假前的那段时间，忽然很多人在议论范太太。有人说看见她上了钟家大少钟洋的车子不知去向，有人说深更半夜看见范太太挽着钟洋进了五星级酒店，各种传闻四起。

在东海岸这个地方永远都不缺八卦，那些看似光鲜亮丽、身份尊贵的人，实则多半表里不一、道貌岸然。

范家作为这几年才入住东海岸的新家庭，明明没有什么背景，一来便左右逢源、大吃四方，在很短的时间内就打入到东海岸的内部，这要多亏范家有个精明能干的范太太。她八面玲珑的本事很快就让自家的后花园成了东海岸太太们例行聚会的场所。

太太们的下午茶看似是闲聊打发时间，实则中间藏着太多有用无用的信息。而范太太恰恰又是个聪明伶俐的人，她很善用这些信息转化为对自身有利的价值，三年多的时间就成功让范先生当上了东岸商会的副理事之一。

副理事虽然只是一个头衔，但这个头衔能给范先生的生意带来源源不断的商机，因为别人看见的不光是他，而是他背后的东岸商会。

所以一来二去，范家在东海岸越来越有威望，而范家的后花园就成了东海岸最能打听到消息的地方，也是东海岸太太们最喜欢的地方。

有人喜欢，势必就会有人嫉妒。

所以关于她的流言让平时嫉妒她人缘好的太太们暗地里都在冷嘲热讽，恨不得跑到她家门口唾弃一番。

对于这些乱七八糟的传闻，范筱萧非常火大，有次放学还很生气地和秦嫣抱怨："这些人凭什么乱说我妈！无中生有的事怎么能编成这样，都闲得慌吗？"

秦嫣却没有办法搭话。两年前在钟家车库看见的那一幕，至今都在她脑中挥之不去。当时她和南禹衡都没有看清那个男人是谁，可现在回想起来，那天是钟藤的成年礼，钟家旧车库根本没有客人过去，能知道那个地方又能轻易打开钟家备用汽车的，只有钟家人。

秦嫣想起钟洋在外的花名，倒也觉得流言多了几分真实性。只是面对范筱萧生气的样子，秦嫣无法睁着眼睛说瞎话，只能沉默不语。

4

放暑假前的几天，秦嫣和范筱萧约着去学校拿册子。那天学校人不多，她们拿完册子便出了校门，往学校附近才开的一家书吧走去，打算到那儿坐一会儿。

路过一个巷口的时候，忽然一群高大的男生慢悠悠地走了出来，堵住了她们的路。

范筱萧和秦嫣挽着胳膊，不自觉退后一步，秦嫣侧头朝巷子里看去，还有几个男生站在里面，其中一个便是好久不见的钟藤。

他穿着一件黑色的紧身T恤，一条有些松垮的牛仔裤，目光也落在了秦嫣身上，忽然扬起似笑非笑的神情对外面的二刚说："把她们拉进来。"

二刚上去就要拽她们，秦嫣拉着范筱萧退了一步，怒视着二刚："我们有脚。"

钟藤的笑意更深了。他有将近一年时间没有见到秦嫣了，她的头发长了些，如今已经快及腰了，微风吹拂着天鹅绒般柔软的发丝，钟藤脑中闪现出她披着长发拉大提琴的样子，一定很美。

范筱萧警惕地看了看周围，偏偏这条路上一个人都没有，巷子外的男生把两人围住，逼得她们只能往巷中走了两步。

钟藤本来懒散地靠在墙上，忽然悠悠站起身往对面的秦嫣走来。范筱萧拽着秦嫣的胳膊防备地盯着钟藤，秦嫣倒是没有任何躲闪，有

些冰冷地问他："你堵我们路干吗？"

钟藤走到秦嫣面前，低头睨着她柔嫩俏丽的脸庞，突然说："长高了。"

一句没头没脑的话让秦嫣脸色更加难看，语气也差了几分："关你什么事。"

钟藤也不恼，摸了摸自己的头，噙着一丝笑意："头剃了。"

秦嫣这时才注意到他不知道什么时候剃了光头，现在已经又长出了短短的黑色头发。

这倒让秦嫣突然想起从前在他成年礼上对他说的话：清看剃头者，人亦剃其头。这句话的意思其实是说恶有恶报，他那天非要请她跳开场舞让她难堪，那她也只能以其人之道还治其人之身，只是没想到，他真把头剃了。

只不过这样看上去并没有好几分，反而让他看起来更坏了些。

秦嫣看了看周围，大概有五六个很高的男生虎视眈眈地盯着她们。她皱了皱眉，说："你带这么多人过来，就是想告诉我你剃头了？"

一句话说得周围的男生哄然大笑。

钟藤黑着脸瞪了眼旁边的人，转头看见秦嫣眼里的敌意，也收起了所有表情，冷硬地对秦嫣说："我今天是来找她的，和你没关系，你走吧。"

旁边两个男生让开道，范筱萧看着钟藤凶神恶煞的样子，紧紧攥着秦嫣的衣服不敢说话。

秦嫣看了眼巷子外面，一咬牙，抬起头对钟藤说："我不走，有什么事你现在问。"

钟藤冷笑一声："我说话你听不懂是吧？我今天要找的人是范筱萧，她妈既然能为了上位搭上我哥，这种女人的女儿我倒想看看是什么样子。他们范家的名声已经臭了，你秦嫣干干净净的，难道也想留下来污掉自己的名声？"

钟藤一脸邪气，范筱萧不知道这些男生要对自己做什么，吓得瑟瑟发抖。

秦嫣干脆将范筱萧拉到自己身后，顺势将手中的手机塞到范筱萧手里，然后看似维护她般站在她身前直逼钟藤："你亲眼看见的？你有什么证据在这儿胡说八道？又凭什么把她扣留在这儿？"

钟藤像看一个生气的玩偶一样戏谑地盯着秦嫣："是我看你顺眼给你脸不动你，你倒蹬鼻子上脸了。想要证据是吧？我给你。"

说完他从身上掏出手机按了两下，然后手机里突然传出一阵难以描述的声音。

秦嫣的脸瞬间就白了，那个声音她听过，就在两年前的钟家车库。

她不知道钟藤怎么会有这种东西，但那的确是范太太的声音，既然秦嫣能听出来，站在她身后的范筱萧自然也能听出来……秦嫣赶忙回头看范筱萧。

只见范筱萧突然发狂地朝钟藤扑了过去喊道："你给我！给我！"

钟藤到底个子高，轻易就用手挡住了范筱萧，将她推倒在地。范筱萧狼狈地坐在地上哭得喘息不止。

秦嫣握起拳头愤怒地看着钟藤："人渣！"

钟藤看见秦嫣如此仇恨的眼神，有些愣住。

范筱萧几近崩溃地在几个男生嬉笑的表情中哭喊着："关掉！关掉！我求你关掉！"

秦嫣一边拉范筱萧一边回头，用一种钟藤从来没有见过的眼神死死盯着他。

钟藤什么也没说，低头把声音关掉，将手机放进裤子口袋中，面无表情地说："秦嫣我再跟你说一次，这是我们钟家和他们范家的恩怨，跟你没关系，你要再不走，今天也别想走了。"

秦嫣看着渐渐围拢过来的男生也很害怕，她从来没有被人这样围堵过，可她身后的范筱萧更害怕。

不止害怕，此时此刻的范筱萧在听见刚刚的音频后，所有的信念轰然坍塌，她简直心如刀绞。她所相信的真相在她面前土崩瓦解，那种羞耻感让她心痛不已。

钟藤冷酷地站在男生中央，冷眼看着几人朝两个小女生围过去。

秦嫣终于开始慌乱，和范筱萧抱作一团，却在这时，一个男生被人从身后提着衣领拽了出去，秦嫣眼睁睁看着南禹衡走进人群中央，

挡在她们面前。

　　刚才在混乱中范筱萧根本来不及找号码,随便乱按滑到了南禹衡的名字,然后手机便一直是拨通的状态,所以他们这里的情况南禹衡在电话里全都听见了。

　　此时他站在钟藤面前,声音冷到极致:"你的做事风格还真不像钟家走出来的人,她们好歹住在红枫山,你想过动她们的后果吗?"

　　钟藤舔了舔牙槽,眼里尽是厌烦之色:"又是你?你跟我杠上了是吧?"

　　南禹衡侧头对秦嫣说:"荣叔的车停在外面,你带她先走。"

　　钟藤立马伸出手:"笑话,你说走就走,这里我人多你人多?"

　　南禹衡却不轻不重地说:"你不是说我跟你杠上了吗?好,我今天就跟你杠上了。把她们放走,我不叫人,我留在这儿。"

　　钟藤突然张狂地笑了几声:"你自找的。"

　　"对!我自找的。"

　　钟藤拍了两下手,侧过身子:"好,我让小妹妹们走,今天就好好跟你算算旧账!"

　　秦嫣出了巷子就打给了秦智,这件事毕竟事关范太太的声誉,秦嫣没有报警。

　　秦智让秦嫣先把范筱萧送回家,他马上赶过去。

　　路上,范筱萧一直紧张地握着秦嫣的手,问她南禹衡会不会有事,钟藤那边那么多人,南禹衡身体又不好,万一出点儿什么事……

　　说到后面,两个小女生脸都白了,特别是想到钟藤和南禹衡一直不和,好几次都要动手,秦嫣整颗心都拎了起来,不敢继续想象下去。

　　可让秦嫣没想到的是,秦智还没从城中赶回来,南禹衡已经回到了东海岸。

　　秦嫣从房间的窗户老远就看见他的身影,立马跑下楼,推开院门就朝着他狂奔而去。

　　盛夏的午后知了鸣叫,落叶纷飞,她一头长发在风中狂乱地飞舞,眼里盛满了惶惶不安的焦急。

那个画面刻在南禹衡的脑中很久，久得他在之后好几年里每每午夜梦回，总会想起来。

秦嫣狂奔到他面前，气都喘不上来，上下打量着他。而南禹衡穿着干净的白色T恤，卡其色的休闲裤，双手悠然自得地插在裤子口袋里。

见秦嫣叉着腰累得话都说不出来，他低下头说她："你跑什么？"

秦嫣好不容易把气喘匀了，抬头便问道："你没事吗？钟藤没对你动手吗？我以为他肯定不会放过你了，我还打电话给我哥叫人来了，你是怎么回来的啊？"

秦嫣神奇地看着面前的南禹衡，他头发纹丝不乱，衣服平整干净，神色淡定从容，像刚遛弯回来的样子，根本不像跟人打过架，实在好奇他到底是怎么回来的。

谁知道南禹衡还真回答了："走回来的啊。"

秦嫣喘了口粗气："你没跟钟藤打架啊？他怎么肯放你回来？"

南禹衡低眉斜了她一眼，而后抬起脚步缓缓走着："你一个小女孩儿怎么整天就想着打架，能动脑子干吗要动手？"

秦嫣更蒙了："那你干了什么啊？"

南禹衡微微眯起眼睛："你现在难道不应该打电话给你哥？还问一堆有的没的。"

"哦，对哦。"

秦嫣赶忙拿出手机打电话告诉秦智不用喊人了，南禹衡已经安全到家。

匆匆说了几句挂完电话，秦嫣转身问南禹衡："和我哥说过了。对了，那个……"身后却空无一人。

南家的院门一开一合，那位仁兄已经回家了。

第二天，端木翊一早就跑来秦家，踹开秦智的房门就跟他说："兄弟，我跟你说个事给你乐呵乐呵！昨天下午，我从我家游戏室窗户亲眼看见钟家老头子大发雷霆，屋都等不及进，一下车就踹了钟藤一脚，哎哟喂！你真不知道我那个心情酸爽啊，真恨不得下楼跟钟伯伯说别伤着脚，我来，我来，哈哈哈……"

秦智的房门开着，秦嫣自然也听见了。她走到隔壁，靠在门框上："不会吧，南禹衡昨天直接把钟藤他爸叫过去了？"

端木翊好奇地问："关南禹衡什么事啊？昨天发生什么事了？"

秦智和秦嫣对看一眼，都自动选择沉默以对。毕竟牵扯到范太太和钟洋的丑闻，告诉端木翊这个大嘴巴，等于告诉了整个东海岸。

第十四章 友情破裂

"你让我怎么办……"

1

范筱萧消沉了好几天,但也不敢问她妈此事,只能偷偷跑来找秦嫣哭。哭了几天倒也没事了,毕竟还得回家,还得生活。

那年暑假秦智想去海市转转,秦文毅说一家人好久没有一起出去旅行了,便决定全家一起去海市待些日子。

等他们旅行回来后,暑假已经过了一半。

有天中午范筱萧跑来找秦嫣,支支吾吾半天,后来干脆直接挑明了,问秦嫣:"你喜不喜欢南禹衡?"

彼时秦嫣正抱着一盒酸奶,听到范筱萧的话差点儿呛到:"什么意思?"

范筱萧看着秦嫣的眼睛,认真地问道:"就是女生对男生的那种喜欢,你喜欢他吗?"

秦嫣震惊了半晌才喃喃地说:"我跟他从小一起长大,我小时候字都是他教的,当然喜欢他了。但,也许和你说的喜欢不是一种喜欢吧。"

范筱萧眼珠子转了转,继续问道:"你好好想想,是不是那种喜欢?"

秦嫣正儿八经地想了想,可范筱萧的问题太突然,她大脑一片混乱,

看着范筱萧反问道："你不会喜欢上南禹衡了吧？"

范筱萧没动，两只眼睛炯炯有神地盯着秦嫣。

秦嫣把酸奶放在一边，惊讶地说："真的啊？我怎么不知道啊，天啊，你喜欢南禹衡？"

范筱萧赶紧摆了个"嘘"的手势，将秦嫣的房门关了起来，有些激动地对她说："你不觉得他很特别吗？他和我们学校其他男生都不一样，我说不上来，就是感觉他很厉害。

"上次他从钟藤手中轻易就把我们救了出来，不费吹灰之力就脱身了，你不觉得他很厉害吗？

"大勇若怯，大智如愚，说的就是像南禹衡这样的人吧！从来没有一个人让我有这种感觉。"

秦嫣看着范筱萧眼里的钦慕，陷入了沉思。

其实仔细想想，似乎从小到大，南禹衡虽然一直很低调，在外人看来没什么存在感，可秦嫣只要遇到烦恼的事，他总能润物细无声地化解，这就是范筱萧口中的大智慧吧。

范筱萧见秦嫣一副被吓到的样子，有些不好意思地笑了。秦嫣从没见过范筱萧露出这种小女生的娇羞，便也跟着笑了。

范筱萧有些紧张地握着秦嫣的手："你知道吗，你和南禹衡关系最好，我真怕你也喜欢他。你出去旅游这段时间，我一直在担心这个问题，你要是喜欢他，我真不知道该怎么办。"

秦嫣拍了拍她的手背。

范筱萧又有些愁眉苦脸地说："这段时间我一直想喊南禹衡出来吃饭，感谢他帮我解围，可是他没有一次出来过，你说南禹衡是什么想法啊？"

秦嫣摇摇头："不知道，他现在有什么事都不和我说，你看他整天一副高冷的样子，连我都不搭理，要不我帮你问问吧？"

范筱萧想了想："算了，我想自己问，可是他又不肯出来，你能帮我个忙吗？"

秦嫣仰着脑袋："什么忙啊？"

"你帮我约他出来看电影，到时候看个什么文艺爱情片，气氛好的时候再问。"

秦嫣说南禹衡肯定不会答应去看电影，她从来没见过南禹衡看电影。

就在范筱萧愁眉苦脸的时候，秦嫣突然灵光一闪："我有办法了，我们试试看。"

于是她用自己的手机发了一条信息给南禹衡：有空吗？下午去看电影吧。

两人忐忑地盯着屏幕眨巴着眼，过了好久那边才回：不去。

范筱萧一头栽在床上大喊："怎么办啊！"

秦嫣立马又回了一条：那下午三点钟在大洋广场门口等你，你不来我就不走。

说完她直接关了机，拉着范筱萧赶紧出门，就怕万一南禹衡打不通她电话，直接跑她家来告诉她不去。

于是她们俩早早来到大洋广场，范筱萧还让秦嫣陪她买了一条新裙子。

如今范筱萧的个子比秦嫣还要高一点儿，虽然皮肤依然不算白，但上了高中会打扮后，倒也比从前漂亮多了，有种很健康的感觉。

范筱萧穿着新买的黑色连身裙，看上去比她的真实年龄成熟一些，还透着点儿小性感。她有些紧张地问秦嫣好不好看。

秦嫣说不出为什么，心里闪过一种很陌生的异样，可她依然笑着说："很漂亮，反正我很喜欢。"

炎炎烈日，她们站在大洋广场门口等了好久都没等来南禹衡，范筱萧越来越失落，秦嫣安慰了她两句。就在电影开场前十分钟，秦嫣忽然看见街边缓缓停下一辆车，然后便见到了那个熟悉的身影。

秦嫣激动地跑了出去对南禹衡招手，满脸兴奋、手舞足蹈的样子，连鼻子热得冒了汗都不管不顾。

南禹衡刚想说外面这么晒怎么不去商场里等，就看见秦嫣身后的范筱萧同样一脸期待地盯着他。

南禹衡的眼神在秦嫣脸上扫视了一圈后落到了范筱萧身上，再不经意地转了回来，便听见秦嫣催促道："快进去吧，电影要开始了！"

南禹衡微微挑了下眉,有些不悦地摸了下脖子。

范筱萧点点头跟在秦嫣旁边,又回头看了眼南禹衡,害羞地说:"快点儿吧。"

三人走进狭窄的电梯。电梯门是两扇镜子,秦嫣憋笑地用手肘撞了撞范筱萧,把范筱萧往南禹衡那边推,范筱萧也低着头,脸色红润。南禹衡一个人站在另一边。

透过镜子里可以很清楚地看见旁边两人的小动作。他漆黑的眸底没有任何波澜,电梯门一开便大步走了出去。

秦嫣落在最后,赶紧放出手机铃声,然后佯装接了个电话,像之前设想的一样,急匆匆地跑到两人面前,说陆凡让她送个东西过去,很紧急,让范筱萧和南禹衡先去看电影,她要是能赶回来就看下半场,赶不回来让他们自己安排。

南禹衡全程面无表情地站在一边冷眼看着她表演,直到秦嫣如释重负地转身跑进电梯,他才收回视线。

从中午范筱萧告诉秦嫣这个消息起,秦嫣就挺蒙的。她一直觉得南禹衡和范筱萧是她最好的朋友,就连刚才她陪着范筱萧一起约南禹衡,一起买衣服,一起等他,都挺兴奋,这也是她没有经历过的期待,一切都那么新鲜和好奇。

可当秦嫣一个人走出大洋广场时,炙热的太阳烘烤着她,她突然有种被人抽筋剥皮的感觉,这种感觉她长这么大从来没有过,就像浑身瞬间没了力气,对什么事都提不起劲儿。

本来她还想着出来后自己去书店打发两个小时,等电影差不多结束了再回家,可眼下,她不太想去书店了。

秦嫣就这样漫无目的地走在大街上。车来车往,川流不息,她脑中忽然涌现很多画面。

例如南禹衡和范筱萧在漆黑的电影院,肩挨着肩抱着一桶爆米花,两人距离那么近,看到精彩或者感人的地方,范筱萧落泪,南禹衡搂住她的肩安慰她……

秦嫣忽然停住脚步,猛地摇了摇头把这些画面甩掉。她觉得自己疯了,她抬手捶了捶自己的脑袋继续走。

还没走两步,她脑中忽然又出现了南禹衡穿着西装,范筱萧穿着婚纱的样子,冬天温暖的午后,范筱萧窝在红板凳上,头枕在南禹衡腿上听他读书。

秦嫣再次猛地停下脚步。那张小红板凳是她十岁的时候带去南家的,是她的专用板凳。她心里莫名就有种酸酸的感觉。

可她不明白,明明她和范筱萧关系这么好,想到范筱萧坐了她的板凳为什么会这么难过?甚至在盛夏酷暑的街头竟然有种想哭的冲动。

秦嫣觉得自己的情绪太奇怪了,奇怪到丢人。她无法让自己在陌生的街头流下眼泪,于是加快步子离开了那里,走到附近的河心公园。

公园里绿树成荫,排排梧桐枝丫茂密,秦嫣缓步走在公园的小道上,空气中热腾腾的气流让她有些呼吸不过来。

天这么热,公园里也没有人,偶尔在阴凉的地方能看见一两对小情侣,可秦嫣却莫名其妙将他们脑补成了南禹衡和范筱萧的样子。

她无力地坐在公园的石凳上,想到南家的书房,南禹衡安静地捧着书,她趴在地毯上仰着脑袋看他,那时她总在想,南哥哥长得真好看,她想永远都能看到他。

她对他说,我会一直陪着你,以后你就不用一个人了。

可她从来没想过,有一天南禹衡身边会出现另一个人,一个注定要比她和南禹衡更亲近的人。

秦嫣弯下腰,将脸放在手臂间揉了揉。她自己也不知道这是怎么了,为什么今天满脑子都是南禹衡,她从来没有这样过,就像一块大石头堵在胸口,上不去下不来,让人快要疯掉。

直到天际渐渐褪去了颜色,秦嫣才拖着步子离开河心公园搭车回家。

东海岸的傍晚总有很多知了、蛐蛐的叫声,这些声音她从小听到大,从来不觉得有什么,可今天听着,只觉格外吵闹,让她心绪不宁。

穿过几棵高高的松柏,她低着头一副无精打采的样子迈上坡,往家门口走,那条路是通往她家的必经之路。

天空又暗了些,前方的路灯自动亮了,将一个长长的人影投射到秦嫣的脚边,她赫然抬头望去。路边的叶子被风卷过,云彩被太阳烧

化了消失在天际,远处老榆枝飒飒作响,这一切的一切都被调成了慢动作。

清淡的草木幽香伴着滚滚热浪钻进秦嫣的呼吸中,灼烧着她的喉间,让她突然哽咽,她停下脚步,深深地望着靠在路灯上的南禹衡。

温润如玉,清幽雅致。

2

秦嫣右脚的白色球鞋在地上磨蹭了一下,看见南禹衡的刹那,眼里便覆上了一层朦胧的水汽,傍晚的微风撩拨着她的发丝,让她清纯的脸颊显得更加柔和。

南禹衡立起身子,转眸看向秦嫣。他的眼神是那样的温润深幽,含着某种魔力,就像带电一样,透过空气传到了秦嫣身上,让她甚至连手指尖都在微微轻颤。

南禹衡先开了口:"怎么这么晚回来?"

他的语气并不算友善,让秦嫣察觉到他似乎已经站在这里等了她很久。那犀利且略带压迫的目光落在秦嫣身上,她立刻就明白过来,南禹衡早看穿了她的把戏,给陆凡送东西也只不过是幌子。

秦嫣太熟悉这种眼神了,从前每每她不想练字耍赖皮假装肚子疼的时候,南禹衡都是用这种一眼看穿的眼神凉凉地盯着她,让她所有的伪装原形毕露,所以此时的她不太敢和南禹衡对视。

她声音很小地说:"范太太可能在我家,我和我妈说了跟小小去看电影,所以……"

所以她必须得在外面待到电影结束才能回家,否则就穿帮了。

她的头低到尘埃里,越发心虚。南禹衡的声音慢悠悠地传了过来:"轧马路好玩吗?"

秦嫣的鼻尖立马涌上一股酸酸的感觉,眼泪不自觉充盈眼眶,她摇了摇头,声音哽咽地说:"不好玩。"

南禹衡漆黑的眼底闪过一丝柔软的暗光,他朝她走去,几步立在她的面前对她说:"下次不许干这种蠢事了。"

他的声音像厚重的河水,瞬间冲进秦嫣的心底,那么真实却又那么清晰。

秦嫣忽然就意识到自己对南禹衡的感情，就在这样一个炎炎夏日的傍晚。

她低着头，泪如雨下。

南禹衡拨开她颊边的发丝轻哄道："不哭了，把眼泪擦干。"

秦嫣脸上挂满委屈的泪水，抬起头："没有纸。"

南禹衡望着她湿润的眼眸，此刻她就像一只受伤迷茫的驯鹿，可怜兮兮的。

南禹衡没再说什么，张开手臂，身体凑向她。秦嫣把脸往他胸前蹭了蹭，将满脸的泪水全蹭在了他的衣服袖口上。

想到南禹衡近段时间总是不理她，她不仅没有把眼泪擦干，反而越流越多。

南禹衡看着面前小人抽泣颤抖的肩膀，僵在一旁的手臂犹豫了一瞬，还是缓缓抬起，轻轻拍了拍她的背。

秦嫣不由自主地伸出手臂环住南禹衡的腰，将身体贴在他的胸膛，抱得紧紧的，就像生怕被人丢弃的可怜虫。

夜幕降临，远处的红枫林早已陷入一片黑暗，一个穿着一袭黑色连衣裙的身影隐在红枫树后，就这样看着远处的两人，默默转身离开。

自打他们从海市回来，秦智就在外面找了份兼职，端木翊还调侃他闲得慌，有病才大热天的往外跑，在家打游戏吹冷气多爽。

秦智却依然我行我素，每天一大早骑车去市中心，晚上下班再回到东海岸。他在一家电脑城给人修电脑，电脑城里的同事没人知道这个平时不怕累不怕脏，甚至经常钻到主机下面和那些肮脏的零件打交道的小伙子住在东海岸。

有次端木翊跑去电脑城找他，被他的工作环境吓了一跳，端木翊还劝他，于桐的走不怪他，别总用这种方法惩罚自己。

秦智只是顶着毛巾往嘴里灌冰矿泉水，而后用藐视的眼神斜睨端木翊。

他倒不是在惩罚自己，他只是在体会于桐这些年有可能吃过的苦，

也许比他干的这些更苦、更累。只有这样，秦智才能感觉到，他在和于桐一起经历着这些。

那天下班，秦智像往常一样骑车回到东海岸，车灯照到前方山道边上似乎停了一辆摩托车，他快速朝那个方向骑去。坐在摩托车上的人看见了他，长腿一跨，下了摩托车，几步走到山道中央挡住了他的去路。

直到车前轮快要擦着那人的膝盖，秦智才将摩托车停下，冷冷地看着他："好狗不挡道。"

钟藤不以为意地邪笑了一下："找你说几句话。"

"我和你没什么好说的。"秦智拧了两下油门，机车顿时叫嚣出一阵怒吼。

钟藤耸了耸肩："我就搞不懂了，我虽然不住在你们家门口吧，但也住在东海岸这么多年了，咱们也算半个邻居，怎么你和你妹就这么排斥我，我身上有毒啊？那个姓南的你就把他当兄弟？"

秦智皱起眉头盯着他看了两秒，坐直了身子："两分钟。"

钟藤阴冷地勾了勾唇角："没别的意思，好心提醒你一句，别到最后你把别人当兄弟，别人把你当傻子。你清楚南禹衡的底细吗？他要真把你当兄弟，这么多年遮着掩着？"

"还有你那个妹妹，多好的小姑娘，可别羊入虎口，到时候你后悔都来不及。"

秦智拧眉死死盯着钟藤，钟藤晃悠悠地走到自己的摩托车旁，一步跨了上去，扭头对秦智说："不用谢。"

说完便一踩油门，扬长而去。

钟藤走后，秦智骑着摩托车往家里赶，到家门口时，他忽然刹住，抬头看着隔壁的黑色房子，陷入深思。

随后他摸出手机打了个电话给端木翊，对端木翊说："帮我查个人。"

端木翊还在家打游戏，心不在焉地问："谁啊？"

"南禹衡。"

端木翊立马把游戏暂停，惊讶道："你也要查病秧子啊？"

秦智一听便问道:"还有谁查他?"

"我家老头子前段时间好像查过他,有次我听他打电话说到病秧子。这样,今晚我找我家老头子喝几杯,想办法套套他的话。"

秦智挂了电话走进家门。

虽然端木翊对学习从来没上过心,也经常惹是生非,但好在还不算太浑,从小到大没给他老爹惹过什么太大的麻烦,关于这点,端木明德觉得自家儿子比钟家那小子要省心多了。加上端木翊自从上了大学后,他老爹便把他当半个大人看待,有事没事会和他喝几杯,提前给他灌输一些商界的事,或者捋捋人际关系什么的。

所以当晚端木翊表现出求贤若渴的姿态,想找他老爹喝酒时,端木明德欣然答应。

酒过三巡,端木翊自然而然地把话题往南禹衡身上引,他老爹也没防备,有什么都和端木翊说了。

当天半夜,秦智接到端木翊的电话。

在听完端木翊的转述后,秦智挂了电话,一夜辗转难眠。

3

夏天的假期一眨眼就过去了,范太太一家从前有多么得势,如今就有多么凄凉,东海岸多的是见风使舵、趋炎附势的人。

没人再和范家亲近,因为和范家亲近就等于得罪了钟洋的正牌妻子宋荟,一不小心还有可能得罪宋家,其中的利害关系,东海岸的人看得很清楚。

大概也只有林岩像往常一样和范家走动,并没有被流言蜚语影响。她做事向来有自己的主张,从不会因为一件事而全盘否定一个人,更何况,这个人曾经救过她的命。

所以范太太没事便来秦家找林岩诉苦,这样一直持续到了秦嫣上高二。

东海岸的流言蜚语不多久便传到了景仁,不少人开始对范筱萧冷嘲热讽,特别是像曹田那种曾经被范筱萧"欺负"过的人,更是逮着机会就奚落她。

刚开学的日子，范筱萧每天到学校都会遭到各种嘲笑，人也不像从前那么开朗，甚至放学都不会再等秦嫣一起回家。连陆凡都能感觉出来她们两人的关系经过一个暑假，有些不一样了。

秦嫣知道问题所在，可那件事让她有些尴尬，所以两人便进入了冷战期，陆凡夹在中间左右为难。

很快迎来了校运会，本来上学期就定好开学后的校运会上，秦嫣、陆凡、范筱萧和另一个女生四人参加接力赛，可范筱萧每天一放学就回家了，只留其他三个女生训练。

幸好到了比赛那天范筱萧没有掉链子，还是上了场。

陆凡和秦嫣平时跑得都不慢，所以陆凡第一棒，秦嫣最后一棒，范筱萧第三棒。

秦嫣站在最后一道起跑线上，看着朝自己奔来的范筱萧，心里忽然生出太多复杂的情绪。

范筱萧刚搬来时，她们才上初一，几乎是一见如故，从初一携手走到高二，两人无话不说，关系好得每天腻在一起。秦嫣从来没有想过有一天她们会因为一个男生变得形同陌路，这段时间，她其实一直挺难过的。

此刻看着范筱萧眼里同样满是复杂的神色向着她狂奔，秦嫣心头一热，朝范筱萧伸出手去，可当她接过范筱萧给她的接力棒顺势冲刺时，她万万没想到范筱萧并没有松手。

范筱萧的身体被秦嫣猛地一拉，整个人重重摔在跑道上，当即滚出好远。

霎时间，整个体育场都沸腾了。范筱萧裸露在外的双腿一片血红，秦嫣脑袋发蒙地站在原地，有那么一刻，场边的喧嚣，老师们冲过来的身影，陆凡她们的大叫，都变得虚无缥缈。

在所有人看来，范筱萧之所以会摔得那么重，完全是被秦嫣拽的，或许这在竞技比赛中并不是刻意为之，但多少因她而起。

没人再去管秦嫣，所有人都围着范筱萧，将她送去医院。

她们的接力赛最终没有被记入名次，大家都很沮丧，明明可以得第一的——如果秦嫣没有把范筱萧拉扯摔倒。

虽然没有人指责秦嫣，可班级里那种压抑的气氛让秦嫣抬不起头。

一段时间后，范筱萧出院了，她腿部骨折，暂时不能去学校，只能在家养着。

范筱萧出院回家后，林岩便带着秦嫣去看望她。林岩从学校那边知道了事情的经过，林岩虽然没有责备秦嫣，但去范筱萧家前，依然嘱咐秦嫣见到范筱萧多陪陪她。秦嫣一言不发，跟着妈妈出了家门。

那天正好是周五，在家门口碰见才从学校回来的秦智，林岩问他吃饭了没，正说着话，秦嫣看见南禹衡从范家走了出来。

各种情绪交会在秦嫣的胸口，那种心脏闷闷的感觉让秦嫣的眼神直盯着他。

南禹衡感觉到了她的目光，也转过头来。林岩对南禹衡点了点头，南禹衡几步走到他们面前和林岩问了声好。

林岩问他："你才从范家出来吗？"

南禹衡的眼神扫向了站在林岩身后的秦嫣，她的小脸紧绷着，一双浑圆的大眼里透出倔强的光来，牢牢盯着他，似在控诉什么一样。

南禹衡回答林岩的话："听芬姨说小小出院了，去看看。"

"我正打算和秦嫣去看看她。"

南禹衡让开身子："那你们先去吧。"

林岩往范家走去。秦嫣跟上妈妈，走了两步又回过头看着南禹衡。她不知道刚才南禹衡去看范筱萧时，范筱萧跟南禹衡说了什么，可她想告诉南禹衡她没有，她没有故意让范筱萧摔伤。

只是那么一眼，南禹衡对她露出一个浅笑。秦嫣收回视线，跟上了妈妈的脚步。

当她们走后，靠在自家院墙上的秦智才对南禹衡开口道："谈谈吧。"

南禹衡转过身看着秦智晦暗不明的神色，问道："谈什么？"

秦智直起身子，漫不经心地抛着手上的打火机："你从来没说过你家里的事情，为什么？"

南禹衡垂下视线没有出声，秦智便自顾自地说道："因为你爸自从为了你妈跟南家反目，南家人就想方设法除掉他。我不知道你是怎

么能在那种情况中生存下来,但很显然,这么多年你也没能摆脱南家,你家住着的那几个人是来监视你的吧?

"你和南家的关系可以说,他们一方面不承认你,一方面又想控制你,你要不是有什么保命的东西捏在手上,恐怕也早被除掉了吧?

"所以你始终隐瞒你和南家之间这种相互掣肘的关系。

"我家老头子知道你的处境吗?"

南禹衡抬起头,目光幽暗地迎上他。

秦智歪了下唇:"恐怕心里也清楚吧。"

说完秦智走开几步摸出一根烟,打火机在夜空零星一闪,将烟点着,深吸一口后,抬起头有些怅然地吐了出来。

"你帮过我,以后不管你遇到再大的事,只要用得到我秦智的地方,我不会犹豫,唯独我妹,我不能让她跟你冒这个险。"

南禹衡浓密的睫毛微动了下,秦智侧头看向他:"你和我一样,从小看着她长大,你知道她心思单纯,你忍心把她拉进大染缸里?忍心看着她的命运有可能像你妈一样?"

南禹衡侧过头去,那双幽暗的眸子在漆黑的夜里暗潮翻涌。

秦智皱起眉深深抽了口烟:"她比你小,要是以后真昏了头,希望你不要犯浑。"

说完秦智把烟踩灭,拉开院门进了家。

月凉如水,丝丝入扣,冷入人心,南禹衡默默转身,朝着苍茫的黑夜走去。

秦嫣跟妈妈一起到了范家,林岩问候了范筱萧几句便被范太太邀去客厅喝茶,留秦嫣一个人在范筱萧的房间。

范筱萧似乎更瘦了一些,她靠在床头低头看着手机。曾经那么熟悉的两个人,如今单独待在一个空间里,气氛却冷到极致。

秦嫣走到她床对面的写字台,范筱萧没有抬一下头,空气陷入一片安静。

就这样不知道过了多久,秦嫣突然开了口:"你故意的?"

范筱萧依然低着头划拉手机,仿若没听到般。

"故意让别人觉得是我害你摔倒的?"

范筱萧放下手机,轻蔑地侧过头去:"你认为我在陷害你?"

"难道不是吗?"秦嫣秀气的眉毛拧在一起。

范筱萧有些嘲弄地说:"我告诉你秦嫣,我要真想陷害你,能做得让你根本看不出来。"

秦嫣的眉头皱得更紧了,她用一种陌生的眼神望着范筱萧。

范筱萧眨了下眼,低下头看着自己的手:"我是利用你摔了这一跤,这样,我就可以好几个月不用去学校,不用面对那些每天等着笑话我的人,还能让南禹衡来看我。就算全世界的人都认为你秦嫣是无意中把我弄倒的,但南禹衡清楚我们之间的矛盾。"

秦嫣立马握紧拳头:"你想利用这一跤让南禹衡误会我?范筱萧,你的手段让我恶心。"

范筱萧像听到什么好笑的事情一样转过头:"恶心?"她眼里噙上一抹阴毒,"你知道刚才南禹衡临走前跟我说了什么吗?"

秦嫣气得身体微微发抖:"什么?"

范筱萧压低了声音,吐出几个字:"我就不告诉你。"说完冷笑一声,再次低头看手机。

秦嫣再也待不下去,转身离开了房间。

她刚走,范筱萧就烦躁地将手机扔在一边。

自此,秦嫣整个高二上半学期再也没去看过范筱萧,她也很少看见南禹衡,即使偶尔发信息给他也石沉大海,明明就住在隔壁,却像隔着千山万水,见一面都难。

秦嫣并不知道秦智和南禹衡那晚的对话,她以为南禹衡信了范筱萧的话才对她渐行渐远,所以忽然之间,她有种被两个最亲近的人抛弃的感觉。

4

那段时间秦嫣经常一个人回家,倒是南舟看秦嫣总是落单,便在秦文毅有时候没空来接她时等她放学,说反正顺路,如此秦嫣也能偶尔从南舟嘴里听到关于南禹衡的只言片语。

之后的某个晚自习，尽管秦嫣一再强调她今天会迟一些，让南舟不要等她，可南舟依然不肯走。

晚上九点以后，班上人走得差不多了，秦嫣把第二天的功课整理完也拿起书包出了教室，走廊已经关灯，只有几个拐角处的壁灯发出微弱的光亮。

秦嫣像往常一样洗完手下楼，可刚从洗手台出来，她突然被人拽到了一间空荡的教室。那里黑漆漆一片，外面的走廊也没有光，秦嫣急得双手胡乱挥舞。

那人捂住她的嘴对她说："是我，南舟。"

秦嫣拍了拍他，他才松开手。秦嫣捂着胸口喘着气："你吓了我一跳，你怎么还没走？不是让你先回去吗？"

说完秦嫣便感觉南舟今天有点儿不对劲儿，他眼神不停闪躲，又离她很近，秦嫣不自在地往旁边挪了一步。

就在这时，学校的保安从远处走廊走了过来。

南舟毫无征兆地将秦嫣往下一拽，躲在教室靠走廊的窗下，避开巡逻的灯光，秦嫣拼命挣扎，南舟狠狠捂住了她的嘴。

路过的保安往教室里随意照了几下，没见到学生，顺势关掉了整层楼的灯，瞬间，整个校园陷入黑暗。

秦嫣四肢并用推打南舟，黑暗中南舟急不可耐地对秦嫣说："你别闹，你听我说，听我说句话。"

秦嫣惊恐地问："你要干吗？"

"我喜欢你！"

秦嫣完全被吓住了，她用劲儿扭动着被抓得死死的手腕，对南舟说："你先放开我，学校门要关了。"

"我不放，你先答应我。"

秦嫣快急疯了："我答应你什么呀？"

"答应做我女朋友。"

"不可能！"南舟鲁莽的行为把秦嫣激怒了，她几乎是吼出声的。

南舟看着她竭力挣扎的样子也有些恼火，手下的力道越来越大。

等在校门外的秦文毅见学校灯都灭了，女儿还没出来，便跑到传达室询问。保安说里面都巡逻过，没学生了，还跟秦文毅说他女儿会不会已经回去了。秦文毅斩钉截铁地说不会，他女儿从来不会不打招呼自己回家，他非要进去看看，那样子，凶得跟要打架一样，最后几个保安没办法，带着秦文毅一起上楼。

当一群人发现动静打开那间教室的门时，就看到南舟正在纠缠秦嫣。秦文毅当即大步跨进教室，从地上拎起南舟，按在讲台上。

要不是几个保安拦住秦文毅，事态也许一发不可收。

秦文毅将外套罩在女儿身上，把她牢牢护在怀里，叮嘱几个保安嘴巴紧点儿，便带着秦嫣和南舟直奔南家。

那天秦文毅大概气疯了，直接砸了南家大门，南禹衡和南舟的父母全下来了。秦嫣披着衣服站在爸爸身后，秦文毅进了南家，直接将南舟扔到南家人面前。

南虞看到儿子惊叫道："谁打的？"

秦文毅怒气冲冲地指着南舟："问问你儿子干了什么混账事！我警告你们，要是再看不好自己的儿子，我直接废了他！"

南禹衡站在南虞身后，打从秦嫣一进门，他看见她裹着秦文毅的衣服瑟瑟发抖的样子，便已经明白过来发生了什么事。

深色的高领毛衣让南禹衡显得深沉，他的表情前所未有的可怕。

秦文毅丢下这句话，拉着秦嫣转身就离开了南家。南禹衡对南虞他们说："我去送。"

秦文毅刚出南家大门，南禹衡便追了出来："秦叔叔。"

秦文毅停下脚步回过身，南禹衡深锁着眉来到他面前："很抱歉，我一定不会让这样的事再发生。"

秦文毅摆摆手："和你没关系，我刚才发火也不是冲你发的，幸亏小嫣没事。"

南禹衡将视线落在秦文毅身后的秦嫣身上，苍白的月光下，她的身影那么脆弱，看得南禹衡的心揪到了一起。

秦文毅拍了拍南禹衡："行了，我们回去了。"

秦嫣却突然对秦文毅说："等等，我有话想和南禹衡说。"

秦文毅走到自家院门口点燃一根烟。

秦嫣向南禹衡迈了一步，她抬起头，脸色依然有些苍白，眼里含着水雾望着南禹衡，用只有他们俩才能听见的声音问他："要是刚才的事情真发生了，你会怎么办？"

"我会动手。"他说这话时没有任何情感，仿佛只是在说一个事实。

秦嫣眼底浮上一层温热，她低声对他说："你知道我为什么会和南舟一起放学吗？因为只有从他那里，我才能知道你今天吃了什么食物，穿了什么衣服，或者，或者去了哪里……"

她声音颤抖虚浮，南禹衡低眉望着她，眼里涌动着汹涌的情绪。

秦嫣知道爸爸就在身后，她努力克制住自己的情绪："你在躲我，我不知道你为什么要躲着我……今天过后，我不可能再和南舟说话了，以后，以后你的消息再也没人告诉我了，你让我怎么办……"

秦嫣仰着头，露出一小段白皙的脖颈，眼里净是脆弱的、让人怜惜的光，就连长长的睫毛上都沾上一层水汽。

南禹衡多年来独自面对过太多棘手的事情，例如他八岁那年要在没有父母陪伴的情况下，独自面对冰冷陌生的医疗器械；例如他十岁那年只身来到东海岸，在这群猛兽野虎中如履薄冰地生活着；例如他上了景仁后，迫不得已承受全校的嗤笑和冷言冷语。

可无论哪一件事，都没有此时此刻面前这个女孩儿羸弱地问他"你让我怎么办"棘手。

他看似神色平静，实则内心早已波涛汹涌，如万丈江水奔腾而来，即将冲垮他最后的理智。

好在这时秦嫣的手机突然响了，她低下头拿出手机，屏幕上显示是陆凡。陆凡很少会这么晚打电话给她。

秦嫣接通电话，立即听见陆凡在电话那头火急火燎地说："秦嫣，小小可能出事了！"

秦嫣下意识抬头看了眼南禹衡："你慢慢说。"

陆凡在电话里告诉秦嫣："我和小小放学后一起回家，路上小小接到钟藤的电话，然后让我陪她去个地方，到了我才发现是个出租屋。钟藤让小小一个人上去，要是她敢反抗，他就会把什么东西发到网上去，楼下好多人一直在哄闹……"

陆凡告诉秦嫣，范筱萧上去前让她不许报警不许喊人，千万不能把这件事张扬出去，可她眼看范筱萧已经进去半个小时了，害怕出什么事，可门口那些人不让她靠近出租屋，她实在没有办法了。

　　秦嫣听到这个消息，心跳得狂快，她匆匆看了眼南禹衡，尽量让语调听上去平稳，然后对陆凡说："知道了，地址。"

　　陆凡说马上发给她。

　　秦嫣一挂电话南禹衡就问她："什么事？"

　　秦嫣很平静地说："没什么事，我走了。"

　　她已经顾不得刚才和南禹衡说的话，匆匆走回秦文毅身边，一进家就打给秦智。秦智还在学校，说马上回来。

　　秦嫣挂了电话对秦文毅说要出去一趟。已经晚上十点钟了，今晚又发生了那样的事，秦文毅自然不同意，问她到底要出去干吗。

　　秦嫣用恳求的眼神盯着秦文毅："我一定要出去！哥马上回来接我，求求你爸爸，不要再问了。"

　　她不敢想象钟藤会对范筱萧做什么，她怕秦文毅继续问下去，她的情绪会控制不住。

　　秦嫣从小到大没有求过秦文毅，这让秦文毅摸不清到底出了什么事情。

　　秦智很快到家，秦文毅再三叮嘱秦智早点儿回来。

　　他们赶到出租屋楼下没多久，秦智喊的那帮练柔道的兄弟也到了。二刚那群人一看情况不对，立马打了个电话给钟藤。秦智直接把二刚的电话夺了过来，对着那头的钟藤喊道："再不放人，我就直接带人冲上去。"

　　彼时范筱萧走进那间出租屋已经有一个小时之久。

　　挂了电话，足足五分钟后，范筱萧的身影才出现在黑暗的楼栋中。

　　秦嫣无法忘记那样的范筱萧。她没有受伤，起码从表面看不出一点儿伤，可她头发蓬松凌乱，衣服褶皱不堪，似从荒蛮的世界尽头拖着疲惫的身体走回人间。

　　在她抬头看见秦嫣的刹那，眼里是死灰一般的颜色。她又把眼神落在秦智身上，然后低下头。陆凡哭着跑上去抱住她。

秦嫣已经忘了那个混乱的晚上她们是怎么回的家，她只知道离开那里的时候，她抬头望向二楼的窗户，钟藤靠在窗边。

她就那样盯着他，如果眼里能射出箭，她一定会将他万箭穿心。

那天晚上，范筱萧始终没有说过一句话，之后也再没去过学校。

范筱萧心里很清楚，当她在那么多人的面前走进楼栋的那一刻，她已经毁了。

可宁愿这样，她也要保全她的妈妈，她的家。

而那晚，秦嫣看钟藤的眼神狠狠扎进了他的心脏，他就搞不懂秦家的人是不是脑子都坏掉了。

那个南禹衡就是枚定时炸弹，靠近他的人随时会被波及，偏偏秦嫣眼里只有他，也只有看着南禹衡的时候，她的眼里才会流露出光来。

钟藤招招手让二刚上来。

既然秦家人认不清形势，他就把形式放在他们眼前，放在秦嫣面前。

第十五章 破茧成蝶

真正的强者练的是心。

1

几天后,荣叔像往常一样载着南禹衡回家,快到东海岸时,汽车被十几辆摩托车逼停,荣叔锁了车门,他们见状直接砸了汽车的前挡玻璃,抓住荣叔。南禹衡怒道:"放开他,我下车。"

而后这群人把他们拖到了巷子中。那条巷子是秦嫣每天回家必经之路,对方早有预谋,就连秦嫣放学的时间都算得清楚。

秦嫣不管不顾向巷子里冲去,钟藤从对面蹿了出去将她一把拉住。秦嫣死命挣扎,对他吼道:"是你干的?放开他们!我让你放开他们!"

钟藤把秦嫣胳膊向身后一折,让她的身体面向巷子里,犹如鬼魅的声音自上而下,透着令人胆寒的戏谑:"怎么是我干的呢?我现在可是和你站在一起,我也不认识这些人。"

秦嫣急得大吼:"放开我!让我过去!"

钟藤俯下身凑到她的耳边,气息滚烫:"那么危险,我怎么能放你过去呢?不如我们来猜猜看,南禹衡敢不敢反抗?"

秦嫣已经疯狂,拼命挣扎,大喊着南禹衡的名字。

被按在墙上的南禹衡听见了她的呼喊,侧过头,幽暗的眸子藏着骇人的寒气,对她凶狠地命令道:"你走!"

秦嫣哭着摇头。钟藤抬起下巴对巷子里的人示意,那些人立马把南禹衡按在地上,十几个人围着他踹。荣叔腿脚本就不好,此时豁出老命扑在南禹衡身上,竭力为他挡去拳脚。秦嫣的心脏像被人撕开,她听见了滴血的声音。

钟藤就这么扼住她的身体,逼她看着这一幕,声音嘶哑中带着恨意:"你给我看好了,南禹衡就是个懦夫,一个废物!他不敢还手,一旦南家发现他有还手的能力,他连命都保不住!你以为整个东海岸只有住在南家的那几个人盯着他?到处都是眼睛,他只能被打。"

南禹衡被压在地上,紧紧地咬着牙承受着那一拳拳一脚脚落在他身上。

所有的画面像混乱而诡异的油画,染红那个黄昏。

南禹衡透过人群牢牢盯着秦嫣。她看见他眼中的隐忍,感受到他心中的悲痛,好似一瞬之间,她忽然全明白了。

她明白了他这么多年来他对人的清淡,明白了他忽冷忽热的态度,明白了他刻意疏离的身影,明白了他一再退缩的成全。

秦嫣猛地闭上眼,眼泪簌簌流下,她读懂了南禹衡的眼神,他在让她走,他不想让她看见这一幕。

他向来孤傲,他不愿意把这些不堪呈现在秦嫣面前,所以多年来才会宁愿被她误会高冷,也不愿告诉她,自己背后满是疮痍、退无可退的处境。

秦嫣忽然停止挣扎,她对钟藤说:"放开我。"

风停了,日落了,钟藤松开了她的手臂。

她缓缓转过身,双目猩红地盯着钟藤,一字一句道:"你今天打在他身上的拳头,总有一天我一定……一定会一下不少地还给你!"

钟藤的瞳孔骤然收缩,怔怔地看着她,他甚至感觉到这个小女生身上爆发出一股强大的力量。

秦嫣没再回头看一眼,她迈开步子疯狂地迎着日落跑去,纵使前路茫茫,她依然在奔跑,一直跑一直跑,不曾停歇,不愿停歇。她不知道路的尽头是什么,可她知道,自此以后,就算等着她的是洪水猛兽,高山荆棘,她也不会停。

不知道跑了多久，从白天到黑夜，从寒冷到浑身湿透，当她出现在秦智的柔道馆时，所有人都愣住了。

那些平时和秦智关系好的兄弟都见过秦嫣，她总是一副乖巧软萌的样子示人，没人见过这样的秦嫣，她好似在一个夕归的傍晚破茧成蝶。

汗水顺着秦嫣的脸颊滴落，她双眼通红，脸上不知道是泪水还是汗水，她用狠毅的眼神望着自己的哥哥，毅然决然地说："教我柔道。"

旁边不明真相的人都没当回事，还在起哄，只有秦智皱起眉看着妹妹眼里的悲恸，告诉她："只有不怕疼的人才有资格来这里。"

"我不怕！我想变强！"秦嫣胸口上下起伏，双眼浸湿。

秦智盯着她良久，突然开了口："真正的强者练的是心，收起你没用的眼泪。"

秦嫣倔强地抬手抹掉了眼眶里的所有泪水，下一秒，秦智直接用夹颈摔将她狠狠摔在地上。周围本来还在说笑的人倒抽一口凉气，整个柔道馆顿时鸦雀无声。

秦嫣背疼得直不起来。秦智的眉皱得比刚才更深了，他居高临下地看着她："不是要学吗？要学就自己站起来。"

秦嫣狠狠咬着牙从地上爬起来，刚站稳，秦智一个动作再次将秦嫣用劲儿摔在地上。

所有人都围了上来，以为兄妹俩吵架了，都在劝秦智，只有秦智知道，他在把秦嫣摔倒时护住了容易受伤的部位，但也的确让她吃了点儿苦头。

就在所有人劝秦智时，秦嫣再次站了起来，一步步走到秦智面前，目光坚定地盯着他，饶是疼得满头大汗，也毫不退缩。

秦智微微眯起眼睛，又一次抬起手。就在他的手快要落到秦嫣身上时，她快速闪身躲避，虽然还是被秦智捉住用过肩摔将她按在地上，但这次却比前两次晚了两秒。

秦智蹲下身看着躺在地上的妹妹，终于露出一丝笑意，朝她伸出手："每天放学过来练一个小时，一个月后验收成果，不合格你就给我回家去。"

秦嫣生生把眼泪逼了回去，抬手紧紧握住哥哥的手。

兄妹俩双手交握之间，秦嫣终于体会到当年于桐离开哥哥时，秦智那种心如刀绞的疼痛，就像有人拿着小刀割下心脏，这种疼早已超越了肉体的疼痛。

那天，秦嫣剪掉了一头长发，开始背着秦文毅和林岩，跟着秦智学柔道。

她想变得强大，她一定要变得强大。如果南禹衡注定要面对地狱，她只有更强大才能和他共同抵挡那些"魔鬼"。

2

这段时间里，无论谁去南家探望南禹衡，芬姨都闭门谢客。

这不是什么光彩的事情，对自尊心极强的南禹衡来说，这是莫大的耻辱，也是他必须受着的耻辱。他不需要那些假意的慰问和关心，他曾经受过的伤比这要严重百倍，所以他清楚，这些伤只能自我修复，在这个世界上，他靠不了任何一个人。

这件事后，变化最大的就是秦嫣。她和南禹衡关系那么好，可整个东海岸的人都去了南家慰问南禹衡的伤势，偏偏秦嫣每天从南家路过，却一次也没停下脚步。

她那头如瀑的长发剪掉了，变成了黑色小短发，显得她整个人少了几分柔和，多了几分干练。而近来她也总是来去匆匆，很忙的样子。

她的状态让秦文毅很担心。

从前秦文毅压力再大，遇到再难办的事，只要回家抱抱女儿，看着女儿讨喜的小梨涡，所有烦恼就都没有了。

他终是不得不承认自己老了，女儿也大了。

那个因为南舟找到南家的夜晚，他站在院门口抽烟，看见秦嫣和南禹衡说话。

纵使他听不清他们的对话，可他清楚地看见了秦嫣脸上的表情。

他也年轻过，也为了一个人疯狂过，他知道那种感觉，也看出了女儿的感情。这件事让秦文毅感觉心口压着一块大石。

他其实一直担心这事成真，从前他还和林岩提起过，林岩劝他宽心，自家女儿只是和隔壁南少自小一起长大，比较熟悉而已。可经过那天晚上,秦文毅意识到事情向着最坏的方向发展了。

当天夜里,他便把自己的想法告诉了林岩,林岩也不像以往那么乐观,眉宇间同样爬上了担忧的神色。

南禹衡出事后,秦文毅和林岩都能感觉出秦嫣心里的压抑,只是她从不把这些悲伤示于人前,但秦文毅看得出,她脸上的笑容变少了。

自从那晚疯狂的行径后,南舟整个人都有些病态,有好几次秦文毅都发现他鬼鬼祟祟地躲在南家小门边盯着秦家大门,还被秦文毅骂过两次。

甚至有一次秦嫣出门去超市买东西,还被他跟踪了。幸亏当时是白天,他也不敢干出什么出格的事。

因为南禹衡受伤,秦文毅不好在这个时候跑到南家大闹,只能不管多忙都坚持每天送女儿上学。而接秦嫣放学的任务便落在秦智头上,他每天把秦嫣接去柔道馆,练完了再送回家。

只是尽管这样,他们的生活还是像埋着一枚定时炸弹,让秦文毅和林岩隐隐不安。

于是两人生出了把秦嫣暂时送出国的想法。尽管这个想法让他们有些于心不忍,女儿从来没有离开过身边,从小到大这么听话,这么乖巧,突然要把她送去很远的地方,让她一个人生活,秦文毅和林岩怎么能舍得?可这样终日惶惶不安也不行……太多的不确定因素让夫妻俩越发忧愁,林岩甚至联系了之前文工团的老师,开始打听国外的艺术类院校。

只是这些,他们并没有告诉秦嫣。

秦嫣每天都会去柔道馆练习,她成了整个柔道馆最拼的姑娘。

从前,柔道馆的老板看见秦智就害怕,那是怕秦智搞破坏;如今,他是看见秦嫣就害怕,因为这个姑娘不知道疼、不知道累,她总是在超越极限的情况下,不断挑战自己的体能,就连那些柔道馆的老人看了都不忍心,经常调侃她说:"小姑娘,你这是要为国争光,参加国际大赛吗?"

秦嫣总是扬唇回道:"不可以吗?"

堵得那些壮汉无话可说。

半个月后的某天,从柔道馆回家的路上,秦嫣终于开口问了秦智关于南禹衡的近况。

秦智告诉她,南禹衡最近在学校申请了单人宿舍,伤好得差不多了。

秦嫣便没再出声。

秦智将秦嫣送到院门前便骑车回了学校,秦嫣看着哥哥远去的背影,并没有拉开身后的院门,而是背着包向着东海岸的山道走去。

她拦了一辆车直奔南城大学,上车后她打了个电话给秦文毅,告诉他今晚自己有事,不回去了。

秦嫣没有夜不归宿过,秦文毅在电话里急了,问她在哪儿,她很平静地告诉他不用担心,她只是去找朋友聊聊。

秦嫣最近寡言少语,总是闷闷不乐的,秦文毅也劝她出去和朋友多走动走动,青春期的女孩儿总是让家长操碎了心,管得太松怕学坏,管得太严怕出事。

可秦嫣从小到大没有让秦文毅操心过,他了解自己的女儿,既然能打这个电话给他,纵使他现在要去把她拎回家,她也不会跟他走的。

秦文毅担忧地叹了一声:"你现在是大姑娘了,得知道轻重。"

"放心吧,爸爸。"

挂了电话,车子很快开到南城大学门口。

秦嫣第一次踏进大学的校门,这里比想象中还要大,长长的林荫小道上种满了粗壮的梧桐,初春的夜晚,风吹起了秦嫣的衣角,不时有大学生从她身旁悠闲地走过,她感受着这里的人文气息,第一次来便喜欢上了这所学校,心里有些期待,甚至有些激动。

她打听到了去单人宿舍的路。门卫不放她进去,她只能在门口拨通了南禹衡的电话。足足响了五声他才接起,然而接通后,他并没有说话,秦嫣只听见电话那头有些沉重的呼吸声。

她对他说:"我在你宿舍外面。"

电话那头一阵安静,秦嫣不知道南禹衡此时此刻是什么样的心情,会不会也像她一样激动和紧张。

只是他很快挂了电话,没两分钟秦嫣就看见了他的身影。

他穿着一件卡其色的风衣,黑色的直筒裤,头发似乎剪短了,更加精神,眉宇之间也更凌厉了一些。

他走出宿舍楼大门看着站在马路牙子上的秦嫣,一时间没认出来,停顿了几秒才来到她面前,盯着她不知何时剪短的发,开了口:"你的头发?"

秦嫣露出浅浅的小梨涡,甩了甩短发:"剪了,好看吗?"

她站在马路牙子上,弯着腰凑到他面前。南禹衡有些不自然地别开眼:"这么晚了跑过来干吗?"

"找你啊。"

"有事?"

秦嫣点点头:"嗯,有事,想你了。"

南禹衡回过神看着她的小脸,不知道是不是发型的缘故,她近来似乎瘦了些,看得南禹衡心里闪过一抹异样,出声道:"我送你回去。"

秦嫣却从马路牙子上跳了下来,抬起头摇了摇:"不,不回去,我和爸爸说过了。"

南禹衡蹙起眉:"越来越野了。"

秦嫣缩着肩膀搓了搓手:"可不是嘛,反正现在又没人管着我训我了。"说着她跳了跳脚,"好冷啊,能想办法带我进去吗?你看我穿这么少。"

南禹衡没有动,只是沉静地注视着她。

秦嫣催促道:"喂,我大老远跑来,你连水都不给喝的吗?"

南禹衡拿她没办法,将身上的风衣脱下来给她穿上。她顶着短短的头发走在南禹衡的右边,被他挡去大半的视线,加上她套着男士风衣,不注意看就像个假小子。

秦嫣就这样跟着南禹衡混进了单人宿舍,一进来,她就"哇"了半天说道:"麻雀虽小五脏俱全,连卫生间都这么好的吗!"

南禹衡坐在书桌边,看着她一会儿看看这里,一会儿摸摸那边,跟个好奇宝宝一样。

随后她进了浴室,还顺手把自己的包也拿了进去,关上门后她又露出一个脑袋说:"那我先洗澡了。"

南禹衡这时才反应过来，随即站起身："你在我这儿洗什么澡！"

秦嫣有些无辜地眨巴了下眼："我才从柔道馆出来，浑身臭汗，你不会连浴室都不肯借我吧？你是这么小气的南禹衡哦？"

说完她很自觉地关了浴室的门，弄得南禹衡一点儿脾气都没有。

这里毕竟是单人宿舍，就一间房和一间小浴室，浴室的门是磨砂玻璃的拉门，在灯光下能显出若隐若现的轮廓。

南禹衡虽然抽出一本书，试图让自己的注意力落在书中，可浴室里传来流水声和沐浴露的香气，还有秦嫣哼的歌声都让他一而再地分神。

他干脆起身给自己倒了一杯水，又拉开宿舍的门走了出去。

初春的晚风有些凉意，吹得他大脑清明了些。

这时，浴室门被拉开了，屋内的人对他喊道："我晚上睡哪儿？"

3

南禹衡拉开门走进宿舍，看见秦嫣短发湿漉漉的，语气低沉道："我这哪里有地方给你睡？"

于是秦嫣环视了一圈，一骨碌爬上了南禹衡的单人床，还把他的被子拉了下来裹住自己，笑眼弯弯地盯着他。

南禹衡被她这副赖皮的模样气得不轻，几步过去就要扯开被子撵她走，秦嫣死死把被子抱在怀中，就是不给他拿开。

南禹衡训斥道："你以为你还小是吧？像什么样子。"

秦嫣看着南禹衡凶巴巴的表情，心里也生着闷气，偏就跟他杠上了，死活不肯妥协。

南禹衡失了耐心，干脆大力将被子一拽，秦嫣到底手劲儿没他大，被子被他扯开。

她本以为南禹衡会将自己从床上扯下来，却看见他的目光落在她的腿上，震惊地问："这些伤是怎么回事？"

秦嫣这时才低头看见自己的腿上青一块紫一块的，立马将腿蜷缩起来，用长长的衬衫盖住，眨巴着一双大眼盯着南禹衡。

南禹衡皱起眉再次问道："我问你怎么弄的？"

"就，我现在跟着我哥学柔道嘛，我哥说摔得多了，就知道怎么样才能摔不倒。"

"你真是胡闹。"

南禹衡和秦智从小就在对待秦嫣的方法上截然相反，秦智总是带着妹妹疯，爬高上低，尽挑大胆的来，而南禹衡则细腻很多。

两人一个文一个武，所以秦嫣身上自小就有心思细腻一面，也有刚毅果敢的一面，这大概跟秦智和南禹衡都离不了关系。

只是此时看着秦嫣那双本来白净的腿上布满了伤，南禹衡到底心头一紧，就势扯过她的手臂把袖子往上一掀，秦嫣努力想缩回去不给他看，可他紧紧攥住了她的手腕。

当看见她手臂上也有青紫时，南禹衡眼里浮上一层怒意："你一个女孩子跑去练什么柔道，能当饭吃？"

秦嫣的瞳孔泛着浅浅的光，像春天暖阳下轻柔的风，她把脑袋磕在弯起的膝盖上，声音低浅："我不想以后拖你后腿，我想有自保的能力，如果可以，还想保护你。"

南禹衡有些不敢相信自己听见的话，他低眸看着她，她受这些苦竟然是为了他。

复杂的心情在他胸口盘旋，让他眼里迸出火光来。他站起身将秦嫣从床上扯了起来，秦嫣赖在床上，最后干脆从床上站起身，比南禹衡还高。

南禹衡伸手拽她，声音里充满威慑力："我送你回家。"他态度坚决，没有丝毫妥协。

秦嫣甩开他退后几步，赤着脚站在床里侧，一副要哭不哭的样子："你为什么搬出来？躲着我吗？怕让我看到你吗？你以为这样就行了？一辈子不见我？南禹衡我告诉你，我不想一直被你保护，我想站在你身边你懂吗？"

南禹衡眉宇渐渐拢起，幽深的黑眸藏着复杂难言的情绪，呼吸沉重地说："你知道站在我身边要冒什么风险？"

"我知道！我不怕！"

"我怕！"

空气突然凝结,两人就这样对望,一个泪眼模糊,一个目光如炬。

夜风微凉,窗帘摇晃,南禹衡深深看着秦嫣,对她说:"你还小,你的未来有很多种可能,但是和我一起,你只有一种可能,这种可能是我最不想看到的,所以我希望你不要任性,该……"

秦嫣几步冲到床边,一把捂住他的嘴,泪眼盈盈地看着他:"我不想听你说这些……"

南禹衡注视着她。他答应过秦智,倘若有一天她昏了头,他不能犯浑,可她蒙着水雾一般迷人的眼睛和轻颤的睫毛,甚至连她白皙的脸颊上那被灯照亮的可爱茸毛都在蛊惑着他……

南禹衡心跳加快,情不自禁地想伸手抚摸她水嫩的脸颊,又在即将触碰到的一刻对上了那双氤氲的眸子,他大脑中的弦狠狠震了一下,他猛地转身,一句话也没说就出了宿舍的门,"砰"的一声把门关上。

等南禹衡再次回来,已经过去了半个多小时,他打开宿舍门的时候,某位少女正盯着手机看某个无聊的综艺节目。

南禹衡进屋后,她的眼神抬了一下,又落回了手机上。

南禹衡兀自进了浴室,再出来时,他已经换上了一套棉质家居服。

秦嫣依然什么话都没说,但是身子往里靠了靠,让出半张床的位置。

南禹衡斜了她一眼,往房间里的沙发上一坐。秦嫣干脆按灭了房间的灯,把床头的毯子裹在自己身上,然后将被子往旁边一推对他说:"坐那儿不冷吗?你盖这个。"说完就背过身去关掉了手机。

南禹衡没有上床,而是坐在床下对着电脑整理了一下论文。看秦嫣半天都没动,差不多睡着了,他才关掉电脑,走到衣柜边拿出另一床被子,躺在沙发上。

可当他刚躺下去,对面的人儿突然转了个身,黑暗中一双明亮的大眼牢牢盯着他。

南禹衡侧过头,那双好看的眼清亮,秦嫣将手压在脸颊边,听见他低声说:"干吗还不睡?"

秦嫣会笑的眼睛弯了起来,露出漂亮的卧蚕。

"看你啊。"

南禹衡不自然地转过身背对着她，秦嫣却开口："南禹衡，以后不许回避我，不然我真不理你了。"

南禹衡突然坐起身朝她走来，到床边蓦地抬手。秦嫣吓得缩成小小一团，以为他要打她的头，结果下一秒被温暖的被窝盖住——南禹衡将被子甩开，罩在了她身上。

秦嫣再睁开眼时，自己已经被他用被子完全裹住。秦嫣不知道怎么形容此时此刻的感受，心口和被裹住的身体一样暖暖的。

南禹衡又回到沙发上躺下，低沉的声音从秦嫣耳边传来："快睡觉，不然就把你扔出去。"

"你舍不得。"秦嫣没脸没皮地说了一句，嘴边洋溢着无法掩饰的笑容，小梨涡在黑夜里绽放。南禹衡也默不作声地弯起嘴角。

可后遗症就是，秦嫣彻底失眠了。

过了二十分钟，她还是眨巴着一双大眼毫无睡意。房间一片寂静，她忍不住用微弱的声音问道："你睡着了吗？"

半晌，南禹衡都没有动静，就在秦嫣以为他不会说话时，突然听见他"嗯"了一声。

"睡着了还'嗯'？"

南禹衡干脆睁开眼，侧头看着她："你到底想干吗？"

他的眼睛在黑暗中太过炯亮，带着滚烫的温度，烧得秦嫣的脸颊绯红一片。

"我不想干吗，我就是睡不着，想听你讲故事。"

南禹衡想起很久以前的某个暑假，秦智去国外做交换生，秦嫣被寄放在南家一段时间。那时候她可真黏人，每次睡不着就吵着要他讲故事。

南禹衡有些无语地坐了起来，半靠在沙发上对她说："我看你是长不大了。"

秦嫣窝在枕头上对他皱了皱鼻子，他眼里噙着笑意："想听什么？"

秦嫣顿了几秒说："想听，你家的故事。"

她如水的眼眸深深地望进他的眼底，试探地问："可以吗？"

这简单的三个字看似是在询问他，实则是在问他可不可以让她走

进他的心里，进入他的世界。

南禹衡审视着她认真的小脸，玩味地笑道："看来你今天是有备而来的。"

秦嫣眨了下眼，满脸诚恳，那模样让南禹衡的眸底溅起一片柔光。但他并没有立马开口，而是沉默了好长时间，也许是在回忆，也许是在梳理，最终他决定从他的妈妈魏蓝和爸爸南振开始讲起。

4

南振第一次看见魏蓝是在当时一个挺有名的古风茶韵会馆，他跟着生意上的伙伴到那里小聚。

那地方有很多年轻漂亮的技艺师，她们通常穿着古典长袍为客人弹奏古风乐曲，以此助兴。

当时魏蓝在那家会馆无人不知，因为她是唯一一个用古琴弹奏的姑娘，但凡听过的人无一不被她吸引，可她的表演并不好预定，有时候提前半个月都不一定能安排上。

南振年轻时百花丛中过，片叶不沾身，三十多的年纪仍孑然一身。

他是南亚德最疼爱的儿子，也是让整个南家最操心的儿子，他留学回来不肯进家族企业，直接去考了飞行执照，跑去开了一段时间飞机，把南亚德气得一病不起。毕竟南家是跑船的，以海为生，偏偏他最看重的儿子非要飞到天上去，就跟刻意跟他作对似的。

后来飞机是不开了，南振自己做起了生意，什么乱七八糟的活儿都干。南亚德说给他五年时间，做不好就回家。

结果南振不仅把生意做起来了，还做得风生水起。南亚德气得不轻，又拿他没有办法。

南振的终身大事是南亚德最操心的。南振的几个哥哥陆续让南亚德抱上了孙子，偏偏南振心野得很，直到他遇见了魏蓝。

南禹衡曾经听爸爸这样描述他第一眼见到妈妈时的印象——娴静犹如花照水，行动好比风扶柳。

魏蓝不仅弹出的曲子行云流水，举手投足、眉眼之间的神韵更是处处透着古典的气息。虽然做着这样的工作，但她身上有种与生俱来的清高，演奏对她来说只是一份工作，她从来不接受客人的邀请，纵使追求她的人不在少数，可魏蓝向来独来独往。

她身上特有的气质吸引了南振，让他着迷。

南振连续去了那家会馆三个月，次次都捧魏蓝的场，偏偏魏蓝从没正眼瞧过他。

之后没多久，南振的生意遇到问题，他本人也出了趟国，回来已是两个月后，当他再次踏入会馆见到魏蓝后，她像往常一样，三曲毕，起身。

可经历了两个月的分离，南振对魏蓝的情感更加清晰，那一天魏蓝转身后，南振再也无法抑制住心里那股冲动。

他直接冲出包间，然而魏蓝已经下班了，她的同事没人知道她住在哪里。她在那家会馆工作了五年，大家对她了解甚少，她总是下了班就不见踪影，平时很少和人亲近。

南振想办法找到了魏蓝的住址。

当他开车到那个地址时顿时傻了眼，那是一间非常破败的平房，四周停着挖土机，墙上画着大大的红色"拆"字，木门随风摇晃。

南振站在那间平房不远处一根烟接着一根烟地抽着，心情复杂。

不知道站了多久，直到房间的灯灭了，然后又突然亮起，紧接着房间里传出一阵异响。

南振扔掉烟，冲到门前大力拍着摇摇欲坠的木门。

魏蓝打开门看见南振时，惊得连话都说不出来。她认得眼前的男人是经常来会馆的大老板，可她甚至连他的名字都不知道，他却在此时此刻，深更半夜突然出现在她家门前。

南振顾不得理会她的震惊，问她出了什么事，她说她爸爸犯病了，她要去医院。

南振二话没说，冲进屋中背起她高位截瘫的老父亲就冲上了车。

那一夜，如果不是南振跑到魏蓝家门口，如果不是南振跑前跑后到处找人，魏蓝的父亲不会捡回一条命。

从此，魏蓝记住了南振，她说她会还他这个恩情，除此之外，她依然和南振保持距离。

直到之后南振将他们一家从拆迁队的围攻下救了出来，魏蓝再也无法忽视这个男人在她生命中的重要性。

南振曾经和南禹衡调侃道："你妈可难追了，我追了好几年才有的你。"

也是有了南禹衡后，南振不顾家族反对毅然和魏蓝领了证。当时迫于形势压力，他没有办法给魏蓝一个正式的婚礼，这是他离开人世前还在懊悔的事情。

南家无法忍受南振娶一个门不当户不对的女人，他叛逆的行径惹怒了南家的长辈，他们不让他认祖归宗。

可南振依然逢年过节带着南禹衡回去看南亚德。

那时南禹衡问爸爸："爷爷不喜欢我们，我们为什么还要回去？"

南振告诉他："你爷爷可以不认我，但我不能不认他，因为他是我爸。"

南亚德在世时，南振时常带南禹衡过去。虽然南亚德从来不会给南振好脸色看，却总是背着南振偷偷塞糖给南禹衡。

只是后来南亚德去世了。

秦嫣心疼地问南禹衡："其实你爷爷还是挺喜欢你的吧？"

南禹衡笑了一下："我那时太小，没什么印象了，只记得我爸每次带我去爷爷那儿，总会把我放下，他自己去外面转悠，我爷爷就让我给他抱抱。我爸只要一回来，爷爷就赶紧把我推开，跟什么事都没发生一样。"

秦嫣咯咯笑了："你爷爷可真逗，还和自己儿子赌气，我要跟我爸生气，他晚上一定睡不着觉。"

南禹衡的笑容渐渐敛了去："爷爷不让我妈进门也是身不由己。我奶奶是我爷爷的发妻，她只生了南佳姑妈和我爸，而我爷爷的其他三房娘家势力都不弱，她们也有自己的孩子，我爷爷老了，各房都在为自己盘算。我奶奶走得早，他们就抓着我妈的身份不放，说我妈如果进门，等于打南家女人的脸。

"我爸一直没太过问南家的生意，我爷爷老了以后，生意慢慢被几房瓜分，他们逼得我爷爷只能权衡利弊，做出这样的选择。"

"但是他在世时,我们家还算安稳,没人敢明着动我们心思,只是他后来走了……"

秦嫣突然想起什么:"那住在你家的那个姑妈……"

"南虞是二房王太太的女儿,我爷爷当时迎她进门,好像也是因为生意上的事情迫不得已,所以王太太不得我爷爷喜欢,只有南虞一个女儿。"

"好乱啊,你可别遗传你爷爷这点。"

南禹衡笑了笑:"你以为他想啊,谁会没事找一堆女人到家里搞斗争,很多时候我爷爷也是身不由己。"

秦嫣想了想,自己的家庭还是很简单的,没那么多人,那么多事。

南禹衡见她皱着眉,声音里透着一丝玩味:"现在觉得头疼了?你看东海岸现在有多少双眼睛虎视眈眈地盯着我,我背后还有整个南家压着,前有狼后有虎,你赶紧离我远点儿。"

秦嫣翻身坐起,说:"我才不怕!我只是在想以后怎么帮你对付这些人。"

故事讲完了,夜也深了,南禹衡冷着脸说道:"好了,太晚了,快睡吧。"

那天晚上,秦嫣并没有完全理清南家错综复杂的关系,可她第一次这么真实地感受到南禹衡的处境有多艰难。

明明应该无忧无虑的年纪,明明应该好好享受大学生活的年纪,他却要一边兼顾学业,一边不停地在自己周围筑起高墙,抵御四面八方随时会攻打进城的敌人。

而真实的情况,远比南禹衡告诉秦嫣的只言片语要复杂得多,但是他并不想让她承受太多压力。有些东西,对她来说还是太重了。

下半夜秦嫣睡着了,南禹衡却一夜没合眼。

他本就是心思比较重的人,从前一个人倒也有种大不了一死、豁出去的无畏感,可现在,他已经无法忽略她的心思,倘若他还像之前一样刻意冷落她,怕是她也不会甘愿。

从前他还能吃准她的想法,起码她的言行还在他的控制范围内,

可经过今晚，南禹衡意识到秦嫣长大了，她有了自己的思想，正因为这样，她便成了他行进路上那个不可控的因素。

可他现在的情况，还有很多事要做，很多步没走，根本没有精力顾上她，此时的秦嫣正在经历最美好的青春年华，他不忍心带着她在艰难泥泞的道路上蹒跚。

更何况，她简单纯净，如果把那些阴暗面全放在她面前，让她为了自己放弃她的纯良，他实在做不到。

他需要好好想想该怎么办。

第十六章 离别将至

置之死地而后生。

1

也许是前一天睡得太迟了,早晨南禹衡喊秦嫣起床,她死活睁不开眼睛,烦躁地将被子蒙在头顶,硬是赖在床上。

他们从宿舍出门的时候,天还没完全亮,秦嫣嚷嚷着:"干吗这么早喊我起来?"

南禹衡没好气地说:"你不上课了?"

她鼓着腮帮子不说话了。南城大学到景仁坐车还要好长时间,秦嫣摸了摸肚子嘟囔着:"又困又饿。"

出了学校,南禹衡没有联系荣叔,而是让秦嫣在路边等他,然后去买来了热腾腾的包子和豆浆。

两人挤上了公交车,幸好时间还早,公交车上没什么人,他们坐到后排,南禹衡将包子递给秦嫣,替她把豆浆的吸管插上。

秦嫣笑眯眯地看着他,问道:"你第一次坐公交车吧?"

见南禹衡不说话,秦嫣用手肘碰了碰他:"是不是?"

南禹衡拿起一个包子塞进她嘴里:"是。"

秦嫣咬了一口,一脸坏笑的表情:"好不好玩?"

南禹衡无语地将手上的豆浆也塞给她:"好玩你个大头鬼。"

秦嫣吸了口豆浆，顿感暖和极了，满足地说道："你们学校门口的豆浆好好喝哦。"

路上，南禹衡问了下秦嫣最近的功课，秦嫣清了清嗓子，立马背了首很长的古文，听得旁边刚买完菜的阿姨直说："小姑娘这记性好，我家女儿四句话都背不出来。"

南禹衡低笑，秦嫣涨红了脸。

车子到站后，他们并肩走在去往学校的小道上，路上已经有稀稀拉拉的学生。

快到学校门口的时候，秦嫣的步子越来越慢。

南禹衡侧过头提醒她："你再不快点儿要迟到了。"

秦嫣却停下脚步，将南禹衡拉到路边的大树后。

南禹衡问她："干吗？"

初春的早晨有些凉意，风拂过绿叶，拂过含苞的花朵，大地都变得温柔起来。南禹衡的身形挺拔修长，深邃悠然的眸子在春风的缠绕中好看得让秦嫣心跳加快。

她白皙的脸颊染上一抹绯红，凝望着南禹衡开了口："送我到这里就可以了。"

"嗯，我看着你进去。"

南禹衡站在街边看着她进了学校，她又回过头朝着他的方向笑了下才消失不见。

南禹衡收回目光刚要转身，却感觉到街对面有道目光盯着他。他停下脚步，转过头便看见秦文毅站在汽车旁。

南禹衡愣了愣，抬脚向着秦文毅走去。

对于秦文毅来说，女儿一晚上没回家，他们自然也一夜睡不踏实，于是他早早便来到景仁门口。

果不其然，秦嫣去找南禹衡了。当他看见自己的女儿和南禹衡一起出现时，他差点儿忍不住走过去，但最终他只是默默点燃一根烟。

一直到南禹衡走到他近前，秦文毅才将烟踩灭。

他靠在车上看着红枫山的方向叹了一声，南禹衡走到他身旁，也靠在车上跟他看着同一个方向。

两人相对无言。半晌,秦文毅才问:"你有什么打算?"

如果刚才跟他女儿站在一起的是其他任何一个男人,秦文毅都会先质问一番,再威胁一番,说不定还会忍不住动手,但这个人是南禹衡,秦文毅没有办法像对待其他男孩儿一样对待他。

因为他知道南禹衡和秦嫣从小一起长大,南禹衡对秦嫣的爱护不比秦智少。南禹衡是个心思缜密的孩子,他知道自己的处境,所以不会轻易拉秦嫣下水,如此,秦文毅才会问他有什么打算。

可出乎意料的是,南禹衡回复他三个字:"不知道。"

南禹衡的确是不知道的。在昨天之前,他未来的计划中并没有秦嫣,然而这个小丫头就像彗星一样,猝不及防地撞进他的生命中,让他根本来不及打算。

所以他反问了秦文毅一句:"秦叔叔有什么打算?"

南禹衡虽然还没想好怎么办,但他清楚秦文毅能在今天早晨过来候上一眼,恐怕心里已经有了盘算。

秦文毅也没有回避,直截了当对南禹衡说道:"我和她妈妈打算将她送走。"

晨起的第一缕凉风吹进心底是什么感受?大约就是像现在的南禹衡的心底一样。

可他依然平静地望着远处那影影绰绰的山群,幽深的眸里看不到一丝波澜,如死寂的秋,毫无生机。

秦文毅侧过头问他:"你看呢?"

秦嫣还小,她的父母有权为她安排之后的人生,她有父有母有家,轮不到南禹衡来插手她的未来,更何况,现在他自身难保。

秦文毅虽然在问他,可南禹衡清楚这个问题,秦文毅并不需要答案。

良久,他吐出几个字:"青山元不动,白云自去来。"

他说完这句话便转过身朝着林荫小道的尽头走去,风吹起了他的衣角,让他的背影有些萧索。

秦文毅点燃一根烟,又悠悠吐出丝丝烟雾,回味着这十个字。

春日迟迟,卉木萋萋,又一个四季的轮回开始了。

2

秦嫣虽然没再和裴毓霖说过话,但毕竟在一个班上,抬头不见低头见的,关于裴毓霖的事情,秦嫣也略知一二。

例如裴毓霖的妹妹裴毓沁升到了景仁初中部,这个小姑娘和她姐姐的性格截然不同,裴毓霖有什么心思都藏在心里,不动声色,而裴毓沁仗着自己是裴家老幺,长姐又在学校名气颇大,刚升上来就横行霸道,秦嫣听说她把班上的一个小女生欺负得不敢来学校,小小年纪便娇惯蛮横。

好巧不巧,这位小学妹的姐姐也在秦嫣班上,叫舒乐。裴毓沁的所作所为让舒乐很生气,便找裴毓霖理论,裴毓霖当然护着自家妹妹,而且没有任何歉意。

这些事情秦嫣虽然不掺和,但多少也是知道的。

秦嫣和南禹衡道了别后便进了景仁,也许是多日来积郁烦闷终于散去,秦嫣今早有种心口大石落定的感觉,心情自然也好了很多,进班看见谁都笑盈盈的,正好舒乐拿着今天准备参加比赛的手工模型,见到秦嫣对她笑,便走到座位旁边将模型拿给秦嫣看。

那是他们年级组举办的创意模型大赛,据说获得第一名的模型会拿到市里,还有可能参加全国性的青少年模型大赛,所以大家积极性都很高。

舒乐的模型是一片仿真的原始森林,里面的大树、藤蔓、河流弄得跟真的一样,小巧精致,把秦嫣看得啧啧称奇:"你这个太棒了,肯定能拿名次。"

舒乐得到秦嫣的肯定很是开心,问她做的是什么。秦嫣从抽屉里把她的作品拿了出来,是个精巧的小木屋,很别致,木屋的结构是在秦智的指导下完成的。

舒乐看了以后也赞不绝口,两人互相交换模型看了好一会儿,直到上课铃响起,舒乐才拿着模型回了座位。

整个上午秦嫣心情都挺好。下午体育课结束,大家刚回班,突然,一声凄厉的尖叫响起,把所有人吓了一跳。

秦嫣抬头看去,就见舒乐从抽屉里把她的模型拿了出来。明明早上秦嫣看的时候还完好无损，不知道怎么回事，此时舒乐手里的模型竟然面目全非，那些用塑料或者泡沫做的河流大树全部断裂开，整个模型盘上一片凌乱，惨不忍睹。

舒乐火大地将模型往桌上一摔，转身吼道："谁干的？！"

所有人都惊讶地面面相觑，舒乐急得都要哭了："体育课前还是好的，你们上课时谁回来过？"

众人纷纷摇头。陆凡不敢看秦嫣，但还是有女生往秦嫣那边看过来。

秦嫣皱起眉望了眼四周，迎上舒乐的目光："我回来过一趟，但我没注意你那边。"

舒乐眼里立马浮上一层恨意，紧紧盯着秦嫣，而后推开身边的人快速冲到秦嫣面前，在秦嫣毫无防备的情况下，从她抽屉里拿出那个木屋模型，狠狠摔在地上用脚踩烂，愤恨地指着她："我的模型早上只给你看过，你是不是怕我拿名次才这样干？你毁了我的心血，你也别想拿奖！"

秦嫣沉寂地站在座位旁边，看着舒乐一边哭一边将自己半个月的心血毁掉，眼里的光一点点儿暗了下去。

不少同学过来把舒乐拉走，陆凡着急地蹲下身去捡那些被踩烂的木头块。秦嫣默默地低下头看着一地狼藉，不言不语，放在身侧的拳头慢慢握紧，她低声问陆凡："裴毓霖在哪儿？"

陆凡有些诧异，但仍回道："她去器材室放跳绳了。"

秦嫣一声不响地从后门走出教室，直奔后操场。

她赶到器材室的时候，裴毓霖刚放完东西，体育老师和颜悦色地对裴毓霖说谢谢，裴毓霖也客气地回道："不用谢黄老师，应该的。"

说完她转过身，就看见秦嫣站在几米开外的地方牢牢盯着她。

秦嫣如今不算矮了，长款衬衫配上短小的夹克，笔直的黑色长裤，一头飒爽的短发，此刻周身散发着一种强悍的气场。

裴毓霖微微愣了一下，若无其事地从她旁边走了过去。

秦嫣一把抓住裴毓霖的胳膊，将她往自己面前狠狠一拉，逼迫她站在自己身前。

裴毓霖有些窝火地说："你干吗啊？"

秦嫣一句废话也没多说，拉着她的胳膊就将她往器材室侧面的角落带。裴毓霖动气了，对秦嫣凶道："你放开我！"

秦嫣到底练了一段时间柔道，制住一个裴毓霖，她还是有这个本事的。

一直将裴毓霖拽到房子后面，秦嫣才松开她，并用身体把她的去路堵住，凶狠地注视着她："是不是你干的？"

裴毓霖提高了音调："什么我干的？我干吗了？"说着她就想绕过秦嫣。

秦嫣移动步子轻松挡在她面前，虽然裴毓霖和秦嫣差不多高，但秦嫣身上那极具压迫感的气场让裴毓霖不敢跟她硬来。

"再装，舒乐的模型你敢说不是你搞的鬼？"

秦嫣再次逼近一步，把裴毓霖逼得只能往后退。但她并没有被秦嫣的气势唬住，昂起胸回道："你有什么证据？"

"我没有证据。"

裴毓霖笑了，笑意颇冷："那真是好玩了，你没有证据，凭什么说是我做的？"

秦嫣缓缓昂起下巴，那双大眼用一种似能穿透人心的目光牢牢盯着裴毓霖。

"我不仅知道是你做的，我还知道很多事。裴毓霖，我们认识几年了？很多事情我不说破不代表我心里不清楚，你要我把账跟你一笔笔算吗？好，我今天就跟你好好理一理。"

裴毓霖也不急着走了，干脆双手抱胸讥讽地说："你理啊，我看你能理出什么。"

秦嫣立在她的正前方，目光如炬："刚上初中那会儿，你和当时的校花方颖有过节，她弄坏了你们的舞蹈伴奏，你怀恨在心，一直想找机会报复她，后来终于让你等到她跟南禹衡表白。

"我们几个去凑热闹，你也跟了去。

"其实那天我一直很奇怪，到底是谁推的我。幸亏南禹衡手快，他要是手慢，我就直接脸朝地了。

"你想利用我让方颖在整个景仁抬不起头，让她难堪，顺便还能让我的脸受伤。"

"裴毓霖，你到底有多恨我？"

裴毓霖靠在墙上，眸子微微颤了一下，除此之外并没有太大的反应，只是有些嘲弄地斜睨着秦嫣："然后呢？继续说啊。"

"你从一开始靠近我的目的就不单纯，你利用我，用下三烂的手段接近我哥，我真的怎么也不可能想得到，这是你裴毓霖干出来的事，我替你父母悲哀。"

听她提到秦智，裴毓霖眼底终于浮上怒意，猛地抬头对秦嫣吼道："你给我继续说啊！"

秦嫣冷哼一声："好，我继续说。于桐，你的表姐，你怎么对她的？你到处散播她的身世，让整个景仁、整个东海岸的人用她最痛的伤疤耻笑她、唾弃她。

"你编了一个又一个无中生有的谎言诋毁她，你把她害成那样将她赶出裴家，让她成了过街老鼠，她何错之有？

"我问你，我又何错之有？"

裴毓霖的睫毛终于开始不住地颤抖，整张脸变得煞白。

秦嫣几步走到她近前，逼视着她的双眼："舒乐的模型肯定能拿奖，我的也有希望。你毁掉舒乐的模型，再利用舒乐毁掉我的，一箭双雕的本事你裴毓霖玩得炉火纯青，还需要证据吗？我在你手上吃几次亏你心里没数？"

强大的压迫感直逼裴毓霖的心脏，让她呼吸困难，她一把推开秦嫣低吼道："是我又怎么样？你能拿我怎么样？你去告诉舒乐啊，她敢找我吗？呵！

"我就是恨你，就是恨于桐。

"她算我哪门子表姐？于家早就不承认她妈了，也就是我妈顾念旧情把她接过来。明明是个杂种，还混血？漂亮？她也配被人说漂亮？于家根本不可能认她，她污了于家的血脉。看上这样的女人，你哥就是瞎了眼！"

"闭嘴！"秦嫣狠声道。

裴毓霖笑得冰冷刺骨，眼里透着怨毒的光："我偏要说！还有你，

你们秦家算什么东西？小门小户，在东海岸根本不值一提，凭什么你一进景仁就夺走了所有人的目光！凭什么明明是我领舞，所有人都在看你！凭什么你成绩也好，所有人都喜欢你！端木翊、秦智、南禹衡，就连钟藤那个浑蛋都不会动你一下，凭什么！"

秦嫣听到钟藤的名字，瞳孔骤然收缩起来，心中盘旋着一股强烈的情绪，眼睛一眨不眨地盯着裴毓霖："说到钟藤，我还真想问你一个问题。那年他的成年礼，是不是你让人把我引到地下室的？"

裴毓霖先是抬头瞥了秦嫣一眼，而后冷静下来，突然陷入沉默。

秦嫣看着她低下头不知道在想什么，接着说道："这件事我想了很久，直到于桐被你逼走后，我突然想明白了。

"那天钟家原本选中的是你，本来你应该是当天最受关注的主角，钟藤却莫名其妙选了我，当着整个东海岸人的面让你下不了台，按照你的脾气，你能忍得下这口气？

"我要没记错，我在和钟藤跳舞的时候，你已经离开了，你到底去了哪儿？

"知道南禹衡对我有多重要的只有我身边的人，你已经利用过我和南禹衡的关系来报复方颖，所以这是你第二次利用我和南禹衡的关系把我引到地下室。

"其实你也不想和钟藤联姻，你喜欢的人是我哥，可你根本没有办法摆脱家里的安排，毕竟你是裴家长女。但是只要钟藤身上有污点，你就可以顺利脱身，还能顺便把我也算计进去。

"也许你原本的计划是等到舞会差不多结束时，让人发现我们，到时候你们裴家借机大闹，你和钟藤的事顺利黄掉不说，还能把我的名声搞臭，多完美的计划。

"只是你没料到我爸和南禹衡会提前找到我。

"我再问你一遍，我说得对还是不对？"

这件事，秦嫣早就想向裴毓霖求证了，只是这两年，两人形同陌路，她一直没有机会质问裴毓霖。

裴毓霖自始至终挂着冷笑，睨着秦嫣的眼里挂着嘲讽的意味："秦嫣啊秦嫣，你看着比谁都单纯，其实心里跟明镜似的，你才是伪装得最好的那一个。"

"错。我从来没有伪装，我只是不屑那些见不得光的手段。"

裴毓霖眼里覆上一层毒辣："可惜你只猜对了一半。你以为那天晚上的事情只是我想报复你和钟藤这么简单？呵，你放心，游戏还没结束，谁输谁赢还不知道呢！"

3

墙后突然传来一声冷笑，把两人都惊得一激灵，同时往后看去，就见那里走出一个人，漫不经心地转着手上的手机说道："起码第一回合，你裴毓霖输定了。"来人说完，把手机往口袋里一放。

秦嫣睁大眼睛，不可置信地盯着面前的范筱萧。自从上次那件事后，她一直没来学校，近来范太太也没来过他们家，没想到今天会突然在学校看见范筱萧。

裴毓霖见有人来了，也不再和秦嫣多说，白了范筱萧一眼，径直走了。

裴毓霖离开后，范筱萧站在远处对秦嫣露出一抹久违的笑容。她穿着蓝色的微喇牛仔裤，一件黑色的卫衣，绑了个马尾，很干净清爽的样子。

她的态度似乎和从前一样，就像两人之间什么也没发生过，随着那个熟悉的笑容露出，一切似乎都没变。

范筱萧先开了口，对秦嫣说："我去班上找你，陆凡说你可能来了这儿，我就过来了。"

秦嫣神色复杂地看着她："你是回来上课的吗？"

范筱萧双手插进牛仔裤口袋里，耸了耸肩，摇摇头："来办转学手续，顺便过来跟你道个别，我们要搬走了。"

这个消息太突然，突然到秦嫣一时不知道作何反应，只是傻傻地站在原地看着范筱萧，忽然有种很想哭的冲动。

范筱萧看见秦嫣的表情，眼眶也湿润了。她扭开头望了望天，把眼泪努力憋回去，然后对秦嫣张开双臂："再见了，我的老朋友。"

秦嫣再也控制不住自己，朝范筱萧几步走了过去抱住她，对她说：

"不管去哪里，都要好好的。"

范筱萧声音哽咽："我们都要好好的。"说完她在秦嫣耳边说，"我要走了，没准备什么告别的礼物，临时送你一份大礼，你得收下。"

秦嫣松开范筱萧，不解地看着她，她两手空空，并没有拿什么东西。

范筱萧狡黠地笑了笑，说："我其实一直想找机会谢谢你，我出事那天也是你喊秦智来替我解围，我的事你始终没有告诉南禹衡，我都知道。"

范筱萧低眸扯了下嘴角："我知道你替我在南禹衡面前保住了最后的尊严，我欠你一句谢谢。你帮了我，我临走前也想帮你最后一次。

"你先回去，可能你还没到教室，礼物就能收到了。"

秦嫣更加迷惑。

范筱萧推着秦嫣的背让她走，于是秦嫣迈开步子走了一段，又回过头去。

范筱萧一身轻便的装束，站在阳光下对秦嫣露出灿烂的笑，如初春盛放的第一朵花，让秦嫣想起她和范筱萧第一次见面的场景。

她们陪伴了彼此漫长的青春年华，好多个春去秋来，她们会在放学的路上嬉笑打闹，会钻进一个被窝里看喜欢的动漫，会在周末相约去每一个小女生都会去的小店。

如果没有范筱萧，也许秦嫣的花季雨季只能与大提琴为伴，无法感受无聊寂寞时，有人陪在身边说些只有那个年纪的女生才能听懂的话，正因为范筱萧的出现，秦嫣的学生时期变得更加丰富多彩，纵使她们之间也有过不愉快和冷战。

这个年纪的少女都在学着成长，学着和人相处，学着探索这个世界的光明与阴暗，即便磕磕绊绊。

然而当这一天来临，当秦嫣意识到那个陪伴自己一同长大的小伙伴就要离开了，这种害怕和空虚的感觉让她无法言说地难受。

于是，范筱萧在阳光下璀璨的笑容，便成了秦嫣对她最后的记忆。

回班级的路上，秦嫣缓步走在景仁的操场边，一排矮矮的栀子花将芬芳的香气传递到操场的每一个角落，这也许就是青春的气息，味甜中带着苦涩，可终是美好的。

秦嫣放慢了脚步，感受着春风拂面的柔和。

不知道走了多久，学校的广播响了，刺耳的声音传了出来，在操场打球的同学陆续停下动作，不知道学校是不是要发布什么通知。

可一阵忙音过后，广播里突然传来一段熟悉的声音：

"就是我又怎么样？你能拿我怎么样？你去告诉舒乐啊，她敢找我吗？呵……"

秦嫣的脚步猛然顿住，不可置信地回过身，向着广播室狂奔。

整个景仁上下，所有的广播都在播放秦嫣和裴毓霖的对话。裴毓霖亲口承认毁了舒乐的模型，也让之前缠绕在于桐身上的流言水落石出。

秦嫣跑过夕阳下的操场，跑过喧闹的喷泉池畔，跑过长长的走廊。

所有人都不约而同地停下脚步，放下手上的事情，惊讶而好奇地听着广播里的对话。

而在对话就要放到钟藤成年礼那段时，声音戛然而止。

秦嫣热泪盈眶。

她不知道范筱萧是怎么进了广播室将这段对话放了出来，但她知道范筱萧掐掉最后一段对话是为了维护她。当年范筱萧承诺过替她保守秘密，纵使时过境迁，有些东西却始终没变。

当秦嫣跑到广播室时，那里围了几个老师和学生，范筱萧早已不在。

秦嫣拿出手机拨通范筱萧的电话，那头很快接通。秦嫣气喘吁吁地问："你在哪儿？"

范筱萧语气轻松地说："走了。这个礼物还满意吗？"

秦嫣哭笑不得地说："真不愧是范筱萧。"

范筱萧在电话里爽朗地笑了起来："现在我是光脚的不怕穿鞋的，再说以后她想找我也找不到了。"

范筱萧挂电话前对秦嫣说："对了，那次我腿伤，南禹衡来看我，他临走时和我说的话我一直没告诉你。"

秦嫣握着电话停下脚步，一片樱花随风飘落，悄无声息地落在她的肩膀上静止不动。

她听见范筱萧的声音从手机里传来:"南禹衡跟我说,如果我再动你,他会让我另一条腿也站不起来。"

说着,范筱萧自己笑了,笑得有些心酸:"真的,表面那么温文尔雅的南禹衡,我真想不到他会那么狠。我住在他隔壁好几年,一直以为他是个没有脾气的人,直到那时我才意识到,我从来就不了解他,他可能比这里任何人藏得都深。"

"你真幸运,起码不管怎么样,他总是护着你。"

"秦嫣,希望你们以后一切顺利,虽然我很嫉妒你,但这句是真心的。"

秦嫣也笑了:"保重。"

也许那天注定是秦嫣生命中最大的转折点,她最好的朋友离开了她,而她不知道的是,有一件更大的事正在等着她。

4

下午,秦文毅联系了秦智,让他今天接了秦嫣就直接回家,他和林岩有事情要和他们说,电话里,他没告诉秦智是什么事。

秦嫣放学后,秦智也只是跟她说爸妈让他们回家。虽然秦嫣有些隐隐不安,但她还没有想到和自己有什么太大的关系。

直到两人回到家吃完饭后,秦文毅当着全家人的面对秦嫣说,他们决定把她送出国,已经联系好了学校,会让她先出国适应一段时间,然后直接考伯克利音乐学院。

秦嫣一开始以为爸爸说笑话呢,这一切太突然了,甚至之前从来没有人跟她商量过,她根本就没考虑过留学的事情。

然而当秦文毅把留学计划和出国后的生活安排一一告诉秦嫣后,秦嫣才意识到爸爸并不是在开玩笑。

她当即拉开椅子站起身对秦文毅和林岩说:"我不去!我不可能出国的!"

秦文毅和林岩对视了一眼,似乎早已猜到秦嫣的反应。

秦文毅让林岩上楼,他知道接下来女儿的情绪有可能会失控,他不想让林岩看到秦嫣伤心,谁都不忍心。

林岩上楼后,秦智拉开大门,走到院中点燃一根烟,火星在夜空中划亮,秦智深皱着眉。

客厅里,秦嫣站在秦文毅面前。秦文毅抬头看了看她,半晌,说出一句:"我知道你昨天去找了南禹衡,你有想过你留下来要面对的事情吗?"

秦嫣怔怔地看着爸爸,忽然觉得自己在秦文毅面前就像被扒了皮一样难堪,可事已至此,她不再畏惧,直视秦文毅的眼睛对他说:"爸爸,我知道你想对我说什么,我也知道南禹衡现在的处境,我都知道。我不是头脑发热,我真的好好想过,各种可能性都想过。我问过自己怕吗,是的,我怕,我的确不知道南禹衡的家族原来那么复杂,我也不知道东海岸的人要对南禹衡做什么,可是爸爸,比起这些,我更怕看不到他,我不想离开。

"我求求你爸爸,不要让我走,让我留下来好不好?我一定听话,我一定……"

秦嫣把所有的保证一股脑地说了出来,她哭着趴在秦文毅的膝头,就像小时候每次犯错时一样,可这一次,秦文毅没有把她拉起来。

他看着女儿哭得泣不成声、痛彻心扉的样子,眼里也含着无尽的酸涩,可他终是心一狠,对她说:"傻女儿,你有想过吗,你留下来,他得顾着你,甚至你有可能成为别人拿捏他的软肋。他现在没有亲近的人,也等于没有软肋,做什么事情都没有顾虑,倘若有一天……你会害了他。"

你会害了他。

短短的五个字在秦嫣脑中炸响,像五雷轰顶一样。她停止了哭泣,惊恐地看着爸爸,整个人仿佛瞬间被抽走筋骨。

秦文毅不忍地攥着她不停发抖的手,不得不把现实的情况摆在她面前。

"一旦你和他沾上关系,那就不是你们俩的事了,我们秦家也要搭进去。我们得和南家人周旋,得应付太多未知的困难。爸爸的养老机构刚走上轨道,城区里越来越多的老人开始尝试走进养老院,他们把自己下半生的归宿交给爸爸,我得对他们负责,得对我现在干的事

情负责，得对这个社会负责。爸爸现在肩膀上的担子已经很重了。"

"小嫣，你是个懂事的孩子，你明白爸爸的意思。"

秦嫣此刻什么都听不进去，只是拼命地摇头，整个人如一摊泥滑落到地上。她从来没有感觉这么无力过，就像有无数的巨石从四面八方把她压倒，让她毫无喘息之力。可她不甘心啊！她才知道自己对他的感情到底是怎么样的，在这个时候让她离开，怎么能不痛？

秦智抽完烟从院子进来，秦嫣将全部的希望都放在哥哥身上。她跌跌撞撞从地上爬起来跑到秦智面前死死抓着秦智的胳膊，就如溺水的人好不容易抓住救命稻草，噙满泪水的眼睛卑微乞求地看着他。

"哥，你帮我求求爸爸，我不想走，哥……"

从小到大，无论秦嫣犯了什么错，秦智都会毫不犹豫地挡在她的身前，可这一次，秦智没有动，只是紧锁着眉，低头看着她。他抬手握住秦嫣的手腕重重拍了拍："你第一天来柔道馆，我让你练心，看来你没有领悟我说的话。我听说那边也有这种俱乐部，我这段时间会帮你联系好，过去以后，接着练。"

秦嫣难以置信地看着哥哥，一把甩开他，整个人颤抖不已，一步步倒退，泪水模糊了她的视线。她看不清秦智的样子，痛苦地对他说："你知道我现在的感受，你一定知道对不对？于桐走的那天你就经历过了，哥，你怎么忍心让我也经历一次！"

秦智紧紧咬着牙根，乌黑冷峻的眸压抑着浓厚的情绪，他对她说："置之死地而后生。"

秦智在告诉她，这是一条看似死路的生路，可当时的秦嫣太伤心，伤心到大脑停止运作，一想到要去很远很远的地方，她就难过到无法思考，无法行动。

她不知道自己是怎么上的楼，怎么回的房，周围的一切全都变成了模糊的影像，她感觉自己被家人遗弃了。

曾经最疼她的爸爸、妈妈、哥哥，没有一个人帮她，没有一个人。

初春的晚风带着凉意，拂过后山的激浪，拂过漫山的红枫，拂过东海岸幽暗的上空，拂过秦嫣窗户的缝隙，钻进她的心底，泪染一片，春寒料峭，冰冷刺骨。

夜已深,她拿出手机发了条信息给南禹衡:我想见你。

很快,南禹衡回复:我以前说过想带你去一个地方一直没去成,这周六我会让荣叔去接你。

第十七章 远走他乡
"再见了,南禹衡。"

1

秦文毅做事雷厉风行,那晚和秦嫣谈过后,第二天就去景仁找到校方沟通,办理退学手续。

别说秦嫣一个小女生猛然听到这个消息如同晴天霹雳,就连远在外地的秦家爷爷奶奶也特地打电话来劝说。

秦嫣从小到大没有离开过家人身边,第一次离家便是要去那么远的大洋彼岸。秦文毅也顶着巨大的压力,他不知道把女儿送出去到底对不对,女儿到了那边后又会遇到什么样的困难,她还这么小,就要独自去面对陌生的环境。

可只有这样,才能断了她和国内的联系。

秦嫣根本不知道那两天是怎么度过的,整个人都有种无力的飘忽感,就像在做梦一样。

就这样一直到了周六下午,她等来了荣叔的车子。

南禹衡并不在车上。她问荣叔去哪里,荣叔只告诉她:"很快就到了,南少在那儿等你。"

车子向着红枫山山脚下开去,然而并没有驶上大道,而是沿山脚的一条土路直接向着山后拐去。秦嫣洛卜窗户,好奇地观察四周。

她住在东海岸这么多年，从来不知道这里居然有条路，更不知道这条看似荒无人烟的小路通向哪儿。

　　越往深处，周围的杂草越发茂密。车子在泥土路上有些颠簸，秦嫣的心跳也慢慢加快，看着绿树环绕的泥土小道，秦嫣感觉自己正在探秘某个不为人知的地方。

　　周围杂乱无章，不时还能遇到分岔口，荣叔却轻车熟路地带着她拐了好几个弯，然后秦嫣看见他们的正前方有一道生锈斑驳的铁门。乍一看，就像那种几十年前废弃的工厂大门，根本不像有人的样子。

　　神奇的是，车子开到铁门前，荣叔打了个电话，居然有人从里面给他们开了门，随后车子便驶了进去。

　　刚进大门，入眼的便是一些年久失修的吊机，还有很多看上去有些年代的废弃钢材，这些大件堆得到处都是，给人感觉这里荒废了几十年。

　　荣叔驾驶车子穿梭在钢材之间继续往里开，透过落下的车窗，秦嫣听到了海浪的声音，还有凉爽的风扑面而来，她的心跳也越来越快。

　　荣叔终于停下车子，对她说："我不陪你进去了。看到那边的跳板了吗？从那里走进去，他在里面。你走的时候当心点儿，那个跳板有点儿不稳。"

　　"好的，谢谢荣叔。"

　　秦嫣推开车门，入眼的便是一艘小型干货船。迎着海风，秦嫣向着船边走去，她清晰地看见船身上漆有"Everblue"的字样，她以前也看到过，就在……

　　想到这儿，她不自觉抬起头，果不其然看见这个小港口的两边崖壁耸立，她一时有些失了方向感，不大确定上次是站在哪里俯瞰，可神奇的是，她此时居然来到了这个有些神秘的私人港口。

　　秦嫣踩着帆布鞋，迫不及待地踏上那块不是很牢的跳板。

　　如荣叔所说，跳板踩上去摇摇晃晃的，脚底下是不停翻滚的海浪，幸好她有心理准备，往脚下看了一眼，便快速跳进了船舱。

　　船舱里面都是破铜烂铁，就像拾荒老人的居所。秦嫣没有出声，在舱室里绕了一圈，一个人也没有，便沿着楼梯爬到货船上面，顿时海风迎面，吹乱了她的短发，她听见一声声的敲击声，就像有人在作业。

她循着声音沿着甲板侧面走去，绕过首楼，赫然看见南禹衡坐在地上拿着锤子正在敲打什么，每敲打几下还拧眉凑过去观察一下，漆黑的星眸认真专注，身边散落了一堆秦嫣没见过的工具。

她默不作声，就那样安静地站在远处，靠在护栏上望着他。

秦嫣从来没有见过这样的南禹衡，在她的印象中，南禹衡干净儒雅，终日与书做伴，活得清冷矜贵。

而此时的他，穿着一身宽大的蓝色连体工作服，一双看上去挺厚重的卡其色工装靴，不修边幅地坐在地上，身上还沾了一些黑色的机油，看上去脏兮兮的。

然而这一切在他那专注的神色、清俊的容貌下，竟然散发着随性的帅气，看得秦嫣怦然心动。

正在她入神之际，南禹衡头也没回地开了口："看够了吗？"

秦嫣吓了一跳："你什么时候知道我来了？"

"你上船时。"

秦嫣吃惊地说："你怎么知道的？"

南禹衡这时才放下手中的锤子，回过头扬唇一笑："我能感觉到。过来帮把手。"

秦嫣几步走过去，南禹衡顺手抽过身边的焊接手套给她套上，对她说："你帮我按住这边，我要把这个焊上去。"

秦嫣见他回身拿电焊机，吓得缩回手："不会吧，这个是不是会喷火花？"

南禹衡见她直往后躲，又跟变戏法一样从旁边找出一个防护面罩递给她，简直就是赶鸭子上架。

秦嫣极不情愿地接过，瘪嘴问他："我能不能……"

"不能，按好。"

秦嫣只有戴上防护面罩，委屈巴巴地伸出手。

这是秦嫣第一次这么近距离地看人修船。火星子喷在他的面罩上，可他依然稳当地握着电焊机，就像一个老师傅一样从容淡定。

秦嫣透过防护面罩去看他，忽然好奇地喊出声："你怎么还会修船啊?"

"兴趣爱好。"

他的声音从面罩下传了出来。秦嫣笑了,这兴趣爱好还真够特别的。于是秦嫣跟在南禹衡身后像个小工,被他使唤来使唤去。

那一块终于修补好后,南禹衡才从地上站起来,带着一丝笑意对蹲在地上的秦嫣伸出手。秦嫣将手交给他,他一把将她拉了起来,两人的距离骤然拉近。

秦嫣望着他深邃的眸子,忽然又变得心事重重:"我有件事要和你说。"

南禹衡松开她,蹲下身收拾东西,回道:"不急,待会儿再说。"

说完他一手拎着工具箱,另一只手攥着秦嫣往船里走。

2

秦嫣跟着他回到了刚才的地方。南禹衡将工具箱丢在一个台面上,带着她往里拐去,直直地走到一扇门前,南禹衡将小门推开,秦嫣赫然看见这里居然像是个船员的单人间。

有干净的床褥、折叠台板、单人浴室,还有一扇圆形的窗户可以看见大海。

她走到窗户边将头凑过去,那不大的圆形窗户里映出 U 型弯外的世界,碧蓝一片,晴空万里。

南禹衡在她身后说:"想看待会儿带你换个地方看。"

秦嫣回过身逆光盯着他,眉宇间覆上一抹凝重:"南禹衡,我有话要对你说。"

南禹衡低眸,并没有看她,开口道:"过来帮我拉下拉链。"

"唔……"

秦嫣走到他旁边左右看了看:"拉链在哪儿?"

南禹衡侧过身子,露出工装服的拉链头——就藏在右边腋下。秦嫣拉开后,南禹衡张开双臂:"帮我脱。"

秦嫣嘟囔着:"你是皇帝吗?"

南禹衡用黑乎乎的右手点了下她的鼻尖:"这只手脏。"

看见她鼻尖被点上一团黑,像只受气的小奶猫一样滑稽,南禹衡不禁低笑出声。秦嫣涨红着脸,把他的衣服从肩膀上拽了下去。

他里面穿着一件紧身的长袖T恤,将他精瘦的身体包裹住,宽肩窄腰的轮廓透着成熟男性的力量感。

秦嫣低着头,视线正好到他胸口,她又开口:"我找你是想告诉你……"

南禹衡却一把推开她:"等我洗下手。"

秦嫣望着他的背影,心情复杂极了。

南禹衡洗完手出来还顺便带了一条温热的毛巾,将秦嫣拉了过去,把她黑乎乎的鼻尖擦了擦。

秦嫣眨巴着眼看着他仔细温柔的样子,心里的情绪更加翻腾。

南禹衡把秦嫣擦干净后对她说:"想不想去驾驶台看看?"

秦嫣眼里闪过一抹好奇:"可以吗?"

南禹衡将毛巾挂好,笑着回:"为什么不可以。"说完便拉着秦嫣走出房间。

两人再次沿着过道上了楼梯,然后从甲板绕到驾驶舱。

一走进去,秦嫣忽然感觉前方的视线豁然开朗。她兴奋地跑过去看着面前的按钮,左摸摸右玩玩,还握着船舵对南禹衡命令道:"我的南大副,你得听从秦船长的指挥,我们要出发咯!"

南禹衡双手抱胸,靠在后面笑看着她:"去哪儿啊,我的秦大船长。"

秦嫣想了想,说:"去三年后,我好想看看三年后我们是什么样子的。"

南禹衡放下手臂,缓步走到秦嫣身后,张开双臂环住她的身体,将大掌覆盖在她的手上,带着她慢慢拨弄着船舵:"三年很快的。"

秦嫣将背靠在他的胸前:"这里到底是哪儿?你为什么能进来?以前端木翊说这里是个私人码头,不会是你的吧?"

南禹衡沉吟了一瞬,说道:"查不到和我有什么关系。"

秦嫣抓住他话中的关键信息,试探地问:"也就是,真的是你的?"

南禹衡笑了笑:"用得着这么惊讶吗?这里又不是矿山。"

秦嫣却感觉好似触碰到什么未知而庞大的力量,她转过身靠在船舵上看着南禹衡,问道:"你上次和我说你奶奶除了你爸,还生了个女儿,那你亲姑妈在哪儿?我为什么从来没见过你有什么姑妈?"

"南佳姑妈啊,她在中东。"提到他的亲姑妈,南禹衡眼里浮上一层暖意。

秦嫣听见中东,更加感到奇怪了。

"她去中东干吗?她为什么从来不来看你?"

南禹衡缓缓抬起头看着远处,目光有些悠远:"是我让她别来看我的。"

秦嫣昂着头等着他接下去的话,南禹衡继而说道:"我姑妈和我爸一样,都不让我爷爷省心。我爸毕业跑去开飞机,我姑妈大学读的哲学,总喜欢说些云里雾里的大道理,我爷爷一跟她说话就头疼。

"有次她坐邮轮遇见了一个中东男人,两人聊哲学聊理想抱负,下了船我姑妈就跟着那个男人走了,从此嫁到中东。

"我爷爷大发雷霆,说要找人教训那个男人,后来发现那个男人是中东石油大亨的儿子,我爷爷一看对方实力雄厚,也没办法,只能默认了这门亲事。

"南佳姑妈比我爸幸运,起码她歪打正着,找到一个家世也算门当户对的人,我爷爷拿她没有办法。

"我搬来东海岸后,南佳姑妈也想过回来,我劝她最好不要,我不想让其他人察觉到我和她还有联系。"

秦嫣感觉脑中有很多交织混乱的线全部纠缠在一起,却又越来越清晰,她想到范筱萧临走时说的话,范筱萧说南禹衡可能比这里任何人藏得都深。想到这里,一个大胆的猜测在秦嫣心中生出,只是这个猜测让她胆战,她试探地说:"你搬来东海岸时还那么小,所以,你从那时候就开始……"

秦嫣不知道该用什么词来形容,想了半天才接道:"伪装自己?"

她的记忆瞬间穿梭回小时候。儿时的她没事就喜欢跑到南家缠着南禹衡玩,在她的童年记忆中,南禹衡只是一个身体不好的邻家大哥哥,她无法想象在她最无忧无虑的年纪里,南禹衡已经在如履薄冰地谋划,而这一切就发生在她身边,她竟然一点儿都没有察觉。

南禹衡看着她认真的小脸，低下头凝视着她："我不能让人觉得我有依靠。南佳姑姑一旦回国，南家人就会对我的存在有所警觉，他们怕我借南佳姑姑在国外的势力翻身，不得不防着我。"

秦嫣回过身看看眼前破败的码头："可你打算用这里干吗？"

"这里干不了什么，对谁也构不成威胁，但如果是十个这里，百个这里呢？"

秦嫣看着南禹衡的侧脸，清俊孤拔。

他也转过头看着秦嫣，目光如炬："星星之火可以燎原，在燎原之前，我不能让任何人发现我在钻木取火。

"你看过木偶剧吗？再多的人物和动作都被那几根线操控，有朝一日当我掐住了南家的几个核心命脉，他们就不得不跟我合作，那时候我才能掌握自己的未来。"

秦嫣的手心冰凉一片，她问南禹衡："你到底想干吗？"

南禹衡只是用一种很平静的语调告诉她："夺回南家。"

秦嫣简直不敢相信自己听见的话，南禹衡说的是"夺回南家"，而不是"重回南家"，也就是他最终的目标是南家掌权人的位置和南家深不可测的庞大基业。

远处惊涛拍岸，潮起汹涌，烈日透过驾驶舱的玻璃刺进秦嫣的瞳孔里，她第一次看见南禹衡埋于深处的野心有多么庞大。

她原本以为南禹衡只是在努力地摆脱困境，但万万没想到，他正在利用现在的困境撒下更大的网，翻身做主。

那时的秦嫣，人生简单得如一张白纸，她从没想过一个和她同辈的少年已经开启了他的困兽之斗，在那些明枪暗箭、波诡云谲的大人之间急流勇进。

似乎很久以前也是这样一个下午，他们站在悬崖边，秦嫣问他，当年他爸的船怎么出的意外。那天，她在南禹衡眼中看见了熊熊燃烧的野心，南禹衡说："这个世上哪有那么多意外。"

秦嫣猛然打了个寒战，扭过头去紧紧盯着南禹衡。她好像在突然之间走进他的内心最深处，清晰地看见那道触目惊心的伤疤。她声音颤抖地问："你爸妈……是南家人害的？"

南禹衡漆黑的眸子盛着浓稠的哀痛，化不开，亦散不掉。

一个人的心脏被摧毁得有多残忍，他的心就能有多隐忍，不是不痛，而是痛到骨髓，身体中的每一个细胞都在酝酿，在叫嚣，在等待，等待着汹涌的那一天。

秦嫣看着他沉默不语的样子，忽然之间全懂了。那一刻，她懂他的痛，懂他的恨，懂他的无可奈何和迫不得已。

海浪静止，天空放晴，万物归春。

她哭了，他笑了。

3

他们从驾驶舱出来回到了那间舱室，南禹衡从床底下抽出一个小收纳箱，里面有矿泉水和饼干零食。

秦嫣窝在小床上，一边拆零食一边问他："你是不是经常到这里来？"

南禹衡坐到床边扭过头，声音喑哑地对她说："烦闷的时候会过来。"

"那你现在很烦闷吗？"说着秦嫣将身体凑了过去。

南禹衡睨着她娇俏的小脸："有点儿。"

秦嫣扔掉了手中的零食袋，认真地看着他："狐狸君。"

"什么？"

秦嫣吸着鼻子带着哭腔："我说你是狐狸君，大坏蛋！你早就知道我来找你干吗了对不对？偏偏一直不让我说，带我看这看那，告诉我你远大的抱负和你不得不这么做的原因，让我知难而退，你在赶我走……"

南禹衡眼里含着淡淡的笑意。这个世上，怕也只有她，心思单纯得像山涧清澈珍贵的溪水，却又玲珑剔透，善解人意，让人心疼。

秦嫣哭得稀里哗啦，含混不清地说："南禹衡我告诉你，到了国外我就找金发碧眼的帅哥，再也不回来了，你会后悔一辈子的……"

秦嫣的眼眸湿润清澈，好似受了天大的委屈，一双红润的唇泛着诱人的颜色微微颤抖。

南禹衡的心像被什么狠狠撞了一下,声音炙热地对她说:"你从小在东海岸长大,除了同学和你哥身边那些兄弟,没接触过什么人,等你去外面看过这个世界后,如果你依然没有改变主意,回来,到我身边。"

他轻柔地擦干了她的泪,对她说:"走的那天我不会去送你,你事先多了解那边的饮食和气候,预先熟悉课程,我想这些秦智会帮你准备。到了那边遇事记得给家里打电话,不要硬撑,和陌生人相处留个心眼儿,一个人在外面不要忘记吃早饭,再困都得吃,少吃点儿油炸食品和汉堡,小心变成大胖子,休息的时候自己学着弄点儿中餐,没人在你身边盯着你也不能总熬夜,头发别再剪了,长发更适合你……"

"别说了……"

秦嫣在他的叮嘱下早已泣不成声,她埋在他的胸口哭成了泪人。

南禹衡轻叹了一声,没再说话。

海浪微浮,船舱轻晃,直到夕阳西下,他才把她从怀中拉了起来,替她洗了把脸,带着她离开了那里。

回去的路上,荣叔开着车,南禹衡和秦嫣两人坐在后排,一路上两人都没说话,各自看着窗外,秦嫣只感觉很冷,东海岸的冬天都没有这么冷过。

旁边温热的大手伸了过来紧紧攥着她,她鼻尖酸涩,扭过脖子。

车子一直开到两家中间,秦嫣才回过头,眼眶湿润,依依不舍地看着南禹衡。

南禹衡对荣叔说:"我们说两句话。"

荣叔拉开车门走到一边,心里也同样难受。他看着南禹衡和秦嫣长大,秦嫣是南禹衡身边最亲近的朋友,也因为秦嫣的来到,才能偶尔在南禹衡脸上看见笑容。

他担忧秦嫣走后,南禹衡脸上那本就罕见的笑容也会一同消失,他又会变回孤零零的他。

车内,秦嫣努力控制着自己快失控的情绪,声音颤抖地问:"这是临走前我们见的最后一面吗?"

南禹衡点点头。

秦嫣没有哭,硬生生把眼泪憋了回去,对他露出一个比哭还丑的笑容:"好,那再见了,南禹衡。"

她去拉车门,南禹衡却一把拉住她的手腕将她整个人拽进怀中,在她耳边低哑且温柔地说:"再见。"

说完他松开她,探过身子替她拉开后座的门,对她说:"我看着你进去。"

秦嫣最后在车中静坐了几秒,深吸一口气迈开步子,直到进了家门也没敢回头看上一眼。

4

那年暑假,秦嫣踏上了去波士顿的飞机。

离开的那天早晨,芬姨一大早抱着一个长盒子来到秦家,说也想去机场送送秦嫣,还特地跑到秦嫣房间把怀中的盒子给她,对她说:"南少让我拿给你的。"

秦嫣在一堆箱子中探出脑袋,目光复杂地盯着那个盒子:"送别礼吗?"

芬姨笑着说:"我也不知道是什么,就让我给你。"

秦嫣顺手接过,打开盒子一看,瞬时愣住了。那是南禹衡妈妈魏蓝的古琴。

她伸出手摸着那杉木的纹路,眼里流出无法掩饰的欢喜,随后她合上琴盒,将琴一同带上了飞机。

很多人去机场送她,除了秦家一家人、芬姨,还有陆凡、端木翊。

哭得最惨的是端木翊,他在机场扒拉着秦文毅直号:"叔叔啊!你太不上道了,你早说要把秦嫣送出国,我当年就直接跟我爸说出国留学了,你怎么不早点儿跟我通好气,你让我的心好痛啊!"

秦文毅搂着端木翊的肩安慰他:"行了行了,大小伙子了,哭成这样,别人都盯你看呢,丑不丑?"

林岩和芬姨本来也挺伤感的,可端木翊哭得实在是太惨了,弄得别人反而哭不出来了。

秦嫣有些无语地拍拍他:"行了端木哥,你下次直接飞来看我不

就得了，不就十几个小时嘛。"

她对他张开双臂，端木翊刚准备跟秦嫣来个道别拥抱，就被秦智拎着衣领扔到了旁边，其他人都笑了。

其他人也和秦嫣道别，她一一拥抱了他们。

秦智拽着她的行李对她说："走吧。"

秦嫣点点头，跟在哥哥后面走了两步。不知道为什么，她的心突然绞痛了一下，她停下脚步回过头四处寻找，就在要收回目光的刹那，她突然看见很远的地方停了一辆黑色的车子，她认出那是南家的汽车，纵使隔着人群、车辆、无数的行李，她就是知道南禹衡就坐在那辆车上，在看着她。

她最后深望了一眼，身影消失在了机场门口。

飞机起飞，离开大地，穿越云层，消失在天际。没有挽留，没有送别，没有归期。

天边的太阳冉冉升起，点燃了那无声的约定，待万物归春时。

- 上部完 -

番外
青葱往事

东海岸的孩子到了十八岁这年都会举办成年礼，家长借由成年礼把自己的孩子正式带入社交场合，介绍给所有人认识。

南禹衡的父母不在世，在他十八岁这年，没有长辈为他张罗这些，芬姨不想南少受到冷落，打算早早筹备。

然而却被南禹衡拒绝了。

他本就和东海岸其他人家走动不勤，加上他现在的处境不容乐观，过多的关注对他来说并不是好事。

所以南禹衡的十八岁是在悄无声息中度过的。在这一年，他成了一个真正的大人，无论从心智还是身体都发生了或多或少的变化。

这种变化在周围的男同学身上尤为明显。每次下课，南禹衡总能瞧见班上几个男孩儿聚在一起偷偷"欣赏"什么杂志，或者眉飞色舞地讨论女孩儿。

尽管南禹衡对此并不热衷，但难免也有被波及的时候。

例如近来，有人去班主任处匿名检举了这群男生，班主任便趁着下课的时候突击检查。

然而上有政策，下有对策，在走廊里晃悠的男生看到黄老师的身影，马上一声大吼："大黄来了！"

本来还围在一起品头论足的男生们一哄而散,徒留那个手上拿着杂志的精神小伙儿在一阵慌乱中将杂志扔给了最后排的南禹衡。

南禹衡正在专注地整理这几天落下的笔记,笔记本被突然飞来的杂志盖住,他不急不慢地将杂志拿了起来。

黄老师进来的时候看见的就是这样一幅画面:班上其他男同学刷题的刷题,喝水的喝水,还有三三两两在一起背英语单词的,一派积极向上的学习氛围,只有坐在最后一排的南禹衡光明正大地拿着一本杂志,一副认真研读的表情。

关于认真研读这件事实在是不能怪他,南禹衡这个人脸上甚少有其他表情,大多时候看书都是一副认真研读的表情。

然而就是这个表情被黄老师顺利捕捉到,他气势汹汹地走到南禹衡面前,拿起那本杂志怒问道:"这是什么?"

南禹衡不紧不慢地合上笔记本,抬头看向老师,声音舒缓:"据我观察,应该是一本非正规渠道印刷的杂志,上面并没有刊号。"

黄老师没想到南禹衡不仅正儿八经回答了他的问题,还一派淡定自若的模样,顿时火冒三丈:"我在问你这是什么吗?我是在问你怎么会看这种东西,这是什么场合?"

南禹衡依然是那副慢条斯理的样子,回道:"的确是你在询问我这是什么,我只是回答了你的问题。"

周围响起一阵哄笑声,黄老师气得脸都白了,本来还想给南禹衡留点面子,把他叫到办公室再谈,现在见他这完全不肯认错的态度,干脆当着众多同学的面对他一通数落,大意是他不应该在学校看这种杂志,带坏周围的同学,在班级造成了极坏的影响等等。

南禹衡不急不恼,慢吞吞地将桌上的本子和书收进包里,大有"你讲你的,我干我的"之势。

见黄老师说得差不多了,他才缓缓站起身,身高顿时高出黄老师一个头,居高临下地睨着他,淡淡道:"我对这些不感兴趣。"

说完他便自顾自地往后门走去,留下气急败坏的黄老师。

黄老师当然不能就这么算了,当天电话就打到了南禹衡家中,奈何南禹衡并没有家长,接电话的人是荣叔。黄老师把这事添油加醋地和荣叔说了一番，还把近段时间班上出现杂志的问题全归结到南禹衡身上。

彼时，南禹衡就坐在荣叔不远处，电话开了免提，黄老师的声音清清楚楚地传到了南禹衡那边，他的目光正落在一本《航空运行控制方法》的书上，听见电话那头怒气冲冲的控诉，南禹衡嘴角勾起玩味的笑意。

荣叔不敢相信黄老师口中所说的人是南禹衡。别说他根本没有见过南禹衡对异性产生过什么兴趣，就说他平时这副严于律己的模样，就很难想象他会把精力花在这种无聊的事上。

荣叔诧异地朝南禹衡看去，不知道该怎么回复这位老师，正在他为难之际，南禹衡慢悠悠地开了口："谨听黄老师的教诲，这段时间我一定闭门反省，不给您添麻烦。"

南禹衡当真有好长一段时间没有再去学校，黄老师气得拿他一点儿办法都没有。

杂志事件并没有因为南禹衡没来学校而平息，反而有种愈演愈烈之势，直到这时大黄才回过神来，南禹衡之所以会如此淡定，根本原因就是他抱着隔岸观火的心态……

不过近来南禹衡也察觉到，秦嫣已经步入少女时代，她不再是那个可以肆无忌惮爬到他床上的小女孩儿，也不再是那个可以坐在他腿上要抱抱的淘气包。她身上释放的所有信号对于南禹衡来说都是危险的，为了远离这种危险，他开始慢慢疏远她。

所以当芬姨担忧地询问他是否和秦嫣闹别扭时，南禹衡只是否认。而后芬姨又念叨起成年礼的事："旁人家办成年礼还能定下以后的婚事，咱们今年不打算办，你以后的婚事也没有定数，老爷夫人不在，没人给你张罗，这可怎么弄啊？"

在芬姨忧愁的絮叨声中，南禹衡的视线缓缓移向窗外，透过藤蔓和绿茎植物看着隔壁那扇窗户，窗户里的人儿正无忧无虑地拿着乐谱转着圈圈。

南禹衡的嘴角微微上扬，婚事嘛，得先等等。